Wolfgang Burger
Das vergessene Mädchen

PIPER

Zu diesem Buch

Während einer Klassenfahrt nach Straßburg verschwindet Lea Lassalle spurlos. Der Heidelberger Kripochef Alexander Gerlach nimmt Kontakt zu ihrem Vater auf, der sich um den Verbleib seiner Tochter allerdings nicht weiter zu scheren scheint. Je tiefer Gerlach bohrt, desto verworrener wird der Fall, und dass derzeit ein Triebtäter im Elsass junge Frauen umbringt, trägt nicht zu seiner Beruhigung bei. Was hat es mit Leas verliebtem Mitschüler auf sich, der bei ihr nicht landen konnte? Angeblich war er aus Krankheitsgründen nicht mit auf die Klassenreise gefahren, doch Gerlach findet heraus, dass er am fraglichen Abend in Straßburg war. Auch mit Leas Vater stimmt Einiges nicht: Am Abend vor Leas Verschwinden hatte er Streit mit ihr und war sturzbetrunken, und an seinem Ärmel finden sich Blutspuren seiner Tochter. Gerlach stößt auf eine E-Mail-Adresse, über die Lea offenbar mit einem verheirateten, deutlich älteren Mann kommunizierte. Hat er etwas mit ihrem Verschwinden zu tun? Ist sie längst tot? Plötzlich überschlagen sich die Ereignisse: Einer von Gerlachs Mitarbeitern wird angeschossen und liegt im Koma. Der verliebte Junge aus Leas Klasse ist wie vom Erdboden verschluckt. Ein glückloser Unternehmer schneidet sich die Pulsadern auf. Und noch immer keine Spur von Lea …

Wolfgang Burger, geboren 1952 im Südschwarzwald, ist promovierter Ingenieur und als Leiter einer Forschungsabteilung am Karlsruher Institut für Technologie KIT tätig. Er ist verheiratet, hat drei erwachsene Töchter und lebt in Karlsruhe. Seit 1995 schreibt er Kriminalromane und hin und wieder auch Kurzgeschichten. Die Fangemeinde seiner Alexander-Gerlach-Krimis wächst unaufhaltsam.

Wolfgang Burger

DAS VERGESSENE MÄDCHEN

Ein Fall für Alexander Gerlach

Piper München Zürich

Mehr über unsere Autoren und Bücher:
www.piper.de

Von Wolfgang Burger liegen bei Piper vor:
Heidelberger Requiem
Heidelberger Lügen
Heidelberger Wut
Schwarzes Fieber
Echo einer Nacht
Eiskaltes Schweigen
Der fünfte Mörder
Die falsche Frau
Das vergessene Mädchen

FSC
www.fsc.org
MIX
Papier aus verantwortungsvollen Quellen
FSC® C083411

Originalausgabe
April 2013

Umschlaggestaltung: Eisele Grafik-Design, München, unter Verwendung eines Fotos von Thomas Frey / mauritius images / Imagebroker
Satz: Kösel, Krugzell
Gesetzt aus der Sabon
Papier: Munken Print von Arctic Paper Munkedals AB, Schweden
Druck und Bindung: CPI – Clausen & Bosse, Leck
Printed in Germany ISBN 978-3-492-27259-9

Für Zita – wo immer du jetzt sein magst

1

Anfangs dachten wir alle, Lea sei einfach vergessen worden. Sie war neu in der Schule, wohnte erst seit wenigen Monaten in Heidelberg und – all das erfuhr ich natürlich erst später und in kleinen Häppchen – hatte sich noch nicht so recht eingelebt in ihrer neuen Heimat.

Die beiden zehnten Klassen des Helmholtz-Gymnasiums hatten einen Bildungsausflug nach Straßburg gemacht, um das Europaparlament zu besuchen und anschließend eine Führung durch das berühmte gotische Münster über sich ergehen zu lassen. Im Parlament hatten die mäßig beglückten Jugendlichen die Ehre gehabt, einer Diskussion über die EU-weite Normung von Rostschutzlacken beizuwohnen. Das Münster fanden manche cool, andere irgendwie groß, die meisten einfach nur furchtbar alt und langweilig.

Im Lauf des Tages war die Veranstaltung mehr und mehr aus dem Ruder gelaufen. Eine Gruppe von Mädchen hatte sich schon früh verflüchtigt, um anstelle altertümlicher Kirchen lieber moderne Boutiquen zu besichtigen. Andere waren einzeln ihren jeweiligen Interessen nachgegangen. Der Rest ließ sich von den begleitenden Lehrkräften noch durch das pittoreske Viertel Petit France scheuchen, und am Ende waren auch die beiden Lehrer erleichtert gewesen, als sie ihren gähnenden und nörgelnden Schützlingen einige Stunden freigeben konnten, um auf eigene Faust die Straßburger Weihnachtsmärkte zu erkunden.

Vereinbarter und mehrfach verkündeter Abfahrttermin war einundzwanzig Uhr. Und zwar pünktlich.

Um einundzwanzig Uhr sechsunddreißig waren auch die Letzten eingetrudelt, eine glühweinselig singende gemischtgeschlechtliche Rasselbande. Die Lehrer zählten durch, und als die Summe nicht stimmte, zählten sie ein zweites und ein drittes Mal durch. Aber immer war das Ergebnis entweder zu niedrig oder zu hoch, da ständig jemand den Platz wechselte, irgendwer gerade auf der bordeigenen Toilette saß oder für eine letzte Zigarette noch einmal kurz an die frische Luft musste. Der Fahrer maulte, man sei zu spät, und wenn er nach Mitternacht nach Hause komme, müsse er einen Aufschlag berechnen. Schließlich gaben die Lehrer das Signal zur Abfahrt, da alle Anwesenden lautstark versicherten, ihre Sitznachbarn vom Morgen seien anwesend.

Erst unterwegs, auf halbem Weg nach Heidelberg, fiel jemandem auf, dass Lea fehlte. Man versuchte, sie auf dem Handy anzurufen, wo sich jedoch immer nur die Mailbox meldete. Die Lehrer überlegten hin und her, was zu tun sei, und beschlossen schließlich, die Sache vorerst auf sich beruhen zu lassen und nach der Heimkehr Leas Eltern zu benachrichtigen. Schließlich war das Mädchen kein Kind mehr, sondern würde in wenigen Wochen volljährig werden. Außerdem war man erschöpft vom turbulenten und überlangen Tag.

Was die Lehrer nicht wussten, nicht wissen konnten: Ungefähr zu dem Zeitpunkt, als der Bus voller inzwischen größtenteils schlafender Zehntklässler das romantische Heidelberg erreichte, wurde am Rand einer einsamen Landstraße nur zwanzig Kilometer vom Straßburger Stadtzentrum entfernt die unbekleidete Leiche einer jungen Frau gefunden.

Am Tag ihres Verschwindens, dem zweiten Dezember, war Lea Lassalle siebzehn Jahre, elf Monate und drei Tage alt. Sie war ein hübsches, schlankes Mädchen mit sehr eigenwilligem Charakter. Und hätte ich geahnt, wie sehr ihr Schicksal in den folgenden Wochen mein Leben durcheinanderwürfeln würde, so hätte ich schleunigst Urlaub beantragt und den nächsten Zug in Richtung Süden bestiegen.

2

»Also, die Kirche war ja schon irgendwie krass«, hörte ich Sarah zu ihrer eine halbe Stunde jüngeren Zwillingsschwester sagen, als ich am Samstagmorgen noch etwas benommen die Küche betrat. Ich hatte mir den Luxus gegönnt, endlich einmal wieder richtig auszuschlafen, und war trotzdem oder gerade deswegen noch nicht ganz wach. »Wenn man überlegt, dass die damals noch nicht mal Kräne hatten und Bagger und so.«

Meine Töchter saßen beim kalorienreichen Frühstück und diskutierten den vorangegangenen Tag. Wie üblich gab es Toast mit Nutella zu Kakao mit Sahne. Ein Wunder, dass die beiden nicht längst kugelrund waren. Die grün leuchtende Digitaluhr am Herd zeigte Viertel nach zehn, und ich war überrascht, die Zwillinge um diese Uhrzeit schon in der Küche anzutreffen. Durch die hohen Altbaufenster schien eine lustlose Wintersonne herein.

Ich setzte mich gähnend zu ihnen. Gestern war es nicht nur für meine Töchter spät geworden. Ich hatte mit Theresa zusammen ihren Geburtstag nachgefeiert und außerdem die Fertigstellung ihres neuen Buchs. Seit Mitte November war es nun in der Druckerei, und in der kommenden Woche würde die Auslieferung beginnen. Wir hatten viel gelacht, echten Champagner getrunken und uns geliebt und das Leben schön und aufregend gefunden.

»Kirchen sind langweilig«, fand Louise und ließ sich von meinem Gähnen anstecken. »Die einen sind klein, die anderen sind groß, und innen ist es immer scheißkalt.«

»Du hast ja überhaupt nicht richtig hingeguckt«, fauchte Sarah. »Denkst du auch mal an was anderes als an deinen blöden …«

»Der ist überhaupt nicht blöd!«, fiel Louise ihr böse ins Wort. »Du bist selber …«

Erst in dieser Sekunde wurde den beiden bewusst, dass sie nicht mehr allein waren. Ich fragte mich, an wen meine kleine, gerade erst sechzehn Jahre alt gewordene Louise wohl die meiste Zeit denken mochte. Aber ich fragte nicht, denn ich hätte ohnehin nur ausweichende Antworten erhalten. Es gab Dinge, die gingen Väter nichts an.

»Und, wie war's sonst gestern?«, fragte ich leutselig, um die peinliche Situation zu überspielen.

»Ganz okay«, erwiderte Sarah finster. »Das Münster war echt stark. Auch wenn's bloß einen Turm hat. Aber im Parlament war's ätzend. Bloß Gequatsche, die ganze Zeit. Und die Kopfhörer haben auch nicht richtig funktioniert. Auf meinem hat man die deutsche Übersetzung gar nicht verstanden. Und zweimal bin ich eingepennt.«

Louise wandte sich ihrer klebrigen Fettbombe zu und grummelte: »Immerhin haben wir's überlebt.«

Mit Menschen im Alter meiner Zwillinge konnte man vermutlich eine achtwöchige Rundreise durch China machen, und das Einzige, woran sie sich am Ende erinnern würden, wären die unmöglichen Toiletten, das komische Essen und dieser ulkige Typ mit dem schwarzen Schwein an der Leine.

Leise Musik dudelte aus dem kleinen Radio, das neben der Spüle stand. Chris Rea, »On the Beach«. Die Sonne spiegelte sich auf der blanken Holzplatte unseres Küchentischs. Richtig, Urlaub sollte man mal wieder machen, dachte ich, zur Not auch ohne Strand. Faulenzen. Schlafen, bis man nicht mehr konnte. Lesen, bis es keinen Spaß mehr machte. Ich hatte noch über drei Wochen Resturlaub aus dem vergangenen Jahr. Vielleicht sollte ich nach Weihnachten ein paar Tage davon nehmen? Der Gedanke war sehr verlockend.

Während Sarah Anekdoten von ihrem Ausflug in eine der schönsten Städte Europas erzählte, hörte ich nur mit halbem Ohr zu. In mir klang immer noch der wohlige Nachhall meines liebevollen Abends mit Theresa. Louise murmelte hin und wieder zustimmend oder ablehnend. Ihre Laune war schon seit Wochen selbst für einen Teenager ungewohnt wechselhaft, wurde mir bewusst. Da schien jemand Beziehungsprobleme zu haben. Seit Monaten nahmen die beiden die Pille, und noch immer war es mir nicht gelungen, herauszufinden, zu wessen Vergnügen meine Töchter ihre unschuldigen Körper vergifteten.

Ich erhob mich, um mir einen Cappuccino zu machen. Im Radio kamen jetzt Nachrichten. Die Börsen waren wieder einmal auf Talfahrt. Griechenland kam und kam auf keinen grünen Zweig. In den USA waren die Republikaner gegen Steuererhöhungen. In der vergangenen Nacht war am Rand der Landstraße zwischen Molsheim und Soultz-les-Bains eine unbekleidete Tote gefunden worden. Ich drehte das Radio lauter. Eine Autofahrerin hatte spätnachts eine Reifenpanne gehabt, das Reserverad montiert und sich anschließend – es war eine mondhelle Nacht gewesen – in einem nahen Bach die Hände waschen wollen. Dabei war sie auf die Leiche gestoßen. Was man bisher über die Tote sagen konnte: Die Frau war jung gewesen, als sie noch lebte, schlank und schwarzhaarig. Und vermutlich war sie Opfer eines Sexualverbrechens geworden.

In diesem Moment trillerte das Telefon im Flur.

»Marchow hier«, meldete sich eine aufgeregte Frauenstimme. »Spreche ich mit Herrn Gerlach?«

»Ja«, sagte ich zögernd. Schon ihr erster Satz klang nach Ärger. Und das Letzte, wonach mir heute der Sinn stand, war Ärger.

»Ich …« Sie schluckte hörbar und fuhr atemlos fort: »Ich bin eine Lehrerin Ihrer Töchter. Ich unterrichte Politik und Geschichte, und ich … Wir waren ja gestern in Straßburg, wie Sie natürlich wissen, und …«

»Was haben die beiden ausgefressen?«, fragte ich. Den zweiten Teil der Frage, nämlich was mich der Spaß wohl kosten werde, behielt ich für mich.

»Es geht nicht um Louise und Sarah. Es geht um eine andere Schülerin, Lea Lassalle. Eben habe ich im Radio die Nachricht von dem toten Mädchen und … Wir haben sie gestern Abend leider vergessen in dem ganzen Tohuwabohu. Lea, meine ich. Ihre Töchter haben Ihnen vermutlich schon davon berichtet?«

»Nein.«

»Sie war nicht im Bus. Aber sie ist fast volljährig, und wir waren alle ein wenig kaputt und außerdem schon halb in Heidelberg, als endlich jemandem aufgefallen ist, dass sie fehlte. Ihr Handy war aus. Ich habe später noch versucht, die Eltern zu erreichen, aber da war es schon kurz vor Mitternacht und … ich … ach …«

Ich zupfte am Ärmel meines Trenchcoats herum, den ich gestern Abend sehr achtlos an die Garderobe gehängt hatte, und betrachtete mein verschlafenes und unrasiertes Gesicht im Spiegel.

»Sie haben niemanden erreicht?«

»Ich habe es gestern Abend x-mal auf Leas Handy versucht und heute Morgen schon wieder. Und jetzt hat man diese tote junge Frau gefunden. Sie sei vergewaltigt worden, heißt es. Mein Gott, ich mag mir gar nicht vorstellen, was … Sie sind doch Polizist? Ich erinnere mich doch richtig, oder? Ich dachte, ich rufe lieber nicht gleich die Polizei an, offiziell, meine ich. Sie sind ja auch die Polizei, sozusagen. Chef der Kriminalpolizei sogar, nicht wahr?«

»Das ist richtig.«

»Ich mache mir solche Vorwürfe. Jugendliche in diesem Alter, das ist wie Flöhehüten und ... Und man kann doch nicht ständig und immer ...«

»Sagten Sie nicht gerade, Lea ist fast volljährig?«

»Ich glaube, sie hat mal eine Klassenstufe wiederholen müssen, genau weiß ich es nicht. Sie ist ja erst seit Beginn des Schuljahrs bei uns. Und sie ist ... nun ja, nicht unkompliziert. Einen richtigen Anschluss an die Klasse hat sie noch nicht gefunden. Deshalb ist es wohl nicht gleich aufgefallen, dass sie nicht dabei war. Ich erinnere mich noch, wie ich sie gesehen habe im Bus. Sie muss später noch einmal ausgestiegen sein, und in dem Tumult hat es niemand bemerkt. Und so haben wir sie dann ... vergessen eben. Ich mache mir solche Vorwürfe, Herr Gerlach. Aber Sie machen sich keine Vorstellung. Es ist wirklich, als wollte man Flöhe ...« Sie lachte schrill, verstummte sofort wieder.

»Ich denke, Sie müssen sich keine Sorgen machen. Lea ist wirklich kein Kind mehr. Ich bin überzeugt, dass sie bald gesund und munter wiederauftauchen wird.«

»Aber das Handy ...?«

»Vielleicht ist es kaputt?«

»Die Eltern. Man muss wenigstens die Eltern informieren. Aber sie gehen nicht ans Telefon. Ich war sogar dort, vorhin. Ich bin extra hingefahren. Aber es scheint niemand zu Hause zu sein. Jetzt weiß ich nicht, was ich noch tun soll ...«

»Vorläufig nichts. Jetzt können wir nur abwarten. Aber ich werde sicherheitshalber bei meinen Kollegen nachfragen, ob man etwas von einem Unfall in Straßburg weiß oder von einer jungen Frau, die in ein Krankenhaus eingeliefert worden ist. Und wenn die Eltern das Telefon nicht abnehmen, dann schicke ich eine Streife vorbei. Irgendjemand in der Nachbarschaft wird hoffentlich wissen, wo die Leute stecken.«

Ich notierte mir Adresse und Telefonnummern der Eltern. Fichtestraße, Südstadt.

Die Oberstudienrätin bedankte sich zugleich erleichtert und völlig aufgelöst vor Sorge und Selbstvorwürfen. »Sie geben mir bitte gleich Bescheid, wenn Sie etwas erfahren, ja? Ich habe keine ruhige Minute, solange ich nicht weiß, was mit Lea ist.«

Ich drückte den roten Knopf und wählte die Nummer der Polizeidirektion. Nein, niemand hatte in den vergangenen Stunden eine Lea als vermisst gemeldet. In den letzten drei Wochen hatte es in Heidelberg überhaupt keine Vermisstenmeldungen gegeben. Nur um ganz sicher zu sein, bat ich die aufgeweckte Kollegin, mit der ich sprach, Kontakt mit der Straßburger Polizei aufzunehmen. Sie versprach, sich sofort darum zu kümmern, notierte den Namen des vergessenen Mädchens und stellte keine Fragen.

Versuchsweise tippte ich die Nummer ein, die Frau Marchow mir genannt hatte. Es tutete und tutete, aber niemand nahm ab. Einen Anrufbeantworter schien es nicht zu geben. So rief ich noch ein zweites Mal in der Direktion an und bat, eine Streife in die Fichtestraße zu schicken.

»Was ist mit Lea?«, wollte Sarah wissen. Natürlich hatten die beiden die Telefongespräche mitgehört.

»Sie war bei der Rückfahrt nicht im Bus. Habt ihr das nicht mitgekriegt?«

»Nö.« Sarah zuckte die Achseln und verzog den Mund.

Louise murmelte etwas wie: »Doofe Tusse.«

»Da ist die ganze Zeit so ein Chaos gewesen«, erklärte Sarah. »Ein Geschrei wie bei den Erstklässlern. Wir haben ganz hinten gesessen mit ein paar Jungs. Und später haben wir gepennt.«

»Irgendwer hat irgendwann gesagt: ›Lea fehlt‹«, fiel Louise plötzlich ein. »Chip, glaube ich.«

»Blödsinn!«, widersprach Sarah im Oberlehrerton. »Der ist doch gar nicht dabei gewesen. Der ist doch krank.«

»Jedenfalls ist die Marchow total ausgeflippt«, meckerte Louise zurück. »Aber das hast du natürlich nicht mitgekriegt, weil du mit dem Richy ...«

Sarah rollte die Augen. »Wann flippt die Marchow mal nicht aus?«

»Schade, dass der Plako nicht dabei gewesen ist. Die Marchow nervt echt.«

»Plako ist unser Mathelehrer.« Sarah war mein verständnisloser Blick nicht entgangen. »Voll der coole Typ.«

»Der coolste von allen Lehrern«, ergänzte Louise.

»Eure Lehrerin sagt, Lea sei schon im Bus gewesen, aber kurz vor der Abfahrt wieder ausgestiegen.«

»Also, ich hab sie nicht gesehen«, sagte Louise gelangweilt. »War ja auch so ein Durcheinander. Die meisten von den Jungs waren besoffen. Die hatten Schnaps gekauft und Red Bull und im Bus Party gemacht. Ein paar haben später gekotzt. Und die Marchow hat fast 'nen Herzkasper gekriegt.«

»Den Tag über ist Lea die meiste Zeit für sich gewesen«, erinnerte sich Sarah mit hochgezogenen Brauen.

»Wann ist die mal nicht für sich?« Louise leerte entschlossen ihren Kakao. »Hält sich für supercool, weil sie schon fast achtzehn ist und nicht aus Heidelberg stammt.«

»Jedes Mal, wenn ich sie gesehen habe, hat sie das Handy am Ohr gehabt. Kein Wunder, dass ihr Akku leer ist.«

Das wäre immerhin eine Erklärung dafür, dass sie nicht erreichbar war, überlegte ich.

Meine Töchter erhoben sich und stellten zu meiner Überraschung unaufgefordert ihre Teller in die Spülmaschine.

»Wir gehen jetzt duschen und später in die Stadt«, wurde ich gnädig aufgeklärt. »Zum Essen sind wir wahrscheinlich nicht da.«

Die Kaffeemaschine erinnerte mich mit einem gurgelnden Geräusch daran, dass ich mir einen Cappuccino hatte machen wollen. Ich stellte meine Tasse unter den Auslass und drückte den Knopf. Es begann nach Kaffee zu duften.

Die Badezimmertür fiel lautstark ins Schloss.

Sekunden später stand Sarah wieder in der Küche.

»Paps«, begann sie unbehaglich und wich meinem Blick aus. »Ich glaub, Lea hat was mit 'nem älteren Typ am Laufen. Vielleicht ist das ja wichtig, hab ich gedacht.«

»Ihr mögt sie nicht besonders, was?«

»Sie ist ... weiß auch nicht ... irgendwie komisch. Man kommt nicht an sie ran. Nur die Jungs, die fahren natürlich alle auf sie ab, weil sie echt gut aussieht und gern auf unnahbar macht. Ich hab mir überlegt, vielleicht hat sie die ganze Zeit mit ihrem Typ telefoniert, und er hat sie später abgeholt, und sie ist mit ihm durchgebrannt? Könnte doch sein, oder nicht?«

Mein Cappuccino war fertig. Mit der großen Tasse in der Hand setzte ich mich an den Tisch und hielt das Gesicht in die Morgensonne. Im Radio lief John Lennon, »Imagine there's no heaven ... No hell below us ...«

»Was weißt du über den Mann?«, fragte ich.

»Nichts eigentlich«, gab Sarah verlegen zu. »Er soll einen Mercedes haben. Und schicke Klamotten und so. Kann auch sein, dass es bloß ein Gerücht ist. Wird so viel gequatscht.«

»Wie alt soll er denn sein, der alte Mann?«

»Fünfundzwanzig? Vielleicht sogar noch älter. Aber wie gesagt ...«

»Seid ihr wenigstens zum Abendessen da?«

»Weiß nicht. Wir rufen dich an. Ich geh dann jetzt duschen. Paps?« Noch einmal wandte sie sich um. »Es wird ihr doch nichts ... passiert sein?«

»Neunundneunzig Komma neun Prozent aller ausgebüxten Teenager tauchen spätestens wieder auf, wenn ihnen das Geld ausgeht. Macht euch keine Sorgen.«

»Und die tote Frau in Straßburg?«

»Sicher nur ein Zufall. Aber ich werde mich trotzdem um die Sache kümmern.«

Augenblicke später knallte die Badezimmertür ein zweites Mal.

Als ich meine Tasse zur Hälfte geleert hatte, meldete sich erneut das Telefon. Diesmal war es die Kollegin, mit der ich vor einer Viertelstunde gesprochen hatte.

»Mir ist da grad was aufgefallen«, begann sie ohne Umschweife. »Wir haben hier einen Justus Lassalle in der Ausnüchterung. Zwei Kollegen haben ihn heute Morgen von der Straße aufgelesen. In seinem Ausweis steht, er wohnt in der Fichtestraße.«

»Ist er ansprechbar?«

»Können Sie vergessen.« Sie lachte leise. »Wird ein Weilchen dauern, bis der seinen Rausch ausgeschlafen hat. Was komisch ist: An seinem Ärmel ist Blut. Er hat aber gar keine Verletzung, hat der Arzt vorhin festgestellt. Scheint nicht sein Blut zu sein.«

»Hat die Streife sich schon gemeldet, die Sie in die Südstadt geschickt haben?«

»Da macht keiner auf. Das Haus ist dunkel. Und die Nachbarn wissen nichts.«

Ich beschloss, das Frühstück ausfallen zu lassen und mir Leas Vater anzusehen. Gegen Mittag würde ich mich mit Theresa treffen. Ihr Mann war das Wochenende über unterwegs, und so hatten wir gestern Abend spontan beschlossen, ihr Strohwitwendasein für einen gemütlichen Adventsausflug nach Mannheim zu nutzen.

Die Zwillinge lärmten fröhlich im Bad. Ich leerte meine Tasse und ließ sie auf dem Tisch stehen.

Justus Lassalle schnarchte wie ein Sägewerk, stank wie eine Schnapsbrennerei und machte zwischendurch schmatzende Geräusche. Ich rüttelte an der Schulter des in eine grobe, graue Decke gewickelten Mannes, der etwa fünfundvierzig Jahre alt sein mochte. Sein Körperbau war knochig, und er war so groß gewachsen, dass die in braunen Socken steckenden Füße über die abwaschbare Matratze hinausragten. Das rötliche Haar stand borstig vom kantigen Kopf ab. Auch die Handrücken waren dicht behaart. Leas Vater gab ein unwilliges Geräusch von sich, ungefähr wie ein großer Hund, den man versehentlich getreten hat, und drehte den Kopf zur anderen Seite.

»Hab ich's Ihnen nicht gesagt? Der braucht noch ein paar Stunden.« Die Kollegin, die mich informiert hatte, weigerte sich strikt, die nach Alkohol und Erbrochenem stinkende Zelle zu betreten, und beobachtete meinen sinnlosen Weckversuch durch die Tür. Sie war klein und muskulös. Ihr sandfarbenes Haar trug sie knabenhaft kurz geschnitten. Im runden Gesicht saß eine Nickelbrille auf einem leicht nach oben gebogenen Näschen.

»Wo hat man ihn aufgelesen?«

Sie warf einen Blick in das Protokoll, das sie in der Hand hielt. »Fünf Uhr achtunddreißig, in der Nähe vom Karlstor. Wenn Sie Genaueres wissen wollen, müssten Sie die Kollegen fragen, denen er den Wagen vollgekotzt hat. Ich habe schon lange keinen Kerl mehr gesehen, der so dermaßen besoffen war wie der da.«

»Nich b'soff'n!«, quengelte eine heisere Männerstimme. »Nur bichen müde. Bichen müde. Noch ssu früh.«

Leas Vater war aufgewacht. Aber die Augenlider bekam er noch nicht auseinander.

»Es geht um Ihre Tochter«, erklärte ich laut und in amtlichem Ton. »Verstehen Sie mich? Sie ist verschwunden.«

»Rotzkröte«, murmelte er, schmatzte befriedigt und schlief wieder ein.

»Was ist mit dem Blut an seinem Hemd?«, fragte ich die kleine Kollegin, als sie die Zellentür von außen verschloss.

»Am linken Ärmel. Und nicht nur ein paar Tropfen. Das Hemd habe ich vorsichtshalber sicherstellen lassen. Möchten Sie es haben?«

Mein Handy brummte in der Brusttasche des Jacketts. »Theresa«, stand auf dem Display.

»Alexander, wo steckst du?«, fragte sie verwundert. »Ich stehe am Bismarckplatz und warte auf dich!«

Unsere Bahn nach Mannheim ging in fünf Minuten, wurde mir siedend heiß klar. Meine Liebste wollte shoppen, war auf der Suche nach Weihnachtsgeschenken für ihren Mann und diverse Freundinnen, und ich konnte das eine oder andere neue Kleidungsstück zur Komplettierung meiner Wintergarderobe gebrauchen.

»Ich hatte noch kurz in der Direktion zu tun«, erklärte ich eilig. »Ich steige bei der Stadtbücherei zu. Hältst du mir einen Platz frei?«

3

Obwohl wir nun schon seit über zwei Jahren ein Paar waren, war ein gemeinsamer Stadtbummel eine neue Erfahrung für Theresa und mich. Da sie nicht nur meine Geliebte, sondern zugleich die Ehefrau meines Chefs war, hatten wir uns lange nicht als Paar in der Öffentlichkeit zeigen können. Und auch heute, nachdem sich manches verändert hatte, wollten wir in Heidelberg nicht zusammen gesehen werden.

Mannheim dagegen schien uns ideal. Weil Theresa es romantisch fand und ich die samstäglichen Staus fürchtete, hatten wir beschlossen, die Straßenbahn zu nehmen. In weniger als drei Wochen war Heiligabend, und für den Einzelhandel war heute der erste Großkampftag im Advent.

Als ich die Haltestelle erreichte, bremste die Bahn schon. Sie war vorweihnachtlich überfüllt. Auch andere fürchteten offenbar Verkehrschaos und Parkplatznot. Die Linie fünf empfing mich mit muffiger, nach feuchter Wolle riechender Wärme und stickiger Luft. Theresas dunkelblonde Lockenpracht entdeckte ich im hinteren Teil der Bahn. Sie hatte erfolgreich einen Platz für mich verteidigt.

Aufatmend sank ich in die gepolsterte Rückenlehne. Wir sahen uns an. Lächelten. Kamen ohne Worte überein, dass es nicht klug war, sich in aller Öffentlichkeit zu küssen, noch dazu beobachtet von neidischen Mitfahrern, die nur einen Stehplatz ergattert hatten. Theresa trug einen eleganten, anthrazitfarbenen Wollmantel mit Kunstpelzkragen zu Bluejeans und gefütterten Stiefeln. Nicht nur, weil die Bahn voll war, rückte ich eng an sie heran. Sie ergriff meine Hand so, dass niemand es sehen konnte, und wieder einmal fühlten wir uns wie Diebe. Die Bahn stoppte alle paar Hundert Meter. Immer mehr Fahrgäste stiegen ein.

Theresa erzählte mir von einem Telefonat mit ihrer Agentin, die hören wollte, ob sie schon eine Idee für ihr drittes Buch habe.

»Sie meint, solche populärwissenschaftlichen Sachen mit Humor wären vielleicht eine Marktlücke. Es muss natürlich fürs gemeine Volk lesbar sein.«

»Fürs gemeine Volk?«

Theresa lachte und drückte meine Hand fester. »Ihre Worte, nicht meine. Carmen meint, mein Terrorismusschinken passt perfekt in die Zeit. Könnte sogar ein Renner werden, meint sie. Und dann brauchen wir natürlich schleunigst Nachschub.«

Die Bahn hatte Heidelberg inzwischen hinter sich gelassen. Wir fuhren mit zügiger Geschwindigkeit durch dünn besiedeltes Gebiet. Dunkelbraune Felder flogen vorbei, kahle Bäume, zerzauste Hecken, ein Krähenschwarm. Inzwischen war die Sonne verschwunden, und es regnete ein wenig. Die feuchte Wärme und das Schaukeln der Bahn machten mich schläfrig. Draußen tauchten wieder Häuser auf. Friedrichsfeld, erklärte die freundliche Lautsprecherstimme. Immer noch wurde es von Haltestelle zu Haltestelle voller. Ein älterer Mann, der stehen musste, drückte mir als stummen Vorwurf sein rechtes Knie gegen die Hüfte. Ich rückte noch näher an Theresa heran. Aber er folgte hartnäckig.

Allmählich begann ich mich zu fragen, ob es wirklich eine gute Idee gewesen war, das Auto stehen zu lassen. Andererseits entdeckte ich an diesem Tag einen der wenigen Vorzüge des Älterwerdens: Ich brauchte kein schlechtes Gewissen zu haben, weil viele andere stehen mussten, während ich saß. Ich brauchte nicht mehr angestrengt in ein Buch zu starren, als wäre es so fesselnd, dass ich Umwelt und Anstand vergaß. Die Sitte, älteren Menschen seinen Platz anzubieten, schien ohnehin aus der Mode gekommen zu sein, fiel mir wieder einmal auf.

Mein Handy riss mich surrend aus dem Dämmerschlaf. Es dauerte ein Weilchen, bis ich es gefunden und aus der Innentasche meines Mantels gefummelt hatte. Wieder die eifrige Kollegin mit Stupsnase.

»Herr Gerlach, ich habe mir überlegt, der Herr Lassalle ist ja am Karlsplatz gefunden worden. Ganz in der Nähe vom Bahnhof Altstadt.«

»Sie denken, er ist mit dem Zug gefahren?«

»Um die Zeit gehen da keine Züge. Er ist mit dem Bus um fünf Uhr fünfundzwanzig gekommen. Ich habe eben mit dem Fahrer telefoniert. Lassalle ist in Mannheim am Hauptbahnhof eingestiegen. Da hat der Fahrer noch nicht den Eindruck gehabt, er wäre sternhagelvoll. Er hat sich hinten in die letzte Reihe gefläzt und ist praktisch sofort eingeschlafen.«

Als ich das Handy vom Ohr nahm, fiel mir noch etwas ein. »Haben Sie schon was aus Straßburg gehört?«

»In einem Krankenhaus liegt das Mädel jedenfalls nicht. Soll ich Ihnen sagen, was ich denke? Die hat da gestern wen kennengelernt und eine wilde Nacht gehabt. Und jetzt sitzen die zwei gerade beim gemütlichen Frühstück.«

»Die Straßburger Kollegen sollen trotzdem ein bisschen Augen und Ohren offen halten. Ich versuche, ein Foto von dem Mädchen aufzutreiben und eine brauchbare Beschreibung.«

Vor den inzwischen beschlagenen Fenstern sah es jetzt nach Großstadt aus. Links Industrie, rechts die SAP-Arena mit ihren Glasfronten und dem schwebenden Dach. In den Gängen der Bahn standen sich die Fahrgäste auf den Füßen. Die allgemeine Laune war eher unweihnachtlich.

Theresa wollte wissen, wer dieses Mädchen war, dessen Namen sie eben aufgeschnappt hatte. Ich erzählte im Telegrammstil von Lea Lassalle, die vermutlich gar nicht vergessen worden war, sondern eigene Pläne verfolgt hatte. Vielleicht lag die Kollegin gar nicht so falsch mit ihrer Theorie. Vielleicht saß Lea auch längst zu Hause und fragte sich, wo ihre Eltern geblieben sein mochten. Ich erzählte auch von ihrem Vater, der in einer der Ausnüchterungszellen des Reviers Mitte seinen rekordverdächtigen Rausch ausschlief und sich nicht im Geringsten für das Schicksal seiner Tochter interessierte.

»Der Arzt meint, von Rechts wegen dürfte der Mann gar nicht mehr am Leben sein. Drei Komma irgendwas. Er scheint eine gut trainierte Leber zu haben.«

»Und die Mutter?«

Ich zuckte die Achseln. »Von einer Mutter war bisher nicht die Rede.«

Die Bahn bremste. Mannheim Hauptbahnhof, verkündete die weibliche Tonbandstimme. Alles drängte zu den Türen, als wäre plötzlich Feuer ausgebrochen. Theresa und ich waren unter den Letzten, die ausstiegen. Wir hatten es nicht eilig. Wir waren zum Vergnügen hier.

Auf dem Weg zur Bahnhofshalle kam mir ein Gedanke. »Wäre es schlimm, wenn wir einen kleinen Umweg machen würden?«, fragte ich.

Theresa lächelte nachsichtig und zog mich fester an sich. »Vergiss nicht, ich bin seit zwanzig Jahren mit einem Polizisten verheiratet.«

Erfreulicherweise stand keine Schlange am Infopoint.

»Aus Straßburg?«, fragte eine müde Frau in schlecht gebügelter Uniform. »Augenblickchen ... Der letzte kommt hier um ein Uhr achtundzwanzig in der Nacht an. Der nächste dann erst wieder am Morgen. Sechs Uhr zweiundzwanzig.«

»Denkst du etwa, der Vater hat seiner Tochter was angetan?«, wollte Theresa wissen, als wir in Richtung Innenstadt schlenderten. Ein kalter Wind ging, aber wir waren klug genug gewesen, uns warm anzuziehen. Theresa nutzte den Aufenthalt an der frischen Luft, um eine Zigarette zu rauchen. Nach einem kläglich gescheiterten Versuch, ihr Laster aufzugeben, versuchte sie inzwischen zumindest, ihren Tabakkonsum ein wenig einzuschränken.

»Momentan ist es zu früh, etwas zu denken.« Ich küsste sie mitten auf den Mund. »Und außerdem ist jetzt Wochenende.«

Der Himmel war grau, aber doch nicht so unfreundlich, wie es durch die beschlagenen Fenster der Bahn gewirkt hatte. Die Sonne war als blasse Scheibe zu erahnen, der Regen hatte schon wieder aufgehört.

Die Straßenbahn war doch eine gute Idee gewesen, stellten wir fest. An jeder Ecke staute sich der Einkaufsverkehr. Vor jeder Tiefgarage wartete eine lange Schlange. Schon von ferne hörten wir das »White-Christmas«-Gedudel vom Weihnachtsmarkt rund um den historischen Wasserturm. Wir sahen uns an und merkten, dass wir beide hungrig waren.

Auch der gemeinsame Besuch eines Weihnachtsmarkts war eine neue Erfahrung für uns. Neue Erfahrungen seien gut, fand Theresa, weil mit der Zeit alte Erinnerungen daraus wurden. Wir bummelten über den um diese Uhrzeit nur mäßig besuchten Markt. Lichter glitzerten gegen die matte Sonne an. Gebrannte Mandeln dufteten um die Wette mit Glühwein und Punsch. Theresa hatte Appetit auf Fischbrötchen. Fischbrötchen gab es nicht.

»Du bist aber nicht schwanger oder so was?«

Sie knuffte mir ihren durch den Mantel gut gepolsterten Ellbogen in die Seite und disponierte um auf Thüringer Bratwurst. Zu groben Bratwürsten passte im Advent ein herzhafter Glühwein, beschlossen wir.

Leicht angesäuselt spazierten wir später die Heidelberger Straße entlang in Richtung Zentrum. Obwohl es erst kurz nach zwei war, schien es schon wieder zu dunkeln.

»Hast du eigentlich irgendwas mit deinen Haaren gemacht?«, fragte ich.

»Meine Haare?« Theresa sah mich verständnislos an. »Was soll damit sein?«

»Sie kommen mir heller vor als sonst.«

Sie prustete los. »Ich habe sie aufhellen lassen, stimmt. Vor gut drei Monaten.« Sie schmiegte den aufgehellten Kopf an meine Schulter. »Wenn es dich tröstet, Egonchen ist es auch noch nicht aufgefallen.«

Einige Meter gingen wir schweigend.

»Eigentlich kann ich dieses ganze Weihnachtsgedöns ja nicht ausstehen«, gestand Theresa schließlich. »Aber mit dir zusammen ist es doch irgendwie schön.«

»Das ist wahre Liebe«, verkündete ich pathetisch. »Mit dem

Menschen, den man wirklich liebt, macht sogar Kloputzen Spaß.«

»Na ja.« Sie klebte mir einen Kuss auf den Mund, der ein wenig nach mittelscharfem Senf und Gewürznelken schmeckte. »Das überlasse ich dann doch lieber meiner guten Tanja.«

Abwechselnd philosophierend und blödelnd zogen wir durch Kaufhäuser und ungezählte Boutiquen, und irgendwann erklärte Theresa, sie habe in der Aufregung des Stöberns leider vergessen, wonach sie eigentlich suchte. Außerdem machte ihr das Einkaufen plötzlich keinen Spaß mehr. Mir ging das Gedränge und Geschubse ohnehin auf die Nerven, und so tranken wir einen gepflegten Tee in einem heimeligen und gut geheizten Café in einer Seitenstraße. Theresa entdeckte auf der anderen Straßenseite ein kleines Hotel und betrachtete mich mit einem absolut unchristlichen Funkeln im Blick.

»Denkst du hin und wieder auch mal an was anderes als an Sex?«, fragte ich.

»Manchmal denke ich auch an Essen«, erwiderte sie ernst. »Aber gegessen haben wir ja schon.«

Ich winkte der breitestes Kurpfälzisch sprechenden Bedienung und verlangte die Rechnung.

Inzwischen war es später Nachmittag geworden. Draußen war es dunkel, und wir fanden, dass Weihnachtsshopping erstaunlich müde machte.

»Ich habe Ausgang bis zum Wecken«, schnurrte Theresa und kuschelte sich an mich. »Wie ist es bei dir?«

»Ich müsste erst eine SMS schreiben.«

»Dann tu das.«

Meine Töchter gaben sich nicht die geringste Mühe, ihre Freude über meine nächtliche Abwesenheit zu verbergen.

»Um zwölf seid ihr aber daheim, okay?«, schrieb ich sicherheitshalber zurück.

»Klar, Paps. Um zwölf. Spätestens.«

»Ist noch gar nicht sicher, dass wir übernachten.«

»Klar, Paps. Um zwölf.«

Kinder sind immer schlauer, als ihre Eltern denken. Natürlich wussten die Zwillinge, mit wem ich die Nacht verbringen würde. Sie hatten Theresa inzwischen kennengelernt. Im Oktober hatten wir sie ganz zufällig in der Stadt getroffen. Meine Töchter waren anfangs reserviert gewesen, hatten meine Liebste intensiv gemustert und ihre freundlichen Fragen artig, aber knapp beantwortet. Am Ende waren sie jedoch mit meiner Wahl zufrieden gewesen. Und Theresa hatte gestrahlt. Sie war so glücklich gewesen, wie ich sie lange nicht erlebt hatte.

Damals hatten wir beschlossen, uns einmal zu viert zum Abendessen zu treffen, weshalb die Gattin meines Chefs am kommenden Dienstag ganz offiziell bei uns zu Gast sein würde.

4

Justus Lassalle war nüchtern und äußerst schlecht gelaunt, als ich ihn am späten Sonntagvormittag wiedersah. Auf der Straße hätte ich ihn vermutlich nicht erkannt. Ein energiegeladener Mann öffnete mir schwungvoll die Tür zu seinem etwas heruntergekommenen Haus in der Heidelberger Südstadt. Der schmale Vorgarten war verwildert, der Anstrich des Hauses verwittert.

Lassalle trug eine abgewetzte sandfarbene Tuchhose, die in besseren Zeiten vielleicht einmal Teil eines teuren Sommeranzugs gewesen war. Ein kariertes Kurzarmhemd schlabberte über den Gürtel. Der Bauch war beneidenswert flach, das hagere Gesicht faltig, die großen Füße waren nackt. Seine graublauen Augen musterten mich finster von oben bis unten.

»Es geht um Lea«, sagte ich und streckte meine Rechte aus.

»Das sagten Sie schon am Telefon«, erwiderte er und machte keine Anstalten, meine Hand zu ergreifen.

»Darf ich trotzdem hereinkommen?«

Widerwillig trat er zur Seite. Wir durchquerten einen geräumigen Flur, der auf mich irgendwie schwedisch wirkte. Viel helles Holz und beinahe kitschige Gemütlichkeit.

»Das meiste hier stammt noch vom Vorbesitzer«, erklärte der Hausherr. »Ich habe das Haus sozusagen möbliert gekauft. Die Vorbesitzer sind ausgewandert und waren froh, den ganzen Krempel so elegant loszuwerden. Und, nun ja, es hat ja auch was.«

Der nach hinten liegende Wohnraum zeigte dieselbe Handschrift. Ein breites, buntes Kuschelsofa, ein riesiger Ohrensessel, in dem ein Stapel Zeitschriften lag, ein schwarzer Kaminofen ohne Feuer. Auf dem Tisch summte ein aufgeklappter Laptop. Daneben standen eine silberne Thermoskanne und ein abgestoßener Becher, der bis zum Rand voll mit schwarzem Kaffee war.

»Mögen Sie auch einen?«, fragte Lassalle, inzwischen eine Spur freundlicher.

Ich nickte dankbar und zog meinen Mantel aus. Das Jackett behielt ich an, denn es war nicht gut geheizt in diesem Haus. Außerdem war meine Nacht kurz gewesen. Die schwerhörige alte Dame an der winzigen Rezeption des Hotels hatte mit keiner ihrer weißen Wimpern gezuckt, als ich ihr lautstark erklärte, wir würden spontan übernachten und hätten deshalb kein Gepäck. Ihre einzige Frage hatte gelautet, ob die jungen Herrschaften das Zimmer mit Frühstück wünschten. Dann hatte sie mir den Schlüssel ausgehändigt und der schönen Frau an meiner Seite verträumt lächelnd eine angenehme Nacht gewünscht.

Das Frühstück war nach einer mehr als angenehmen Nacht leider etwas spärlich ausgefallen, und der Kaffee hatte geschmeckt, als wären die Bohnen so alt wie die Hotelbesitzerin. Noch auf dem Weg zurück nach Heidelberg hatte ich Leas Vater angerufen, der, wie ich zuvor in Erfahrung gebracht hatte, inzwischen wieder nüchtern und zu Hause war.

Lassalle öffnete die ländlich knarzende Tür eines Weichholzschranks und stellte mit einer unwirschen Bewegung einen vermutlich von den Vorbesitzern handgetöpferten Becher vor mich hin. Dann verschwand er in Richtung Küche, da die Thermoskanne sich als leer erwies.

»Was ist mit Lea?«, fragte er, als wir uns endlich gegenübersaßen. »Und warum interessiert sich die Polizei für meine Tochter?«

Ich wärmte mir die Finger an dem heißen Becher. »Sie scheinen sich ja keine allzu großen Sorgen um sie zu machen.«

»Und Sie scheinen sich gerne in Dinge einzumischen, die Sie nichts angehen.«

»Interessiert Sie denn gar nicht, wo Lea steckt?«

Sein finsterer Blick schweifte ab. »Lea ist sehr selbstständig. Sie kann ganz gut auf sich aufpassen.«

Allmählich ging mir seine Unfreundlichkeit auf die Nerven. »Mir ist sehr wohl bekannt, dass sie fast volljährig ist«, versetzte ich.

»Außerdem ist sie noch jedes Mal wiederaufgetaucht, ohne dass wir die Polizei hätten bemühen müssen.«

»Sie ist also schon öfter verschwunden?«

»Sie lebt ihr Leben, ich lebe meines.«

Auf Lassalles rechtem Oberschenkel entdeckte ich einen handtellergroßen eingetrockneten Fleck. Er bemerkte meinen Blick, schien jedoch kein Problem damit zu haben.

»Was sagt denn Leas Mutter dazu?«

»Wir waren seit Jahren getrennt. Inzwischen ist Leas Mutter tot. Deshalb lebt sie jetzt bei mir, natürlich nur, falls Sie keine Einwände haben.«

»Leas Handy ist seit Freitag nicht mehr erreichbar.«

»Tatsächlich?«

»Sie haben also nicht mal versucht, sie anzurufen?«

»Doch, natürlich.« Lassalle lehnte sich zurück, schlug die langen Beine übereinander, starrte an mir vorbei auf die Wand und fuhr in verbindlicherem Ton fort. »Sehen Sie, ich bin keiner von diesen Vätern, die ständig hinter ihren Kindern herspionieren. Lea ist erwachsen. Auch wenn noch ein paar Tage fehlen bis zu ihrem achtzehnten Geburtstag.«

»Sie ist erst seit dem Sommer bei Ihnen, habe ich erfahren. Darf ich fragen, wo sie vorher war?«

»Fragen darf man alles.« Lassalles Blick wurde für den Bruchteil einer Sekunde unruhig, dann fand er an einem Punkt in der Nähe des Fensters wieder Halt. Auch der hintere Teil des Gartens war verwildert. An hohen Rosenbüschen welkten noch vereinzelte Blüten. »In Bad Homburg hat sie gelebt. Nach dem Tod ihrer Mutter bei den Großeltern, den Eltern meiner Frau. Meiner Exfrau.«

Ich nippte an meinem heißen Kaffee und schwieg in der Hoffnung, noch mehr zu erfahren. Aber Lassalle fand offenbar, dass nun genug geredet war. Er leerte in großen Zügen seinen Becher, und ich erwartete schon, hinausgeworfen zu werden. Aber dann stützte er die Ellbogen auf die Knie, sah mir offen und ruhig ins Gesicht.

»Nach dem Tod ihrer Mutter haben wir Lea gefragt, was ihr lieber ist, zu mir oder zu Oma und Opa. Sie hat sich gegen mich entschieden.«

»Hat Sie das nicht gekränkt?«

Er nickte, den Blick in den leeren Becher gerichtet, den er mit beiden Händen festhielt.

»Aber wir hatten die meiste Zeit trotz allem ein gutes Verhältnis. Sie ... Lea hat nichts gegen mich. Sie wollte einfach lieber in Bad Homburg bleiben. Dort war sie zu Hause. Dort waren ihre Freunde. Dort hat sie gelebt, seit sie elf Jahre alt war.«

»Wenn es ihr dort so gut gefallen hat, warum ist sie dann jetzt hier?«

Lassalle schloss kurz die Augen. Öffnete sie wieder. Sah wieder an mir vorbei.

»Alzheimer. Der Alte hat Alzheimer. Und Lea ... Ja, sie ist manchmal ein wenig schwierig. Die alten Leutchen sind nicht mehr mit ihr fertiggeworden. Und da haben wir beschlossen ...«

Wieder war es für eine Weile still. In der Ferne hupte ein Autofahrer anhaltend und wütend. Im Garten tschilpten aufgeregte Spatzen.

»Andere Frage«, sagte ich. »Als man Sie gestern Morgen betrunken aufgelesen hat, hatten Sie Blut am Ärmel.«

»Ich weiß«, erwiderte er gleichmütig. »Und ich habe nicht den blassesten Schimmer, woher dieses Blut stammt. Ich habe nachgesehen, ob ich mich vielleicht irgendwo geschnitten habe, aber ich habe nichts gefunden. Vielleicht hatte ich Nasenbluten? Keine Ahnung, wirklich. Kompletter Filmriss.«

»Wo waren Sie in der Nacht von Freitag auf Samstag?«

»Wird das jetzt ein Verhör, oder was?«

Ich wiederholte meine Frage.

»Am Abend bin ich nach Mannheim gefahren. Ich kenne da ein paar Kneipen, die ich mag. Was später passiert ist ...« Er hob die muskulösen Schultern. »Keine Ahnung. Ich weiß es nicht.«

»Passiert Ihnen so was öfter?«

»Geht Sie das was an?«

»Könnte es sein, dass Sie in Straßburg waren?«

»Straßburg? Was sollte ich da?«

»Lea war dort.«

»Das ist mir klar.«

»Wie können Sie sicher sein, dass Sie nicht in Straßburg waren, wo Sie sich doch angeblich an nichts erinnern?«

»Weshalb sollte ich dort hinfahren? Wegen ...« Betroffen sah er mir ins Gesicht. »Sie denken doch nicht etwa ...?«

»Vorerst stelle ich nur Fragen.«

Leas Vater schüttelte den schweren Kopf mit den borstigen roten Locken. Seufzte fassungslos. Irgendwo im Haus schlug eine Uhr zwölf Mal. Draußen schien heute die Sonne von einem blitzblauen Himmel. Lassalle schien nicht vorzuhaben, meine Frage zu beantworten.

Ich wechselte das Thema. »Hatten Sie in letzter Zeit Streit mit Lea?«

Er musterte mich ausdruckslos. »Ich denke, es reicht jetzt. War nett, mit Ihnen zu plaudern.«

Ich blieb sitzen. »Hatten Sie Streit, ja oder nein?«

Er sah mir unverwandt ins Gesicht und schwieg.

»Wenn etwas ist, wie kann ich Sie in den nächsten Tagen erreichen?«

»Hier. Ich bin die meiste Zeit zu Hause.«

»Eine Handynummer vielleicht?«

»Brauche ich nicht.«

»Hatten Sie nun Streit, ja oder nein?«

Seine Miene veränderte sich, als wäre er plötzlich wieder in der Gegenwart angekommen.

»Morgen ist Montag, nicht wahr?«, fragte er mit einem Blick, als wollte er mich damit an die Wand nageln. »Ich wette mit Ihnen um tausend Euro, dass Lea morgen früh im Unterricht sitzt, als wäre nichts gewesen.«

5

Ich hätte einen hübschen kleinen Nebenverdienst einstreichen können, denn Lea Lassalle erschien am Montagmorgen nicht zum Unterricht. Oberstudienrätin Marchow, die mich um kurz nach acht im Büro anrief, war fast hysterisch vor Sorge. Es gelang mir nur mit Mühe, sie halbwegs zu beruhigen. Ich suchte mir die Nummer der Straßburger Police Judiciaire im Intranet heraus und wurde dort nach einigem Hin und Her mit einem Capitaine de Police Marcel de Brune verbunden. Wie viele ältere Elsässer sprach er leidlich Deutsch. Leider war er jedoch montäglich schlecht gelaunt, konnte nichts zu einem Vorgang Lea Lassalle finden und stritt am Ende rundweg ab, man habe ihn oder seine Kollegen schon am Samstagnachmittag informell vom Verschwinden eines Mädchens in Kenntnis gesetzt.

Während des kurzen und unfreundlichen Gesprächs wurde mir siedend heiß bewusst, dass ich am Samstag völlig vergessen hatte, ein Foto und eine Beschreibung des Mädchens nach Straßburg schicken zu lassen.

Lustlos wählte ich Justus Lassalles Nummer, aber er nahm nicht ab. So rief ich in der Schule an und konnte schon wenig später eine E-Mail mit einem Foto öffnen, auf dem Lea einigermaßen gut und in voller Lebensgröße zu sehen war. Es stammte aus dem Handy eines gleichaltrigen Jungen, der sich, so klang es zwischen den Zeilen, wie manch anderer in die hübsche Mitschülerin verguckt hatte. Lea lächelte ein wenig gezwungen in die Kamera. Den schmalen Kopf hielt sie neckisch schräg. Das Gesicht war ebenmäßig, die Haut auffallend hell, das glatte, fast bis zu den Hüften fallende Haar schwarz. In der Hand hielt sie etwas, das nach einem Kuchenstück aussah. Ihre Beine steckten in den üblichen, schon in der Fabrik künstlich zerschlissenen Jeans, den Oberkörper verbarg ein sackförmiger grauer Pullover. Fast, als wollte sie sich absichtlich unattraktiv machen. An den Füßen trug sie knallrote Sneakers.

Inzwischen hatte ich noch ein zweites Mal mit Oberstudienrätin Marchow gesprochen und in Erfahrung gebracht, was Lea am vergangenen Freitag getragen hatte: Die Jeans waren diesmal schwarz und unzerschlissen gewesen, der Pullover dunkelblau und mit dickem Rollkragen, darüber eine ebenfalls dunkelblaue gefütterte Steppjacke mit Kapuze, an den Füßen für Jahreszeit und Wetter völlig unpassende elegante Schuhe mit hohen Absätzen.

Am Ende sagte die Lehrerin einen Satz, dem ich zunächst nicht viel Bedeutung beimaß: »Was Lea betrifft – ich habe Ihnen doch vorgestern gesagt, sie sei abends im Bus gewesen und später wieder ausgestiegen.«

»Und jetzt sind Sie sich in diesem Punkt nicht mehr sicher?«

»Der Kollege, der mit dabei war, hat sie nicht gesehen. Und je länger ich mir das Hirn zermartere, desto unsicherer werde ich. Nein, ich glaube nicht, dass sie vor der Rückfahrt überhaupt im Bus war.«

Ich leitete Foto und Beschreibung an den brummigen Straßburger Kollegen weiter. Zu meiner Überraschung rief er wenige Minuten später zurück und versprach, die Sache von nun an ernster zu nehmen. Er entschuldigte sich sogar für seine Unfreundlichkeit und die Schlamperei am Samstag, für die er selbst natürlich nichts konnte.

»Weiß man schon etwas zur Identität der ermordeten Frau?«, fragte ich.

Er stöhnte gequält. »Jung war sie. Viel zu jung zum Sterben. Nein, wir wissen noch nicht, wer sie ist. Schwarzhaarig war sie und gut gebaut. Bleibt uns wohl nichts übrig, als zu warten, bis eine passende Vermisstenmeldung …«

Jetzt erst verstand er den Hintergrund meiner Frage.

»Verzeihung, ich bin noch nicht ganz wach. Ich bin seit Samstagmorgen praktisch ununterbrochen im Dienst. Sie wollen natürlich wissen, ob unsere Tote Ihre Vermisste sein könnte. Da kann ich Sie beruhigen. Sie war schon mindestens vierundzwanzig Stunden tot, als man sie fand. Eventuell hat sie sogar seit zwei oder drei Tagen in dem Graben gelegen. Ein Wunder, dass man sie nicht früher gefunden hat, keine zwei Meter neben der Straße.«

Ich wünschte ihm betreten viel Erfolg bei seinem Fall, um den ich ihn nicht beneidete, und wandte mich erleichtert meinen eigentlichen Dienstaufgaben als Kripochef zu. Auf meinem Schreibtisch stapelte sich schon wieder der ungeliebte Papierkram.

Einen kurzen Aufschub verschaffte mir Sönnchen, mit bürgerlichem Namen Sonja Walldorf, meine Sekretärin und mein unermüdlicher Schutzengel im Chaos des Polizeialltags. Sie hatte offenbar gehört, dass ich zu Ende telefoniert hatte, und servierte mir unaufgefordert einen Morgencappuccino, den ich an Montagen ganz besonders zu schätzen wusste.

Wie üblich forderte ich sie auf, Platz zu nehmen und mir ein wenig Gesellschaft zu leisten. Wir besprachen die Termine der Woche, die zum Glück überschaubar waren, diskutierten das Leben im Allgemeinen und die Dummheit mancher Menschen im Besonderen sowie den Umstand, dass ein gewisser Herr Murphy immer und immer wieder recht behielt. Alles, was schiefgehen konnte, ging todsicher irgendwann schief.

»In der Nacht auf Sonntag ist ein Student in den Neckar gefallen«, berichtete Sönnchen aufgeräumt. »Seine Kumpels wollten ein Foto machen, wie er den heiligen Nepomuk auf den Mund küsst, und dabei ist er reingefallen und um ein Haar ertrunken.«

»Wo wir schon beim Thema Pechvogel sind: Nachher schicken Sie mir bitte den Kollegen Runkel vorbei. Mit dem habe ich ein paar Hühnchen zu rupfen.«

»Wegen dieser Geschichte am Samstag?«

Rolf Runkel war ein älterer Untergebener, mit dem es immer wieder Ärger gab, weil er Aufgaben vermasselte, Dinge verlegte oder auch einfach vergaß. Beim Frühstück heute Morgen hatte mir die Meldung gleich auf der ersten Seite entgegengegrinst: »Polizei im Pech – Kellertürenbande immer noch auf freiem Fuß.«

Die sogenannte Kellertürenbande machte mir schon seit Wochen Kopfzerbrechen. Im Herbst hatte eine unregelmäßige Serie von Einbrüchen begonnen. Das Muster war immer dasselbe: Sie kamen zu zweit oder zu dritt, wählten alleinstehende Häuser in wohlhabenden Vierteln aus, die über keine Alarmanlage verfügten und deren Grundstücke von der Nachbarschaft schlecht einsehbar waren. Dort brachen sie meist eine von außen zugängliche Kellertür auf, drangen im Inneren in die oberen Stockwerke vor, durchsuchten systematisch Schubladen und Schränke. Immer beschränkte sich ihre Beute auf einige wenige kostbare Dinge. Und anschließend verschwanden sie so unbemerkt, wie sie gekommen waren. Ihre bevorzugte Arbeitszeit war nachts, nachdem auch die letzten Hundebesitzer und Partyschwärmer im Bett lagen. Es gab Hinweise, dass die Täter jung waren und sportlich, dass sie intelligent waren und immer im Auto vorfuhren. Aber schon bei der Marke des Autos widersprachen sich die wenigen Zeugenaussagen, die ich bisher hatte. Als es über die Monate immer schlimmer wurde, hatte ich mir zusammen mit dem Leiter unserer

Polizeidirektion, Dr. Egon Liebekind, einige Maßnahmen überlegt, von denen wir hofften, dass sie auf die Bevölkerung beruhigend wirken würden. Seitdem fuhren zivile und uniformierte Streifen regelmäßig gefährdete Orte und Stadtteile ab, um der Bevölkerung zu signalisieren, dass die Polizei ihre Sorgen ernst nahm.

In der Nacht auf Sonntag war Rolf Runkel zusammen mit einem jungen Kollegen in Plankstadt unterwegs gewesen, einem Ort westlich der Autobahn A5, nur wenige Kilometer von Heidelberg entfernt. Dort meinten sie kurz nach Mitternacht etwas Verdächtiges beobachtet zu haben, hatten einen Wagen verfolgt und schon nach wenigen Hundert Metern ihr Dienstfahrzeug, einen knapp zwei Jahre alten Audi A6, in einen wertlosen Schrotthaufen verwandelt.

Mitten im Ort, gegenüber der Kirche, hatte Runkel erst eine Straßenlaterne, dann einen Betonblumenkübel und schließlich noch einen original französischen Wegweiser umgemäht. Dieser Wegweiser war aus Beton, ein Geschenk von Plankstadts Partnerstadt Castelnau-le-Lez und somit praktisch unersetzlich. Der Beifahrer lag mit Schlüsselbeinbruch im Krankenhaus, weil er im Trubel der aufregenden Ereignisse vergessen hatte, sich anzuschnallen. Der Wagen, den die beiden Knallköpfe verfolgt hatten, war über alle Berge, und von einem Einbruch in Plankstadt war nichts bekannt.

Zur Aufheiterung erzählte mir Sönnchen von ihrem Wochenende. Am Sonntagabend hatte sie im Dom von Speyer gesungen. Das Weihnachtsoratorium von Johann Sebastian Bach. Meine Sekretärin sang im Kirchenchor.

»Eine unglaubliche Stimmung. Diese fast tausend Jahre alte Kirche, die Musik, die Akustik. Zum Weinen schön.«

»Schicke Bluse«, fiel mir erst jetzt auf. »Neu?«

Sie zupfte am Kragen des angesprochenen Kleidungsstücks und errötete zart. »Ganz neu nicht. Trotzdem schön, dass sie Ihnen gefällt.«

Auch ihr Haar schien mir irgendwie verändert zu sein, aber ich wollte mich nicht schon wieder blamieren und hielt deshalb den Mund. Als sie an ihren Schreibtisch im Vorzimmer zurückging, leuchteten ihre Augen.

Ich hatte gerade die Akte aufgeklappt, die zuoberst auf meinem Stapel lag, als es klopfte. Sönnchen streckte ihren dauergewellten Kopf herein.

»Da ist ein junger Mann, Herr Gerlach«, sagte sie leise. »Ich weiß, Sie haben zu tun, aber ...« Ihre Miene verriet, dass der Besucher bereits im Vorzimmer stand und mithörte. »Es geht um ein verschwundenes Mädchen ...«

Ich klappte meine Akte wieder zu.

»Henning Dellnitz«, stellte sich der schlaksige Junge vor. Etwas in mir weigerte sich hartnäckig, ihn »Mann« zu nennen, obwohl er mindestens eins achtzig groß war und ein Hauch von Bart seine Oberlippe zierte. Er setzte sich umständlich, und erst jetzt erkannte ich ihn. Vor mir saß ein Schulfreund meiner Mädchen. Chip, das Computergenie der Klasse. Sein Gesicht war picklig, die Nase gerötet, die Bewegungen linkisch, die Füße zu groß. Die Farbe seiner lockigen Haare lag irgendwo zwischen blond und brünett.

»Ich helfe Louise und Sarah manchmal mit den PCs, wenn mal wieder was nicht funzt.« Seine Finger zitterten. Auch die Augen waren gerötet.

»Sie kommen wegen Lea?«

»Ich möchte, dass Sie sie finden«, sagte er heiser. »Es ist nämlich ... Ich ... Wenn ich irgendwas helfen kann, sagen Sie es mir bitte. Ich kenne mich mit Computern aus. Ich mache alles. Sie müssen mir nur sagen, was.«

»Haben Sie zurzeit nicht Unterricht?«

»Ich bin krank. Seit Dienstag schon. Fiebrige Erkältung. Und Lea ... Lea und ich ...«

»Sie mögen sie?«

Er nickte verlegen, senkte den Blick.

»Beruht die Zuneigung denn auf Gegenseitigkeit?«

Betretene Miene. Also nicht. Wohl die erste unglückliche Liebe des armen Kerls, dessen Augen sicher nicht nur vom Schnupfen gerötet waren.

»Wir waren zweimal abends zusammen weg«, flüsterte er. »Wir haben uns geküsst. Und am nächsten Morgen ... Sie hat mich ...«

»Frauen sind leider manchmal so«, sagte ich mitfühlend. »Sie werden sehen, beim zweiten Mal tut es schon nicht mehr so weh.«

Der verliebte Schüler saß mit hängendem Kopf auf seinem Stuhl und wagte nicht mehr, mir ins Gesicht zu sehen.

»Es ist sehr nett von Ihnen, dass Sie mir bei der Suche nach Lea helfen wollen«, fuhr ich fort. »Aber im Moment suchen wir noch nicht mal richtig nach ihr. Das ist nämlich nicht so einfach. Lea ist fast volljährig. Vielleicht hat sie einfach keine Lust mehr auf Schule und macht ein paar Tage Ferien außer der Reihe. Vielleicht hat sie …«

Ich brach ab. Die Möglichkeit, Lea könnte in Straßburg einen interessanten Mann kennengelernt haben, hätte den armen Jungen vermutlich nicht getröstet.

»Die wenigsten bei uns haben noch Bock auf Schule«, murmelte er. »Und wenn ich auf eigene Faust …? Ich habe einen Motorroller. Ich könnte nach Straßburg fahren …«

Fast hätte ich gelacht. »Straßburg hat über eine halbe Million Einwohner. Da können Sie Jahre herumfahren, ohne sie zu treffen.«

»Aber … Man muss doch … Man kann doch nicht …«

»Doch. So leid es mir tut. Solange ich keinen begründeten Verdacht habe, dass Lea etwas zugestoßen ist, sind mir die Hände gebunden, wie man so schön sagt.«

»Und was sagt Leas Vater dazu?«

»Dass sie alt genug ist, selbst auf sich aufzupassen.«

»Dieser Typ ist so ein Arsch!«

Nun wurde es vielleicht doch noch interessant. Ich beugte mich ein wenig vor. »Warum sagen Sie das?«

»Weil's stimmt. Lea hat mal so Andeutungen gemacht. Er säuft. Und wenn er besoffen ist, dann …« Er schluckte. Öffnete den Mund. Schloss ihn wieder.

»Was ist dann?«, fragte ich leise.

»Wie gesagt, sie hat nur so Andeutungen gemacht. Aber ich glaube, er hat sie … na ja, angefasst eben.«

»Das hat sie so gesagt? Ihr Vater hätte sie angefasst?«

»So ungefähr, ja. Nein, gesagt hat sie es eigentlich nicht. Nicht so. Aber dass er ein Arsch ist und sie anwidert und dass sie wegwill.«

»Ich müsste es schon ein bisschen genauer wissen …«

»Ich weiß es aber nicht genauer«, erwiderte Henning heftig

und nieste. »Von ihrer Mutter hat sie mir nur erzählt, dass sie tot ist und dass sie eine Weile bei ihren Großeltern in Bad Homburg gelebt hat und machen konnte, was sie wollte. Und jetzt muss sie hier in Heidelberg sein, und das passt ihr gar nicht. Sie hasst die Stadt und die Leute und die Schule und alles. Aber am allermeisten hasst sie ihren Vater.«

Aus irgendeinem Grund mochte ich den Burschen, der inzwischen mitleiderregend schwitzte und immerzu die viel zu großen Hände an der dunkelgrauen Jeans abwischte.

»Okay«, sagte ich langsam. »Und nun?«

»Wissen Sie, er hat sich die ganzen Jahre einen Scheiß um sie gekümmert. Hängt da in seinem Haus rum und arbeitet nichts und säuft sich tot und …«

»Was, und?«

»Na ja … Hab ich doch schon gesagt.«

»Bisher haben Sie nur Andeutungen gemacht.«

»Ich weiß doch nicht, was da abgegangen ist. Lea hat ja auch …«

Durch meinen Kopf wirbelten alle möglichen Gedanken und Phantasien. War Lea womöglich auf der Flucht vor ihrem eigenen Vater?

»Wie ist sie denn so in der Schule?«

»Totale Katastrophe«, meinte mein Gegenüber seufzend und kniff die Augen zu. »Die Schule geht Lea voll am Arsch vorbei. Sie will Model werden. Oder Filmschauspielerin. Oder sonst was, wo man kein Mathe und kein Französisch braucht. Da braucht sie nur ein schönes Gesicht, sagt sie, und gute Titten und lange Beine, und das hat sie ja alles.«

Ach, du liebe Güte.

»Letzte Woche hat sie mal wieder voll den Stress mit unserem Mathelehrer gehabt. Sie hat schon die zweite Sechs geschrieben in dem Halbjahr. Diesmal hat sie sich nicht mal die Mühe gemacht, irgendwas hinzuschreiben. Hat nach fünf Minuten einfach leere Blätter abgegeben und ist gegangen.« Henning atmete heftig und betrachtete seine knochigen Hände. »Der Plako hat voll getobt. Eigentlich heißt er Plakowsky, aber wir nennen ihn alle Plako. Er hat ihr nachgerufen, mit der Einstellung landet sie auf dem Strich. So was sagt der sonst nie. Der Plako ist eigentlich echt okay.«

»Und was hat sie geantwortet?«

»Voll cool, sie hat nämlich gesagt, dass sie schon lange auf den Strich geht und dass er sie gerne mal am Nachmittag besuchen kann. Den Plako hat fast der Schlag getroffen. Zehn Minuten lang hat er das Rumpelstilzchen gemacht. Mit Schulverweis gedroht und Jugendamt und vollem Programm. Aber das hat sie gar nicht mehr gehört, weil sie ja längst weg war. Am Mittwoch ist sie dann vor Mathe einfach abgehauen. Und am Donnerstag genauso.«

»Wenn Sie irgendwas hören, was für mich interessant sein könnte, dann erfahre ich das, okay?«

»Mach ich. Klaro. Und jetzt? Was passiert jetzt?«

»Ich verspreche Ihnen, dass ich die Sache im Auge behalten werde. Mehr kann ich im Moment nicht tun. Aber ich bin sicher, Sie müssen sich keine Sorgen machen. Sie wird wiederauftauchen. Fast alle tauchen wieder auf.«

Natürlich war er nicht beruhigt. Er erhob sich zögernd, drückte meine Hand und wandte sich dann so plötzlich zum Gehen, als wäre er auf der Flucht.

Rolf Runkel hatte offenbar schon im Vorzimmer gewartet, um sich seinen Rüffel abzuholen. In der Tür trafen die beiden aufeinander.

Der Junge nickte Runkel unsicher zu, sagte mit verwirrtem Lächeln »Hallo« und war im nächsten Augenblick verschwunden.

Nun stand ein bedröppelter Rolf Runkel vor mir und wagte nicht, mir in die Augen zu sehen.

»Setzen Sie sich, und erzählen Sie«, herrschte ich ihn ohne Begrüßung an. »Ich bin sehr gespannt auf Ihre Geschichte.«

Er hockte sich auf die Stuhlkante und starrte auf seine Knie. »Also, wir sind am Samstagabend in Plankstadt gewesen, wissen Sie ja schon, in der Beethovenstraße ... und ... ich ... also ...«

»Und da haben Sie etwas beobachtet, was Ihnen verdächtig vorgekommen ist«, half ich meinem Pechvogel vom Dienst auf die Sprünge.

»Erst mal haben wir bloß gehalten und ein bisschen geguckt.«

»Das war sehr umsichtig von Ihnen. Es ist immer gut, sich erst mal einen Überblick zu verschaffen.«

Meinen Sarkasmus deutete Runkel als Lob. Er wuchs eine Spur. »Und der Dieter, also Dieter Müller, der hat dann Hunger gekriegt.«

»Und das Fahrzeug verlassen?«

Runkel nickte. »War schon fast Mitternacht. Und wir sind ja schon fünf Stunden im Einsatz gewesen.«

Von denen er vermutlich die meisten verschlafen hatte.

»Und so spät haben Sie noch was zu essen gefunden?«

»An der Schwetzinger Straße ist ein Dönerladen. Der hat noch aufgehabt.«

Wie üblich ließ er sich jede Kleinigkeit einzeln aus der Nase ziehen.

»Und wie lange war der Kollege weg?«, fragte ich schon leicht erschöpft.

»Weiß ich nicht genau.«

Inzwischen wagte Runkel nicht einmal mehr zu nicken. Eine Weile kauerte er mir unglücklich schnaufend gegenüber. Aber schließlich fuhr er ungefragt fort: »Jedenfalls, auf einmal reißt der Dieter die Tür auf, mit 'nem Döner in der Hand, und brüllt irgendwas. Ich hab nur verstanden: ›Los, los‹ und den Motor angelassen. Und da ist dann das andere Auto gewesen. Ein dunkles Auto. Mercedes oder so was. Obere Mittelklasse jedenfalls. Mehr hat man nicht sehen können, und der Dieter hat gebrüllt, ich soll hinterher. Die sind auch ziemlich schnell gewesen ...«

»Die?«

»Ich denk mal, dass es mehrere gewesen sind. Die Kellertürenbande, die kommen doch immer zu zweit oder zu dritt, oder nicht?«

»Und wie sind Sie, bitte schön, auf die Idee gekommen, dass in dem Auto Einbrecher saßen?«

Kläglich hob er die Schultern. »Der Dieter ist sich ganz sicher gewesen, dass sie es sind. Warum, weiß ich auch nicht. Und es ist doch so ein Durcheinander gewesen, und ich bin auch noch nicht ganz ... na ja, ich bin ein bisschen konfus gewesen in dem Augenblick. Und die sind auch wirklich abgehauen wie der Teufel. Wir also hinterher, um ein paar Ecken, der Dieter immer weiter gebrüllt, ich soll doch mehr Gas geben, und dann sind wir auf die Schwetzinger Straße eingebogen, und da ...«

»... haben Sie die Kurve nicht gekriegt. Haben Sie wenigstens das Kennzeichen dieses angeblichen Fluchtfahrzeugs?«

Betrübtes Kopfschütteln.

Ich schickte den glücklosen Helden an seinen Schreibtisch zurück und bat Sönnchen, mir eine Verbindung zu Runkels Beifahrer zu machen. Ich musste einige Minuten warten, da er nicht mehr im Krankenhaus lag, sondern dienstunfähig zu Hause saß und auf seinen ruhig gestellten rechten Arm aufpasste.

Auch er gab sich reumütig. »Es sind drei Typen gewesen, da bin ich mir sicher«, war praktisch der einzige Hinweis, den er mir geben konnte. »Und sie haben's echt verdammt eilig gehabt.«

»Und Sie waren nicht angeschnallt.«

»War total blöd. Ich hab mit meinem Döner zu tun gehabt. Und das mit einer Hand, im Dunkeln ... Den Döner hab ich dann komplett auf der Hose gehabt. Die kann ich wegschmeißen. Das geht nie und nimmer raus beim Waschen.«

An manchen Tagen machte es keinen Spaß, Chef zu sein.

6

Justus Albert Lassalle entstammte einer gut situierten Familie, fand ich mithilfe des World Wide Web heraus. Sein Vater war in Frankfurt-Höchst Prokurist eines Großhandels für Industriegase gewesen. Die Eltern hatten vier Kinder in die Welt gesetzt, allesamt Söhne, von denen Leas Vater der zweitjüngste war. 1980 machte er am Frankfurter Friedrich-Dessauer-Gymnasium Abitur. Im folgenden Jahr begann er, an der TH Darmstadt Chemie zu studieren. Sechzehn Semester später, im Jahr der deutschen Wiedervereinigung, schloss er das Studium mit der Promotion ab. Keine schlechte Startbasis für ein sorgenfreies Leben, sollte man meinen.

Aber irgendetwas war schiefgegangen. Als er fünfzehn Jahre später in Heidelberg auftauchte, gab er als Familienstand »geschieden« und als Beruf »keiner« an. Anfangs hatte er in einer

Mietwohnung in Kirchheim gewohnt. Aber schon wenig später hatte er das Haus an der Fichtestraße gekauft, und wovon er seither lebte, wusste nicht einmal Google.

Ich wäre dem Mann zu gern auf die Pelle gerückt, um ihm etwas energischer als beim ersten Mal Fragen zu stellen, aber dazu fehlte mir jede Handhabe. Die »Andeutungen«, die Lea Henning gegenüber gemacht hatte, rechtfertigten beim besten Willen keine Polizeiaktion. Ich überlegte hin und her, beäugte missmutig meinen Aktenstapel und erinnerte mich schließlich an meine Geheimwaffe für schwierige Fälle – ich rief Sönnchen zu mir. Sie war in Heidelberg geboren, hatte nie irgendwo anders gelebt und kannte die halbe Stadt, weil man entweder zusammen im Kirchenchor sang oder gegeneinander Tennis spielte – wobei meine Sekretärin grundsätzlich verlor, was ihre notorisch gute Laune jedoch nicht erschütterte.

»Lassalle?«, fragte sie ratlos. »Nie gehört. Was genau interessiert Sie denn an dem?«

»Alles. Wie üblich.«

Sie lächelte ihr schelmisches Lächeln. »Da werd ich halt mal wieder eine Weile rumtelefonieren.«

»Die Sache ist ein bisschen inoffiziell. Ich weiß von nichts, okay?«

Sekunden später hörte ich sie im Vorzimmer geschäftig plaudern und hin und wieder herzlich lachen. Ich betrachtete wieder meinen Aktenstapel, den meine Sekretärin erst vor wenigen Augenblicken um weitere fünf Zentimeter erhöht hatte. Genau besehen ging mich der Fall Lassalle nichts an. Und bisher konnte von einem Fall ja überhaupt keine Rede sein. Und ich als Kripochef hatte wirklich Besseres zu tun, als hinter dem Vater einer jungen Frau herzuspionieren, die sich vermutlich irgendwo ein paar stress- und schulfreie Tage gönnte.

Ich beschloss energisch, mich nun endlich meinen Dienstaufgaben zu widmen, und gab ein allerletztes Mal den Namen Dr. Justus Lassalle bei Google ein. Bevor er nach Heidelberg gezogen war, hatte er zusammen mit Frau und Töchterchen in Saarbrücken gelebt und bei der Saarstahl AG ein metallurgisches Labor geleitet.

»Selbst wenn dieser Herr bei uns angestellt gewesen sein sollte«, erklärte mir eine schnippische weibliche Stimme mit französischem Akzent am Telefon, »wir geben grundsätzlich keine Informationen über Mitarbeiter heraus. Auch nicht über ehemalige. Da könnte ja jeder kommen.«

»Das hatte ich auch gar nicht erwartet. Worum ich Sie bitten wollte: Könnten Sie mir einen Kontakt zu ehemaligen Kollegen verschaffen?«

»Unsere Mitarbeiter haben Wichtigeres zu tun, als über ehemalige Kollegen zu tratschen.«

»Ich habe eben Ihren Namen nicht richtig verstanden.«

»Meinen Namen? Wozu wollen Sie den denn wissen?«

»Nur zur Sicherheit. Sehen Sie, möglicherweise ist ein Menschenleben in Gefahr, und wenn es zum Schlimmsten kommen sollte, dann wüsste ich gerne, mit wem ich gesprochen habe.«

»Einen Moment, bitte.« Es klickte in der Leitung.

Der Moment dauerte mehrere Minuten, und die Pausenmusik der Saarstahl AG ging mir bis zum Abend nicht mehr aus dem Kopf.

»Dr. Körner«, meldete sich schließlich eine sonore Männerstimme. »Sie interessieren sich für den Justus, höre ich. Was hat er denn ausgefressen?«

»Über den Hintergrund meines Anrufs kann ich im Moment erst mal nichts sagen.«

»Er wohnt seit Neuestem in Heidelberg?«

»Richtig. Und Sie sprechen übrigens mit dem Chef der hiesigen Kriminalpolizei. Sie können die Nummer überprüfen und mich zurückrufen ...«

»Ihre Nummer habe ich eben schon gecheckt. Was genau wollen Sie denn wissen?«

»Was Herr Lassalle für ein Mensch ist und warum er vor acht Jahren seine Stellung gekündigt hat.«

»Der Justus ist ein – wie sag ich's am besten? –, ein unsteter Charakter. Kein Luftikus, das nicht. Er war ein guter Chef und ist vermutlich immer noch ein brillanter Metallurg. Sie sprechen übrigens mit seinem Nachfolger. Aber irgendwie hat er keine Linie in sein Leben gekriegt. Und er hat auch nicht von sich aus gekündigt. Das Arbeitsverhältnis wurde damals – wie es in solchen Fällen heißt – einvernehmlich aufgelöst.«

»Und?«, fragte ich, als er schwieg.

»Na ja. Ich ... Ich möchte nicht, dass das am Ende in irgendwelchen Polizeiakten auftaucht. Es ist seinerzeit ja nicht mal zur Anzeige gekommen.«

»Es wird nichts in irgendwelche Akten kommen.«

»Bitte verstehen Sie. Ich bin mir wirklich unschlüssig, ob ich ...«

»Kann es sein, dass er sich im selben Jahr von seiner Frau getrennt hat? Und dass zwischen diesen beiden Ereignissen ein Zusammenhang besteht?«

Dr. Körner schnaufte unglücklich in den Hörer. »Ja«, sagte er schließlich.

»Die beiden haben sich also aus demselben Grund getrennt, aus dem er seine Stelle verloren hat?«

Körner lachte verlegen. »Ja. Und nein.«

»Was hat er sich denn zuschulden kommen lassen?«

»Ich möchte ...« Ein Hustenanfall unterbrach ihn, bei dem ich an Thomas Manns »Zauberberg« denken musste. »Ich möchte nichts dazu sagen. Bitte haben Sie Verständnis.«

»Dann rate ich einfach mal: Unterschlagung?«

»Negativ.«

»Verrat von Betriebsgeheimnissen?«

»Nie im Leben.«

»Etwas Sexuelles?«

»Hm.«

»Am Arbeitsplatz?«

»Das haben Sie gesagt.«

»Eine Kollegin?«

Körner stöhnte. »Eine Laborantin. Das Kindchen war gerade mal neunzehn. Und es ist nie wirklich geklärt worden, inwieweit sie einverstanden war oder nicht. Sie konnte auch gar nichts dafür, dass die Geschichte aufgeflogen ist. Irgendwer hatte wohl irgendwas mitgekriegt und getratscht, und damit war das Gerücht in der Welt. Die Geschäftsleitung hätte wohl sogar ein Auge zugedrückt. Aber seinerzeit gab's eine Dame im Personalrat, so eine ... Lassen wir das Thema, sonst bin ich demnächst auch noch auf

Jobsuche. Jedenfalls ist diese Dame regelrecht Amok gelaufen und hat die kleine Nelly ganz verrückt gemacht. Am Ende war es wohl die beste Lösung für alle Beteiligten. Justus hat eine hübsche Abfindung gekriegt, und sie haben ihn praktisch von einem Tag auf den anderen freigestellt. War ein ziemlicher Schlag für die Abteilung. Auf der anderen Seite ...«

Ich nahm den Hörer ans andere Ohr. »Auf der anderen Seite?« Ich las Dr. Körners Nummer vom Display ab und notierte sie.

»Alkohol«, sagte er nach einer Pause in leidendem Ton. »Das ist manchmal ein Problem gewesen. Nicht, dass er ständig besoffen zur Arbeit gekommen wäre. Justus ist mehr so der Typ Quartalssäufer. Wenn schon, dann hat er sich die Kante so richtig gegeben. Er hat sogar eine Therapie versucht. Danach war für ein paar Monate Ruhe. Aber letzten Endes hat er es nicht in den Griff gekriegt. Alle paar Wochen ist er abgestürzt. Mit Blackout und ein, zwei Mal sogar Notaufnahme. Wie geht's ihm denn? Was treibt er? Hat er wieder einen Job gefunden? Ich habe seither nichts mehr von ihm gehört.«

»Er hat sich ein schönes Haus in Heidelberg gekauft.«

»Und was arbeitet er?«

»Meines Wissens nichts. Vermutlich lebt er von seiner Abfindung.«

»Ach was.« Körner schwieg für zwei Atemzüge. »Und wie geht's Jasmin? Seiner Frau?«

»Sie ist tot.«

»Woran ist sie ... war sie krank?«

»Ich weiß es nicht.«

»Justus hat sie aber nicht etwa ...?« Erschrocken brach er ab.

»Was?«

»Nichts.«

»Was wollten Sie sagen?«

»Nichts. Unfug. Vergessen Sie's. Das arme Mädchen. Lea war so ein nettes, aufgewecktes Kind. Manchmal hat Justus sie mit ins Labor gebracht, wenn es mit der Tagesmutter Probleme gab, zum Beispiel. Alle haben sie gern gehabt. Man konnte so herrlich rumblödeln mit dem Kind. Sie hat sich nichts gefallen lassen und ordentlich austeilen können. Wenn ich jemals eine Tochter haben sollte, habe ich oft gedacht, dann bitte eine wie Lea. Was ist aus ihr geworden? Wenn ich richtig rechne, ist sie ja noch nicht alt genug, um auf eigenen Beinen zu stehen.«

»Lea lebt seit dem Sommer bei ihrem Vater.«

»Wirklich?«, entfuhr es meinem Gesprächspartner.

»Das überrascht Sie?«

»Aber nein …«, murmelte er verwirrt. »Natürlich nicht. Wo die Mutter nicht mehr lebt.«

»Mehr wollen Sie nicht dazu sagen?«

»Nein«, erwiderte er mit schon wieder souveräner Stimme. »Mehr möchte ich nicht dazu sagen.«

Jasmin Lassalle war vor zwei Jahren und sieben Monaten gestorben, fand ich rasch heraus. Als Todesursache hatte das zuständige Standesamt in Bad Homburg »Unfall« registriert.

Auch Sönnchen hatte in der Zwischenzeit zu Ende telefoniert. In dem Augenblick, als ich auflegte, tauchte ihr Kopf im Türspalt auf.

»Darf ich?«

Ich winkte sie herein. Sie schloss die Tür sorgfältig hinter sich und nahm auf demselben Stuhl Platz wie vorhin.

»Also, dieser Herr Lassalle, man hört ja allerhand.«

»Was denn zum Beispiel?«

»Dass er säuft wie ein Loch, zum Beispiel.«

»Das weiß ich schon.«

»Und sich regelmäßig mit seiner Tochter fetzt, dass es die halbe Straße mitkriegt. Meine älteste Cousine väterlicherseits wohnt in der Kirschgartenstraße, das ist eine Parallelstraße zu der, wo dieser Dr. Lassalle wohnt. Trotzdem kennt sie den Namen. Es wird wohl viel geredet, und er ist nicht gerade beliebt in der Nachbarschaft. Er wohnt natürlich auch noch nicht so lang da, in der Südstadt.«

»Er zofft sich also mit seiner Tochter. Das würden meine Nachbarn auch über mich sagen.«

»Aber nicht so. Da ist richtig Hass im Spiel, sagen die Leute. Sie ist auch schon zweimal abgehauen und erst Tage später wiederaufgetaucht. Wenn man den Vater darauf anspricht, dann wird er unverschämt und droht gleich mit dem Anwalt. Drum redet meine Cousine jetzt lieber gar nicht mehr mit ihm. Er wird mit dem Mädchen nicht fertig, heißt es. Sie tanzt ihm auf der Nase rum. Am vergangenen Donnerstag soll es besonders schlimm gewesen sein.«

Sie setzte eine geheimnisvolle Miene auf. Wir kamen zum spannenden Teil. Ich stützte die Ellbogen auf den Schreibtisch und faltete die Hände. »Jetzt erzählen Sie schon!«

»Sogar eine Scheibe haben sie eingeschmissen, so ist das da zugegangen. Und es war mitten in der Nacht. Die Nachbarn hätten fast die Polizei geholt.«

Streit mit den Eltern war das mit Abstand häufigste Motiv für Jugendliche und Heranwachsende, davonzulaufen. Mir kam ein Gedanke, der mir schon viel früher hätte kommen sollen. Ich griff zum Handy und wählte Sarahs Nummer. Glücklicherweise hatte sie gerade große Pause.

»Eine Tasche?«, fragte sie zurück. »Nö, kann mich nicht erinnern, dass Lea Gepäck dabeigehabt hätte. Ihre Handtasche, logo. Die war schon ziemlich groß. Sie schleppt ja immer ein halbes Kosmetikstudio mit sich rum. Aber so richtig Gepäck? Echt nicht.«

Eine Stunde und fünfzehn Akten später konnte ich meine Neugier nicht länger zügeln. Ich suchte den Zettel mit der Telefonnummer, die ich vorhin notiert hatte.

»Sie schon wieder«, lautete die wenig begeisterte Begrüßung von Lassalles Nachfolger. »Was ist denn noch?«

»Sie waren vorhin so überrascht, als ich sagte, dass Lea jetzt bei ihrem Vater lebt.«

»Stimmt«, brummte Körner unwillig. »Das war ich wohl.«

»Was ist daran so merkwürdig, dass ein Kind nach dem Tod der Mutter zum Vater zieht?«

Körner schnaufte gequält. »Ich möchte Justus nicht hinhängen, verstehen Sie mich bitte. Aber ...« Ich hörte ihn durchs Telefon schlucken. Schließlich gab er sich einen Ruck. »Na gut, früher oder später finden Sie es ja so oder so heraus. Wir waren damals öfter zusammen Ski fahren, Justus und Jasmin und ich und meine Vanja. Das war meine damalige ... Lebensabschnittsgefährtin, wie man so treffend sagt. Und Lea natürlich. Lea war immer dabei. Jeden Winter waren wir zwei, drei Mal für ein verlängertes Wochenende zusammen in den Alpen. Und beim letzten Mal, im

Januar muss das gewesen sein, ein paar Monate bevor Justus ausgeschieden ist, da war die Stimmung zwischen den dreien irgendwie komisch. Ich weiß, das klingt jetzt furchtbar, aber …«

Erneut brach Körner ab. Quälte sich nach Sekunden weiter.

»Justus und Jasmin haben sich auf einmal kaum noch angesehen. Und was ich noch viel komischer fand: Sie hat ständig aufgepasst, dass Lea in ihrer Nähe blieb. Deutlicher möchte ich aber wirklich nicht …«

»Danke«, sagte ich mit belegter Stimme. »Das war deutlich genug.«

»Bin nicht stolz darauf«, erwiderte Körner abgekämpft. »Die ganze Zeit habe ich hier an meinem Schreibtisch gesessen, nachdem wir vorhin aufgelegt hatten, und mir den Kopf zermartert, was ich tun soll. Ob ich so was sagen darf. Auf der anderen Seite war's ja nun mal so. Und vielleicht ist es ja wichtig. Aber Justus, ich will ihn wirklich … Ich habe keinen Dunst, was damals los war. Nur eines weiß ich: Es war das letzte Mal, dass wir zusammen Ski laufen waren. Drei Monate später war Jasmin mit Lea in Bad Homburg bei ihren Eltern, und Justus war gefeuert, und alles war kaputt. Aber bitte, ziehen Sie jetzt keine voreiligen Schlüsse. Und sagen Sie Justus um Gottes willen nicht …«

»Das werde ich nicht tun. Weder das eine noch das andere.«

»Und Sie wollen mir immer noch nicht sagen, was eigentlich los ist?«

Nun war ich es, der zögerte. Aber Offenheit musste mit Offenheit belohnt werden.

»Lea ist verschwunden. Seit Freitag.«

»Und was sagt Justus dazu?«

»Dem scheint das ziemlich gleichgültig zu sein.«

»Wo wir schon dabei sind«, sagte Körner nach einigen stillen Sekunden. »Es gibt noch eine andere Merkwürdigkeit aus der Zeit, die hat aber nichts mit Lea zu tun. In dem Jahr vor dem großen Krach hatten wir einen Doktoranden hier. Justus hatte immer noch Kontakt zu seinem alten Prof in Darmstadt, und der hat ihm den jungen Mann nach Saarbrücken geschickt. Er sollte in unseren Labors Untersuchungen machen, für die ihnen an der Uni die Geräte fehlten. Die beiden – Justus und der Prof – haben die Promotion sozusagen gemeinsam betreut.«

»Bisher sehe ich daran nichts Merkwürdiges.«

»Sie wissen, worum es in Justus' Doktorarbeit ging?«

»Nein, woher?«

»Uranhaltige Stähle. Für Laien: extrem schwere und harte Legierungen, die üblicherweise olivgrün lackiert werden.«

»Etwas Militärisches?«

»Panzerstähle. Man kann auf der anderen Seite auch prima Artilleriegeschosse daraus machen mit enormer Durchschlagskraft. Justus hat seine Forschungen hier im Labor fortgeführt. Das Management hat davon gewusst und ihn gewähren lassen, obwohl solche Stähle nicht gerade unser Kerngeschäft sind. Am Ende hat er meines Wissens sogar ein kleines Budget dafür gehabt. Aber das lief alles nur halb offiziell, und Justus hat auch nicht gerne darüber gesprochen. Und dieser Doktorand nun – ich weiß nur noch den Vornamen: Moshe, er war Jude. Also, Israeli. Alle haben ihn nur beim Vornamen gerufen. Er hat mir mal erklärt, Moshe heißt Moses. Er hatte Familie, zu Hause in Nazareth. Frau und zwei Kinderchen mit schwarzen Wuschelköpfen. Ständig hat er seine Fotos herumgezeigt. Und nachdem er ungefähr ein Dreivierteljahr hier war, hieß es eines Morgens auf einmal, die Frau und die Kinder sind verschwunden. Moshe war völlig panisch. Ständig hat er am Handy gehangen und auf Hebräisch telefoniert. Oder Arabisch, keine Ahnung. Wir waren alle sehr beunruhigt, aber keiner hat gewusst, was wirklich los war. Und am nächsten Tag ist dann auch Moshe nicht mehr aufgetaucht. Nicht mal seinen Schreibtisch hat er aufgeräumt. Und das ist die ganze Geschichte.«

Eine Weile saß ich reglos am Schreibtisch und dachte nach. Dann griff ich erneut zum Hörer und drückte die Kurzwahltaste, die mich mit Sönnchen verband.

»Das Revier Mitte hat am Samstag Lassalles Hemd sichergestellt«, sagte ich. »Am Ärmel war Blut, und ich will, dass das heute noch ins Labor kommt. Ich weiß nicht, wie ich es abrechne, aber irgendwas wird mir schon einfallen.«

»Denken Sie, er hat seiner Tochter was angetan?«, fragte sie bestürzt.

Warum wollten immer alle wissen, was ich dachte?

Bevor ich antworten konnte, sagte sie: »Hier kommt gerade ein Gespräch rein, Sekunde.«

»Dellnitz«, meldete sich eine warme Frauenstimme. »Mein Sohn ist verschwunden.«

»Henning?«

»Er ist nach der Schule nicht nach Hause gekommen. Und eben erfahre ich, dass er überhaupt nicht in der Schule war. Außerdem ist sein Handy ausgeschaltet. Das macht er sonst nie.«

»Ist er mit seinem Motorroller unterwegs?«

»Er ist immer auf diesem schrecklichen Ding unterwegs, seit sein Vater es ihm zum sechzehnten Geburtstag geschenkt hat.«

»Hatten Sie Streit?«

»Wir haben eigentlich nie Streit. Es war alles wie immer, heute Morgen.«

»Haben Sie irgendeine Idee, was dahinterstecken könnte? Hat er vielleicht Andeutungen gemacht?«

»Nein, er hat keine Andeutungen gemacht. Ich bin noch völlig erschlagen, dass er nicht in der Schule war. Dass er mich belogen hat. Aber – das ist vielleicht wichtig: In den vergangenen Tagen war er sehr bedrückt. Ständig hat er sich in seinem Zimmer eingeschlossen und Musik gehört, über Kopfhörer, aber so laut, dass man es noch durch die geschlossene Tür hören konnte. Wie oft habe ich dem Jungen gesagt, er wird noch taub von diesem Lärm …«

»Ich vermute, es geht um eine gewisse Lea. Henning ist verliebt.«

»Verliebt?«, fragte die Mutter, als hätte sie noch selten etwas so Absurdes gehört.

»Irgendwann erwischt es jeden zum ersten Mal.«

»Natürlich … Aber Henning, ich weiß nicht. Können Sie mir die Adresse dieser … Lea geben? Eine Telefonnummer?«

»Sie ist derzeit nicht zu Hause.«

»Was heißt das? Verreist? Für länger?«

Es blieb mir nichts anderes übrig, als Frau Dellnitz wenigstens in groben Zügen einzuweihen. Was ich ihr erzählte, trug nicht gerade zu ihrer Beruhigung bei.

Anschließend wählte ich noch einmal die Nummer von Justus Lassalle. Wieder erfolglos.

»Der hockt in seinem Wohnzimmer und arbeitet an seinem Laptop«, wusste Sönnchen zu berichten, als sie mir kurze Zeit später die Unterschriftenmappe brachte. »Seit Sie gestern bei ihm gewesen sind, hat er das Haus nicht verlassen. Und denken Sie dran, Herr Gerlach, morgen ist Nikolaus. Ihre Töchter werden die Stiefel vor die Tür stellen.«

»Wenn ich Sie nicht hätte, Frau Walldorf.«

Ich hatte es tatsächlich vergessen.

Sie grinste vergnügt und schloss die Tür leise hinter sich.

Der Rest des Nachmittags verlief friedlich. Keine neuen Nachrichten, keine neuen Alarmmeldungen. Mein Aktenstapel nahm zügig ab, und irgendwann, als es draußen längst dunkel war, verabschiedete Sönnchen sich in den Feierabend. Eine Viertelstunde später knipste auch ich meine Schreibtischlampe aus, machte auf dem Heimweg einen Abstecher zu »Kaufland« an der Kurfürstenanlage und kaufte hastig Füllmaterial für das Schuhwerk meiner Töchter zusammen. Zum Glück hatte man für phantasielose Hilfsnikoläuse wie mich fertige Sortimente im Angebot.

Als ich nach Hause kam, hockten sie zu dritt vor Sarahs PC, meine Zwillinge und Henning, genannt Chip. Sie sahen kaum auf, als ich das Zimmer betrat. Vermutlich gab es wieder einmal Computerprobleme.

»Ihre Mutter sucht Sie«, sagte ich zu Henning. »Sie hat mich angerufen und wollte Sie zur Fahndung ausschreiben lassen.«

Es dauerte ein wenig zu lange, bis er aufsah. »Mama spinnt, Entschuldigung. Sie denkt immer noch, ich wäre fünf, und dreht durch, wenn sie mal für eine Minute nicht weiß, wo ich stecke.«

»Sie waren heute nicht in der Schule. Ihr Handy ist aus. Das sind auch für andere Eltern Gründe, sich Gedanken zu machen.«

Sein Blick irrte ab. »Stimmt«, gab er unglücklich zu. »Ich … Haben Sie ihr gesagt, dass ich bei Ihnen war?«

»Nein.«

»Danke.«

»Krank sind Sie ja anscheinend nicht mehr.«

»Aber mir geht's trotzdem schlecht. Bin ein bisschen durch die Gegend gefahren. Ich musste … nachdenken.« Er machte eine hilflose Bewegung. Die Frage, ob sich dieses Nachdenken um eine gewisse Lea gedreht hatte, ersparte ich ihm und mir.

»Sie sollten Ihre Mutter gleich anrufen.«

»Mach ich. Klar. Mach ich.«

7

Die Zwillinge nahmen den Inhalt ihrer Stiefel mit geschäftsmäßigem Wohlwollen zur Kenntnis. Chip war am vergangenen Abend erst nach zehn aufgebrochen und hatte geschworen, auf direktem Weg nach Hause zu fahren. Über das, was die drei stundenlang vor dem PC getrieben und geflüstert hatten, verweigerten meine Töchter die Aussage. Ihre Behauptung, Sarahs E-Mail-Programm habe Probleme gemacht, klang nicht glaubwürdig.

»Chip hat Leas Handy gehackt«, gestand Louise schließlich beim gemeinsamen Frühstück, als ich nicht lockerließ.

Ich nahm die Tasse wieder vom Mund, aus der ich hatte trinken wollen. »Was genau heißt das?«

»Er kann jetzt ihre Mailbox abhören, zum Beispiel.«

Mir verschlug es die Sprache. »Wie ... wie geht das denn?«

»Ganz easy eigentlich.« Sarah erklärte mir etwas von »Call ID Spoofing«.

»Die meisten nehmen als PIN ja ihren Geburtstag oder sonst was, was man sich gut merken kann.«

»Euch ist klar, dass das kriminell ist?«

»Wir haben ja nichts gemacht.«

Ich nahm die Tasse wieder hoch, trank einen Schluck und verbrannte mir die Zunge am heißen Kaffee.

»Und was hat er ... hat er irgendwas Interessantes rausgefunden?«

»Lea hat vier nicht abgehörte Nachrichten auf der Mailbox und siebzehn Anrufe in Abwesenheit ohne Nachricht. Acht Mal war's die Marchow, ein paar Mal Chip selber und dann noch ein paar andere, die wir nicht kennen.«

»Chip ist ziemlich verliebt in Lea, was?«

»Voll krank ist der«, platzte Louise heraus. »Total gestört.«

»Wir versuchen dauernd, ihm klarzumachen, dass er die blöde Schnepfe vergessen muss«, fügte Sarah wütend hinzu. »Dass sie ihn verarscht und abzockt. Aber dann wird er böse und sagt, wir kennen sie überhaupt nicht. In Wirklichkeit wär sie ganz anders.«

Was man so denkt, wenn man unglücklich verliebt ist.

»Der ist so was von verknallt in die, dass er ihr am Freitag sogar nachgefahren ist. Auf seinem Roller! Bei der Affenkälte!«

Zögernd stellte ich die Tasse wieder ab. »Ich denke, er war krank?«

»Das ist ja der Wahnsinn!«, schimpfte Louise. »Sogar Fieber hat er gehabt! Und gurkt vier Stunden durch die Gegend. Zwei Stunden hin, zwei zurück, und alles nur wegen Lea, dieser blöden Fotze …«

»He!«, unterbrach ich sie scharf. »Was sind das denn für Ausdrücke?«

»Ist doch wahr! Sogar seinen alten Laptop hat er ihr geschenkt und Internet installiert und alles. Und die dumme … Kuh gibt ihm ein Küsschen, und am nächsten Tag ist er wieder Luft für sie …«

»Der war ja schon am ersten Tag total in sie verschossen.«

»Die haben sich schon vorher gekannt«, glaubte Louise.

Erst jetzt kam in meinem Bewusstsein an, was ich eben gehört hatte.

»Er war zu krank, um an dem Ausflug teilzunehmen, und dann fährt er mit dem Motorroller hinterher? Hat er euch erzählt, warum er sie am Freitag unbedingt treffen wollte?«

»Gar nichts hat er erzählt. Silke hat die zwei zufällig zusammen gesehen. Sie war bei den Mädels, die nicht ins Münster wollten. Und da hat sie Chip und Lea gesehen. Irgendwann gegen Mittag ist das gewesen. Wir haben ihn gestern darauf angesprochen, und am Ende hat er's auch zugegeben. Dass er da war. Und Lea getroffen hat. Chip kann nicht lügen.«

»Er hat geheult, sagt Silke. Ganz verzweifelt soll er gewesen sein. Aber sie hat ihn natürlich bloß ausgelacht, die blöde Tussi.«

»Wo war das genau? Wo hat Silke die beiden gesehen?«

»Auf irgendeinem großen Platz. Mitten in der Stadt. Da war auch ein Weihnachtsmarkt, aber sie haben ganz am Rand gestanden, wo nicht so viel Gedränge war. Er hat sie am Arm angefasst, und sie hat ihn weggestoßen. Zweimal.«

»Hat er seine Mutter gestern Abend angerufen?«

»Hat keinen Bock gehabt auf Stress. Seine Mama ist echt ein bisschen gaga. Ständig führt sie sich auf, als wäre Chip noch ein Baby.«

Wie bestellt, surrte mein Handy auf dem Tisch.

»Dellnitz«, sagte die Stimme, die ich schon kannte. »Bitte verzeihen Sie, dass ich Sie am frühen Morgen schon belästige. Mein Sohn ist immer noch verschwunden.«

»Henning ist in der Nacht nicht nach Hause gekommen?«

»Würde ich Sie sonst anrufen?«, erwiderte sie kühl.

Meine Töchter gaben mir alarmiert Zeichen, ich solle auf keinen Fall verraten, dass Henning am vergangenen Abend bei uns war.

»Ich denke, wir warten noch bis Mittag«, sagte ich in amtlichem Ton. »Ihr Sohn ist schließlich kein Kind mehr. Wenn er sich bis Mittag immer noch nicht gemeldet haben sollte, dann rufen Sie mich noch mal an.«

»Ich erwarte, dass Sie jetzt sofort etwas unternehmen«, versetzte sie. »Ich finde nämlich, ich habe allmählich lange genug gewartet. Es ist Ihre Pflicht als Polizeibeamter, mir zu helfen.«

»Ihr Sohn ist ein vernünftiger Junge, verehrte Frau Dellnitz. Und im Moment sitze ich mit meinen Töchtern beim Frühstück. Wenn Sie ihn unbedingt als vermisst melden wollen, dann rufen Sie einfach das für Sie zuständige Polizeirevier an.«

Die Zwillinge grinsten schadenfroh. Ich drückte den roten Knopf und sagte: »Na los, wo steckt er?«

»Wissen wir nicht. Ehrlich.«

»Er wollte bei Sandro pennen. Sandro ist auch so ein Computernerd wie Chip. Sie wollten zusammen …«

Louise warf Sarah einen warnenden Blick zu, woraufhin diese abrupt verstummte.

»Ich nehme an, die zwei wollten versuchen, an Leas Mails zu kommen.«

»Mails schreiben nur noch Opas«, erklärte mir Louise mitleidsvoll, aber etwas in ihrem Ton ließ mich ahnen, dass ich nicht weit daneben gelegen hatte.

»Wenn Ihr keine Mails mehr schreibt … Facebook, stimmt's? Eure beiden sauberen Freunde wollten Leas Facebook-Account knacken.«

»Aber woher …?«, stammelte Louise verdattert.

»Ich bin bei der Kripo, Mädels, schon vergessen? Hat es geklappt?«

Betrübt schüttelten sie die Köpfe. »Sie muss ein voll krankes Passwort haben.«

»Soll ich euch Brote schmieren für die große Pause?«

Wieder Kopfschütteln.

»Habt ihr keinen Hunger mehr am Vormittag?«

Achselzucken.

Ich erinnerte mich, wie ich selbst in ihrem Alter die liebevoll zubereiteten Wurstbrote meiner Mutter im Mülleimer versenkt hatte, und verzichtete auf erzieherische Maßnahmen.

»Wir haben Chip gesagt, dass das verboten ist«, gestand Louise leise. »Aber er hört einem überhaupt nicht zu. Er ist voll durchgedreht. Will unbedingt rausfinden, was mit Lea los ist.«

»Ist Henning im Moment immer noch bei Sandro?«

Meine Töchter machten ratlose Gesichter.

»Gebt ihr mir seine Handynummer?«

Sarah zückte ihr neues Smartphone, das sie sich vom Geburtstagsgeld ihrer Oma gekauft hatte, und diktierte mir die Nummer. »Du wirst kein Glück haben. Sein Handy ist ständig aus. Wir haben's auch schon x-mal probiert.«

»Wir machen einen Deal«, schlug ich vor. »Ich verpetze ihn nicht bei seiner Mutter, und dafür haltet ihr mich auf dem Laufenden, okay? Außerdem will ich, dass er heute Mittag wieder zu Hause ist. Macht ihr ihm das klar? Ich habe keine Lust, ihn offiziell suchen zu lassen.«

»Wir versuchen es«, erwiderte Sarah lahm. »Vielleicht ist er ja heute wieder normal.«

Die beiden erhoben sich, packten ihre Schulrucksäcke und machten sich auf den Weg hinaus in die kalte Dunkelheit, um einen weiteren Tag lang fürs Leben zu pauken. Manchmal kam mir der Verdacht, dass die Tage meiner Töchter härter waren als meine eigenen.

Als sie die Wohnungstür hinter sich ins Schloss zogen, schoss mir ein Gedanke durch den Kopf.

»Stopp«, rief ich und lief ihnen ins Treppenhaus nach. »Ihr habt gesagt, auf Leas Mailbox waren vier nicht abgehörte Nachrichten und noch ein paar Anrufe in Abwesenheit.«

Mit fragendem Blick nickten sie zu mir herauf.

»War ihr Vater dabei? Hat er sie angerufen?«

»Chip hat alle Nummern gecheckt«, erwiderte Sarah zögernd. »Der Zettel liegt neben meiner Tastatur.«

Eine Minute später wusste ich, dass Leas Vater mich belogen hatte. Er hatte in den vergangenen Tagen nicht einen Versuch unternommen, seine Tochter zu erreichen. Für diesen Umstand fand ich auch nach längerem Nachdenken nur zwei mögliche Erklärungen: Entweder, es war ihm gleichgültig, was aus seiner Tochter geworden war. Oder aber – und diese Variante hielt ich für die wahrscheinlichere – er wusste, wo sie steckte.

Da ich beim Gehen am besten nachdenken konnte, machte ich mich zu Fuß auf den Weg ins Büro. Für Dezember war es ungewöhnlich warm. Fast hätte man sich einbilden können, der Frühling hielte Einzug, obwohl der Winter noch gar nicht begonnen hatte. Ich hätte nichts dagegen gehabt.

Von den Türmen der Sankt-Bonifatius-Kirche schlug es behäbig acht Uhr. Der Weihnachtsbaumverkäufer, der jedes Jahr auf dem Platz gegenüber seine Zelte aufschlug, war noch nicht da. In einem Architekturbüro brannte schon Licht. Eine gähnende Wasserstoffblonde schaltete gerade ihren großen Laptop ein.

Henning hatte völlig recht, überlegte ich, während ich zügig die Bahnhofstraße entlangging, wo es schon ewig keinen Bahnhof mehr gab. Leas Handy war vermutlich die beste Möglichkeit, sie zu finden. Jugendliche wurden heutzutage krank, wenn sie länger als zwei, drei Stunden keinen Zugang zu Handy und Internet hatten. Keine SMS, keine E-Mails, kein Facebook – das war fast so schlimm, wie allein auf einer einsamen Südseeinsel vergessen zu werden. Sie zogen eine ständige Leuchtspur durch die digitale Welt. Man musste diese Leuchtspur nur finden.

Meine Töchter hatten gesagt, Lea habe in Straßburg ständig telefoniert, fiel mir ein, als ich am Römerkreis auf Grün wartete. Mit wem? Das herauszufinden, dürfte schwierig werden, selbst wenn ich die richterliche Genehmigung dafür bekam, ihre Gesprächslisten anzufordern. Die Gespräche waren in einem französischen Netz geführt worden, und das bedeutete Antrag auf grenzüberschreitende Amtshilfe, was wiederum hieß, es würde schrecklich lange dauern. Zudem brauchte ich schon für den Antrag einen begründeten Verdacht, dass ein Verbrechen vorlag. Und den hatte ich noch immer nicht. Bisher hatte ich nichts weiter als Vermutungen und Andeutungen und Befürchtungen.

Wie zur Rushhour üblich, staute sich der Verkehr. Voll besetzte Straßenbahnen summten in Richtung Stadt, fast leere in die Gegenrichtung. Es roch nach Abgasen. Ein feuchter Wind ging, und allmählich wurde mir doch kalt. Lea war noch nicht volljährig, fiel mir ein. Eine Einwilligung des Vaters würde genügen, um wenigstens herauszufinden, wen Lea angerufen hatte, bevor sie die Grenze nach Frankreich passiert hatte. Ich beschloss, ihn darum zu bitten, sobald ich im Warmen und am Schreibtisch saß. Sollte er mir die Einwilligung verweigern, würde ich mich mit der Staatsanwaltschaft in Verbindung setzen. Irgendetwas musste jetzt geschehen. Wenn ich nur gewusst hätte, was.

Lea würde ihr Handy weiter benutzen, wenn sie noch am Leben war. Vielleicht würde sie sich sogar bei Facebook einloggen, um dort nach dem Rechten zu sehen. Ich begann zu hoffen, dass Henning es doch noch schaffte, ihr Passwort zu knacken. Die Ampel schaltete endlich auf Grün. Die Sonne hatte sich inzwischen hinter einer dicken Wolke verkrochen, und ich stellte fest, dass von Frühling noch keine Rede sein konnte. Ich steckte die Hände in die Manteltaschen und trabte los.

Sönnchen empfing mich mit leuchtenden Augen und Neuigkeiten von Leas Vater.

»Er ist unterwegs! Um zehn vor acht hat er das Haus verlassen. Ohne Gepäck.«

»Ist er mit dem Auto weggefahren?«

»Er hat gar kein Auto. Sein Führerschein …« Sie machte eine Geste, als würde sie sich ein Glas an den Mund führen. »Wie es aussieht, will er zum Bahnhof. Meine Cousine hat ihm ihren Ältesten nachgeschickt, Jan. Er macht eine Ausbildung als PTA und ist seit ein paar Tagen krank daheim.«

»Und da spielt er Privatdetektiv?«

Sönnchen gluckste. »Gar so krank ist er wohl auch wieder nicht.«

Kurze Zeit später saß Leas Vater im Intercity nach Frankfurt.

»Keine Angst, der Jan verliert ihn nicht«, versuchte mich meine vor Fahndungsfieber bebende Sekretärin zu überzeugen. »Der ist ein Schlauer.«

Ich fragte mich, ob ich vielleicht gegen irgendwelche Dienstpflichten verstieß, indem ich diese Privatschnüffelei duldete.

»Der Franzose hat übrigens vorhin angerufen«, führte sie ihren Frontbericht fort. »Dieser Capitaine de Brune. Sämtliche Reviere im östlichen Elsass haben jetzt Leas Foto und die Weisung, die Augen offen zu halten.«

»Hoffen wir, dass sie das Bild nicht am Ende zur Identifizierung ihrer Leiche benutzen müssen.«

»So schlimm?«, fragte sie erschrocken.

»Allmählich halte ich alles für möglich. Und ich glaube, jetzt brauche ich erst mal einen anständigen Kaffee.«

Plötzlich war ich wieder müde. Als hätten die wenigen Hundert Meter von meiner Wohnung bis zur Direktion meine sämtlichen Kräfte aufgezehrt. Im Vorzimmer brummte die Kaffeemaschine. Bald begann es, durch die offen stehende Tür nach einem zweiten Frühstück zu duften.

»Frau Walldorf?«, rief ich, ohne mich von meinem Sessel zu erheben. »Machen Sie mir bitte einen Urlaubsantrag fertig?«

»Für Weihnachten?«

»Genau.«

»Eine Woche oder zwei? Dieses Jahr liegen die Feiertage ja leider nicht so günstig.«

»Am liebsten vier.«

»Jetzt sitzt er in der S-Bahn nach Bad Homburg«, eröffnete mir die beste aller Sekretärinnen anderthalb Stunden später. »In Frankfurt hat er zwanzig Minuten Aufenthalt gehabt und eine heiße Rindswurst mit Senf gegessen.«

»Süßer Senf oder scharfer?«

Sie lachte hell. Selbst für ihre Verhältnisse schien sie heute ungewöhnlich gut gelaunt zu sein. Außerdem hatte sie sich schon wieder schick gemacht. Heute trug sie einen marineblauen Hosenanzug, der ihr ausgesprochen gut stand.

»Und er hat nicht gemerkt, dass ihm jemand beim Essen über die Schulter sieht?«

»Jan sagt, der merkt gar nichts. Manchmal redet er mit sich selbst. Zu der Wurst hat er übrigens einen Schnaps getrunken. Und danach noch einen, zur Verdauung, nehm ich an.«

»Morgens um halb zehn.«

»Um neun Uhr achtunddreißig. Und den zweiten um neun Uhr zweiundfünfzig. Kurz bevor seine Bahn gekommen ist.«

»Richten Sie Ihrem Jan aus, falls es ihm in der Apotheke zu langweilig wird, soll er mich mal anrufen.«

Mein Telefon unterbrach uns. Zu meiner Überraschung war es Louise. Sie hatten eine Freistunde. »Der Plako ist krank. Hast du schon was von Henning gehört?«

»Bisher nicht.«

»Er macht sein Handy überhaupt nicht mehr an. Vielleicht ist er wieder in Straßburg, haben wir überlegt. Lea suchen, keine Ahnung. Sind alle Jungs so, wenn sie verknallt sind?«

»Frauen sind auch nicht viel besser. Aber du hast recht. Ich würde ihm zutrauen, auf eigene Faust nach ihr zu suchen.«

»Paps«, sagte meine Tochter nach einer kurzen Pause, in der ich sie mit jemandem flüstern hörte. »Meinst du, Chip macht Dummheiten?«

»Wie ich das sehe, macht er zurzeit eine Dummheit nach der anderen.«

»Wir meinen ... richtige Dummheiten?«

»Fürchtet ihr, er tut sich was an?«

»Er ist so was von durch den Wind. Man kann's echt mit der Angst kriegen. Gestern Abend, da hat er so einen Blick gehabt. Und später mussten wir ihn praktisch rausschmeißen, sonst wär der die ganze Nacht geblieben. Erst hat er uns hoch und heilig versprochen, dass er heimfährt und sich ausschläft. Aber dann wollte er doch lieber bei Sandro übernachten.«

»Ich gebe eine Meldung raus, dass unsere Leute nach seiner Vespa Ausschau halten sollen«, sagte ich nach kurzem Überlegen. »Und wenn er bis Mittag nicht aufgetaucht ist, wird er offiziell als vermisst gemeldet. Und wo ich dich gerade in der Leitung habe, ihr habt doch bestimmt Zugang zu Leas Facebook-Profil, oder?«

»Logo. Wir sind ja sogar mit ihr befreundet. Nur an ihre Chats und Nachrichten kommen wir nicht ran. Dafür braucht man das Passwort.«

»Und was schreibt sie sonst so?«

»Seit Freitagmorgen hat sie nichts mehr gepostet.«

Im Hintergrund hörte ich Jugendliche lärmen und lachen. Ein Mädchen stieß einen spitzen Schrei aus.

»Was hat sie als Letztes geschrieben?«

»Dass ihr Vater ein Arsch ist.«

»Das hat sie so ins Internet gestellt?«

»Hm.«

»Könnt ihr mir eine Liste ihrer sogenannten Freunde machen?«

»Lea hat ungefähr tausend Facebook-Freunde, Paps«, erwiderte meine Jüngste. »Das kannst du vergessen.«

Zehn Minuten später erreichte mich die nächste Meldung aus Bad Homburg: »Er steht auf dem Friedhof und schimpft mit seiner Frau«, berichtete Sönnchen.

»Seine Frau ist seit zwei Jahren tot.«

»Er steht an ihrem Grab«

»Und was schimpft er so?«

»Wegen Lea. Dass irgendwas nicht stimmt, was seine Frau behauptet hat. Anscheinend ist da auch mal was mit einem anderen Mann gewesen. Er spricht arg undeutlich, sagt Jan. Auf dem Weg zum Friedhof hat er an einem Kiosk zwei Flachmänner gekauft und leer gemacht. Französischen Cognac, sagt Jan, aber keine teure Sorte.«

Mein Aktenstapel hatte in der letzten Stunde erfreulich abgenommen. Der Cappuccino hatte neue Kräfte in mir geweckt, das Telefon die meiste Zeit geschwiegen, und inzwischen schien draußen sogar wieder die Sonne. Manchmal lief es einfach. Plötzlich erledigten sich lästige Angelegenheiten, die man Wochen vor sich hergeschoben hatte, wie aus dem Handgelenk. Diese Stunden waren selten, und es galt sie zu nutzen.

Um zehn vor zwölf saß Lassalle wieder in der S-Bahn. Die

meiste Zeit stierte er auf seine Füße, und manchmal seufzte er herzzerreißend.

Kurze Zeit später meldete sich mein Telefon.

»De Brune noch mal«, sagte Sönnchen tonlos, bevor sie das Gespräch durchstellte.

Vor drei Stunden hatte ein Bauer in einem Wäldchen dreißig Kilometer südwestlich von Straßburg eine verbrannte Leiche gefunden. Nach Meinung des Arztes handelte es sich um eine junge Person weiblichen Geschlechts.

»Todeszeitpunkt zwischen Mitternacht und vier Uhr morgens«, sagte de Brune mit müder Stimme. »Blutjung muss das arme Ding gewesen sein. Maximal fünfundzwanzig, wahrscheinlich jünger. Ich dachte, ich informiere Sie lieber gleich.«

»Gibt es schon irgendwelche Hinweise zur Identität des Opfers?«

»Leider nein. Sie war nackt, als der Wahnsinnige sie mit Benzin übergossen und angezündet hat. Und das Furchtbarste ist ...« Es dauerte einen Moment, bis de Brune weitersprechen konnte. »Er hat eine Art Scheiterhaufen gebaut. Der Kerl ist ... Wir müssen uns wohl darauf einstellen, dass wir es mit einem Irren zu tun haben.«

»Können Sie vielleicht schon etwas zur Statur des Opfers sagen? Die Haarfarbe? Die Größe?«

»Haarfarbe: dunkel. Statur: schmal. Größe: eins fünfundsiebzig plus/minus zwei Zentimeter.«

Lea war dunkelhaarig, schlank und eins sechsundsiebzig groß. Mir wurde kalt. Ein Verrückter – der Alptraum jedes Ermittlers. Ein Täter, der vor seiner Tat keinerlei Beziehung zum Opfer hatte. Ein Fall, bei dem es keine Verbindung zwischen den beiden gab außer dem Umstand, dass sich ihre Wege zum falschen Zeitpunkt gekreuzt hatten. Bei dem es kein Motiv gab, keine Beute, die früher oder später bei irgendeinem Hehler auftauchte. Nur die vage Hoffnung auf einen glücklichen Zufall und die Künste der modernen Forensik.

Immerhin hatte die erste Tote im Elsass mittlerweile einen Namen. Sie hieß Julienne Mathieu, stammte aus Bordeaux und hatte ihr Geld auf dem Straßenstrich verdient.

»Die Abstände werden kürzer«, sagte de Brune am Ende. »Er verliert allmählich die Kontrolle.«

Ich brauchte einen Augenblick, um zu verstehen, was er meinte. »Heißt das, es hat schon früher ähnliche Fälle gegeben?«

»Sie ist Nummer vier«, erwiderte der Capitaine. »Eine Briefträgerin vor drei Jahren. Eine Krankenschwester vor sechs Monaten. Und jetzt zwei innerhalb von einer Woche. Die ersten beiden hat er auch nicht so zugerichtet. Die hat er vergewaltigt und erwürgt, aber nicht auch noch so ... verwüstet. Irgendetwas muss mit ihm passiert sein. Gebe Gott, dass er bald einen Fehler macht.«

»Gibt es ...« Ich schluckte. »Gibt es Gemeinsamkeiten bei den Opfern?«

»Die Briefträgerin war neunundvierzig und dick, die Krankenschwester Mitte zwanzig und schlank, das Strichmädchen einundzwanzig und auch schlank. Eines haben sie gemeinsam: Sie waren alle dunkelhaarig.«

Durch die geschlossene Tür hörte ich Sönnchen singen.

»Sobald ich die Blutgruppe habe, hören Sie wieder von mir«, sagte de Brune und legte ohne Gruß auf.

»Que sera, sera«, tönte es im Vorzimmer. »Whatever will be, will be. The future's not ours to see.«

Der neue Fundort lag etwa zehn Kilometer südlich von der Stelle, wo Julienne Mathieus sterbliche Überreste mit dem Gesicht nach unten im Straßengraben gelegen hatten, fand ich innerhalb von Sekunden mithilfe des Internets heraus. Während des Gesprächs mit de Brune hatte ich Leas Foto betrachtet, das an meinem Aktenlocher lehnte. Die dunklen, für ihr Alter ein wenig zu ernst blickenden Augen, das lange, glatte und fast schwarze Haar, die schlanke Figur. Lea war ein wenig fülliger als meine Töchter, immerhin war sie auch fast zwei Jahre älter. Fraulicher. Reifer.

Ich beschloss, Leas Vater anzurufen, sobald er wieder zu Hause war, und nach der Blutgruppe seiner Tochter zu fragen.

8

Um Punkt zwölf Uhr surrte mein Handy.

»Dellnitz«, hörte ich die Stimme von Hennings Mutter. »Ich sollte Sie anrufen, wenn er sich bis Mittag nicht gemeldet hat.«

»Wir versuchen als Erstes eine Handyortung«, hatte ich mir in der Zwischenzeit überlegt. »Dazu brauche ich eine formlose Einverständniserklärung von Ihnen.«

Ich diktierte ihr die Nummer des Faxgeräts in meinem Vorzimmer, und zwei Minuten später lag die handgeschriebene Einwilligung vor mir. Ich bat Sönnchen, alles Notwendige in die Wege zu leiten.

»Sie hat übrigens heut Geburtstag«, erfuhr ich bei dieser Gelegenheit.

»Wer?«

»Leas Mama. Heut wäre sie vierzig geworden. Jan hat auf den Grabstein geguckt.«

Um halb zwei griff ich zum Telefon, aber bevor ich Lassalles Nummer wählen konnte, rief er selbst an.

»Bei mir ist eingebrochen worden«, verkündete er heiser und mit trotz seines Cognacpegels erstaunlich nüchterner Stimme. »Eben komme ich nach Hause, und da sehe ich, dass wer durchs Kellerfenster eingestiegen ist!«

»Haben Sie schon überprüft, ob etwas fehlt?«

»Gar nichts habe ich überprüft. Ich bin ja gerade erst reingekommen.«

»Ich bin in einer Viertelstunde bei Ihnen«, sagte ich. »Fassen Sie bitte nichts an.«

Während der Fahrt überlegte ich, ob vielleicht die Kellertürenbande wieder zugeschlagen hatte. Aber das wäre wohl ein wenig zu viel Zufall gewesen.

Lassalle erwartete mich mit ausdrucksloser Miene an der Haustür.

»Ich habe mich schon ein bisschen umgesehen«, sagte er beim flüchtigen Händedruck. »Soweit ich es überblicke, fehlt nichts.«

Das zerschlagene Kellerfenster hatte ich schon von außen entdeckt. Es befand sich an der Seite des Hauses und war von der Straße aus nicht ohne Weiteres zu sehen.

»Waren Sie auch schon in Leas Zimmer?«

Er nickte so zögernd, als wäre ihm plötzlich ein abwegiger Gedanke gekommen. »Da ist ja nichts zu holen«, murmelte er zerstreut. »Außer einem Haufen DVDs, bergeweise Klamotten und Schulbücher. Wieso sollte da einer einbrechen?« Er sah mir ins Gesicht. »Nein. Bei Lea habe ich noch nicht nachgesehen.«

»Geld, Schmuck, Wertsachen?«, fragte ich weiter, während wir den Wohnraum betraten, der mir noch kälter vorkam als am Sonntag.

Lassalle hatte seine kurze Verwirrung überwunden und sah mir gerade in die Augen. »Sogar das alte Silberbesteck von meiner Großmutter ist noch da, das ich nie benutze. Und das dürfte so ziemlich das Einzige von Wert sein, was Sie hier finden. Außerdem ...« Mit einer knappen Geste wies er um sich. »Sieht das hier nach Einbruch aus?«

Seine Alkoholfahne hatte ich bereits beim Händeschütteln gerochen. Nach dem Bericht meines Hobbydetektivs Jan musste Lassalle inzwischen mehr als einen halben Liter Cognac intus haben. Ein weniger geübter Trinker hätte sich kaum noch auf den Beinen halten können.

Ich sah mich um. Zumindest im Wohnzimmer gab es tatsächlich keine Spuren von hastiger Suche nach Wertgegenständen. Alles stand an seinem Platz. Sämtliche Schubladen waren ordentlich geschlossen. Die wenigen und meist geschmacklosen Bilder hingen gerade an der Wand.

»Gibt es im Keller Spuren? Fußabdrücke? Aufgebrochene Türen?«

»Unten war ich noch nicht. Ich dachte, ich warte, bis Sie da sind.«

Lassalle roch nicht nur nach Schnaps, sondern auch, als trüge er das karierte Hemd schon seit Tagen. Gemeinsam stiegen wir die steile Kellertreppe hinab. Unten befand sich eine graue Tür, die nicht verschlossen war. Lassalle deutete meinen Blick richtig.

»Hier wird nichts abgeschlossen«, brummte er. »Außer Leas Zimmer, natürlich. In diesem Punkt ist sie wie alle Teenager – elternfreie Zone.«

Er machte Licht, es ging durch eine weitere graue Tür, die so stark klemmte, dass er mit beiden Händen zupacken musste. Geruch nach Petroleum und Schimmel strömte uns entgegen. Wir betraten eine Art Rumpelkammer voller Dinge, die vermutlich noch von den Vorbesitzern des Hauses stammten. Einen alten Röhrenfernseher entdeckte ich, zwei verkalkte Waschbecken, einen Pressspan-Schrank mit nur noch einer Tür. Hier befand sich auch das Fenster, durch das der Einbrecher eingedrungen war. Die Scherben lagen weit verstreut. Offenbar hatte er mit viel zu großer Wucht auf die Scheibe eingeschlagen, was nicht für einen Profi sprach. Von den deutlich erkennbaren Fußspuren am Boden zu schließen, hatten wir es mit einem Einzeltäter zu tun.

Die Kellerdecke war etwa einen Meter über der Erde, weshalb das Fenster nicht allzu tief lag. Man musste außen eine kleine Böschung hinabsteigen und hatte sogar den Vorteil, dadurch für Beobachter fast unsichtbar zu werden.

»Sollte alles längst mal zum Sperrmüll«, sagte Lassalle finster. »Schade, dass er nicht ein bisschen was davon mitgenommen hat.«

Nachdem der Täter die Scheibe zertrümmert hatte, musste er durch das Loch gegriffen und das Fenster geöffnet haben. Die Fußabdrücke in der dicken Staubschicht am Boden stammten von Männerschuhen, vermutete ich. Oder von einer Frau mit sehr großen Füßen. Lea war hier bestimmt nicht eingestiegen, wie ich für einen Moment gehofft hatte. Lea, die vielleicht irgendetwas hatte holen wollen. Aber dieser Gedanke war idiotisch, sie besaß ja vermutlich einen Hausschlüssel.

Ich zückte mein Handy und forderte die Spurensicherung an.

»Große Schuhe hat das Arschloch«, konstatierte Lassalle.

»Ich brauche ein paar Informationen von Ihnen«, sagte ich, als wir hintereinander die Treppe wieder hinaufstiegen. »Erstens wüsste ich gerne, wen Lea in den Tagen vor ihrem Straßburgtrip angerufen hat.«

»Das ist einfach«, erwiderte er über die Schulter. »Ihr Handyvertrag läuft auf den Namen ihres Großvaters. Ich rufe gleich in Bad Homburg an und lasse mir die Zugangsdaten geben.«

Immerhin reagierte er nicht mehr völlig abweisend, wenn die Sprache auf seine verschwundene Tochter kam.

»Zweitens brauche ich etwas, womit sich Leas Blutgruppe bestimmen lässt. Ihre Haarbürste zum Beispiel.«

»Wozu das?«

Ohne sagen zu können, aus welchem Grund, hatte ich beschlossen, die Tote in Frankreich vorerst nicht zu erwähnen.

»Weil ich wissen will, ob das Blut an Ihrem Ärmel von Ihrer Tochter stammt«, erwiderte ich deshalb.

Inzwischen standen wir wieder im Erdgeschoss.

»Kriegen Sie«, sagte Lassalle ungerührt. »Sonst noch was?«

»Die Adresse von Leas Zahnarzt.«

»Wozu?«

»Das erfahren Sie, wenn ich es für richtig halte.«

»Wenn es Sie glücklich macht.« Gleichmütig zuckte er die Schultern. »Kann ich mit erledigen, wenn ich wegen des Handys mit ihren Großeltern telefoniere. Hier in Heidelberg war sie noch nicht beim Zahnarzt.«

»Und schließlich würde ich gerne einen Blick in Leas Zimmer werfen.«

»Da fehlt nichts«, behauptete er eine Spur zu schnell.

»Ich denke, Sie haben noch gar nicht nachgesehen?«

Er fixierte mich mit dem Blick eines Menschen, der es gewohnt ist, dass andere vor ihm kuschen. »Hier geht es um einen Einbruch, Scheiße noch mal! Was hat denn Leas Zimmer damit zu tun?«

»Sie erinnern sich vielleicht, dass Ihre Tochter seit Freitagabend verschwunden ist. Heute ist Dienstag. Und ich finde, Sie könnten ruhig ein wenig mehr Interesse an Leas Schicksal zeigen.«

»Und ich finde, Sie vergreifen sich gerade mächtig im Ton.«

»Sie machen sich immer noch keine Sorgen um sie?«

»Hören Sie doch endlich auf!«, fuhr er mich an. Dann mäßigte er sich, und sein Blick schweifte ab. »Mal war sie nur einen halben Tag weg, mal fast eine Woche. Wie sie zum ersten Mal ausgebüxt ist, da war sie gerade mal elf. Oder zwölf. Damals waren wir noch eine richtige ... Familie. Damals war noch alles in Ordnung bei uns, und trotzdem ist sie abgehauen. Lea ist ein Wildfang. Wenn ich jedes Mal die Polizei gerufen hätte, du lieber Himmel!«

»Hat Ihre Frau sich damals auch keine Sorgen gemacht? Als Sie noch eine richtige Familie waren?«

»Scheiße, natürlich hat sie das!« Wieder explodierte er, und wieder riss er sich zusammen. Der Mann stand unter einer extremen Spannung, und ich hätte zu gerne gewusst, aus welchem Grund. »Natürlich haben wir uns Sorgen gemacht. Beim ersten Mal sind wir auch bei der Polizei gewesen. Haben tausend Fragen beantwortet, Fotos abgeliefert. Und bevor die Schnarchnasen alles mit zwei Fingern in ihren Computer gehackt hatten, war sie wieder da. Und ich durfte dann anrufen und erklären, dass sich die Sache erledigt hat.«

Während wir sprachen, waren wir die geschwungene Holztreppe ins Obergeschoss hinaufgestiegen, wo sich die Schlafzimmer befanden. Lassalle deutete auf eine Tür, blieb einige Schritte davor stehen. Ich drückte die Klinke. Die Tür schwang auf.

»Ich dachte, hier ist immer abgeschlossen?«

Er zuckte die kräftigen Schultern und zog eine traurige Grimasse. »Hat sie wohl ausnahmsweise vergessen.«

Ich betrat Leas Reich.

Das Zimmer sah aus, wie Zimmer weiblicher Teenager vermutlich überall in der westlichen Welt aussehen. Dasselbe Tohuwabohu aus herumliegender Kleidung, Schuhen, DVDs, Schulbüchern, Papiertaschentüchern, Strümpfen, leeren oder vermeintlich leeren Batterien, tragbarer Unterhaltungselektronik, Kopfhörern, Tinnef und Tand, wie ich es von zu Hause nur zu gut kannte. In einer Ecke stand ein kleiner, flacher Fernseher samt verstaubtem DVD-Spieler. An den Wänden hingen hier allerdings nicht die aktuell angesagten männlichen Popstars, sondern großformatige und ordentlich gerahmte Fotos, ausschließlich von Frauen. Schöne Frauen waren zu sehen, in Alltagssituationen, beim Einkaufen, mit Kopftuch beim Fensterputzen, beim Kinderwagenschieben, beim Stillen auf der Parkbank.

»Sie hat früher viel fotografiert«, sagte Lassalle leise, fast entschuldigend.

»Sie hat Talent.«

»Fand ich auch«, erwiderte er noch leiser. »Aber wie ich ihr das mal gesagt habe, hat sie noch am selben Tag die Kamera weggepackt und nie wieder angerührt.«

Das Fenster ging zum verwilderten Garten und sah aus, als wäre es beim Erstbezug des Zimmers zum letzten Mal geputzt worden. Der schwache Duft eines frischen Parfüms hing in der Luft. Auf der grünlich schimmernden Milchglasplatte des kleinen Schreibtischs türmten sich Hefte, Bücher und Zettel. Das letzte freie Plätzchen belegte ein zugeklappter, nicht mehr ganz taufrischer Laptop. Auf dem zerwühlten Bett lag ein einladend ausgebreiteter weinroter Schlafanzug aus dünnem Stoff und mit weißen Wölkchen auf der Brust. Über dem Bett hing ein einzelnes, kleineres Foto, das eine keck in die Kamera strahlende junge Frau zeigte.

»Jasmin«, murmelte Lassalle. »Leas Mutter.«

»Die Ähnlichkeit ist verblüffend.«

»Es ist schon ein paar Jahre alt. War's das dann?«

»Haben Sie den Eindruck, dass hier irgendwas verändert ist? Dass etwas fehlt?«

Er schüttelte den Kopf.

»Die Kollegen, die gleich kommen, werden sich die Fußspuren im Keller ansehen und nach Fingerabdrücken suchen. Das übliche Programm in solchen Fällen. Falls Sie später feststellen sollten, dass doch etwas fehlt, geben Sie mir bitte Bescheid.«

Noch ein letzter Rundblick durch Leas Chaosreich.

»Wo finde ich Leas Haarbürste?«

»Im Bad. Ich hole sie. Ich bringe Ihnen auch noch die Zahnbürste. Sie hat manchmal Zahnfleischbluten gehabt in letzter Zeit.«

Mit einem Mal war Lassalles Aggression verflogen, und er klang fast kleinlaut.

»Sie wollten in Bad Homburg anrufen«, erinnerte ich ihn.

Bereitwillig zückte er sein Handy, suchte eine Nummer heraus, ließ es eine Weile läuten. »Wahrscheinlich sind sie bei der Therapie. Der Alte kriegt irgendeine Behandlung, die bei Alzheimer helfen soll.« Ratlos hob er die Achseln, ließ sie wieder fallen. »Ich versuch's später noch mal.«

Es läutete unten an der Tür. Die Spurensicherung. Ich hatte wenig Hoffnung, dass die Tätigkeit der Kollegen zu mehr führen würde als zur Verschwendung von Arbeitszeit und Steuergeldern. Außerdem hatte ich schon eine Vermutung, wer das Kellerfenster eingeschlagen und große Fußspuren im Staub hinterlassen hatte.

Auf meinem Schreibtisch lag die angeforderte Liste von Hennings Mobilfunkgesprächen und der jeweiligen Funkzellen, in denen er sie geführt hatte. Seit Montagmorgen war sein Handy nur selten und immer nur für kurze Zeit im Netz gewesen. Einer der Orte, wo er sich längere Zeit aufgehalten hatte, war die Heidelberger Weststadt. Das waren die Stunden, die er zusammen mit meinen Zwillingen vor dem PC verbracht hatte. Auch in dieser Zeit hatte er es jedoch immer nur für wenige Minuten eingeschaltet, vermutlich in der Hoffnung auf eine Nachricht von Lea. Anschließend hatte er es jedes Mal wieder ausgemacht, um für seine Mutter nicht erreichbar zu sein. Die Nacht über war es so weitergegangen.

Das vorerst letzte Lebenszeichen von Henning stammte vom Vormittag, elf Uhr fünfzehn, vor gut drei Stunden erst. Dieses Mal war sein Handy etwa zehn Minuten lang im Netz gewesen, ohne dass ein Anruf rausgegangen wäre. Zu diesem Zeitpunkt hatte er sich nicht mehr in Heidelberg befunden, sondern in Kehl, nur wenige Hundert Meter von der Europabrücke entfernt, die über den Rhein nach Straßburg führte. Ich informierte die dortigen Kollegen und gab das Kennzeichen von Hennings ferrariroter Vespa durch.

Eine Viertelstunde später kam die Meldung, dass Hennings geliebter Motorroller seit Stunden verlassen vor dem Kehler Bahnhof stand. Ein polnischer Lkw-Fahrer, dessen Lastzug seit dem frühen Morgen mit Getriebeschaden auf einem nahen Parkplatz stand, behauptete, gegen Mittag einen jungen Mann in olivgrünem Parka gesehen zu haben, der den Roller dort abgestellt habe und anschließend zu Fuß in Richtung Bahnhofseingang gelaufen sei. Nach Ansicht des Polen hatte Henning einen verstörten Eindruck gemacht. Seine Bewegungen seien hektisch gewesen, und zunächst habe er offenbar gar nicht gewusst, wohin er wollte. Einen großen, grauen Trekkingrucksack habe er dabeigehabt.

Ich wählte die Nummer der Mutter, um ihr die Neuigkeit schonend beizubringen, von der ich noch nicht wusste, ob sie gut oder schlecht war.

»Vermutlich sitzt er in irgendeinem Café, um einen Tee zu trinken, und wird in den nächsten Minuten gefunden.«

»Aber warum hat er die Vespa stehen lassen? Er hütet das Ding sonst wie seinen Augapfel.«

»Vielleicht hat er kein Benzin mehr gehabt? Oder er wollte mit dem Zug weiter nach Straßburg?«

»Es geht um dieses Mädchen«, meinte sie mit erstickter Stimme. »Er will sie finden. Hoffentlich macht der Junge ... Wenn ich nur ...«

Es knackte. Sie hatte aufgelegt.

Als ich um kurz vor sieben meine Wohnung betrat, schallte Gelächter aus der Küche. Es duftete nach Knoblauch und mediterranen Kräutern.

»Du kommst spät«, sagte Theresa und küsste mich auf den Mund, ohne mich zu umarmen, da sie die Hände gerade in einer bedenklich aussehenden, aber interessant riechenden Pampe hatte.

»Ist was mit Henning?« Sarah hatte meine Miene richtig gedeutet.

»Wir haben seinen Roller gefunden«, sagte ich so beiläufig wie möglich. »Zeugen haben ihn heute Mittag gesehen.«

»Wo?«

»In der Nähe von Straßburg. Aber auf der deutschen Seite. Ihr habt wohl recht gehabt. Er sucht Lea.«

»Schluss damit«, verkündete Theresa resolut. »Die Polizei ist ab sofort geschlossen, und der Chef hat dienstfrei. Würdest du bitte die Zwiebeln schneiden, Alexander?«

Es wurde ein schöner Abend. Theresa war selig, dass wir auf einmal so etwas Ähnliches wie eine Familie waren. Ein Mann und eine Frau beim gemeinsamen Abendessen mit ihren nicht übel geratenen Töchtern. Die Zwillinge gaben sich heiter, aber es entging mir nicht, wie sie hin und wieder besorgte Blicke wechselten, weil sie sich Gedanken um ihren Freund machten. Manchmal übertrieben sie es für meinen Geschmack mit ihrem wohlerzogene-Töchter-Getue. Aber sie meinten es gut, wollten ihren Vater nicht blamieren. Theresa genoss das Ganze. Und das war die Hauptsache für mich.

Hin und wieder sah ich unter dem Tisch auf mein Handy, wenn ich mich unbeobachtet glaubte. Aber es kamen keine Neuigkeiten aus Kehl. Was unter diesen Umständen vielleicht die besten Neuigkeiten waren.

Theresa hatte eine riesige Menge Salat gemacht, der allen vorzüglich schmeckte und groß gelobt wurde. Das Geheimnis war eine Knoblauchzehe, die mindestens eine halbe Stunde in der Vinaigrette ziehen musste, verriet sie uns, als die Schüssel leer war.

Als zweiten Gang gab es Spaghetti mit Gemüsesoße, der es ebenfalls nicht an Knoblauch mangelte. Den Zwillingen schmeckte es, dass es eine Freude war. Ich hatte anfangs keinen rechten Appetit. Aber das legte sich bald. Theresa und ich tranken zum Essen einen Montepulciano, den sie mitgebracht hatte. Mir wurde warm, und meine dienstlichen Sorgen verschwanden hinter einer Wolke aus Small Talk, guter Laune und weinseligem Völlegefühl.

Als Nachtisch servierte Theresa eine Crème brulée, zu deren Herstellung sie eigens einen kleinen Gasbrenner mitgebracht hatte. Die Zwillinge beschlossen, dass auch wir auf ein solches Gerät nicht länger verzichten konnten.

Nach dem Essen verzogen meine Töchter sich diskret in ihre Zimmer. Kaum waren sie außer Sicht, küssten wir uns, als wäre es verboten, und stießen wortlos an. Später hörten wir eng aneinandergeschmiegt Musik und fanden es schade, dass wir anständig bleiben mussten. Als ich einmal wagte, Theresas Brust zu streicheln, bekam ich einen Klaps auf die Finger und einen feuchtheißen Kuss auf den Mund.

9

Am Mittwochmorgen empfing mich Sönnchen mit einem geheimnisvollen Lächeln in den Augenwinkeln.

»Sie haben Besuch«, sagte sie mit Seitenblick auf die geschlossene Tür zu meinem Büro.

»Wer?«

Das wollte sie nicht verraten.

Mein Besuch war weiblich, eher klein gewachsen, mit rabenschwarzer Lockenpracht um den Kopf und steckte wie üblich in einem selbst geschneiderten Designerkostüm – Klara Vangelis, meine Erste Kriminalhauptkommissarin und seit Ende September Mutter eines kleinen Sohnes mit unruhigem Schlaf und kräftiger Stimme.

Wir schüttelten schwungvoll Hände.

»Was kann ich für Sie tun?«, fragte ich, nachdem wir ausreichend Wiedersehensfreude geäußert hatten.

»Mir einen Schreibtisch zuweisen.«

»Wollten Sie nicht sechs Monate Elternzeit nehmen?«

»Wollte ich, ja.«

»Nicht, dass ich was dagegen hätte, wenn Sie wiederkommen, aber was machen Sie mit Ihrem kleinen Konstantin?«

Sie strich versonnen den Rock ihres edlen Kostüms glatt. Anfangs hatte ich mich oft gewundert, wie sie sich als Beamtin die kostbaren Kleidungsstücke leisten konnte, in denen sie immer zur Arbeit erschien. Es hatte mich einige Zeit gekostet herauszufinden, dass sie sich die Sachen selbst schneiderte. Sie besuchte teure Boutiquen, probierte edle Stücke an, machte sich noch in der Umkleide Skizzen, ging wieder nach Hause und warf die Nähmaschine an.

»Ach, Herr Gerlach.« Sie seufzte. »Die griechische Großfamilie hat einen großen Vorteil und einen mindestens ebenso großen Nachteil. Der Nachteil: Man ist nie allein, wenn man mal seine Ruhe haben möchte. Der Vorteil: Man ist nie allein, wenn man Hilfe braucht. Meine Mutter mischt sich sowieso ständig ein, wenn es um das Kind geht. Jetzt kann sie endlich alles richtig machen, was ich ihrer Meinung nach bisher falsch gemacht habe.«

»Ihren Schreibtisch belegt im Moment Frau Krauss.«

»Sie kann von mir aus gerne bei ihrem Sven sitzen bleiben. Wenn es Ihnen nichts ausmacht, nehme ich einfach Evalinas alten Platz. Der müsste ja jetzt frei sein.«

Evalina Krauss und Sven Balke waren seit einiger Zeit ein Paar. Sie lebten zusammen in einer kleinen Wohnung in Schlierbach und wollten natürlich auch während der Dienstzeit nicht getrennt sein, weshalb Krauss die Gelegenheit genutzt hatte, als Vangelis' Schreibtisch frei wurde.

»Das ist er. Wann wollen Sie anfangen?«

»Jetzt. Deshalb bin ich hier.«

Ich lachte. »Okay. Ich habe auch gleich einen Job für Sie.«

Zehn Minuten später wusste Vangelis alles Wesentliche über Lea Lassalle und Henning Dellnitz.

»Da Sie offiziell nicht im Dienst sind, können Sie sich auch mit nicht offiziellen Dingen befassen«, beendete ich meinen Bericht.

»Leas Blutgruppe kennen wir aber noch nicht?«

»Haarbürste und Zahnbürste sind seit gestern im Labor. Vielleicht fragen Sie da gleich mal nach?«

Sie hatte schon diesen Glanz im Blick, den sie immer bekam, wenn sie ein Ziel vor sich sah.

Während wir sprachen, sah ich nebenbei meine E-Mails durch. Die Spurensicherung hatte in Lassalles Haus keine Fingerabdrücke des Einbrechers gefunden, aber immerhin seine Schuhgröße bestimmen können: fünfundvierzig oder sechsundvierzig.

In Kehl war im Lauf der Nacht Hennings Rucksack gefunden worden. Im Gestrüpp des Bahndamms, der zur Eisenbahnbrücke in Richtung Frankreich führte. Der Fundort lag etwa zweihundert Meter nördlich von der Europabrücke und ebenso weit vom Bahnhof entfernt. Von Henning selbst keine Spur. Die tote junge Frau in Frankreich war noch immer nicht identifiziert. All das fand ich äußerst beunruhigend, und inzwischen war ich sehr froh, ab sofort in Klara Vangelis eine zuverlässige Unterstützung zu haben.

»Um den Zahnarzt in Bad Homburg werde ich mich auch gleich kümmern«, sagte Vangelis und konnte keine Sekunde länger sitzen bleiben.

Jetzt erst fiel mir ein, dass Lassalle mir den Namen dieses Zahnarztes hatte besorgen wollen und auch wegen Leas Handygesprächen bislang nichts von sich hatte hören lassen.

Klara Vangelis verließ mein Büro mit der Eile eines Menschen, für den es auf der Welt nichts Schöneres gibt als seine Arbeit.

Die Zwillinge hatten mir beim Frühstück die Frage gestellt, die mich selbst zurzeit nicht mehr losließ:

»Denkst du, er hat sich was angetan, Paps?«

Es hätte keinen Sinn gehabt, die Sache zu beschönigen. Wer alt genug ist, bis Mitternacht unterwegs zu sein, ist auch alt genug für schmerzhafte Wahrheiten: »Henning wäre nicht der Erste, der aus Liebeskummer von einer Brücke springt.«

»Und meinst du, er ist?«

»Solange wir ihn nicht gefunden haben, ist alles möglich. Kann genauso gut sein, dass er mit der Bahn weiter nach Straßburg gefahren ist, um nach Lea zu suchen. Oder er ist zu Fuß über die Brücke und von dort mit dem Bus weiter. Vielleicht hat er sie auch längst aufgespürt. Es gibt tausend Möglichkeiten.«

Von der dunkelhaarigen jungen Frau in der Straßburger Gerichtsmedizin hatte ich nichts erzählt.

Meine Mädchen hatten lange geschwiegen und waren später mit hängenden Köpfen zur Schule getrottet. Nach Lea hatten sie nicht gefragt.

Vor den Fenstern schien heute eine blasse Wintersonne von einem tiefblauen Himmel. Ein starker, warmer Wind ging. Die Lufttemperatur hatte am Morgen elf Grad plus betragen. Föhnwetter.

Hennings Rucksack war inzwischen auf dem Weg nach Heidelberg, erfuhr ich kurze Zeit später. Und Klara Vangelis hatte bereits mit Leas Zahnarzt in Bad Homburg gesprochen. Die Röntgenbilder von den Zähnen seiner jungen Patientin werde er ihr gerne überlassen, sobald sie ihm einen richterlichen Beschluss vorlegen könne, hatte er ihr charmant, aber entschieden erklärt.

Den ganzen Vormittag über war ich ungewohnt nervös und unkonzentriert. Als drohte eine Gefahr, die ich nicht benennen konnte. Alle paar Sekunden sichtete ich meinen E-Mail-Eingang. Aber es kamen keine Neuigkeiten. Weder aus Straßburg noch aus Kehl.

»Sehr freundlich, dass Sie persönlich vorbeischauen«, begrüßte mich Hennings Mutter, als sie mir die Tür öffnete. Dorothee Dellnitz war eine kräftig gebaute Frau, die über die Jahre einige Kilo mehr angesetzt hatte, als ihr vermutlich lieb war. Sie wirkte gefasst, war jedoch blass und ungeschminkt. Henning war ihr einziges Kind, hatten mir meine Töchter erzählt.

»Sie haben ihn noch nicht gefunden?«, fragte sie ängstlich.

»Bisher leider nur seine Vespa und seinen Rucksack.«

»Ist er …? Muss ich also …?«

»Solange wir keinen Beweis haben, gibt es Hoffnung«, versuchte ich, ihre Sorgen zu zerstreuen.

»Hoffnung«, wiederholte sie tonlos, als müsste sie erst überlegen, was das seltsame Wort bedeutete.

Die großzügige und wohlriechende Vierzimmerwohnung, die ich nun betrat, lag im obersten Stockwerk eines großen Wohnkomplexes im Süden Heidelbergs. Acht Stockwerke unter uns rauschte der Verkehr die Römerstraße entlang, Lassalles Haus lag nur wenige Hundert Meter entfernt. Armut herrschte hier nicht, fiel mir schon im Flur auf. Den Boden bedeckte eine schwere, weiche Perserbrücke, an der Garderobe hing ein schwarzer Pelzmantel, und obwohl allein zu Hause und auf Besuch nicht vorbereitet, trug Frau Dellnitz ein hellgraues, raffiniert geschnittenes Kleid, das sie schlanker wirken ließ, als sie war.

Unter ihren wasserblauen Augen hingen dunkle Ringe. Vermutlich hatte sie nicht viel geschlafen in den vergangenen beiden Nächten. Wir betraten den Wohnraum mit Blick auf die Oberrheinebene. Die Fernsicht war wegen des Föhns atemberaubend, sogar die Kühltürme des Kernkraftwerks Philippsburg waren problemlos auszumachen. Das Wohnzimmer war vollgestopft mit wahrscheinlich kostbaren Antiquitäten. Außerdem standen, saßen oder lagen überall liebevoll ausstaffierte Puppen herum, die ebenfalls alt und wertvoll aussahen. Vermutlich eine Sammelleidenschaft der Hausherrin. An der Längswand stand ein schönes, nussbaumfarbenes Klavier mit Kerzenleuchtern, das offenbar regelmäßig benutzt wurde. Spuren eines männlichen Bewohners entdeckte ich nicht.

Sie hatte meinen Blick bemerkt.

»Ich spiele ein wenig«, sagte sie mit wehmütigem Lächeln. »Früher war ich sogar mal richtig gut, aber inzwischen …«

Wir nahmen Platz auf zwei mit Brokat bezogenen und außerordentlich bequemen Sesseln, die auf mich wirkten wie aus einem Museum entwendet. Ein üppiger Blumenstrauß duftete auf einem hohen Sideboard so intensiv, als stünde er kurz vor dem Verwelken.

»Ihr Sohn ist sehr in Lea verliebt«, begann ich. »Ein bisschen zu sehr vielleicht.«

Die Mutter nickte mit so abwesender Miene, als wären ihre Gedanken noch bei ihrem Klavier.

»Ich kenne sie«, murmelte sie. »Zwei oder drei Mal war sie hier. Henning hat ihr – wie soll man es nennen – Computerunterricht gegeben. Sie hatte einen Laptop mit einer veralteten Windows-Version. Er hat ihr eine moderne installiert und noch einiges mehr. Mein Eindruck war, dass sie ihn ein wenig ...«

»Ausgenutzt hat?«

Dorothee Dellnitz sah zur Fensterfront. »Sie war mir nicht übermäßig sympathisch. Sie hatte so etwas ... Flatterhaftes. Unstetes. Und sie kann einem nicht in die Augen sehen. Sie verbirgt ihre Unsicherheit hinter übertrieben zur Schau gestelltem Selbstbewusstsein.«

»Wie es aussieht, hat Henning in den vergangenen Tagen alles darangesetzt, sie zu finden.«

»Er war schon am Donnerstag merkwürdig unruhig. Seit Dienstag hat er mit einer fiebrigen Erkältung im Bett gelegen. Und am Freitag war er dann plötzlich verschwunden. Obwohl er immer noch Fieber hatte. Erst abends war er auf einmal wieder da. Und wollte mir partout nicht verraten, wo er gesteckt hatte.«

»Er war in Straßburg. Um Lea zu treffen.«

»Ich weiß. Das hatten Sie mir schon gesagt.« Sie sah auf. »Aber wozu?«

»Angeblich haben sie sich gestritten.«

»Wie er zurückkam ...« Sie schüttelte den Kopf, wie um eine Fliege oder einen schlechten Gedanken zu vertreiben. »Der arme Junge war völlig erschöpft. Man konnte kein vernünftiges Wort mit ihm reden. So habe ich Henning überhaupt noch nie erlebt, so aufgewühlt und verstört. Er hat sich dann in sein Zimmer verkrochen und die Tür abgeschlossen. Das macht er sonst nie. Wir haben ein sehr vertrauensvolles Verhältnis.«

Auf der Straße unten quietschten Bremsen. Ein kleiner Hund bellte hysterisch.

»Was war am Samstag?«

»Henning hat bis in den Nachmittag hinein geschlafen. Ich habe ihn schlafen lassen. Später hatte ich den Eindruck, dass es ihm besser ging. Er hatte auch kein Fieber mehr. Meinen Fragen ist er aber immer noch ausgewichen.«

»Sie haben sonst ein gutes Verhältnis zu Ihrem Sohn?«

»Ein sehr gutes sogar.«

»Wussten Sie zu dem Zeitpunkt schon, dass Lea die Ursache für seinen Zustand war?«

»Natürlich war mir nicht entgangen, wie er sie angesehen hat. Ich wusste auch, dass es diese Klassenfahrt gab, an der Henning sehr gerne teilgenommen hätte. Er hatte sich auf das Europaparlament gefreut. Im Gegensatz zu den meisten anderen Jugendlichen interessiert Henning sich sehr für Politik. Dass es – was diese Lea betrifft – so schlimm um ihn stand, habe ich natürlich nicht gewusst. Über solche Dinge haben wir nie gesprochen. Seit sein Vater uns ... mich verlassen hat ... waren manche Themen zwischen uns ein wenig heikel. Er gibt mir die Schuld an der Trennung, denke ich.«

Für Sekunden betrachtete sie ihre etwas zu kräftigen Hände, an denen mehrere Ringe glänzten. Dann hob sie abrupt den Kopf und sah mir gefasst in die Augen. »Herr Gerlach, ganz ehrlich: Wie hoch schätzen Sie die Wahrscheinlichkeit, dass mein Sohn noch lebt?«

»Das lässt sich nicht in Zahlen fassen«, sagte ich mit einem Kloß in der Kehle. »Dass er seinen Roller abgestellt hat, kann daran liegen, dass der Tank fast leer war. Nach Straßburg hätte das Benzin allerdings noch gereicht. Dass er seinen Rucksack ins Gebüsch geworfen hat – vielleicht war er mit Lea verabredet, und sie hatten vor, alle Brücken hinter sich abzubrechen?«

Wenn ich nur selbst hätte glauben können, was ich da redete.

Ihr Blick irrte ziellos hin und her. Schließlich nickte sie, als hätte meine Antwort sie am Ende doch in irgendeiner Weise befriedigt.

»Vielleicht ...«, flüsterte sie. »Wenn ich ... Ich hätte ihn nicht alleinlassen dürfen. Ich hätte mich mehr kümmern müssen. Es war so offensichtlich, dass er liebeskrank war, dass er ...«

»Es hilft weder Henning noch Ihnen selbst, wenn Sie sich mit Vorwürfen quälen.«

»Aber wie soll das gehen?«, erwiderte sie mit erstickter Stimme. »Wie sollte ich mir keine Vorwürfe machen?«

»Haben Sie jemanden, der Ihnen ein wenig Gesellschaft leisten kann? Eine Freundin vielleicht?«

»Sascha«, sagte sie mit plötzlich wieder fester Stimme und zwang sich, mir ins Gesicht zu sehen. »Mein ... Mann. Er ist auf dem Weg hierher. Ich habe ihn gestern endlich erreicht. Er war in Hanoi. Sie bauen dort eine Chemiefabrik oder eine Ölraffinerie. Ich kann mich nicht mehr erinnern ...«

»Weiß Ihr Mann Bescheid? Hat Henning sich vielleicht bei ihm gemeldet?«

»Er weiß Bescheid. Wir telefonieren zur Zeit viel. Aber er hat auch nichts von Henning gehört.«

»Wann kann er seinen Rucksack gepackt haben, ohne dass Sie etwas davon bemerkt haben?«

»Gestern, nehme ich an. Ich bin jeden Dienstagvormittag für zwei Stunden im Fitnessstudio.«

»Ihnen ist also nicht aufgefallen, dass er in der Wohnung war?«

»Nein.«

»Würden Sie mir eine Liste der Dinge machen, die Henning eingepackt hat?«, fragte ich, nachdem es für Sekunden so still gewesen war, dass man den Wind hören konnte, der vor den Fenstern säuselte. »Hennings Rucksack ist auf dem Weg nach Heidelberg. Und es wäre natürlich interessant zu wissen, ob er alles in Kehl zurückgelassen hat oder ob er vielleicht doch ein paar Sachen mitgenommen hat.«

Dorothee Dellnitz sah mir ausdruckslos auf den Mund. »Ich werde mich gleich an die Arbeit machen. Es ist gut, wenn ich etwas zu tun habe.«

»Eine letzte Frage noch. Welche Schuhgröße hat Ihr Sohn?«

Erstaunt richtete sie sich auf. »Hennings Schuhgröße?«

»Bitte.«

»Fünfundvierzig. Weshalb ist das wichtig?«

»Ich weiß noch nicht, ob es wichtig ist.«

Wir erhoben uns.

»Wollen Sie sein Zimmer sehen?«

»Im Moment nicht. Ich lasse Sie jetzt allein. Aber wenn ich irgendwie helfen kann ...«

Sie lächelte traurig. Nickte. »Ich habe ja Ihre Nummer.«

Ich reichte ihr die Hand. Sie ergriff sie mit Verzögerung.

»Muss ich ...«, sagte sie mit abgewandtem Blick, als wir schon in der Tür waren. »Wenn er gefunden wird, werde ich ihn … identifizieren müssen?«

»Erstens ist Henning nicht tot. Und zweitens kann das dann gerne Ihr Exmann übernehmen.«

»Mann«, korrigierte sie mich mit verlorenem Blick. »Wir leben getrennt. Wir sind aber nicht geschieden. Nur getrennt.«

Plötzlich ging ein Ruck durch sie, und sie sah mir offen ins Gesicht. Dieses Mal jedoch nicht ängstlich oder traurig, sondern … einsam. »Sie … Du erkennst mich nicht?«

»Sollte ich denn?«, fragte ich verblüfft.

Die Augen, wurde mir im nächsten Moment bewusst. Die wasserblauen Augen! Die helle Haut! Die Grübchen, wenn sie lächelte!

»Doro?«, fragte ich verdattert. »Doro … wie war noch …?«

»Gümbel«, ergänzte sie mit trostlosem Lächeln und reichte mir erneut die Hand, die ich automatisch ergriff.

»Doro Gümbel. Mein Gott! Und du bist jetzt also auch in Heidelberg? Wie lange schon?«

Sie blinzelte. Ob vor Rührung oder Aufregung, wusste ich nicht.

»Seit fünf Jahren. Vorher haben wir lange in Berlin gelebt. Aber dann hat Sascha in Mannheim eine gute Stelle als Abteilungsleiter bei Harmann und Krauth gefunden. Ich wollte sowieso zurück in den Süden. Leider hat er sich bald darauf in seine Sekretärin verguckt, diese … Aber lassen wir das.«

»Wie lang ist es her, dass wir …?«

»Im September waren es wohl zwanzig Jahre.«

»Bei unserer zehnjährigen Abifeier, nicht wahr? Ich glaub's einfach nicht. Die Doro!«

Ihr Händedruck wurde für den Bruchteil einer Sekunde fester, dann ließ sie abrupt los.

»Jedenfalls schön, dich mal wieder zu sehen, Alexander. Auch wenn es nicht gerade die glücklichsten Umstände sind.«

»Du hast dich ganz schön …« Ich brach ab, weil ich im Begriff war, etwas sehr Dummes zu sagen. Aber sie hatte mich leider schon verstanden.

»Ich habe ziemlich zugenommen seit damals, ich weiß«, sagte sie ohne eine Spur von Kränkung.

»Hattest du nicht früher eine Brille?«

»Kontaktlinsen.« Ihr Lächeln wurde warm, und in ihren Augenwinkeln glitzerte eine Spur von Freude.

»Und deine Haare ...«

»Waren früher so komisch matschfarben wie die von Henning heute.«

Ich konnte mir ein Lachen nicht ganz verkneifen. »Mir haben sie damals gefallen.«

»Du hast dich gut gehalten. Ich habe schon lange gewusst, dass du in Heidelberg bist. Man liest deinen Namen ja manchmal in der Zeitung, und da habe ich irgendwann mal ein bisschen im Internet gestöbert ...«

»Mensch, Doro«, sagte ich und wagte nicht, sie zu umarmen. »Das ist ja ein Ding!«

Während der Rückfahrt zur Direktion erinnerte ich mich an das turbulente Klassentreffen. Ich musste die Scheibenwischer einschalten, da es völlig überraschend zu regnen begonnen hatte. Große Tropfen zerplatzten auf der Frontscheibe meines alten Peugeot-Kombi, den ich nur wenige Jahre nach der Nacht mit Doro angeschafft hatte.

Fast alle waren dabei gewesen. Nur Schmitz hatte gefehlt, der Klassenprimus, den es als promovierten Ethnologen in irgendeine unwirtliche Ecke Kambodschas verschlagen hatte. Und Irmchen natürlich, die in Kiel einen veritablen Kapitän geheiratet, mittlerweile sechs oder sieben Kinder in die Welt gesetzt und absolut keine Möglichkeit gefunden hatte, diese für zwei Tage irgendwo unterzubringen.

Wir trafen uns in der Schule, nachmittags um drei. Der ehemalige Direktor des Kant-Gymnasiums, Dr. Ernst, hatte eigens unseretwegen am Samstag die Schule aufgeschlossen und sogar einen kleinen Sektempfang spendiert mit von seiner Frau liebevoll zubereiteten Häppchen. Auf unserer Seite hatte leider niemand daran gedacht, dem aufrechten alten Herrn wenigstens einen Blumenstrauß mitzubringen. Aber er freute sich auch ohne Blumen wie ein Schneekönig.

Später pilgerten wir zum »Kaiserhof«, einem Restaurant und Hotel in der Karlsruher Innenstadt. Löffler, der das Ganze organisiert und es schon zum Professor an einer Fachhochschule in der Nähe von Leipzig gebracht hatte, hatte dort für all diejenigen Zimmer reserviert, die nicht bei Eltern, Verwandten oder alten Freunden unterkriechen konnten. Das Abendessen hatte ewig gedauert, und von Stunde zu Stunde war es lauter geworden. Für die bei solchen Anlässen übliche Angeberei waren wir noch zu jung, für das »Ja, ja, damals ...« noch nicht alt genug. Die wenigsten konnten schon mit Haus oder Segeljacht prahlen. Die meisten hatten noch kaum mehr zu bieten als große Pläne und aufregende Träume. Aber natürlich wurden Erinnerungen aufgefrischt, Lehrer nachgeäfft, alte Geschichten aufgewärmt. Bald war ich heiser gewesen vom Lachen. Und irgendwann saß plötzlich Doro neben mir.

Ganz im Gegensatz zu unserer Schulzeit, während der ich sie als zickige Gans erlebt hatte, verstanden wir uns an diesem Abend prächtig. Vera und ich hatten uns damals schon gekannt, aber von Heirat war noch lange keine Rede gewesen. Doro war auf einmal gar nicht mehr schnippisch, interessierte sich ernsthaft für meine Arbeit als frischgebackener Kriminaloberkommissar. Sie war noch solo und vielleicht auch ein wenig einsam. Von Vera erzählte ich natürlich nichts.

Irgendwann nach Mitternacht, als der Restaurantleiter uns nachdrücklich und inzwischen nur noch in Grenzen freundlich vor die Tür komplimentierte, zogen wir – nicht einer hatte gekniffen – ins »Litfass« um. Doro klebte an mir, hatte viel zu viel getrunken, kam aus dem Lachen und Gickeln gar nicht mehr heraus, und am nächsten Morgen war ich in ihrem Hotelbett aufgewacht.

10

Hennings Rucksack enthielt nichts, was mir weiterhalf. Ich überflog die Liste, die Klara Vangelis während meiner Abwesenheit erstellt hatte. Offenbar hatte er in großer Hast und ohne zu überlegen hineingestopft, was ihm gerade in die Finger kam. Drei T-Shirts, eine Jeans zum Wechseln, ein Pyjama, fünf Paar dicke Socken, Duschgel und Shampoo, ein viel zu kleines Handtuch, kein Pullover, keine Unterwäsche, ein paar alte Sportschuhe. Geld und Papiere hatte er vermutlich in der Hosentasche aufbewahrt. Auf den Fotos vom Fundort, die ein mitdenkender Kollege mit seinem Handy geknipst hatte, war zu erkennen, dass jemand den Rucksack durchwühlt hatte, bevor später ein ehrlicher Finder die Polizei anrief.

Doro bestätigte mir am Telefon unter Tränen, dass alle gefundenen Kleidungsstücke dem Schrank ihres Sohnes entstammten. Einige Dinge fehlten allerdings in Hennings Zimmer, die Vangelis im Rucksack nicht gefunden hatte. So zum Beispiel ein Paar Adidas-Sportschuhe, ein dicker Norwegerpullover und eine schwarze Jeans der Marke Mustang. Von einigen anderen Kleidungsstücken vermutete Doro, dass ihr Sohn sie am Leib trug. Sie versprach noch einmal, eine ausführliche Liste zu erstellen.

Inzwischen waren auch die kriminaltechnischen Labors in Stuttgart und Straßburg fleißig gewesen, erfuhr ich von Vangelis.

»Lea hat Blutgruppe A, Rhesus positiv. Ich sage es ungern – leider dieselbe Gruppe wie die der ersten Toten im Elsass.«

»Vier von zehn Mitteleuropäern haben A positiv«, erwiderte ich nach einer Schrecksekunde. »Es ist ein Indiz, aber noch lange kein Beweis.«

Dass das Blut am Hemd von Leas Vater von derselben Gruppe war, beunruhigte mich schon mehr. Ich beschloss, Lassalle ein drittes Mal aufzusuchen. Dieses Mal würde ich laut und grob werden.

Es war kurz nach zwölf, als ich wieder einmal an Lassalles Tür läutete. Und es dauerte volle sieben Minuten, bis er endlich öffnete. Mit wirren Haaren, hängenden Schultern und glasigem Blick stand er vor mir. Offensichtlich hatte ich ihn aus dem Bett geklingelt. Außerdem war er immer noch oder schon wieder betrunken.

»Sie?«, fragte er mit einer Stimme, als hätte er lange nicht mehr laut gesprochen. »Haben Sie den Einbrecher etwa schon geschnappt?«

»Ich muss mit Ihnen reden«, erwiderte ich grob und drängte mich an ihm vorbei, da er keine Anstalten machte, mich hereinzubitten.

»Warum so unfreundlich, Herr Gerlach?«

Seine Stimme klang schon eine Spur klarer. Er war verunsichert, spürte wohl, dass heute mit mir nicht gut Kirschen essen war.

»Ich bin nicht unfreundlich. Aber ich könnte es werden.«

Achselzuckend schloss er die Tür, schlurfte auf grauen Filzlatschen vor mir her, führte mich in eine überraschend großzügig ausgestattete Küche, wo viel Edelstahl auf ein wenig Pflege hoffte und ein Berg ungespültes Geschirr die Hoffnung aufgegeben hatte. Der linke Teil des zweiflügeligen Fensters war mit Pappe und Klebeband abgedichtet. Vermutlich das Fenster, das bei Lassalles letztem Streit mit Lea zerbrochen war. Hinter hohen, blattlosen Büschen sah man das gelb gestrichene Nachbarhaus.

»Wie es hier aussieht ...«, murmelte Lassalle verwundert. »Bin die letzten Tage nicht zum Aufräumen gekommen.«

Ich setzte mich unaufgefordert auf einen hohen Hocker, der an einer Art Bartheke stand.

»Kaffee?«, fragte Lassalle weniger mich als sich selbst.

Ich zögerte und sagte schließlich: »Cappuccino.«

Er begann, an einer kompliziert aussehenden Kaffeemaschine zu hantieren, an der ein rotes Lämpchen blinkte. Er füllte Wasser nach, stellte fest, dass auch nicht mehr genug Bohnen im Vorratsbehälter waren. Fand nach einigem Suchen eine halb volle Tüte. Ließ die Bohnen in den Trichter rasseln. Das rote Blinken dauerte an. Und ich wurde mit jeder seiner unbeholfenen Bewegungen gereizter.

»Sind Sie wegen des Einbruchs hier?«, fragte er, immer noch, ohne mich anzusehen. »Ich vermisse nichts. Keine Ahnung, was der Idiot hier gewollt hat.«

»Das Blut an Ihrem Ärmel stammt von Lea«, erwiderte ich sachlich. »Und ich hätte dafür gerne eine Erklärung von Ihnen, die mich beruhigt.«

Lassalle erstarrte, als würde ihm jemand einen kalten Pistolenlauf ins Genick drücken. »Blut?«, fragte er dämlich. »Welches Blut?«

»Sie wissen ganz genau, wovon ich rede!«

»Ich ... Scheiße!«

Mit zitternden Händen stellte er einen großen dunkelblauen Keramikbecher unter den Auslass, verursachte eine kleine Überschwemmung, weil er dabei ein halb volles Glas umstieß, fluchte unterdrückt, und ich erwartete jede Sekunde, dass er zu brüllen begann.

»Also?«, fragte ich ungeduldig. »Ich höre?«

»Keine Ahnung«, murmelte er nur. Endlich begann die Kaffeemaschine zu brummen. »Vielleicht habe ich sie geschlagen. Weiß wirklich nicht. Ich … Manchmal macht sie mich so unglaublich wütend.«

»Am Tag darauf in Straßburg hat sie nicht ausgesehen, als hätten Sie sie verprügelt.«

»Sie hat oft Nasenbluten. Hat sie von ihrer Mutter. Jasmin hatte auch oft Nasenbluten.«

Der Kaffee war fertig. Mit gesenktem Blick stellte Lassalle den Becher vor mich hin und wandte sich erneut der Maschine zu. Im Becher war kein Cappuccino, sondern eine viel zu dünne schwärzliche Brühe.

»Haben Sie denn nun endlich eine Spur von Lea?«, fragte er tonlos, während er einen zweiten, in diesem Fall hellbraunen Becher unter den Auslass stellte und den Cappuccino-Knopf drückte.

»Nein.« Ich probierte einen Schluck von dem mörderisch heißen und bitteren Gesöff. Die Bohnen mussten weit jenseits ihres Haltbarkeitsdatums sein. »Sie hatten Streit an dem Abend vor Leas Ausflug nach Straßburg.«

»Kann sein.«

Die Kaffeemaschine brummte und brummte, aber es kam kein Kaffee. Plötzlich schwieg sie und blinkte wieder rot. Verwirrt fingerte Lassalle daran herum, drückte alle möglichen Knöpfe, aber das Geblinke hörte nicht auf. Schließlich zog er aufstöhnend den Stecker, steckte ihn wieder ein.

»Hatten Sie Streit? Ja oder nein?«

»Wir haben andauernd gestritten.«

»Also auch am Donnerstagabend?«

»Wahrscheinlich.«

»Und dabei ist das Fenster zu Bruch gegangen?«

»Wahrscheinlich.«

»Wer hat es kaputt gemacht?«

»Weiß ich nicht mehr! Ich war besoffen, und das ist ja wohl nicht verboten. Möglich, dass ich sie gestoßen habe, und sie ist dagegengefallen. Möglich, dass sie gestolpert ist. Möglich, dass sie geblutet hat. Vielleicht hat sie es auch mit Absicht zerschlagen. Würde ihr ähnlich sehen. Sie verliert manchmal völlig die Kontrolle. Dann ist sie zu allem fähig.«

Die Kaffeemaschine blinkte immer noch. Lassalle stand mit hängenden Armen davor und war mit seinen Gedanken offensichtlich weit weg.

»Hat sie sich an einer Glasscherbe verletzt?«

»Ich weiß es doch nicht, Herrgott!«

»Sie wissen verdammt wenig.«

»Ich war besoffen, Scheiße!«

»Darf man erfahren, worum es bei diesem Streit ging?«

»Um irgendeine Nichtigkeit. Wie immer.«

Ich faltete die Hände auf dem Tisch, um sicher zu sein, dass ich ihn nicht ungewollt zu würgen begann, sammelte mich für zwei Sekunden und trank einen weiteren Schluck von dem angeblichen Kaffee. Plötzlich brummte die Maschine wieder, und dieses Mal plätscherte Cappuccino in den Becher.

»Wissen Sie was?«, sagte ich zu Lassalles gebeugtem Rücken. »Allmählich habe ich den Verdacht, dass Ihnen das Verschwinden Ihrer Tochter ganz gelegen kommt. Außerdem werde ich den Verdacht nicht los, dass Sie irgendwas damit zu tun haben. Ich weiß noch nicht, wie und warum. Aber ich werde es herausfinden, darauf können Sie sich verlassen.«

Sehr langsam drehte er sich zu mir um.

»Was sagen Sie da?«, keuchte er. »Was haben Sie gesagt?«

Ich hatte ihn so weit. Er reagierte. Endlich. Ich hatte einen wunden Punkt getroffen.

»Anscheinend passt es Ihnen ja ganz gut in den Kram, dass Ihre Tochter nicht mehr da ist.«

Sein Cappuccino war längst fertig, aber Lassalle schien ihn vergessen zu haben. Nachdenklich sah er zum zerstörten und nachlässig geflickten Fenster. Fuhr sich mit einer fahrigen Bewegung übers Gesicht. Griff nach einem der Hocker, ohne sich zu setzen. Setzte sich am Ende doch. Mit hängenden Schultern saß er da, den Blick zu Boden gerichtet, auf einen schmierigen, mintgrünen Kunststoffbelag. Sein Atem ging laut und schwer. Es dauerte Minuten, bis er sich wieder fing. Dann fiel ihm endlich der Kaffee ein, und er sprang auf.

»Ach du Scheiße«, murmelte er, als hätte es seinen kleinen Zusammenbruch nie gegeben. »Den habe ich total vergessen. Ich mache neuen. Kommt sofort.«

Er schüttete den Inhalt des braunen Bechers in die Spüle, und wieder brummte die Maschine. Sekunden später stellte er einen weiteren nachtschwarzen Kaffee vor mich hin.

»Hoppla«, stellte er verdutzt fest. »Sie haben ja schon!«

»Nehmen Sie ihn«, seufzte ich. »Ich denke, Sie können auch eine Tasse vertragen.«

»Zucker habe ich nicht im Haus«, stammelte der glücklose Gastgeber. »War die letzten Tage ein bisschen nachlässig mit dem Einkaufen.«

»Also, noch mal von vorn: Worum ist es bei diesem Streit vor einer Woche gegangen?«

»Um Geld, glaube ich. Aber ich war ziemlich blau an dem Abend. Und Lea … sie hat mich beklaut. Manchmal. Sie ist auch schon zweimal beim Klauen in Boutiquen erwischt worden. Das Jugendamt war hier und hat großes Tamtam gemacht. Da ist es mir allemal lieber, sie beklaut mich. Normalerweise nimmt sie zehn oder zwanzig Euro. Auch mal fünfzig. Aber letzte Woche haben auf einmal siebenhundert im Portemonnaie gefehlt. Das fand ich dann doch ein bisschen heftig.«

»Hat sie den Diebstahl zugegeben?«

Tief in Gedanken schüttelte Lassalle den schweren Kopf. Ich schob den Kaffee in seine Reichweite. Er bemerkte es nicht.

»Sie hat mich angeschrien und mir die üblichen Vorwürfe gemacht.«

»Was sind denn die üblichen Vorwürfe?«

»Das geht Sie nichts an«, erwiderte er mit plötzlich wieder fester Stimme.

»Das zu beurteilen, überlassen Sie bitte mir.«

Böse sah er mir in die Augen. »Es ging um Angelegenheiten, die nur Lea und mich betreffen.«

»Hatte es damit zu tun, dass Ihre Frau Sie verlassen hat?«

Lassalle nickte langsam und schien zu überlegen, wie ich plötzlich auf diesen interessanten Gedanken gekommen war.

»Hatte es damit zu tun, dass Sie Lea ...« Ich brach ab. Zögerte. War ich im Begriff, übers Ziel hinauszuschießen? Tief hinten in seinen Pupillen glimmte jetzt ein Hass, der gefährlich werden konnte. Dennoch. Jetzt war ich hier. Es musste zur Sprache kommen. »Hatte es damit zu tun, dass Sie mit Lea Dinge gemacht haben, die ein Vater mit seiner Tochter nicht ...«

Mit unerwarteter Geschwindigkeit kam er auf die Beine. Stürzte sich mit einem gurgelnden Brüllen auf mich. Sein Kaffeebecher zerplatzte an der Wand, ein Stuhl polterte durch die Gegend, ein Schlag streifte meine Schulter, und in der nächsten Sekunde lag Lassalle am Boden und hielt sich die Nase.

Er war gestolpert, ich hatte ihn nicht einmal berührt. Er war bei seinem lächerlichen Angriff über seine eigenen Beine gestolpert und aufs Gesicht gefallen.

»Scheiße!«, keuchte er mit schmerzverzerrter Miene. »Scheiße, Scheiße, Scheiße!«

»Ich nehme Sie fest wegen versuchter Körperverletzung«, erklärte ich ruhig und erhob mich. »Sie haben das Recht, mit Ihrem Anwalt zu telefonieren.«

Er schien mich nicht zu hören, wimmerte zu meinen Füßen und erbrach sich schließlich auf den grünen Küchenboden.

Zwanzig Minuten später saßen wir uns im schwedisch gemütlichen Wohnzimmer gegenüber. Lassalle hatte sich in der Zwischenzeit gewaschen und umgezogen, die Schweinerei vom Küchenboden geputzt und neuen Kaffee gekocht. Der Schmerz hatte ihn nüchtern gemacht. Der Kaffee schmeckte auch dieses Mal bitter.

»Sie haben sich also um Geld gestritten«, nahm ich den Faden wieder auf. »Um siebenhundert Euro.«

Er nickte so betreten, als hätte er das Geld gestohlen und nicht seine Tochter. »Ich war an dem Tag bei der Bank gewesen. Tausend Euro hatte ich abgehoben. Auf dem Rückweg habe ich irgendwo was getrunken. Einiges. Und das Nächste, was ich weiß – Lea mit meinem Portemonnaie in der Hand. Bisher hatte sie das nie gemacht. Nicht so offen. So unverschämt. Es war mitten in der Nacht, und ich war auf dem Sofa eingeschlafen. Habe ihr das Ding aus der Hand gerissen und sofort gesehen, dass ein paar Scheine fehlten. Sie hat abgestritten, das Geld genommen zu haben. Und ich konnte ... ich meine, ich konnte ja schlecht eine Leibesvisitation ... und außerdem ...«

Er nahm einen Schluck Kaffee.

»Sie waren sich nicht sicher, ob Sie das Geld nicht irgendwo verloren hatten?«

Er senkte den Blick. Nickte schließlich.

»Und dann sind die Fetzen geflogen.«

Wieder nickte er. »Lea hat getobt. So war sie noch nie.«

»Könnte es sein, dass sie wegen dieses Streits verschwunden ist? Dass sie die Nase voll hatte von Ihnen?«

»Sie hat es nicht mit mir ausgehalten«, flüsterte Lassalle mit herumirrendem Blick. »Sie hasst mich. Sie verachtet mich. Weil ich saufe. Weil ich als Vater eine Katastrophe bin. Weil ich nichts auf die Reihe bringe. Weil ... ihre Mutter. Aber ich kann ... Scheiße, ich kann doch nichts dafür, dass sie tot ist. Ich war doch nicht dabei, bei dieser Scheiße. Ich war doch nicht dabei!«

»Wo waren Sie nicht dabei?«, fragte ich aufmerksam. »Wie ist Ihre Frau eigentlich gestorben?«

Hasserfüllt sah er mich an. »Das tut hier ja wohl nichts zur Sache!«

»Ich werde es auch so herausfinden.«

»Meinetwegen. Finden Sie es heraus.«

»Sie haben mir gestern die Verbindungsdaten von Leas Handy versprochen.«

Er räusperte sich schleimig. »Vergessen. Sorry. Ich bin zurzeit ... Mit mir ist im Moment nicht viel los.«

»Dann rufen Sie bitte jetzt sofort in Bad Homburg an. Ich gehe nicht weg, bevor ich diese Liste habe.«

Lassalle stemmte sich aus der Couch und begann, unterdrückt fluchend sein Telefon zu suchen. Fand es schließlich in der Küche zwischen dem schmutzigen Geschirr. Ich hörte ihn längere Zeit telefonieren, verstand jedoch nur Bruchstücke. Offenbar war es für die betagte Großmutter nicht einfach, die Unterlagen zum Handyvertrag zu finden, die der an Alzheimer erkrankte Opa irgendwo abgeheftet hatte. Nach zehn Minuten erschien Lassalle endlich wieder mit seinem aufgeklappten Laptop auf dem Arm.

»Soll ich es Ihnen ausdrucken?«

»Schicken Sie es mir per Mail.« Ich diktierte ihm meine Adresse, die er gleich in die Tastatur tippte.

Dann nahm er wieder Platz und stellte den offenen Laptop achtlos auf den Couchtisch.

Ich hatte meine Tasse inzwischen geleert, erhob mich und fragte: »Wovon leben Sie eigentlich?«

»Patente«, erwiderte er erschöpft und spielte an der Tastatur herum. »Ich habe ein paar Patente, die regelmäßig Geld bringen.«

»Was sind das für Patente?«

»Herstellprozesse für bestimmte Legierungen.« Jetzt erst bemerkte er, dass ich schon stand. »Sie wollen gehen?«

»Ja.«

»Heißt das ... bin ich nicht verhaftet?«

»Wenn Sie künftig keine Zicken mehr machen, dann werde ich Ihre alberne Aktion vorhin vergessen. Aber wenn Sie mir noch ein einziges Mal dumm kommen, sind Sie dran.«

Justus Lassalle starrte zu Boden, brütete vor sich hin, als wäre schwer zu begreifen, was ich ihm soeben an den Kopf geworfen hatte.

»Ich schicke im Lauf des Tages ein paar Kollegen vorbei, die Ihr Haus nach Blutspuren absuchen werden«, erklärte ich ihm von oben herab. »Ich will wissen, was hier am Donnerstagabend passiert ist.«

Lassalle schien jetzt kurz vor dem Einschlafen zu stehen. Als ich schon dachte, er hätte mich nicht gehört, erhob er sich ächzend und streckte mir unbeholfen seine schweißige Rechte entgegen.

»Tun Sie das«, sagte er heiser. »Suchen Sie. Ich will es auch wissen.«

11

Als ich wieder an meinem Schreibtisch saß, um den Rest des trüben Nachmittags den langweiligen Dienstaufgaben eines Kripochefs zu widmen, schoss mir unvermittelt ein Gedanke in den Kopf. Etwas hatte sich in meinem Hinterkopf eingenistet und plötzlich das Bewusstsein erreicht.

»Zwanzig Jahre«, hatte Doro gesagt. Das konnte aber nicht stimmen. Vor zwanzig Jahren war ich noch keine dreißig gewesen. Ich hatte aber Vera, meine spätere Frau, bereits gekannt, als ich Doro beim Klassentreffen wiedersah. Und Vera hatte ich am Abend vor meinem einunddreißigsten Geburtstag kennengelernt, in diesem Punkt war ich mir sicher. Jetzt erinnerte ich mich auch, dass wir damals nicht das zehnjährige Jubiläum unseres Abiturs gefeiert hatten, sondern das zwölfte. In den beiden Jahren davor hatte es aus irgendwelchen längst vergessenen Gründen nicht geklappt.

Vera hatte in der Straßenbahn neben mir gesessen. Wir waren ins Gespräch gekommen, weil ich ein Buch las, das sie kannte, »Die Liebe in den Zeiten der Cholera« von Gabriel García Márquez. Sie war mir sympathisch gewesen, hatte ein offenes Lachen gehabt, und in einem für mich völlig unüblichen Anfall von Größenwahn lud ich sie am Ende spontan zu meiner Geburtstagsfeier ein. Natürlich zierte sie sich. Wusste nicht so recht. Hatte eigentlich schon etwas vor. Aber zu meiner Überraschung stand sie dann am nächsten Abend vor der Tür. Todschick zurechtgemacht und mindestens so verlegen wie ich. Als Geschenk überreichte sie mir eine gebundene Ausgabe von »Hundert Jahre Einsamkeit«. Die Anspielung, die darin steckte, verstand ich erst sehr viel später.

Mein Telefon schreckte mich aus meinen Erinnerungen. Es war der Leiter der Spurensicherungsgruppe, die ich in Lassalles Haus beordert hatte.

»Wir wären dann hier so weit fertig.«

»Hat er sich anständig benommen?«

»Er hat uns einfach ignoriert. Liegt eh die meiste Zeit auf dem Sofa und hört Dire Straits, dass das Haus wackelt.«

»Und was haben Sie gefunden?«

»Im Erdgeschoss sind Blutspuren. Vor allem im Eingangsbereich. Alles gut geputzt, natürlich. Aber nicht gut genug.«

»In der Küche nicht?«

»Sie meinen, wegen der Glasscherben? Nein. In der Küche war gar nichts. In der Mülltonne liegen ein paar Scherben von dem kaputten Fenster und im Garten auch. Da ist aber nirgends Blut dran.«

Die Art, wie er verstummte, ließ mich ahnen, dass noch etwas kam. Etwas Wichtiges, wonach er gerne gefragt werden wollte. Ich tat ihm den Gefallen.

»Wie ich Sie und Ihre Leute kenne, haben Sie doch ein paar interessante Dinge gefunden«, sagte ich liebenswürdig.

Er schnaufte befriedigt. »Das Blut ist mit ziemlicher Sicherheit von der Tochter. Wir haben in der Mülltonne Sachen von ihr gefunden. Ein weißes T-Shirt mit silbernen Pailletten, ein beiges Lederjäckchen und einen rosafarbenen BH. Also wahrscheinlich alles, was sie obenrum angehabt hat. Und alles um den Hals herum durchtränkt mit Blut.«

»Am Hals?«

»Am Hals, ja. Außerdem hat noch ein Handtuch drin gelegen, das jemand wahrscheinlich als provisorischen Verband benutzt hat. Der Vater sagt, er kennt das Ding nicht. Sagen Sie mal, hat der versucht, seine Tochter umzubringen?«

»Ich weiß es nicht. Am nächsten Tag war sie jedenfalls noch am Leben.« Und hatte einen Rollkragenpulli getragen. »Ein Messer haben Sie nicht zufällig auch gefunden?«

»Das hätte ich ja wohl als Erstes erwähnt«, sagte er gekränkt. »War übrigens ein knapper Tausender, was die da in die Tonne geschmissen haben, meint die Kollegin Kiwitz. Das Jäckchen ist von Giorgio Armani, das T-Shirt von Prada und der BH von La Perla. Die Kollegin meint, der BH hat allein seine hundert Mücken gekostet.«

Ich konnte mich offenbar glücklich schätzen, dass meine Töchter bei H&M oder Zara einkauften.

»Soll das Zeug ins Labor?«

»Ist erst mal nicht nötig«, entschied ich. »Es ist ja offensichtlich, von wem das Blut stammt. Die Frage ist: Woher hatte sie die Verletzung?«

»Von den Spuren zu schließen, ist sie schon blutend heimgekommen.«

»Was sagt der Vater dazu?«

»Gar nichts. Ich hab ihm das Zeug natürlich gezeigt. Da hat er sich dann angeblich dunkel erinnert, wie er sie verbunden hat. Nach Mitternacht soll das gewesen sein. Es war wohl auch nicht ganz so schlimm, wie die Klamotten aussehen. Man überschätzt die Menge an Blut ja leicht. Vor allem bei hellen Sachen.«

Auch Doro hatte damals teure Unterwäsche getragen, fiel mir ein, als ich den Hörer auflegte. Verwegen geschnittene, aufreizende Unterwäsche. Als hätte sie von vornherein geplant, jemanden in ihr Bett zu locken. Ob es mich zufällig oder aus Absicht getroffen hatte, würde ich vermutlich niemals erfahren. Und ich wollte es auch gar nicht wissen.

Es war vorbei.

Eine angenehme Erinnerung, weiter nichts. Vor achtzehn Jahren und zweieinhalb Monaten war das Klassentreffen in Karlsruhe gewesen, plötzlich wusste ich es wieder. Ende September. Meine Hand wanderte ganz von allein zur Tastatur meines Laptops. Aber ich zog sie wieder zurück.

Mit einem Mal war mein Mund trocken.

Abends waren die Zwillinge unterwegs, was mir sehr gelegen kam. Irgendwer feierte Geburtstag, las ich auf einem Klebezettel, der am Spiegel pappte, und um elf würden sie zu Hause sein. Die Elf hatten sie durchgestrichen und durch »halb zwölf« ersetzt.

Ich setzte mich mit einem gut eingeschenkten Glas Rotwein ins Wohnzimmer und versuchte, mich mit dem Köln-Konzert von Keith Jarrett von schwarzem Vinyl und über Kopfhörer abzulenken. All die Jahre hatte ich meinen alten Dualplattenspieler gehütet und gepflegt, und in besonderen Momenten kam er zum Einsatz.

Später suchte ich »Hundert Jahre Einsamkeit« aus dem Regal und war mir nach drei Seiten nicht sicher, ob ich es jemals gelesen hatte.

Knapp zwei Monate nach meiner Geburtstagsfeier mit Vera war die Nacht mit Doro gewesen. Vera und ich hatten uns in der Zwischenzeit einige Male getroffen, waren jedoch noch kein Paar.

Ich hatte sie nicht betrogen. Aus irgendeinem Grund war mir diese Feststellung wichtig.

Ich war es damals gewesen, der sich geziert hatte. Warum, konnte ich heute nicht mehr sagen. Vera war eine attraktive, meist gut gelaunte Frau. Und sie hatte mich deutlich spüren lassen, dass sie mich mochte und sich eine Zukunft an meiner Seite vorstellen konnte.

Ende September.

In meinem Kopf rotierten Daten und Gedanken. Schließlich legte ich das Buch zur Seite, da ich denselben Abschnitt immer wieder las. Keith Jarrett hatte es schon vor einer Weile aufgegeben, auf seinem Flügel zu zaubern, wie mir erst jetzt bewusst wurde.

Mit kalten Händen erhob ich mich, um endlich das zu tun, wovor ich seit Stunden zurückschreckte. Ich ging in mein Zimmer und schaltete meinen klapprigen PC ein. Während das Betriebssystem seine mühsamen und langwierigen Startprozeduren bewältigte, füllte ich in der Küche mein Weinglas nach. Dann setzte ich mich vor die Tastatur, packte entschlossen die Maus. Firefox – Facebook – Henning Dellnitz. Er war so freundlich, sein Geburtsdatum aller Welt mitzuteilen: Elfter Juli. Neun Monate und ein paar Tage nachdem Doro und ich … Ich rechnete noch ein Weilchen hin und her in der Hoffnung, einen Fehler gemacht zu haben. Mich in der Jahreszahl vertan zu haben. Ich zählte die Monate zwei Mal an den Fingern ab.

Es half nichts. Das Ergebnis blieb dasselbe.

Irgendwann tauchten die Zwillinge auf. Sie waren aufgekratzt, lärmten herum und wunderten sich nur am Rande über meine Wortkargheit.

Donnerstag, der achte Dezember. Seit sechs Tagen war Lea verschwunden, seit zwei Tagen Henning. Und von beiden weiterhin keine Spur. Seit gestern Mittag regnete es unaufhörlich. Von Westen näherte sich eine Kaltfront, hatte ich im Radio gehört.

Ich hatte unruhig geschlafen in der Nacht. Traumfetzen, konfuse Gedanken und Erinnerungssplitter hatten in meinem Kopf einen Hexentanz veranstaltet. Immer neue Details waren mir eingefallen. Zum Beispiel, wie ich Doro irgendwann in jener Nacht gefragt hatte, ob sie mit jemandem zusammen sei, und wie sie meine Frage erst nicht verstehen wollte. Ob sie in einer festen Beziehung lebe, hakte ich lachend nach. »Nicht wirklich«, hatte ihre merkwürdige Antwort gelautet. Wie ich sie beim Ausziehen gefragt hatte, ob sie die Pille nehme. Und sie fröhlich antwortete: »Mach dir keine Gedanken.«

Kleine, wütende Orgasmen hatte sie gehabt. Mehrere, wenn meine Erinnerung mich nicht trog. Wir hatten wohl ziemlich getobt, und irgendwann hatte sogar jemand im Nachbarzimmer gegen die Wand gebollert. Am nächsten Morgen hatten wir zusammen mit den anderen Übernachtungsgästen lange und üppig gefrühstückt.

Und dann waren wir auseinandergegangen, ohne einen Kuss oder ein Versprechen, und hatten uns nie wiedergesehen.

Bis gestern.

Es klopfte. Sönnchen brachte meinen Morgencappuccino und – das hatte sie lange nicht mehr getan – ein Croissant vom Bäcker auf der anderen Straßenseite.

»Sie sehen nicht gut aus, Herr Gerlach«, sagte sie besorgt. »Sie haben nichts gefrühstückt, ich seh's Ihnen an.«

Anstelle einer Antwort stieß ich einen Seufzer aus. Sie setzte sich mir gegenüber auf einen der blauen Polsterstühle für Besucher.

»Wie war's denn gestern bei Leas Vater?«

Ich erzählte von Lassalles jämmerlichem Wutausbruch, von den Blutspuren und den teuren Kleidungsstücken in der Mülltonne. Auf einmal schmerzte meine Schulter wieder, nachdem ich seinen ungeschickten Schlag in der Zwischenzeit ganz vergessen hatte.

»Denken Sie wirklich, er hat seiner Tochter was angetan?«

»Es passt alles hinten und vorn nicht zusammen. Ich weiß nicht, was ich denken soll.« Ich nahm die Brille ab und massierte meine brennenden Augen. »Hat man aus Straßburg schon was gehört?«

»Bisher nicht. Soll ich mal nachfragen?«

»Verbinden Sie mich mit de Brune. Ich will selbst mit ihm reden.«

Sie sprang auf und sagte ungewohnt streng: »Essen Sie Ihr Croissant, bevor es vertrocknet ist.«

Sekunden später hatte ich den Capitaine de Police am Telefon. Auch er klang müde. Nein, der Name der neuen dunkelhaarigen Toten war leider noch immer nicht bekannt. Und niemand vermisste bisher eine Frau, auf die ihre Beschreibung passte.

»Ihr Gesicht ist durch das Feuer völlig zerstört«, erklärte er mir. »Das hat er bei den bisherigen Opfern nie gemacht. Die hat er einfach irgendwo abgelegt, wie sie waren. Vermutlich aus dem Kofferraum geworfen. Ein Wunder, dass er nie dabei beobachtet worden ist.«

»Fingerabdrücke?«

»Die von der Frau sind unbrauchbar. Die ganze Vorderseite ist ... Abdrücke vom Täter haben wir, finden sie aber in keiner Datei. Auch bei Interpol nicht.« De Brune räusperte sich und sagte mit veränderter Stimme: »Sie sollten jemanden schicken, der das Mädchen identifizieren kann. Ohne dass er das Gesicht sehen muss.«

»Ich ...«, stammelte Lassalle, als er endlich begriffen hatte, was ich von ihm wollte. »Das geht nicht. Ich kann das nicht.«

Während der Fahrt in den Heidelberger Süden hatte ich ihn telefonisch vorgewarnt.

»Sie können nicht nur, Sie müssen. Ziehen Sie sich was an. Ich bin in fünf Minuten bei Ihnen.«

Leas Vater klang panisch, als er erwiderte: »Leas Großeltern ... können die nicht? Ich ... unmöglich!«

»Seien Sie kein Waschlappen«, herrschte ich ihn an. »Sie sind schließlich ihr Vater.«

Zwanzig Minuten später waren wir auf der Autobahn. Die Straßen waren nass, aber der Regen hatte irgendwann aufgehört, ohne dass ich es bemerkt hatte. Im Westen ballten sich jedoch schon die nächsten dunklen Wolkenberge. Unsere Fahrt verlief schweigend. Im Radio sprach ein Professor über die Frage, ob es klug wäre, Griechenland pleitegehen zu lassen. Lassalle stierte auf die Fahrbahn und schien mit seinen Gedanken in einem Paralleluniversum unterwegs zu sein, in dem es keinen Regen und keine Wolken gab. Hin und wieder seufzte er.

Meine Gefühle ihm gegenüber wechselten zwischen Wut und Mitleid.

Als wir die Straßburger Stadtgrenze passierten, war es kurz vor Mittag, und inzwischen hatte der Regen wieder eingesetzt. Das Institut de Médecine Légale der Universität residierte in der Rue Humann in einem riesigen, phantasie- und stillosen Beton-und-Glas-Kasten aus den Sechzigerjahren. Mir war ein wenig übel, als wir nebeneinander die quietschende Glastür des Gebäudes durchquerten.

Innen schien es noch kälter zu sein als draußen. Es roch nach irgendeiner Chemikalie, was meine Übelkeit verstärkte. Schritte hallten durch lange Gänge und das lichte Treppenhaus, wir konnten jedoch niemanden sehen. Irgendwo knallte eine Tür wie ein Pistolenschuss, und wir zuckten beide zusammen.

Aus einer Tür trat ein dicker, trotz der Kälte schwitzender Mann in grauem Kittel. Er sah uns fragend an und zeigte freundlich grinsend seine Zahnlücke. Lassalle sprach zum Glück leidlich Französisch. Und natürlich mussten wir in den Keller. Aus irgendeinem Grund ist die Gerichtsmedizin immer im Keller. Vielleicht weil die Toten dort unten näher an ihrem Bestimmungsort sind.

Wir stiegen die breite, schmucklose Treppe hinab. Unten war kein Mensch zu sehen. Sönnchen hatte inzwischen den Namen meiner Ansprechpartnerin mitsamt Zimmernummer ermittelt und unser Kommen angekündigt. An eine Madame le professeur Audrey Cabrel sollte ich mich wenden. Zu meiner Verblüffung trat sie warm lächelnd aus irgendeiner Tür, als hätte sie geahnt, dass wir angekommen waren. Vielleicht hatte auch nur der Dicke aus dem Erdgeschoss angerufen. Die Professorin mochte um die vierzig Jahre alt sein und war nicht gerade eine Schönheit. Aber sie war doch eine aparte und für ihr makabres Metier ungewöhnlich sympathische Erscheinung mit ebenmäßigem Gesicht und schön geschwungenem Mund. Den weißen Arztkittel trug sie offen. Darunter war ein lindgrüner Kaschmirpullover zu sehen, über dem eine bunte und farblich passende Kette baumelte. Ohne die halbhohen Schuhe maß sie vermutlich gerade mal eins sechzig. Das lockige und schon von vereinzelten grauen Strähnchen durchzogene Haar trug sie offen.

Madame Cabrel hatte einen Händedruck, als spielte sie oft und gerne Tennis. Schweigend gingen wir den Gang entlang. Die Kälte schien immer noch zuzunehmen. Die Absätze der Professorin tackerten. Eine graue Stahltür öffnete sich seufzend, Neonlicht flackerte auf. Hallende Schritte, Würgen im Hals. Plötzlich fühlte ich mich, als wäre ich Leas Vater und Lassalle mein Begleiter. Seine Miene war versteinert. Seit unserer Abfahrt in Heidelberg hatten wir kaum ein Wort gewechselt.

Die letzte Tür.

»Voilà«, sagte Madame Cabrel und öffnete eine der etwa dreißig kleinen Edelstahltüren, die sich an der Längswand reihten. Ein Schwall Eiseskälte strömte uns entgegen und ein säuerlicher Geruch. Mit beherztem Schwung und tröstlichem Lächeln in meine Richtung zog sie die stählern blitzende Bahre heraus, auf der sich ein menschlicher Körper unter weißem Tuch abzeichnete.

»Isch muss Sie warnen«, sagte sie in nicht ganz akzentfreiem Deutsch zu mir. »Leider sieht sie nischt sehr übsch aus.«

Ich schüttelte den Kopf und deutete auf Lassalle, der mit verbissener Miene neben mir stand. Die Professorin warf das Tuch so weit zurück, dass das tote Mädchen bis zum Bauchnabel entblößt wurde. Das zerstörte Gesicht war gnädigerweise durch ein eigenes kleines Tuch verdeckt. Ich mochte dennoch nicht hinsehen und beobachtete stattdessen Lassalle. Seine Augen wurden groß und gleich darauf wieder klein. Er schluckte und schluckte, die Augen traten hervor. Dann stürzte er davon, stieß irgendwo an, versuchte erst, die Tür in die falsche Richtung zu öffnen. Augenblicke später hörte ich, wie er sich draußen erbrach, und hoffte, dass er es bis zum Waschbecken geschafft hatte.

Die Professorin sah mich betreten an.

»Wie ist sie gestorben?«, fragte ich mit belegter Stimme. »Hat sie sehr gelitten?«

Sie schlug die Augen nieder. »Er hat sie mehrfach vergewaltigt. Am Ende hat er sie stranguliert, vermutlich während er …«

Nun konnte auch sie nicht mehr.

»Lassen Sie uns hinausgehen«, sagte sie leise. »Wir wollen sehen, wie es dem armen Vater geht.«

Dem Vater ging es den Umständen entsprechend. Er war so weiß wie die geflieste Wand, vor der er stand und sich mit einem grauen Papiertuch das Gesicht abwischte.

»Mein herzlisches Beileid«, sagte die Professorin zu ihm und lächelte unentwegt ihr warmes Lächeln.

»Was?« Lassalles Blick wurde schon wieder panisch.

Die Ärztin trat einen Schritt zurück und sah ihm aufmerksam ins Gesicht. »Es … sie ist nischt Ihre Tochter?«

Er schüttelte entsetzt den Kopf.

»Sind Sie sischer?«, fragte sie eindringlich. »Haben Sie rischtig hingesehen?«

»Lecken Sie mich am Arsch«, erwiderte Lassalle und wandte sich zum Gehen. »Ich warte draußen.«

»Der arme Mann«, sagte die Ärztin nachsichtig. »Er will es nicht glauben.«

»Da bin ich mir nicht so sicher.« Ich zückte mein Handy. Zum Glück hatte es in diesem Eiskeller Empfang. Sarah nahm nach dem dritten Tuten ab, obwohl sie eigentlich im Unterricht sitzen sollte. Wieder mal eine Freistunde. Offenbar war der Mathelehrer immer noch krank.

»Ich muss überlegen«, sagte sie, nachdem sie sich mein Anliegen angehört hatte. »Du meinst am Bauch oder am Rücken?«

»Egal.«

»Warum willst du das eigentlich wissen?«

»Erzähle ich dir später.«

»Ich frage mal rum«, versprach Sarah merklich verwirrt. »Ich ruf dich wieder an, okay?«

Die folgenden fünfzehn Minuten waren vielleicht die längsten meines Lebens. Die Professorin versuchte tapfer, sich mit mir über Heidelberg zu unterhalten, erzählte, dass sie dort schon hin und wieder auf Tagungen gewesen sei, allerdings nie mit Übernachtung, wegen der kurzen Entfernung. Sie hatte vier Kinder, die versorgt werden wollten, und mit den Kindermädchen heutzutage …

Mir war lausig kalt. Und immer noch war mir übel. Madame Cabrel schien alle Zeit und Geduld der Welt zu haben.

Endlich klingelte mein Handy.

»Sie hat ein Muttermal auf dem linken Schulterblatt, sagt Samantha. Sieht aus wie ein kleiner Teddybär, dem man das eine Ohr langgezogen hat. Außerdem hat sie ein Tattoo am Po. Nicht so ein Arschgeweih, bloß einen kleinen Schmetterling. Samantha hat es mal beim Duschen nach dem Sportunterricht gesehen und fand es witzig.«

Glücklicherweise hatte die Professorin Fotos auf ihrem Laptop, sodass ich nicht noch einmal hineinmusste.

Die Schulterblätter der weiblichen Leiche, die nebenan im Kühlraum lag, waren makellos.

12

Schweigend quälten wir uns bei dichtem Regen und starkem Verkehr aus der Stadt heraus. Zu allem Elend verfuhr ich mich auch noch rettungslos, während ich bei der Herfahrt die gesuchte Adresse zu meiner eigenen Überraschung problemlos gefunden hatte. Wieder einmal fragte ich mich, ob ich mir nicht doch allmählich eines dieser neumodischen Geräte anschaffen sollte, die mir meine Töchter ständig ans Herz legten, weil heute angeblich jeder so was hatte. Endlich tauchte in Regenschlieren und Nebeldunst ein blauer Wegweiser mit der Aufschrift »Offenburg« auf. Bald darauf waren wir auf einer vierspurigen Straße, die aussah, als führte sie geradewegs ins Nirgendwo.

Schweigend überquerten wir den Rhein. Schweigend brachten wir die endlosen Baustellen zwischen Offenburg und Baden-Baden hinter uns. Als wir Karlsruhe passierten, war es halb drei und fast völlig dunkel. Inzwischen regnete es, was die Wolken hergaben. Dann standen wir wieder. Siebzehn Kilometer Stau, meldete das Radio. Vollsperrung wegen eines Unfalls bei Bruchsal, weil irgendein Idiot einige Sekunden früher hatte zu Hause sein wollen. Ein Idiot, der nun vielleicht nie wieder nach Hause kommen würde. Wütend drosch ich mit beiden Händen aufs Lenkrad.

»Es war Jasmin«, hörte ich Lassalle plötzlich sagen. »Sie hat ... Sie war ... verrückt. Und sie hat Lea verrückt gemacht.«

Ich überlegte, ob ich etwas fragen sollte, und entschied mich zu schweigen. Der Regen hämmerte aufs Autodach, und es dauerte fast fünf Minuten, bis der nächste Satz aus Lassalles Mund kam.

»Jasmin.« Er hatte die Augen geschlossen, den Kopf gegen die

Nackenstütze gelegt. »Anfangs haben wir uns wahnsinnig geliebt. Wahnsinnig. Aber mit der Zeit hat sie sich verändert. Mit Leas Geburt hat es angefangen, glaube ich. Sie ist eifersüchtig geworden. Erst war es noch lustig. Es schmeichelt einem ja auch. Aber bald war sie eifersüchtig auf alles. Auf meine Sekretärin. Auf eine Nachbarin. Auf meine Arbeit. In Chemielabors laufen nun mal eine Menge Laborantinnen herum, und die sind nicht alle alt und hässlich. Es wurde immer schlimmer. Lea ist in den Kindergarten gekommen, und Jasmin hat allein zu Hause gesessen und sich vorgestellt, wie ich mir irgendein junges Hüpferchen vom Labortisch pflücke und ins nächste Hotel schleppe. Und soll ich Ihnen was sagen?« Böse starrte er mich an. »Zwei, drei Mal habe ich das sogar gemacht. Aber das hat Jasmin nie erfahren. Sie hätte mich umgebracht. Oder sich. Aber vielleicht hat sie es ja trotzdem gewusst. Frauen spüren so was, sagt man. Später haben wir uns einen Hund angeschafft. Der hat sie ein wenig abgelenkt. Für ein paar Monate war es fast wieder gut.«

Die Autoschlange vor uns begann sich ruckelnd zu bewegen. Einige Hundert Meter ging es voran. Dann standen wir erneut. Der Regen schien nie wieder aufhören zu wollen. Das Radio behauptete, der Stau sei inzwischen auf zwanzig Kilometer angewachsen. Die Vollsperrung dauerte immer noch an. Wegen des Wetters konnte der Rettungshubschrauber nicht zum Einsatz kommen.

»Wie Lea dann in die Pubertät kam …«, murmelte Lassalle mit längst wieder geschlossenen Augen. »Wie ihr die ersten Anzeichen von Busen gewachsen sind, da … ich weiß auch nicht … da brach die Hölle los. Jasmin hat endgültig den Verstand verloren. Dabei habe ich sie doch immer noch geliebt und sie mich auch. Irgendwie. Dann hat sie geweint und sich entschuldigt und war zärtlich bis zur Verzweiflung … In den Phasen dazwischen war es der reine Krieg. Am Ende hat sie mich allen Ernstes verdächtigt, Lea … missbraucht zu haben. Was für ein Irrsinn. Sie … es war nicht mehr zu ertragen. Sie hat mich ganz offen bezichtigt, unsere Tochter unsittlich zu berühren und was weiß ich noch alles. Irgendwann haben sie sogar im Labor angefangen zu flüstern. So was spricht sich natürlich rum. Ich …«

Lassalle verstummte und schwieg lange. Als ich dachte, er sei vor Erschöpfung eingeschlafen, fuhr er fort: »Es hat Tage gegeben, da hätte ich mich am liebsten umgebracht. Im Labor hat genug Zeug herumgestanden, das dafür getaugt hätte. Eine kurze Überwindung. Vielleicht ein übler Geruch, ein bitterer Geschmack. Ein kleiner Schluck – und vorbei.«

Wieder ging es ein Stückchen voran. Der Regen war von einer Sekunde auf die andere schwächer geworden. Die Autobahn sah aus wie ein aufgestauter Fluss. Auf den Gegenfahrbahnen standen die Autos nun ebenfalls auf drei Spuren. Das Radio spielte Pink Floyd, »Atom Heart Mother«.

Lassalle hatte sich in seiner Vergangenheit verloren. In Selbstvorwürfen. In Ratlosigkeit und Trauer über ein verpfuschtes Leben.

»Ich habe es dann vorgezogen, mich in kleinen Etappen zu vergiften.«

»Alkohol?«

»Am Ende haben wir uns getrennt. Es war die einzige Lösung, denn allmählich ist auch Lea durchgedreht. Wie soll ein Kind normal werden, unter solchen Umständen? Jasmin hat das Sorgerecht bekommen, und zu dem Zeitpunkt war mir das längst scheißegal. Hauptsache, ich hatte endlich meine Ruhe. Jasmin hatte es geschafft, Lea ganz auf ihre Seite zu ziehen. Vermutlich hat Lea am Ende selbst geglaubt, dass ich sie missbraucht hätte. Dass ich ein Widerling bin, ein Schwein, ein ... Nach und nach hat Jasmin ihr dann die Verantwortung für ihr Leben übertragen. Damals war sie zwölf. Zwölf! Jasmin hat sich geweigert, alt zu werden, und hat geglaubt, wenn sie einfach so tut, als wäre sie immer noch sechzehn, dann wird sie unsterblich, irgend so was. Es war mir egal. Mir war längst alles egal. Jasmin hatte so eine irrsinnige Angst vor dem Sterben. Sie hat sich an Lea geklammert. Als wenn ... als wollte sie ihre Jugend einsaugen. Manchmal hat sie sich tagelang nicht aus dem Haus getraut. Dann ist sie wieder mit Lea zusammen durch die Discos gezogen und hat halbe Nächte durchgetanzt. Da war die Kleine vierzehn oder fünfzehn.«

»Warum haben Sie sie nicht zum Therapeuten geschickt?«

Lassalle lachte rau. »Was denken Sie, wie oft Jasmin bei irgendwelchen Quacksalbern war? Was denken Sie, wie viel mich das alles gekostet hat? Alles haben wir versucht. Heilsteine, Bachblüten, Buddhismus, Zen, ich will's nicht wissen und kann's nicht mehr hören. Und Lea immer mittendrin. Wie soll ein Mensch dabei normal und erwachsen werden? Scheiße, sie musste ja schon mit zwölf erwachsen sein – wenn ihre Mutter mal wieder nachts weinend an ihrem Bett saß und sich über ihren schrecklichen Mann beklagt hat.«

Im Radio erzählte eine gescheiterte Lebensberaterin von ihren persönlichen Problemen und ihrer ständigen Angst vor dem Weltuntergang. Wenn ich richtig verstand, hatte sie ein Buch über dieses Thema geschrieben, das zur allgemeinen Verblüffung zum Bestseller zu werden drohte. Die Bremslichter vor mir erloschen. Es ging weiter. Lassalle öffnete die Augen.

»Es regnet gar nicht mehr«, stellte er fest.

»Seit einer halben Stunde ungefähr.«

»Glauben Sie mir, es war die Hölle«, sagte er so nachdenklich, als wäre ihm diese Tatsache eben erst bewusst geworden. »Es war wirklich die Scheißhölle. Nicht für mich. Sondern für Lea. Ich komme klar. Irgendwie geht es immer weiter. Und wenn ich mal nicht klarkomme, dann besaufe ich mich. Im Gegensatz zu Jasmin habe ich nicht die geringste Angst vor dem Tod. Man schläft ein, und wenn man nicht stirbt, dann wacht man wieder auf. Beim Einschlafen fühlt sich das eine wie das andere an. Wieso sollte man davor Angst haben? Schläft man nicht jeden Tag ein? Man kommt doch nicht irgendwann zu sich und denkt: Oh, Scheiße, jetzt bist du tot.«

Jetzt fuhren wir wieder. Nicht schnell, aber wir kamen voran. Die Vollsperrung war aufgehoben, berichtete das Radio. Der Stau löste sich zügig auf. Einen Toten hatte es gegeben und vier mehr oder weniger schwer Verletzte. Und irgendwo gab es jetzt Menschen, denen ein betretener Polizist eine schlechte Nachricht überbringen musste. Eine Nachricht, die Leben in Stücke riss. Mehrere Leben, falls es Kinder gab.

Eine knappe halbe Stunde später erreichten wir die Ausfahrt Heidelberg-Schwetzingen.

»Das war der Grund«, sagte Lassalle unvermittelt, nachdem er wieder eine halbe Ewigkeit geschwiegen und gegrübelt hatte. »Wenn man so will, dann ist Jasmin daran gestorben, dass sie nicht alt werden wollte. Sie hat Lea zu dieser Love-Parade in

Duisburg geschleift. Sie waren mittendrin in dem Irrsinnsgetümmel. Lea hatte einen Schutzengel. Irgendein Mann hat ihr die Hand gereicht und sie nach oben aus dem Gedränge gezogen. Jasmin hat kein Glück gehabt. Ich habe sie zwei Tage später identifizieren müssen. Irgendwer musste das ja machen. Lea stand unter Schock. Die war überhaupt nicht ansprechbar, auch nach Wochen nicht. Und damals haben sie auch so ein weißes Tuch weggezogen. Und Jasmin – sie war geschminkt wie ein ... wie ein durchgeknallter Teenager. Sie war neununddreißig, als sie gestorben ist. Dürr wie ein magersüchtiges Model hat sie da auf dieser Scheißbahre gelegen. Geschminkt und gekleidet wie ein ... Flittchen.«

»Es muss für Lea das Grauen gewesen sein.«

»Grauen ist kein Wort dafür. Es gibt überhaupt keine Worte dafür. Sie kann bis heute nicht darüber sprechen.«

»Und sie gibt Ihnen die Schuld an allem?«

»Scheiße, ja. Sie hat ja sonst niemanden, dem sie die Schuld geben könnte.«

»Scheiße ist Ihr Lieblingswort.«

»Scheiße ist die Überschrift meines Lebens.«

Wir erreichten die Fichtestraße. Ich fand eine Stelle, wo ich halten konnte.

»Danke«, sagte er, als ich ihn auffordernd ansah, machte jedoch keine Anstalten auszusteigen. »Ehrliche Antwort, Herr Gerlach: Denken Sie, dass sie noch lebt?«

»Ja, das denke ich. Ich weiß nicht, warum, aber ich kann mir einfach nicht vorstellen, dass sie tot ist.«

»Danke«, sagte er ein zweites Mal und öffnete die Tür. Als ich anfahren wollte, klopfte er aufs Dach und öffnete die Tür noch einmal.

»Finden Sie sie«, sagte er rau. »Ich verrecke, wenn ich Lea auch noch verliere.«

Doro hatte inzwischen die gewünschte Liste der Dinge geschickt, die Henning vermutlich in seinen Rucksack gestopft hatte. Ein Abgleich mit dem Inhalt des Rucksacks ergab erwartungsgemäß, dass manches fehlte. Der Rucksack war also tatsächlich durchsucht und geplündert worden.

Ich bat Sönnchen, die Liste nach Kehl weiterzuleiten. Wenige Augenblicke später klingelte mein Telefon.

»Und was soll ich jetzt damit?«, wollte ein offenbar schwer erkälteter Kollege wissen. »Einen Norwegerpulli zur Fahndung ausschreiben?«

»Es sieht danach aus, als hätte jemand den Rucksack geplündert.«

»So sieht's aus, ja. Ein großer Teil vom Inhalt war ja auch drum herum verstreut.« Er hustete einige Male mit zunehmender Lautstärke. »Treibt sich eine Menge Gesindel rum, drüben beim Bahnhof. Die Grenze …« Noch einmal schüttelte ihn der trockene Husten. Dann klang seine Stimme wieder klar. »Ich glaub ja nicht, dass der Junge seinen Rucksack selber in dieses Gebüsch geschmissen hat. Ich denk eher, dass ihm den wer geklaut hat. Dann hat er alles rausgenommen, was er brauchen konnte, und den Rest weggeschmissen. So läuft das doch normalerweise.«

»Und warum ist der rechtmäßige Besitzer dann nicht sofort zu Ihnen gekommen, um Anzeige zu erstatten?«

»Gute Frage.« Er zog die Nase hoch. »Vielleicht hat er was Wichtigeres zu tun gehabt?«

»Er hat nichts mehr anzuziehen als das, was er am Leib trägt. Vermutlich hat er kein Geld mehr, vielleicht keine Papiere …«

»Glauben Sie, dem Jungen ist was passiert?«, fragte der erkältete Kollege nun doch ein wenig besorgt.

»Ich fürchte eher, er hat sich was angetan. Er hat Liebeskummer.«

»Ach, du lieber Gott«, stöhnte er. »Da kenn ich mich aus. Habe zwei Mädchen großgezogen. Jetzt sind sie ja Gott sei Dank aus dem Gröbsten raus und verheiratet. Aber vor zehn Jahren, ich könnte Ihnen Geschichten erzählen …«

Ich eröffnete ihm, dass auch ich zwei Töchter hatte, die allerdings bisher weder groß noch unter der Haube waren, sondern noch mitten in der Pubertät steckten. Er sprach mir sein Beileid aus, und von diesem Moment an waren wir so etwas wie Verbündete.

Im Hintergrund hörte ich eine Frau lautstark und mit zunehmender Empörung telefonieren.

»Wissen Sie was?«, sagte der Kollege plötzlich entschlossen. »Den Spaß mach ich mir jetzt. Ich fahr zum Bahnhof rüber und guck mir das Gesocks mal ein bisschen genauer an, das da rumhängt. Vielleicht hat ja einer zufällig einen schönen neuen Pulli an …«

Vom Kehler Polizeirevier zum Bahnhof schien es nicht weit zu sein, denn schon fünf Minuten später hatte ich ihn erneut in der Leitung.

»Norwegerpulli!«, verkündete er. »Und die schwarzen Jeans hab ich auch vor mir stehen. Mustang, wie's auf Ihrer Liste steht. Unten zweimal umgekrempelt, weil Madame ein bisschen kurze Beine hat.«

Ich hörte Madame in einer fremden Sprache abwechselnd betteln und fluchen. Im Hintergrund plärrte eine unverständliche Zugansage.

»Ja, ja«, sagte der Kollege heiter. »Wir können hier leider kein Französisch, weißt du? Wir sind hier nämlich in Deutschland. Und bei uns spricht man Deutsch.«

Nun verlegte sich die junge Frau aufs Zetern. Das einzige Wort, das ich verstand, war: »Nazi!«

»Sodele, Mademoiselle, jetzt haben wir genug geschimpft«, erklärte ihr der Kollege daraufhin gutmütig. »Du kommst jetzt mit aufs Revier. Da darfst du im Warmen sitzen, und einen heißen Kaffee kriegst du auch, wenn du brav bist. Und dann wollen wir mal gucken, ob du nicht doch ein paar Brocken Deutsch kannst.«

Dieses Mal klang ihr »Nazi!« nicht mehr ganz so selbstbewusst.

»Ich meld mich gleich noch mal«, sagte der Kollege ein wenig atemlos, aber immer noch gut gelaunt. »Brauch mal kurz beide Hände.«

Augenblicke später klingelte mein Apparat zum dritten Mal. Es war jedoch nicht der robuste Kollege, sondern eine alles andere als robuste Doro.

»Ich habe Hennings Zimmer durchstöbert.« Ihre Stimme klang, als hätte sie wieder geweint. »Es ist so schrecklich. Ich habe seinen Schreibtisch durchwühlt und mich gefühlt wie eine Diebin. So etwas habe ich das letzte Mal gemacht, als er zwölf war. Damals hat jemand behauptet, er hätte einem Klassenkameraden den MP3-Player gestohlen.«

»Und du hast etwas gefunden.«

»Tabletten«, erwiderte sie mit erstickter Stimme. »Hinter seinem Schreibtisch. An die Rückwand geklebt.«

»Tabletten?«, fragte ich ahnungsvoll.

»In einem Kunststofftütchen. Mindestens fünfzig Stück. Kleine, runde Pillen, gelb. In jede ist ein kleines Vögelchen eingeprägt. Denkst du dasselbe wie ich?«

Bitte nicht auch noch das!

»Ich schicke eine Streife zu dir und lasse das Zeug abholen«, sagte ich mit belegter Stimme.

Inzwischen war es draußen Nacht geworden. Und schon wieder regnete es, allerdings nicht mehr so katastrophal wie am frühen Nachmittag.

Ich nahm mir die Verbindungsliste von Leas Handy vor. Das hatte Klara Vangelis schon am Vormittag getan, mit ihrer üblichen Gewissenhaftigkeit, aber ich wollte sicher sein, dass uns nichts entging. Die Liste enthielt sämtliche Telefonnummern, die Lea in den beiden Wochen vor ihrem Verschwinden angerufen hatte. Hinter jedem Eintrag hatte Vangelis in ihrer winzigen, aber gut leserlichen Handschrift den Namen des Teilnehmers vermerkt. Am meisten interessierten mich natürlich die Tage vor dem zweiten Dezember. Lea hatte zahllose Freundinnen und Freunde angerufen, ihre Frauenärztin, zweimal ihren Vater, dreimal eine Boutique, einmal ihren Mathematiklehrer. Und am Freitagmorgen, schon auf dem Weg nach Straßburg, hatte sie ein knapp zweiminütiges Gespräch mit Henning geführt. Zehn Minuten später hatte sie noch eine SMS verschickt, ebenfalls an ihn. Das war der letzte Eintrag in der Liste.

Warum hatte sie Henning angerufen? Und warum war er kurze Zeit später nach Straßburg gefahren, um sie zu treffen? Was war so wichtig oder kompliziert, dass man es nicht am Telefon besprechen konnte?

Ich wählte Doros Nummer. Sie klang immer noch bedrückt. Die Streife, die die gelben Pillen holen sollte, war bisher nicht aufgetaucht.

»Ich denke, ich weiß, weshalb sie ihn angerufen hat«, sagte sie, nachdem ich ihr von Hennings Telefonat mit Lea berichtet hatte. »Ich habe eben einen Zettel gefunden mit den Zugangsdaten zu seinem Onlinekonto.«

»Hat er in den letzten Tagen etwas abgehoben?«

»Am Freitag. Kurz nachdem sie telefoniert haben.«

»Viel?«

»Tausend Euro. Bis auf einen kleinen Rest sein gesamtes Guthaben. Er hat sich in den Sommerferien etwas dazuverdient. In einer Autowaschstraße. Obwohl er das eigentlich nicht nötig hat. Sein Vater ... Sascha hat ein schlechtes Gewissen ihm gegenüber und versucht, sich mit Geld freizukaufen. Aber Henning möchte ... Er wollte ...«

Auf einmal begann sie hemmungslos zu weinen. Ich hörte ihren stoßweisen Atem und ihr Seufzen und fühlte mich ihr plötzlich sehr nah.

»Wann war das?«, fragte ich, als sie wieder ruhiger wurde. »Wann genau hat er das Geld abgehoben? Kannst du das feststellen?«

»Ich habe das Konto noch offen. Neun Uhr achtzehn, neun Uhr einundzwanzig, neun Uhr zweiundzwanzig. Er war an einem Bankautomaten der BB-Bank, ungefähr fünfhundert Meter von hier. Zwei Mal vierhundert Euro und einmal zweihundert.«

»Du hast nicht mitbekommen, wie er aufgebrochen ist?«

»Ich war zu der Zeit im Fitnessstudio. Wie ich nach Hause kam, das muss gegen zehn gewesen sein, da war es still in der Wohnung. Ich dachte, er schläft sich gesund, und bin erst mal unter die Dusche. Der Junge hatte so elend ausgesehen am Morgen. So krank und fiebrig. Später war ich einkaufen. Erst als das Mittagessen fertig war, wollte ich ihn wecken, und da war sein Bett leer. Leer und kalt.«

»Lea ruft ihn um halb neun an. Eine Dreiviertelstunde später plündert er sein Konto und macht sich auf den Weg nach Straßburg, obwohl er Fieber hat. Kann es sein, dass sie ihn in der Hand hat? Dass sie ihn mit irgendwas ... erpressen kann?«

»Ja, aber – womit denn nur?«

Die gelben Pillen vielleicht? »Wenn ich das wüsste«, stieß ich entnervt hervor. »Dann wäre mir sehr viel wohler, glaub mir.«

Ich legte den Hörer sehr unsanft auf. Diese Geschichte wurde mit jeder Stunde verworrener. Mit jedem Informationsschnipsel, der meinen Schreibtisch erreichte, verstärkte sich mein Gefühl, dass hier etwas ganz und gar nicht in Ordnung war. Dass Lea sich keineswegs nur ein paar schulfreie Tage gönnte.

Das Absurde, das Nervtötende an meiner Situation war, dass ein Fall Lea Lassalle nach wie vor nicht existierte. Eine fast volljährige junge Frau war verschwunden, unter zugegeben merkwürdigen Umständen. Am Abend zuvor war sie blutend nach Hause gekommen. Außerdem hatte sie ihren Vater bestohlen und die Liebe eines Schulfreundes schamlos ausgenutzt. Seit Tagen blieb sie unentschuldigt dem Unterricht fern. Aber all das rechtfertigte keinen Polizeieinsatz.

13

»Schönes Kleid«, sagte ich zu Sönnchen, als sie hereinschaute, um mir einen angenehmen Feierabend zu wünschen. »Neu?«

Sie lächelte kokett und nickte.

»Sie sind überhaupt so schick in letzter Zeit. Und beim Frisör sind Sie auch gewesen! Stehen Ihnen übrigens gut, die Strähnchen.«

Sie fuhr sich mit der Hand durchs Haar und errötete zart.

»Zehn Jahre jünger sehen Sie aus. Ganz im Ernst.«

»Jetzt übertreiben Sie aber«, kicherte sie verlegen.

Endlich begriff ich. »Sönnchen, Sie werden doch nicht etwa …?«

»Doch.« Meine treue Sekretärin schlug die Augen nieder wie ein ertappter Teenager.

»Darf man erfahren, wer der Glückspilz ist?«

»Wir sind im selben Tennisverein und haben schon x-mal miteinander gespielt. Er ist Immobilienmakler. Vor drei Jahren ist dann seine Frau gestorben. Und wie es so geht – im Oktober hat der Verein sein fünfundzwanzigjähriges Jubiläum gefeiert, und es hat Sekt gegeben und – na ja, Sie wissen schon …«

»Dass es Ihnen guttut, sieht man.«

Inzwischen glich ihre Gesichtsfarbe der einer vollreifen Tomate, und sie sagte den Satz, den Menschen viel zu selten sagen: »Ich bin glücklich, Herr Gerlach. Richtig glücklich.«

Der Kehler Kollege rief erst um kurz vor sechs wieder an. Die junge Französin, eine Schwarze, wie ich nun erst erfuhr, hatte schließlich gestanden, Hennings Rucksack im Gestrüpp gefunden und durchwühlt zu haben. Sie habe aber nur die Jeans und den Pulli an sich genommen, und der Rucksack habe schon durchwühlt gewirkt, als sie ihn fand. Den Besitzer selbst hatte sie angeblich nicht gesehen. Das klang glaubhaft, da sie ein Zugticket der SNCF von Lyon nach Kehl vorweisen konnte, das belegte, dass sie erst am Dienstagabend in Deutschland angekommen war, sechs Stunden nachdem Henning seine Vespa abgestellt hatte. Zu Ziel und Zweck ihrer Reise wollte sie nichts sagen. Eigenes Gepäck schien sie nicht zu besitzen. Da sie jedoch einen gültigen Pass mit sich führte, blieb den Kehlern am Ende nichts anderes übrig, als die Daten der jungen Frau in den Computer einzugeben und sie nach einigen mahnenden Worten ziehen zu lassen.

Als ich es meiner frischverliebten Sekretärin gleichtun und ebenfalls meine Schreibtischlampe ausschalten wollte, klopfte es an der Tür, und Klara Vangelis trat ein. Sie brachte Neuigkeiten und weitere Komplikationen.

»Ich habe mich um diesen israelischen Doktoranden gekümmert«, begann sie, nachdem sie sich gesetzt und den heute taubenblauen Rock über die Knie gezupft hatte. »Das Institut in Darmstadt weiß nicht mehr als wir. Moshe Schochat ist vor sechs Jahren von einem Tag auf den anderen verschwunden, und niemand hat je wieder von ihm gehört. Der Professor – inzwischen ist er emeritiert – hat damals einen Brief an die Universität in Haifa geschickt, aber nicht einmal eine Antwort bekommen.«

Ich lehnte mich zurück und faltete die Hände im Nacken. »Was denken Sie?«

»Sie sagten doch, einen Tag früher sei die Frau des Doktoranden verschwunden. Und seine Kinder.«

»Das weiß ich nur aus dritter Hand. Es muss nicht wahr sein.«

»Aber es passt zusammen. Ich tippe auf Erpressung. Moshe Schochat hat sich mit Panzerstählen beschäftigt und verfügte vermutlich über Wissen, das für das israelische Militär von Interesse gewesen sein dürfte. Und nicht nur für die, natürlich. Auch

Dr. Lassalle könnte aus seiner Berufstätigkeit einige Dinge wissen, für die sich alle möglichen Leute interessieren …«

Das war ein völlig neuer Gedanke. Benahm sich Lassalle etwa deshalb so merkwürdig? Weil man ihn erpresste, um an das Rezept seiner uranhaltigen Panzerstähle zu gelangen? Ich setzte mich wieder gerade hin.

»Und damit er dieses Wissen preisgibt, entführt man seine Tochter?«

»Es wäre eine Möglichkeit.«

»Die ziemlich plausibel klingt«, gab ich widerwillig zu. »Aber weshalb hat sie am Abend vor der Klassenfahrt geblutet?«

»Vielleicht ein erster Entführungsversuch, der gescheitert ist?«

»Und dann lässt der Vater sie am nächsten Tag seelenruhig nach Straßburg fahren?«

Klara Vangelis zuckte die von edlem Tuch umhüllten Schultern.

»Lea fährt am Morgen nach Straßburg, nachdem sie am Abend zuvor mit knapper Not einer Entführung entkommen ist«, fuhr ich fort. »Auf ihren versoffenen Vater setzt sie keine Hoffnungen. Also ruft sie einen Freund an, bittet ihn um Geld, das er ihr bereitwillig bringt, vorher beklaut sie noch ihren Vater, und dann taucht sie unter.«

»Für mich klingt das plausibel.«

Ich nickte zögernd. Und nickte noch einmal.

»Plausibler als alles andere, worauf wir bisher gekommen sind.«

An diesem Abend hatte ich einen Termin, auf den ich mich seit Tagen freute: Lorenzo. Am Wochenende hatte er völlig überraschend angerufen und verkündet, er werde den Winter nicht wie üblich im Süden Italiens verbringen, sondern in seinem Haus in Heidelberg. In Kalabrien war es zurzeit kälter als in der Kurpfalz, und außerdem regnete es dort ebenfalls. Ob ich Lust auf einen Schachabend hätte, wollte er wissen, auch wenn wir dabei nicht wie sonst auf seiner Terrasse sitzen könnten. Selbstverständlich würde er kochen.

Die Schachspiele würde ich wie üblich allesamt verlieren. Aber das Essen würde mich über diesen Umstand hinwegtrösten, denn Lorenzo spielte nicht nur besser Schach, er kochte auch besser als jeder andere Mensch, den ich kannte.

So stand ich um halb acht in Begleitung zweier Flaschen Weißwein vor seiner Tür. Sein Haus lag am nördlichen Neckarufer, etwas erhöht in der dritten oder vierten Reihe mit unbezahlbarem und unverbaubarem Blick auf Altstadt, Brücke, Fluss und Schloss. In Lorenzos Eingangsbereich hing eine gute Kopie des berühmten Stichs, den Matthäus Merian im Jahr 1620 von Heidelberg angefertigt hatte. Er konnte damals nicht allzu weit von der Stelle entfernt gesessen haben, wo jetzt Lorenzos Haus stand.

Mein Weißwein stammte vom Bodensee. Ein Weißburgunder, den ich erst kürzlich entdeckt hatte und der sympathischerweise nicht annähernd so teuer war, wie er schmeckte. Selbst Lorenzo fand nichts zu mäkeln daran, was das höchste Lob war, das ein Wein von seiner Zunge erwarten konnte. Irgendwann hatte er mir ohne eine Spur von schlechtem Gewissen gestanden, dass die kostbaren Flaschen, die er in seinem Keller hortete, allesamt von einem noblen Weingut in der Gegend um Catanzaro stammten, das im Besitz einer Mafiafamilie war. Seither bestand ich darauf, bei unseren kulinarischen Schachabenden wenigstens den Wein beizusteuern.

Lorenzos bürgerlicher Name lautete Horst-Heinrich Lorentz. Viele Jahre seines bewegten Lebens hatte er in Kalabrien verbracht und dort irgendwann dem einzigen Sohn eines Mafiabonzen das Leben gerettet. Seither hatte er immer ausreichend Wein im Keller und schien auch sonst im Wesentlichen ausgesorgt zu haben. Dies waren allerdings Themen, die wir in letzter Zeit mieden.

Als Vorspeise servierte er mariniertes Gemüse mit einem Hauch von Knoblauch. Lorenzo war viel besser zu Fuß als bei unserem letzten Abend, der im Spätsommer gewesen sein musste, wenn ich richtig rechnete. Damals hatte er noch zwei Stöcke gebraucht, um sich fortzubewegen, und sein Haus praktisch nur noch für Arztbesuche verlassen. Heute dagegen schien er nahezu beschwerdefrei zu sein. Er hatte in einer Klinik in Chicago eine sündteure Wunderbehandlung genossen, erzählte er aufgeräumt. Eine Behandlung, die unter Medizinern umstritten war und von keiner Krankenkasse der Welt anerkannt wurde, in seinem Fall jedoch erfolgreich war. Er hatte kaum noch Schmerzen, und man durfte hoffen, dass dieser segensreiche Zustand einige Jahre anhielt.

Überdies schien mein Freund einige Kilo abgenommen zu haben, ein Umstand, über den er jedoch nicht sprechen wollte.

Das Gemüse schmeckte himmlisch, und selbst das Weißbrot schien nicht von einem irdischen Bäcker zu stammen. Sämtliche Zutaten kamen von einem Importeur in Mannheim, berichtete Lorenzo verträumt lächelnd. Einem Importeur, der die besseren italienischen Ristorantes Nordbadens belieferte und Privatkunden normalerweise nicht über seine Schwelle ließ. Lorenzo war in dieser Hinsicht mindestens Halbitaliener, hatte überall seine Beziehungen und mehr Freunde, als er sich Namen merken konnte.

Beim Essen erzählte er mir von seinem zweimonatigen Aufenthalt in den USA und von einer Frau namens Monica, die er in der Klinik kennen und ein wenig lieben gelernt hatte.

»Alter schützt vor Liebe nicht«, zitierte ich wieder einmal Coco Chanel, »aber Liebe vor dem Alter.«

Lorenzo war zwischen fünfundsechzig und siebzig Jahre alt. Exakte Aussagen zu diesem Punkt verweigerte er ebenso wie zu seinem Geburtstag. Er war der Ansicht, Geburtstage seien traurige Anlässe, die man in stiller Nachdenklichkeit und Einsamkeit verbringen sollte. Schließlich trage man ja ein weiteres Lebensjahr zu Grabe. Geschenke lehnte er ab, sofern man sie nicht essen oder trinken konnte.

»Was ich brauche, das habe ich«, lautete hierzu sein unumstößlicher Standpunkt. »Und was ich nicht habe, das brauche ich auch nicht.«

Als Hauptgang hatte er ein Gericht aus Kalbfleischwürfeln mit Salbeiblättern und grünen Oliven kreiert. Das Ganze schwamm in einem dünnen Weißweinsößchen, das mir vor Verzückung fast die Tränen in die Augen trieb. Dazu servierte er schlichte Kartoffelecken aus dem Backofen.

»Dabei kommt es weder auf die Art der Zubereitung noch auf Gewürze an, sondern nur auf die Qualität der Kartoffeln«, lernte ich an diesem Abend.

Als der Tisch abgeräumt war, bauten wir sein altes Schachbrett mit den handgeschnitzten Figuren auf, und Lorenzo bewies mir wieder einmal, dass ich auf dem Feld der dunklen und hellen Quadrate ein Stümper war. Wir plauderten über die neuesten politischen Entwicklungen. Über die immer tiefer in die Knie gehende Weltwirtschaft, die drohende Rezession in Italien, das nicht enden wollende Eurodrama. Immerhin schaffte ich im dritten Spiel mit Glück ein wenig ehrenvolles Remis.

»Du bist heute so nachdenklich, mein Freund«, sagte Lorenzo, als wir die Figuren zum vierten Mal für die Schlacht formierten. »Was bedrückt dich?«

Ich erzählte ihm von Lea und Henning. Von Leas unglücklichem Vater, der sich zielstrebig selbst zerstörte, von Doro, mit der ich vor Ewigkeiten einmal das Bett geteilt hatte. Meine Vermutung, Henning könnte mein Sohn sein, behielt ich für mich, aber Lorenzo war viel zu intelligent, um nicht selbst darauf zu kommen. Und schließlich erzählte ich auch von dem irren Frauenmörder, der um Straßburg herum sein Unwesen trieb. »Le Monstre«, wie die elsässischen Gazetten ihn inzwischen nannten. Alle Indizien sprachen dafür, dass er seine Opfer immer einige Tage irgendwo versteckt hielt, dort quälte und misshandelte, bevor er sie tötete.

»Und nun fürchtest du, Lea ist sein nächstes Opfer.«

»Zum Glück nicht mehr. Im Moment sieht es eher so aus, als hätte sie ihr Verschwinden geplant. Auch wenn sie kein Gepäck dabeihatte. Ich nehme an, es musste schnell gehen. Irgendwas muss am Abend vorher passiert sein, das sie in Angst und Schrecken versetzt hat.«

Auch Vangelis' Agententheorie schien mir ein wenig weit hergeholt, nachdem ich ein wenig darüber nachgedacht hatte. Lassalle mochte Dinge wissen, die viele Militärs dieser Welt vor Jahren spannend gefunden hätten. Aber Wissenschaft und Technik waren nicht stehen geblieben, der Fortschritt hatte nicht haltgemacht, nachdem er seinen Job verloren hatte. Was damals als sensationelle Neuerung galt, war heute vermutlich ein alter Hut.

»Lea hat in Straßburg ständig telefoniert«, sagte ich und schob einen Bauern voran, ohne recht zu wissen, zu welchem Zweck. »Und ich wüsste zu gerne, mit wem.«

»Vielleicht hat sie jemanden gesucht, der ihr beim Untertauchen behilflich war?« Mit einer beiläufigen Bewegung eliminierte Lorenzo meinen zweiten Springer und brachte zugleich meine Dame in schwere Bedrängnis. »Haben die Franzosen nicht an jeder Hausecke Videokameras?«

»Haben sie. Aber ich brauche gar nicht zu versuchen, an die Aufzeichnungen heranzukommen, solange ich kein offizielles Amtshilfeersuchen auf den Tisch legen kann.«

Lorenzo schmunzelte in sich hinein. »Zufällig habe ich einen guten Freund in der Straßburger Stadtverwaltung.« Fast liebevoll kickte seine Dame meinen letzten Turm vom Platz. »Dario Rotella, Doktor der Rechte und ein äußerst hilfsbereiter Mensch. Soll ich ihn mal anrufen?«

»Ich weiß nicht«, erwiderte ich vorsichtig. »Ich werde es mir überlegen.«

Wer konnte wissen, zu welchem Mafiaclan dieser Dr. Rotella wieder gehörte.

Lorenzo sah mir mitleidig in die Augen und sagte zum letzten Mal an diesem Abend: »Schach.«

Auf dieses Desaster hin enthaupteten wir feierlich die zweite Flasche. Der Wein war wirklich ausgezeichnet, und seit Lorenzo ihn gelobt hatte, schmeckte er mir noch besser als zuvor.

»Samantha ist nämlich farbenblind«, sagte Sarah, als wir am Freitagmorgen beim Frühstück saßen und – wie seit Neuestem üblich – unsere private kleine Fallbesprechung abhielten.

Ich hatte meine Töchter gefragt, was sie über den geheimnisvollen Mercedesfahrer wussten, mit dem Lea angeblich ein Verhältnis hatte. Das Mädchen, von dem die Behauptung stammte, hieß Samantha. Louise und Sarah hatten sie in der Zwischenzeit aus eigenem Antrieb ausgefragt. Aber je länger sie Samantha gelöchert hatten, desto unsicherer war sie geworden. Selbst die Farbe des Mercedes konnte sie nicht nennen, da sie nun eben farbenblind war.

»Die hat sowieso bloß noch Jungs im Kopf.« Louise begann, eine Scheibe kalorienarmes Knäckebrot dick mit fettem Streichkäse zu beschichten. »Denkt nur noch ans Knutschen und alles. Ständig labert sie einen voll, wer grad mit wem zusammen ist oder wen sie mit wem gesehen hat.«

»An der Tanke an der Speyerer Straße soll es gewesen sein«, wusste Sarah. »Sie hat im Auto von ihrem Vater gesessen, also Samantha. Und da hat sie gesehen, wie Lea da rumgehangen hat, mit 'ner Cola in der Hand. Es ist voll warm gewesen an dem Tag, sagt Samantha. Und dann ist der Mercedes gekommen, Lea hat die fast volle Cola in die Tonne geschmissen und ist eingestiegen und dem Typ um den Hals gefallen.«

»Wann soll das gewesen sein? Kann sie das wenigstens sagen?«

An meinen Fingern klebte noch ein wenig Harz vom Vorabend. Zu dritt waren wir zu dem Platz vor der Sankt- Bonifatius-Kirche gepilgert, hatten dort unseren diesjährigen Weihnachtsbaum ausgewählt und nach Hause geschleppt. Einen großen Baum, da wir eine Altbauwohnung mit hohen Decken bewohnten.

»Das weiß sie sogar ganz genau. Am achten Oktober war das, an einem Samstag. Sie weiß es deshalb, weil sie zusammen mit ihrem Papa auf dem Weg nach Baden-Baden war. Ihr Opa wohnt da. Der soll schweinereich sein.«

»Früher hat er eine Supermarktkette gehabt«, fiel Louise eifrig ein. »Die hat er verkauft, und jetzt ist er Multimillionär ...«

»Samantha glaubt, er ist sogar Milliardär ...«

»... und spielt nur noch Golf und hängt im Kasino ab. Vier Autos hat ihr Opa, behauptet Samantha, und eine ganz junge Freundin. Eine Russin.«

»Und zu dem Mercedes kann Samantha nichts weiter sagen?«

»Dunkel ist er gewesen«, sagte Louise. »Und groß. Kein Cabrio oder so.«

In die Überwachungsvideos der Tankstelle brauchte ich keine Hoffnungen zu setzen. Die wurden nach wenigen Tagen gelöscht.

»Samantha hat an dem Tag von ihrem Opa dreitausend Euro gekriegt«, verkündete Sarah empört. »Für ihren Führerschein!«

»Sie macht nämlich Führerschein mit siebzehn.« Louise legte langsam ihr Knäckebrot auf den Teller und sah mich an mit diesem warmen Blick, den ich nur zu gut kannte. »Dürfen wir das auch, Paps?«

Ach herrje. Zweimal Führerschein, zweimal mindestens zweitausend Euro. Und als kostenlose Dreingabe die doppelte Chance, sich seinen Wagen von einer Fahranfängerin zu Schrott fahren zu lassen. Wie gut, dass ich ein altes und praktisch wertloses Auto besaß.

»Mal sehen«, erwiderte ich vorsichtig. »Erst mal gucken wir uns eure Noten am Ende des Schuljahrs an.«

»Das ist voll fies«, fand Sarah. »Was hat denn der Führerschein mit den Noten zu tun?«

»Wieso haben wir eigentlich keinen Opa, der Millionär ist?«, fragte Louise mit Blick zur Decke.

»Weil euer Opa beim Finanzamt war und keine Supermarktkette besessen hat.«

Das fanden sie keine zufriedenstellende Erklärung. Mir fiel ein, dass ich mich endlich einmal wieder bei meinen Eltern melden sollte. Die beiden hatten sich nach Vaters Pension in den Süden Portugals verzogen, um dort immerwährenden Urlaub zu genießen. Meine Mutter rief alle paar Wochen einmal an, um mir zu verstehen zu geben, dass auch viel beschäftigte Söhne hin und wieder zum Hörer greifen könnten. Vater rief grundsätzlich nie an, sondern ließ durch seine Frau Grüße ausrichten.

Ich versuchte, vom Thema Führerschein abzulenken: »Wie war das eigentlich morgens im Bus? Ihr habt gesagt, Lea hätte dauernd telefoniert.«

»Hat sie auch«, antwortete Sarah mit vollem Mund. »Sie hat ein iPhone. Das neueste Modell natürlich.«

»Ist sie angerufen worden, oder hat sie selbst angerufen?«

»Keine Ahnung«, erwiderte Louise. »Wie wir eingestiegen sind, hat sie das Handy schon am Ohr gehabt, und wie wir in Straßburg ausgestiegen sind, immer noch. Im Europaparlament bin ich mal raus, ich musste aufs Klo, und da hat sie im Foyer gestanden und schon wieder telefoniert.«

»Wie spät war es da?«

»Elf? Halb zwölf?«

»Hast du verstehen können, was sie gesprochen hat?«

Louise schüttelte den Kopf. »Sie hat sich weggedreht, wie sie mich gesehen hat, und extra leise geredet. Aber sie ist ziemlich im Stress gewesen, das hat man gemerkt. Und wie wir später mit dem Bus in die Stadt gefahren sind, hat sie eine ewig lange SMS getippt.«

»Woher hat sie eigentlich das Geld, dass sie sich so teure Sachen leisten kann?«

»Von ihrem Papa«, meinte Louise. »Von wem sonst?«

»Die schmeißt ja mit Geld nur so um sich«, fügte Sarah hinzu, nachdem sie zu Ende gekaut und mit einem Schluck Kakao nachgespült hatte. »Immer die edelsten Klamotten, die teuersten Schminksachen … Du guckst so – hat ihr Vater nicht die fette Kohle?«

»Arm ist er nicht gerade, aber … ich weiß nicht.«

»Vielleicht der Mercedes-Typ?«, überlegte Louise. »Die lässt sich von dem aushalten. Würd ihr ähnlich sehen.«

Sarah erhob sich und ließ Teller und Besteck dieses Mal souverän auf dem Tisch liegen. »Gibt's was Neues von Chip?«

Ich berichtete im Telegrammstil, was seit gestern Morgen geschehen war. Von den gelben Pillen erzählte ich vorsichtshalber nichts.

»Was ist eigentlich mit seinem Laptop?« Louise schob ebenfalls den Stuhl zurück. »Den schleppt er doch ständig mit sich rum. War der auch in seinem Rucksack?«

Gute Frage. Ich zückte mein Handy und wählte Doros Nummer.

»Der steht auf seinem Schreibtisch«, antwortete sie aus dem Stegreif. »Deine Töchter haben recht, normalerweise hat er den Laptop immer bei sich.«

Sie wirkte gefasster als bei unseren gestrigen Telefonaten.

»Ihr duzt euch?«, fragte Sarah aufmerksam, als ich das Gespräch beendete.

Es ist unmöglich, vor Kindern etwas über längere Zeit geheim zu halten. Ich erzählte ihnen, dass Doro und ich vor sehr langer Zeit in derselben Klasse gesessen hatten. Das fanden sie cool.

Beim Telefonieren war mir eine Idee gekommen: »Wenn ich euch Leas Laptop besorge – ihr habt doch noch andere Freunde, die mit Computern fit sind?«

»Wir könnten es selber probieren«, schlug Sarah vor, während sie ihre gefütterte Jacke überzog. »Ganz blöd sind wir ja auch nicht mit Computern.«

14

»Wollen Sie mich veräppeln?«, fragte die junge Frau in der Tankstelle an der Speyerer Straße entgeistert. »Vor zwei Monaten?«

Die Kassiererin war pummelig, hatte Akne im milchkaffeebraunen Gesicht, trug ein buntes Kopftuch, das ihr dunkles Haar nur notdürftig bedeckte, und sprach Deutsch mit Kurpfälzer Akzent. Ich legte Leas Foto auf die Glasplatte. Sie warf einen unwilligen Blick darauf. Ich legte meinen Dienstausweis daneben, und ihre Miene wurde noch eine Spur unfreundlicher.

»Hier ist grad mächtig was los. Wenn Sie vielleicht einen Moment zur Seite …?«

Hinter mir staute sich unruhige Kundschaft, die entweder ihre Tankrechnung bezahlen, eine Zeitung kaufen oder sich ein Frühstück organisieren wollte. Seufzend trat ich zwei Schritte zur Seite. Ein bulliger Russe, offenbar Fernfahrer, bezahlte mit bewundernswerter Ruhe seine astronomisch hohe Dieselrechnung und füllte anschließend noch seinen Getränkevorrat auf, als hätte er eine Saharadurchquerung vor sich. Der Nächste in der Reihe war vom Typ aufstrebender Außendienstmitarbeiter: schicker Anzug, großspuriges Auftreten, aufdringliches Rasierwasser, anzügliche Blicke für die Kassiererin. Hier durften es zur Tankrechnung noch zwei Päckchen Marlboro sein. Es dauerte quälend lange, bis die Schlange abgearbeitet war, da immer neue Kundschaft hereinströmte. Schließlich fand ich, ich hätte genug gewartet, und trat wieder vor.

»Zeigen Sie das Foto halt noch mal her«, sagte die junge Frau, nun schon ein wenig gnädiger.

Ich reichte es ihr über den Tresen.

»Kenn ich, ja«, sagte sie nach einem langen Blick. »Die hat zwei oder drei Mal 'ne Cola bei mir gekauft.«

»Wie gesagt, sie soll sich hier im Oktober mit einem Mann getroffen haben, direkt vor Ihrem Fenster. Er ist im Mercedes vorgefahren.«

Mit klug blitzenden, rabenschwarzen Augen sah sie mich an. »Haben Sie eine Vorstellung, wie viele Autos da draußen jeden Tag halten und wieder wegfahren?«

»Was ist mit Ihren Überwachungskameras?«

Wie ich vermutet hatte, wurden die Videos nach zwei Tagen automatisch gelöscht.

»Arbeiten Sie allein hier?«

»Die meiste Zeit ja. Sie sehen ja, ich hab wirklich nicht groß Zeit, spazieren zu gucken. Solange es draußen keine Schlägerei gibt und jeder brav seinen Sprit bezahlt, ist es mir egal, was abgeht.«

»Aber Sie werden ja nicht vierundzwanzig Stunden an der Kasse stehen.«

»Die Nachtschicht macht Ferdi. Die mach ich nicht mehr seit … Es hat da mal 'ne eklige Sache gegeben mit zwei besoffenen Rumänen.«

»Und an den Wochenenden? Als das Mädchen hier gesehen wurde, war Samstag.«

»Meistens mach ich auch die Wochenendschichten. Ich brauch das Geld. Ich will nächstes Jahr studieren, und mein Vater will nichts bezahlen.«

»Darf ich Ihnen das Foto für alle Fälle hierlassen?«

Sie zuckte die runden Schultern. »Wenn's Ihnen Freude macht …«

Ich war schon an der automatischen Tür, als sie mich zurückrief.

»Wieso eigentlich?«, fragte sie mit plötzlich neugierigem Blick. »Was ist mit dem Mädel? Und was ist mit diesem Mercedes-Typen?«

»Sie ist verschwunden.«

»Und jetzt meinen Sie, der … der Typ hat sie …?«

Ich hob die Achseln.

»Wie alt ist sie?«

»Siebzehn.«

Sie schlug die dunklen Augen nieder. »Blödes Alter«, sagte sie mit schiefem Mund. »Man meint, man weiß schon alles. Und man darf nichts.«

»Frau Dellnitz hat schon wieder angerufen«, eröffnete mir Sönnchen, als ich reichlich verspätet mein Vorzimmer betrat. »Die arme Frau. Der geht's gar nicht gut.«

Ich hängte meinen Mantel an den Haken und sah sie erwartungsvoll an.

»Hab ihr gesagt, Sie sind beruflich unterwegs.«

»Das war ich auch.«

Sönnchen lächelte, als wüsste sie es besser.

Kaum hatte ich am Schreibtisch Platz genommen, da meldete sich das Telefon.

»Ich werde noch verrückt«, schluchzte Doro. »Es macht mich wahnsinnig, hier zu sitzen und ... Hast du denn nicht irgendwas Positives? Etwas, das mir ein wenig Hoffnung geben könnte? Ich ... ich halte das nicht mehr aus, Alex. Diese Unsicherheit. Dieses ... Warten und Bangen und Hoffen, Hoffen, Hoffen.«

Am Morgen hatte es offiziell in der Zeitung gestanden: Siebzehnjähriger Schüler vermisst. Darunter ein Foto von Henning, auf dem er nachdenklich wirkte und erwachsener, als er war.

»Doro, bitte, ich weiß, wie schwer das für dich ist. Glaub mir, wir tun, was wir können.«

»Aber deine Leute können doch nicht nur am Schreibtisch sitzen und warten, bis vielleicht irgendwann das Telefon klingelt!«

In dieser Sekunde wurde etwas, was bisher nur eine vage Idee gewesen war, zum Plan.

»Weißt du was?«, hörte ich mich sagen. »Ich werde selbst nach Kehl fahren und mich ein bisschen umsehen.«

»Du ... du bist ein Schatz, Alex.«

Für zwei Sekunden schwiegen wir beide, und ich war drauf und dran, ihr die Frage zu stellen, die mich seit Mittwochabend nicht mehr losließ. Aber am Ende fand ich doch nicht den Mut dazu. Wortlos legten wir auf.

Ich schrieb Theresa eine kurze SMS: »Hast du am Wochenende schon was vor? ILA«

»ILA« hieß: In Liebe – Alexander.

Die Antwort kam postwendend: »Nein. ILT«

»Was hältst du von Weihnachtsmarkt in Straßburg?«

»Freu mich!!!!! Küsse!!! ILT. Soll ich Hotel kummern?«

SMS waren definitiv die Sargnägel der abendländischen Sprachkultur.

Da ich das Handy schon in der Hand hielt, wählte ich Lassalles Nummer. Zu meiner Überraschung nahm er fast sofort ab und klang sogar nüchtern. Leas Laptop könne ich gerne haben, erklärte er mürrisch, wenn es der Tochterfindung diene.

Ich schickte eine Streife auf den Weg, um das Gerät abzuholen.

Am späten Vormittag piepten innerhalb weniger Sekunden gleich mehrere Mails. Die kürzeste kam vom kriminaltechnischen Labor des LKA in Stuttgart: Bei den gelben Pillen aus Hennings Schreibtisch handelte es sich um ein Ecstasy-ähnliches Rauschgift. Es folgten chemische Fachbegriffe, die mir allesamt nichts sagten. Ich wählte die Nummer, die am Ende der Mail stand.

»Ganz ordentliche Qualität«, erklärte mir ein junger Laborant selbstbewusst und mit einer Stimme, als stünde er noch mitten im Stimmbruch. »Jedenfalls nicht dieses Dreckszeug aus dem Osten, das wir in letzter Zeit immer öfter auf den Tisch kriegen.«

»Wo kann der Junge die Pillen herhaben?«

»Kriegen Sie heutzutage praktisch überall. In Discos, in den passenden Kneipen. Auf dem Schulhof ...«

Auf dem Schulhof.

»Bei der Menge?«

»Sie denken, er hat mit dem Mist gedealt?«

»Bei der Menge!«

»Der überwiegende Teil der Ware kommt immer noch aus Holland. Zunehmend aber auch aus dem Osten. Und das Zeug macht uns echt Kopfzerbrechen. Das, was Sie mir geschickt haben, ist saubere Ware. Das kommt aus einer ordentlichen Quelle, wenn man so sagen kann.«

Absender der restlichen vier Mails war ein gewisser Dr. Dario Rotella, der irgendeine höhere Position an der Präfektur von Straßburg bekleidete. An seinen Mails hingen lange Anhänge – siebenunddreißig Megabyte Videomaterial aus öffentlichen Überwachungskameras, die in der Straßburger Innenstadt montiert waren. Videos, die sich nun ganz vorschriftswidrig im Besitz der deutschen Polizei befanden und vor keinem Gericht Beweiskraft haben würden. Aber das sollten sie ja auch nicht.

Ich leitete das komplette Paket, begleitet von einigen warmen Worten, an Klara Vangelis weiter. Sie würde eine Weile damit beschäftigt sein.

»Das ist nicht Leas Laptop!«, erklärte Sarah nach einem flüchtigen Blick auf das Gerät, das ich auf dem Küchentisch platziert hatte. »Das ist nicht der, den Chip ihr geschenkt hat.«

Unter Sönnchens Beifall hatte ich heute sehr früh Feierabend gemacht, um zu packen. Mit Theresa hatte ich vereinbart, dass wir gegen halb vier aufbrechen würden. Jetzt war es kurz vor drei.

»Bist du sicher?«

»Paps.« Ich erntete einen mitfühlenden Blick. »Der da ist doch voll die alte Gurke! Chip hat ihr ja seinen alten geschenkt, weil sie bloß so eine Uraltkiste gehabt hat. Wahrscheinlich läuft da sogar noch XP drauf.«

Mit einem Mal war mir klar, was der Zweck von Hennings Einbruch in Lassalles Haus gewesen war: Er hatte den Laptop zurückgeholt, den er Lea vermacht hatte, um ihre E-Mails oder Facebook-Nachrichten zu lesen. In seinem Rucksack hatten die Kehler Kollegen jedoch keinen Laptop gefunden. Wo war er dann? Hatte er ihn Lea ausgehändigt? Oder war er geklaut worden wie die Jeans und der Pullover?

Versuchsweise schalteten wir Leas alten Klappcomputer ein. Er funktionierte noch, aber wir fanden keine Daten, die jünger als vier Monate waren. Die zuletzt gespeicherten Dateien trugen das Datum neunter August, fand Sarah mit wenigen Handgriffen heraus. Das war etwa zwei Wochen nachdem Lea ihr Zimmer im Haus des ungeliebten Vaters bezogen hatte. Und vier Wochen bevor sie zum ersten Mal das Helmholtz-Gymnasium betreten hatte.

Ich setzte mich auf einen der Küchenstühle. »Weißt du noch, Sarah?«, sagte ich. »Louise hat neulich gemeint, dass Henning Lea sicher noch von früher kennt, denn niemand verschenkt einen fast neuen Computer an jemanden, den er erst vor ein paar Tagen kennengelernt hat.«

Nun wurde auch Sarah nachdenklich. »Ist das irgendwie wichtig?«

Ich zuckte die Achseln und erhob mich. »Das weiß ich noch nicht. Jetzt ist es Zeit zum Packen.«

»Paps, ich hab ein bisschen an Leas altem Laptop rumgefummelt«, verkündete Sarah, als ich Minuten später mit einem kleinen Koffer aus dem Schlafzimmer trat. »Ich glaub, ich bin da auf was gestoßen. Wo fährst du überhaupt hin?«

»Nach Straßburg. Mit Theresa. Ihr kommt doch allein klar?«

Sie nickte abwesend.

»Wo steckt eigentlich Louise?«

»Unterwegs.«

»Ist es bei uns nicht mehr üblich, Bescheid zu sagen, wenn man weggeht?«

»Erstens hast du mir ja auch nichts gesagt, sondern ich musste dich fragen. Zweitens ist Loui nicht weggegangen. Sie ist nach der Schule gar nicht erst heimgekommen. Und drittens musst du sie fragen und nicht mich.«

»Hat sie Stress mit ihrem Freund?«

Sarah rollte die Augen. »Paps, bitte!«

»Sie hat einen neuen Freund, nicht wahr?«

Sie verzog das Gesicht, als hätte sie akute Ohrenschmerzen. Ich beschloss, sie nicht weiter in Verlegenheit zu bringen.

»Was ist nun mit Leas Laptop?«

»Ich hab mir überlegt, dass sie den Mercedes-Typ vielleicht auch schon länger kennt. Ich bin ihre Favoriten durchgegangen und ihre Lesezeichen und die ganzen Cookies hoch und runter. Sie schreibt nämlich doch noch Mails, da hast du recht gehabt. Sie hat sogar gleich drei E-Mail-Accounts: einen bei Google, einen bei web.de und einen bei Yahoo.«

»Nur dumm, dass wir die Passwörter dazu nicht kennen.«

»Ist das eigentlich erlaubt, was ich mache, Paps?«

»Es ist sogar ausdrücklich verboten. Aber ich gebe dir hiermit die offizielle Erlaubnis dazu.«

»Darfst du das?«

»Nein. Aber wenn es herauskommt, dann bin ich schuld und nicht du. Außerdem fragt ihr sonst ja auch nicht, was erlaubt ist und was nicht.«

»Sie benutzt für alle drei Accounts dasselbe Passwort«, verkündete meine Älteste triumphierend. »Und ich hab's geknackt, in zwei Minuten! ChampagnerGirl94. Vierundneunzig ist ihr Geburtsjahr. Chip hat sich am Montag die Zähne dran ausgebissen, und dabei war's voll easy.«

»Darf man fragen, wie so was funktioniert?«

»Sie hat eine Datei angelegt mit allen Log-In-Namen und Passwörtern. Machen viele so, weil man sonst den Durchblick verliert.«

Unter anderem auch ich.

Das Ergebnis der illegalen Ermittlertätigkeit meiner Tochter war einerseits ernüchternd, andererseits auch interessant. Zwei der E-Mail-Adressen hatte Lea seit einer halben Ewigkeit nicht mehr benutzt.

»Da hat sich nur tonnenweise Spam angesammelt«, sagte Sarah.

Über die dritte Adresse, die bei web.de, hatte Lea mit zwei Freundinnen in Bad Homburg in Kontakt gestanden.

»Da gibt's natürlich auch Spam. Der ist aber maximal eine Woche alt.«

»Und das heißt?«

»Das heißt, sie muss am Donnerstag letzte Woche noch mal drauf zugegriffen und aufgeräumt haben«, erklärte meine Tochter mir, dem Internetsaurier. »Von ihrem anderen Laptop aus, natürlich.«

»Und wir können jetzt lesen, was sie in den Wochen davor geschrieben hat?«

»Bingo, Paps.«

Ich ließ meinen Koffer stehen und folgte Sarah in ihr Zimmer.

In den Mails, die Lea in den vergangenen Monaten verschickt hatte, wurde viel über Heidelberg gelästert, über ihren ständig nervenden Vater, die Schule, den ätzenden Dialekt, den die Eingeborenen hier unten in der Nähe des Südpols sprachen. Hin und wieder hatte Lea sich bei Internet-Castings beworben. Als Model oder Statistin bei Film und Fernsehen.

»Sie hat aber immer bloß Absagen kassiert«, kommentierte Sarah schadenfroh.

Hauptthema waren natürlich Jungs. Auch der Name Henning fiel einige Male, wobei Lea sich meist über ihn lustig machte. Sogar dafür, dass er ihr einen teuren und noch sehr gut erhaltenen Computer geschenkt hatte, fand sie nur Worte des Spotts. Allmählich wurde mir das Mädchen immer unsympathischer.

»Über den Mercedes-Mann hast du nichts gefunden? Mädchen können so was doch nicht geheim halten.«

»Ich bin noch lange nicht durch. Kann aber sein, dass sie für ihn eine eigene Mailadresse angelegt hat, von ihrem neuen Laptop aus. Dann würde ich hier nichts finden. Sie hat Chip übrigens wirklich schon früher gekannt. Sein Name taucht zum ersten Mal Anfang Januar auf.«

»Sie hat ihm auch Mails geschrieben?«

»Na klar«, erwiderte Sarah.

»Und er?«

»Jeden Tag hundert. Und was für welche! Ich hab nur ein paar gelesen, weil ich sonst das Kotzen kriege. Chip war von Anfang an total verknallt in sie. Hat sich ein Loch ins Knie gefreut, wie sie geschrieben hat, dass sie nach Heidelberg kommt.«

15

Die A5 war trotz Freitagnachmittag und beginnendem Feierabendverkehr ohne Stau. Das Wetter war freundlich, aber kalt. In den Wäldern links und rechts der Autobahn hingen noch verirrte Nebelfetzen. Theresas Linke lag entspannt auf meinem Oberschenkel, gefährlich nah am Sicherheitsbereich. Sie ließ sich das Gesicht von der tief stehenden Wintersonne wärmen und hielt die Augen die meiste Zeit geschlossen. Im Radio liefen Oldies. Erst an den endlosen Baustellen zwischen Baden-Baden und Offenburg kam der Verkehr ins Stocken. Als ich an der Ausfahrt Appenweier die Autobahn verließ, war es fast fünf, und es dunkelte bereits. Theresa hatte zwischendurch ein wenig geschlafen.

»Hättest du was dagegen, meine Schöne, wenn wir in Kehl kurz Station machen?«, fragte ich mit scheinheiligem Lächeln.

Die Schöne gab sich gelassen, verstand aber natürlich sofort den Hintergrund meiner Frage. »Ich trinke irgendwo einen Tee, solange du deinen Jagdtrieb befriedigst.«

Ich fand einen Parkplatz in der Nähe des Bahnhofs, wir stiegen aus und wunderten uns über den kalten Wind. Theresa verabschiedete sich mit einem eiligen Kuss und strebte auf das Bahnhofsgebäude zu, wo sie ein heimelig beleuchtetes Bistro entdeckt hatte. Ich blieb in der Kälte zurück und wusste plötzlich nicht mehr, was ich hier eigentlich suchte. Der große und kahle Bahnhofsvorplatz war so gut wie menschenleer. Der Wind blies von Westen her, und von Minute zu Minute wurde es dunkler. Einige fröstelnde Schüler hockten Schulter an Schulter auf einer futuristischen Bank und starrten Löcher in ihre Handys. Vermutlich warteten sie auf den Bus.

Ich schlug den Mantelkragen hoch, steckte die Hände in die Taschen und machte mich auf den Weg quer über den Platz in Richtung Westen. Auf den Weg, den am Dienstag vermutlich auch Henning gegangen war. Hatte er hier Lea treffen wollen, die sich aus irgendeinem Grund ausgerechnet in Kehl versteckt hielt? Oder hatte sie ihn zu einem bestimmten Zweck hierherbestellt, auf diese übersichtliche Betonwüste? Es gab eine Nahverkehrsverbindung von Straßburg nach Kehl, wusste ich, die halbstündlich verkehrte. Hatte Henning einfach nur den Großstadtverkehr gefürchtet und die letzten Kilometer lieber mit dem Zug fahren wollen?

Ich erreichte den breiten Gehweg, der neben der vierspurigen Bundesstraße in Richtung Rhein führte. Jenseits der Straße trotzte ein etwa zwanzigstöckiges, gesichtsloses Hochhaus Wind und Kälte. Die stark befahrene Straße stieg zur Europabrücke hin in einem weiten Bogen an. Und der bösartige Wind schien mit jedem Schritt stärker und kälter zu werden. Bald hörte ich neben dem Rauschen des Verkehrs das Gurgeln des Stroms, der zurzeit Hochwasser führte.

Eine Weile stand ich auf der Brücke und starrte ins tief unter mir schäumende Wasser. Mein Atem bildete Wölkchen vor dem Mund. Ich blies in meine Hände, um sie zu wärmen. Schließlich machte ich kehrt, bog nach links ab in Richtung Eisenbahnbrücke, die etwa zweihundert Meter nördlich den Rhein überquerte und über die gerade mit Bummelzuggeschwindigkeit der TGV nach Paris rumpelte. Dort, wusste ich, am Bahndamm kurz vor der Brücke, hatten die Kollegen Hennings Rucksack aus dem Gestrüpp gezogen.

Ich überquerte einen großen, unbefestigten Parkplatz voller trüber Pfützen, erreichte die schmale Straße, die unter den Gleisen hindurch zum Hafen führte, und stand schließlich an der

Stelle, wo der Rucksack gelegen haben musste. Jetzt lag hier nur noch Müll. Eine alte französische Zeitung entdeckte ich, Zigarettenkippen mit und ohne Filter, Getränkedosen, zwei leere Weinflaschen. Vin de pays, anderthalb Liter zu eins neunundneunzig. Die orangefarbenen Preisaufkleber waren auch ohne Bücken lesbar. Daneben wassergefüllte Reifenspuren eines Wagens, der im aufgeweichten Boden tief eingesunken war.

Inzwischen war mir nur noch kalt. Hatte ich gehofft, hier würden Augenzeugen herumstehen, die nur darauf warteten, mir ihre Geschichte zu erzählen? Hier würden nach vier Tagen noch Dinge am Boden liegen, die die Kollegen übersehen hatten? Irgendetwas, das – einem idiotischen Drehbuch folgend – allen anderen entgangen war und nun mir einsamem Helden den entscheidenden Hinweis lieferte?

Aber es war ein Trieb. Ich konnte nicht anders. So war es immer schon gewesen: Ich wollte die Orte sehen, wo es geschehen war. Die Dinge, die das Opfer eines Verbrechens zuletzt gesehen hatte. Die Luft riechen, die es bei seinem letzten Atemzug eingeatmet hatte. Wobei das Wort »Opfer« in diesem Zusammenhang ganz und gar fehl am Platz war, denn bisher ging ich davon aus, dass Henning entweder mit Lea zusammen untergetaucht war oder sich aus Liebeskummer das Leben genommen hatte. Heute nannte man so etwas operative Fallanalyse. Gute Kriminalisten hatten es schon vor tausend Jahren so gemacht. Man muss sich in die Welt des Opfers versetzen, um den Täter zu finden.

Eines wurde mir beim Händereiben immerhin klar: Wer in tiefster Verzweiflung auf eine Brücke stolpert, um sich hinunterzustürzen, der macht vorher keinen Umweg von mehreren Hundert Metern, um sein Gepäck loszuwerden. Dem ist in diesen Minuten nichts unwichtiger als sein Gepäck.

Wenige Schritte rechts von mir verlief die Straße durch eine schmale, dunkle Unterführung unter den Bahngleisen hindurch zum Rheinhafen. Ich durchquerte das trotz des Windes nach Urin stinkende Loch. Bald kam im Zwielicht der Kehler Jachthafen in Sicht. In der Ferne Kräne unter den dunklen, rasend schnell dahinziehenden Wolken. Ein fünfachsiger Sattelschlepper mit französischem Kennzeichen dröhnte vorbei. Rechts Industriebauten, Lagerhäuser, eine hell erleuchtete, große Moschee mit weißen

Minaretten. War auch Henning diesen Weg gegangen? Und was war dabei sein Ziel gewesen?

Der verfluchte Wind schien Jagd nach mir zu machen. Wohin ich mich auch wendete, er blies mir immer ins Gesicht, zerzauste meine Haare, ließ meine Hosenbeine flattern, wehte sogar Müll vor meine Füße, um mich zum Stolpern zu bringen. Als das erste Hafenbecken in Sicht kam, stieß ich die Hände noch tiefer in die Taschen und gab auf.

Fünf Minuten später betrat ich das gut geheizte Bistro, wo Theresa angeregt mit einem jungen Mann am Nebentisch plauderte. Er hatte einen aufgeklappten Laptop vor sich stehen. Einer dieser smarten Anzugträger, die in Depressionen versinken, wenn sie länger als fünf Minuten offline sind. Das Gespräch drehte sich um die Frage, ob italienisches Olivenöl griechischem vorzuziehen sei oder umgekehrt.

»Seit man dem italienischen nicht mehr trauen kann, nehme ich nur noch solches aus Kreta«, gab Theresa gerade zum Besten und schenkte mir ein halbes Lächeln. »Die sollen nicht so viel Spritzmittel verwenden, weil es dort bestimmte Schädlinge nicht gibt.«

Ich sank auf einen Stuhl an ihrem Tisch und winkte der übernächtigt aussehenden Bedienung.

»Was darf's sein?«, rief sie quer durch den Raum.

»Tee! Ein Kännchen! Und heiß, bitte!«

»Ist dir kalt?«, wollte Theresa mit schlecht geheucheltem Mitleid wissen.

»Echte Männer kennen keine Kälte«, versetzte ich bibbernd.

Sie strich mit ihrer warmen Hand über meine kalte. »Irgendwas gefunden?«

Ich schüttelte den Kopf und versuchte, mit den Fingern ein wenig Ordnung in meine Haare zu bringen. Der Kerl am Nebentisch beschäftigte sich inzwischen wieder mit seinem Breitwand-Laptop.

Laptop.

»Waren Sie am Dienstag auch hier?«, fragte ich die Kellnerin, die soeben mit einer erschöpften Bewegung den Tee vor mich hinstellte.

»Ich bin jeden Tag hier von zehn Uhr morgens bis sechs am

Abend.« Sie stöhnte und rollte dramatisch die großzügig schwarz umrandeten Augen.

Ich zeigte ihr ein Foto von Henning. »Haben Sie den schon mal gesehen?«

Die Frau mochte fünfundzwanzig sein. Ihr Gesicht war hager und unnatürlich blass, ihre Bewegungen waren die einer Sechzigjährigen.

»Am Dienstag?« Sie zog die Stirn kraus und deutete auf einen Tisch in der Ecke gleich neben der Heizung. »Da drüben hat er gehockt und im Internet gesurft. Wir haben hier nämlich freies WLAN.«

»Um welche Uhrzeit war das?«

»Mittags«, erwiderte sie zögernd. »Am Ende ist es ziemlich voll gewesen, wie er dann auf einmal fortgelaufen ist. Gegen Mittag ist er aufgetaucht, und so zwischen eins, halb zwei ist er auf einmal wieder verschwunden. Sind Sie von der Polizei?«

»Was hatten Sie für einen Eindruck von ihm? War er gut gelaunt?«

»Gut gelaunt, der?« Sie lachte hämisch. »Gesponnen hat er! Erst wollt er 'ne Fanta und nichts zu essen. Dann lieber 'ne Cola, und wie ich ihm die bring, will er auf einmal doch was essen. Irgendwas, was nicht teuer ist. Und 'ne zweite Cola hat er später auch noch bestellt. Und am Ende wollt er dann nicht mal zahlen. Hat seinen Computer zugeknallt und in seinen Rucksack gestopft und ist einfach fort. Ich ihm natürlich nach. Die Typen hab ich nämlich gefressen – erst ist ihnen nichts recht, und am Ende prellen sie auch noch die Zeche. Er hat dann so getan, als tät's ihm furchtbar leid, und mir 'nen Zwanziger in die Hand gedrückt und gesagt: passt so. Käseweiß ist er auf einmal gewesen. Und dann gibt der mir einfach 'nen Zwanziger, und dabei war die Rechnung bloß elf vierzig. Der ist total durch 'n Wind gewesen, wenn Sie mich fragen. Sind Sie von der Polizei? Ja oder nein?«

Ich zeigte ihr meinen Dienstausweis.

»Kripo, wow! Hat der einen umgebracht oder so? Hier treibt sich ja viel komisches Volk rum. Drogenschmuggler, Zuhälter, Mädchenhändler ... Kommt alles von Frankreich her über die Grenze.«

»Als er hereinkam«, fragte Theresa mit freundlich-aufmerksamem Blick, »war er da auch schon so durcheinander?«

»Glaub nicht.« Die Bedienung sah zur Decke. Schloss kurz die Augen, als würde Nachdenken wehtun. »Mir ist nichts aufgefallen. Nö, anfangs ist er eigentlich noch ganz relaxed gewesen.«

Sie riss die Augen wieder auf, sah erst mich, dann Theresa empört an.

»Außerdem, das fällt mir erst jetzt wieder ein, das war doch der Spinner, der seinen Helm vergessen hat! Den hat er auf den zweiten Stuhl gelegt und später einfach liegen lassen. Wie ich zum zweiten Mal raus bin, um ihm das Ding hinterherzutragen, da war er schon nirgends mehr zu sehen. Wollen Sie den haben, den Helm? Dahinten liegt er noch.«

Das konnte nicht schaden, dachte ich und bejahte.

»Es war Leas Laptop«, sagte ich zu Theresa, als die Kellnerin wieder hinter ihrem Tresen stand und leise vor sich hin stöhnend Gläser abtrocknete. »Er muss etwas darin entdeckt haben, was ihn völlig aus dem Gleichgewicht gebracht hat.«

»Und wo ist dieser Laptop jetzt?«

Das war eine gute Frage. Vielleicht im Moment sogar die entscheidende Frage. Ich winkte der Kellnerin und bat um die Rechnung, was Anlass zu einem erneuten Seufzer gab.

Angesichts meiner jüngsten Erfahrungen mit dem Straßburger Stadtverkehr hatten wir den Peugeot in Kehl stehen lassen und für die letzten Kilometer den Zug genommen. Vom Straßburger Hauptbahnhof zum Hotel gönnten wir uns ein Taxi. Unser Zimmer sei so teuer, meinte Theresa, dass der Preis für diesen bescheidenen Luxus nicht weiter ins Gewicht falle. Das »Cardinal de Rohan« lag mitten in der Stadt, an einem schmalen und touristisch gut erschlossenen Sträßchen zwischen Münster und Ill. Rechts und links reihten sich Andenkengeschäfte, angeblich sagenhaft alte und auf jeden Fall urgemütliche Weinstuben sowie Restaurants mit viersprachigen Speisekarten. Das geschmackvolle Entree des Hotels entschädigte uns für den Rummel vor der Tür, und die Einrichtung unseres Zimmers im Stil von Louise XV brachte Theresa ins Schwärmen. Das Personal zeigte die exakt richtige Mischung aus Zuvorkommenheit und Zurückhaltung, und selbstverständlich bestellten wir zwei Gläser Champagner aufs Chambre double supérieure – dieses Wochenende versprach ohnehin sündhaft teuer zu werden.

Als wir mit dem Champagner allein waren, unterzogen wir das vornehm quiekende, jedoch robust gebaute Bett aus dunkel gebeiztem Eichenholz einer gründlichen Erprobung. Später duschten wir heiß und lange, veranstalteten eine kleine Wasserschlacht und beschlossen schließlich, wieder vernünftig zu werden und ein wenig bummeln zu gehen.

Wir waren glücklich und hungrig, und ich hatte Lea und Henning fast vergessen. Nur ganz hinten in meinem Kopf hörte eine leise Stimme nicht auf zu quengeln, ich sei nicht nur zum Vergnügen hier. Aber selbst die pflichtbewusstesten Kripochefs haben hin und wieder dienstfrei, und auch ein Polizistenleben besteht nicht nur aus Pflicht und Arbeit. Schon gar nicht, wenn der Polizist mit einer Frau wie Theresa im Arm eine der schönsten Städte Mitteleuropas erobert. Der Stimme, die in noch tieferen Regionen meines Hinterkopfs hartnäckig behauptete, ich sei hier vielleicht auf der Suche nach meinem eigenen Sohn, erteilte ich kurzerhand Redeverbot.

Das nur wenige Schritte vom Hotel entfernte Münster erschlug mich jedes Mal aufs Neue mit seiner Pracht und Würde. Wieder fragte ich mich, ob es trotz oder gerade wegen des fehlenden Südturms so überwältigend wirkte. Theresa war nicht zu einer Turmbesteigung zu überreden und brachte das kaum zu widerlegende Argument vor, es sei ja schließlich schon dunkel. Eine Innenbesichtigung, immerhin, wurde gnädig akzeptiert. Das Gebäude war nur mit einem Wort zu beschreiben: großartig. Nein, es ließ sich überhaupt nicht beschreiben. Worte taugten hier nicht. Selbst Theresas Lästermaul verstummte vorübergehend in schlecht verhohlener Ergriffenheit.

Als wir das Münster wieder verließen, dufteten uns geröstete Maronen entgegen, und mein Magen begann zu rumoren. Wir drehten eine Anstandsrunde über den von hohen Fachwerkhäusern gesäumten Weihnachtsmarkt, besichtigten teure und garantiert handgetöpferte Elsässer Keramik und billigen chinesischen Christbaumschmuck und entschieden uns – wo man schon mal in Frankreich war – für Crêpes. Theresa wählte die Vollversion mit

Schinken, Käse und Ei, mich gelüstete nach der süßen Variante mit Alkohol. Dazu tranken wir gut gekühlten Edelzwicker aus den im Elsass üblichen hohen Gläschen mit grünem Stiel.

Das Gedränge und Geschiebe war dasselbe wie auf deutschen Weihnachtsmärkten, aber wenn man in der richtigen Begleitung war und die Entschuldigungen auf Französisch kamen, machte es sogar Spaß, von trampeligen Touristen in wattierten Mänteln die unförmigen Rucksäcke in die Seite gerammt zu bekommen. Nicht weit von uns drehte sich ein altes Kinderkarussell mit Elefanten, Löwen und anderem seltenem Getier. Irgendwo spielte jemand deutsche Weihnachtslieder auf einer romantisch verstimmten Ziehharmonika.

»Nett hier«, meinte Theresa eifrig kauend.

Nach unserem Imbiss schlug sie vor, auf diese Anstrengung hin das Hotel aufzusuchen und sich ein wenig hinzulegen. Aber ich zog sie in die entgegengesetzte Richtung. »Jetzt sehen wir uns die Stadt an.«

Nicht nur der Kälte wegen eng umschlungen, bummelten wir durch enge Gässchen und über weitläufige Plätze, bewunderten hohe Fachwerkhäuser und schmale Fachwerkhäuser, krumme Gassen und schnurgerade Boulevards. Überall funkelte, schimmerte und roch es vorweihnachtlich. An einer Ecke spielten Indios auf Panflöten. Theresa machte sich Gedanken über ein passendes Weihnachtsgeschenk für ihren Mann, vergaß diesen Aspekt jedoch bald wieder. Als uns kalt wurde, flüchteten wir in die Galeries Lafayette. Dort entdeckte Theresa im ersten Obergeschoss eine riesige Dessousabteilung, kramte lange herum, zeigte mir manches, begleitet von verruchten Blicken, kaufte am Ende jedoch nichts mit der interessanten Begründung, die Sachen seien ihr nicht teuer genug.

Anschließend schlug sie vor, das Hotel aufzusuchen und sich hinzulegen, ließ sich jedoch überreden, zuvor noch das Viertel Petite France zu besichtigen, das zu einem Straßburg-Besuch gehörte wie Sacré-Cœur zu Paris. Durch weihnachtlich geschmückte Sträßchen schlenderten wir zur Ill. Es gab in dieser Stadt hundert Mal mehr schöne Restaurants, stellten wir fest, als man auch bei viel Hunger und bestem Willen an einem Wochenende besuchen konnte.

In Petite France mutierte das weltstädtische Straßburg zur schnuckeligen Kleinstadt. Ich fand es rührend, während Theresa meinte, es sei früher schöner gewesen, irgendwie authentischer. Wir einigten uns darauf, dass es mindestens nett war. Vor allem, weil sich um diese Uhrzeit außer uns zwei Halbverrückten keine Touristen hierher verirrten. Eine Weile beobachteten wir von einer Brücke am Quai des Moulins die aufgeregt strudelnde Ill. Theresa gönnte sich eine ihrer immer häufiger werdenden Ausnahmezigaretten und konnte die studierte Historikerin nicht ganz verbergen. Sie erzählte mir vom Mittelalter, von Pest und Judenverfolgung. Ich hörte Geschichten von Goethe, der natürlich auch in Straßburg studiert hatte wie so viele Geistesgrößen vergangener Zeiten.

»Damals hat man die gotische Architektur noch barbarisch gefunden«, lernte ich an diesem Abend. »Goethe war einer der Ersten, die den Wert dieses Baustils wiederentdeckt haben. ›Ein ganzer, großer Eindruck füllte meine Seele‹, hat er später dazu geschrieben.«

Ich fühlte mich mit dem großen Dichter seelenverwandt.

Neben der Hochachtung vor mittelalterlicher Kirchenbaukunst hatte der junge Student der Rechte auch die Liebe zur Frau entdeckt. Seiner Friederike Brion hatte er in den »Sesenheimer Liedern« und später in »Dichtung und Wahrheit« ein kleines Denkmal gesetzt.

»Und am Ende hat der selbstverliebte Sack das arme Ding natürlich sitzen lassen und sie damit fast umgebracht«, war für heute der letzte Satz aus Theresas Mund zur deutschen Literaturgeschichte.

Inzwischen war es halb neun geworden, uns war grausig kalt, und wir stellten fest, dass eine Crêpe einen erwachsenen Menschen auf die Dauer nicht satt machte. So gingen wir – nun wesentlich zügiger – zurück in Richtung Innenstadt und sahen uns nach einem passenden Restaurant um. Aber entweder war das Etablissement bei genauerem Hinsehen nur von außen hübsch, es war restlos überfüllt, oder die Karte gab nichts zu unserem Appetit Passendes her. Theresa gelüstete es nach einem zünftigen Choucroute garnie, zu Deutsch einem Berg Sauerkraut mit Speck und fetten Würsten, mir stand der Sinn mehr nach der feinen französischen Küche. Nach längerem Suchen fanden wir schließlich, inzwischen halb erfroren, in einer wenig belebten Seitenstraße ein verschlafenes Lokal, das fast leer, ordentlich beheizt und zudem geschmackvoll möbliert war. Dort ließen wir uns nieder, streckten die kältesteifen Glieder und nahmen uns die Speisekarten vom Format eines Weltatlas vor.

Die junge und herzerwärmend freundliche Bedienung war zugleich die Wirtin, erfuhren wir ungefragt. Ihr Mann wirkte in der Küche, und überhaupt hatte man erst vor zwei Wochen eröffnet. Die pausbäckige Frau sprach nur gebrochen Deutsch, sodass Theresa Gelegenheit bekam, ihre Sprachkenntnisse vorzuführen. Inzwischen war sie von Choucroute garnie abgekommen und hatte sich für ein zünftiges Steak entschieden. Ich wählte kurz entschlossen dasselbe. Zu Rindfleisch passe am besten ein Pinot noir, behauptete die Wirtin, und zufällig habe sie noch einige wenige ganz vorzügliche Flaschen vom Weingut ihres Schwagers in Ottrott im Keller.

Nach der Suppe entdeckte ich auf dem Handy eine drei Stunden alte SMS von Klara Vangelis. Sie hatte den ganzen Nachmittag hindurch Straßburger Überwachungsvideos von übelster Qualität gesichtet, war dabei halb erblindet, schließlich jedoch fündig geworden. Ein Mädchen, das Lea sehr ähnlich sah, hatte sich am Abend der unseligen Klassenfahrt auf der Place Gutenberg herumgetrieben. Im östlichen Teil, zur Rue des Grandes Arcades hin. Die Bilder waren zu einer Zeit aufgezeichnet worden, als der Bus längst wieder auf der Autobahn in Richtung Heidelberg unterwegs war. Auch auf anderen Videos meinte Vangelis, Lea entdeckt zu haben. Aber sie war sich nicht sicher angesichts der Unmengen von Menschen, die den Tag über vor den Objektiven hin und her gewogt waren.

Um halb elf machten wir uns gut genährt und angemessen betrunken auf den Weg zurück zum Hotel. Theresa war blendender Laune und freute sich mit mir zusammen auf die kuschelige Wärme unseres französischen Betts. Der Weg zu diesem Bett sei gar nicht weit, versicherte ich meiner allmählich etwas erschöpften Liebsten, der zudem die Füße wehtaten. Noch enger umschlungen als zuvor überquerten wir einen großen, selbst zu dieser späten Uhrzeit noch gut bevölkerten Platz. Auch hier gab es einen Marché de Noël, der jedoch soeben geschlossen wurde. An den Buden wurden gerade die Lichter gelöscht und die Luken verrammelt. Am Ende des Platzes prangte in bläulichem Licht der größte Weihnachtsbaum, den ich jemals zu Gesicht bekommen hatte. Die Straßburger schienen nicht zur Kleinkrämerei zu neigen. Wir bestaunten die Riesentanne und diskutierten ihre Qualitäten und Schwächen.

»Wie heißt dieser Platz eigentlich?«, fragte ich, als wir zu Ende gestaunt hatten.

»Place Kléber«, wusste mein Lexikon auf zwei sehenswerten Beinen und küsste mich aufs linke Ohr.

Ich wandte mich um und ließ meinen Blick über den Platz schweifen.

»Du weißt nicht zufällig auch, wo die Place Gutenberg liegt?«

»Über die sind wir vorhin gegangen«, sagte Theresa und wies die Straße hinunter. »Die müsste da drüben irgendwo sein.«

Auch auf der deutlich kleineren Place Gutenberg standen einige weihnachtlich verzierte und inzwischen geschlossene Buden herum. Das Publikum hatte sich bereits verflüchtigt. Nur am Ende des Platzes hockten eng zusammengedrängt noch vier dunkle Gestalten neben einem mit Tannenreisig geschmückten Häuschen. Vielleicht ging ein wenig Wärme von der Bude aus, auf jeden Fall aber bot sie Schutz vor dem gemeinen Westwind. Ein älterer Kerl aus der Gruppe rief uns mit schwerer Zunge und auf Französisch etwas nach, was für mich nach Zote klang. Theresa parierte geistesgegenwärtig. Man lachte, und ich war ein wenig gekränkt, weil ich als Einziger den Witz nicht verstand. Man hob eine bauchige Flasche mit dunklem Inhalt und trank große Schlucke auf unser Wohl.

»Was hat er gesagt?«, fragte ich, da meine angesäuselte Liebste offenbar nicht vorhatte, mich in den Kreis der Wissenden einzubeziehen.

»Dass wir wohl noch nicht lange verheiratet sind.«

»Und was hast du geantwortet?«

»Dass ich seit zwanzig Jahren verheiratet bin. Allerdings nicht mit dir.«

Die einzige Frau in der Gruppe rief etwas mit quäkender

Stimme, was auch Theresa erst nach zweimaligem Nachfragen verstand.

»Sie wünscht uns viel Spaß im Bett«, übersetzte sie dieses Mal ungefragt. »Und du sollst dir ordentlich Mühe geben. Und ob wir nicht auch einen Schluck möchten. Und den Rest übersetze ich nicht.«

»I'll do my very best«, zitierte ich Freddie Frinton.

Erst als wir uns mit freundlichem Winken zum Gehen wandten, kam die längst erwartete Frage, ob wir nicht zufällig ein wenig überflüssiges Kleingeld in den Taschen hätten. Theresa zögerte. Gerade wollte ich sie weiterzerren, als mir ein Gedanke kam. Ich machte so abrupt kehrt, dass sie vorübergehend aus dem Gleichgewicht kam.

»Was ist?«, fragte sie verwirrt. »Ich trinke auf keinen Fall aus dieser Flasche!«

Ich zückte das einzige Foto, das ich von Lea hatte, und zeigte es den vier armseligen Gestalten.

»Frag sie, ob sie das Mädchen in letzter Zeit hier gesehen haben.«

Theresa parlierte charmant. Erntete ratlose Mienen. Verwunderte Blicke hin und her. Achselzucken. Die Flasche drehte eine weitere Runde.

Ich nahm das Foto wieder an mich und steckte es ein. Der Zufall hätte ja auch einmal auf meiner Seite sein können. Aber nun zögerte Theresa. Zog entschlossen ihr Portemonnaie aus der Handtasche und drückte jeder der frierenden Jammergestalten wortlos einen Zehneuroschein in die Hand. Und plötzlich sprudelten die Erinnerungen. Die vier begannen, eifrig zu diskutieren, Theresa übersetzte halblaut im Telegrammstil.

»Letzte Woche ... Donnerstag ... Nein, das war Freitag, weil am Donnerstag sind sie immer auf dem ... Spanferkelmarkt ... Am Abend, gegen zehn ... Nein, elf. Nein, doch eher zehn ... Und auch früher schon ... Am Nachmittag ... Dort drüben hat sie gestanden ... Anscheinend hat sie auf wen gewartet ... Am Nachmittag war es ein Junge, so ein großer ... Am Abend dann ein Mann ... Dreißig oder vierzig? ... Eher dreißig als vierzig ... Offenbar ist Babette, das ist die junge Schönheit mit den vielen Zahnlücken, sogar rübergegangen zu ihm, weil er nach Geld aussah und Mercedes fuhr ... wollte ihn anschnorren ... Er war aber ein arrogantes Übersetzichnicht ... Das Mädchen war hübsch, sagt sie. Dunkle, lange Haare.«

»Lea.«

»Sehr nervös. Vielleicht sogar ein wenig verzweifelt ...«

»Was wissen unsere neuen Freunde sonst noch über den Mann mit dem Mercedes?«

»Lea hat ihm etwas überreicht. Ein dünnes Buch oder einen dicken Brief oder etwas Ähnliches. Sie haben geredet ... Sie wollte ihm das Ding wieder wegnehmen. Und dann ist er plötzlich in seinen Wagen gesprungen und davongefahren.«

»Heißt das, sie hatten Streit?«

Theresa übersetzte.

»Sie waren wütend ... haben sich beschimpft. Deshalb sind unsere neuen Freunde überhaupt erst auf die beiden aufmerksam geworden. Babette sagt, Lea hätte den Mann provoziert und gegen die Brust gestoßen ... Er hat sie an den Schultern gepackt und geschüttelt. Sie hat ihn gegen das Schienbein getreten. Und dann ... Moment ... Ein großer Mercedes ... Limousine, braun, glänzend ... wahrscheinlich ziemlich neu.«

Babette, die bisher die meisten Redebeiträge geliefert hatte, verstummte mit einer Miene, als wäre ihr plötzlich das Thema des Gesprächs entfallen. Dann fiel ihr aber doch noch etwas ein. Das Sprechen schien ihr allmählich schwerzufallen.

»Er hat Lea sehr grob angefasst«, übersetzte meine Liebste leise. »Aber gleichzeitig hat er sich Mühe gegeben, nicht zu laut zu werden ... Wollte wohl kein Aufsehen erregen. Einmal hat es ausgesehen, als wollte er ihr an den Hals gehen. Babette meint, er war vielleicht Leas älterer Bruder, der sie nach Hause holen wollte. Jean ist überzeugt, er war ihr Liebhaber. Die beiden waren ein Paar und hatten Streit wegen dieses Umschlags, oder was immer es war.«

»Das Kennzeichen?«

Babette hob betrübt die Schultern. »Sie ha'n Deitsch g'sprochen«, krächzte sie im Elsässer Dialekt und wechselte gleich wieder ins vertrautere Französisch.

»Mit quietschenden Reifen ist er losgefahren«, dolmetschte Theresa. »Fast hätte er noch einen Unfall gebaut. Ein Taxi, das von hinten kam ...«

»Was hat Lea anschließend gemacht?«

Wieder ging es eine Weile hin und her.

»Sie hat noch ein paar Minuten herumgestanden wie bestellt und nicht abgeholt. Hat an ihrem Handy herumgefingert. Vielleicht hat sie gehofft, dass ihr Übersetzichnicht zurückkommt. Dann ist sie plötzlich eilig über den Platz gelaufen. Da lang.«

Babette machte eine großspurige Bewegung zum südwestlichen Ende des Platzes hin und nickte mir wichtig zu.

Wir bedankten uns überschwänglich. Man trank ein zweites Mal auf unser Wohl und wünschte uns eine wunderbare Nacht.

»Mann, ist mir kalt«, stöhnte meine Liebste mit theatralisch klappernden Zähnen und schmiegte sich ganz fest an mich. »Und jetzt tun wir das, was wir den netten Menschen versprochen haben, ja?«

16

Schon am Samstagnachmittag mussten wir zurück. Theresa hatte am Abend familiäre Verpflichtungen, über deren Natur sie sich nicht weiter ausließ. Auch das war Teil unserer seltsamen Beziehung: Nicht jeder brauchte vom anderen alles zu wissen. Es gab Zeiten, in denen wir kein Paar waren und uns umso mehr auf das nächste Zusammensein freuten. Wir waren beide erschöpft und unausgeschlafen, aber hochzufrieden und sangen während der Rückfahrt sehr falsch sehr schöne französische Weihnachtslieder.

Im Lauf des Vormittags hatten Kehler Kollegen schwarze Kunststoffteile gefunden, die möglicherweise von Lea Lassalles Laptop stammten, erfuhr ich, als ich zu Hause die zentrale Nummer der Direktion wählte, noch bevor ich den Mantel auszog. Am Rand des westlichen Hafenbeckens hatten die Bruchstücke gelegen, und der Rest war verschwunden.

»Ein Samsung«, erklärte mir ein junger Mann, der klang, als hätte er eben erst laut und ausgiebig gelacht. »Der Junge hat das Ding wahrscheinlich zu Klump getreten und anschließend ins Wasser geschmissen. Dabei ist die Kiste höchstens zwei, drei Jahre alt gewesen. Die hätte bei eBay locker noch ihre zweihundertfuffzig gebracht.«

Im Hintergrund wurde schon wieder gelacht.

»Die sollen umgehend einen Taucher ins Wasser schicken«, sagte ich.

»Darauf sind die Kehler schon selber gekommen. Anscheinend haben sie auch schon wen, der es machen wird. Aber erst morgen.«

Ich bat den jungen Kollegen, mir die Koordinaten des Fundorts durchzugeben, und sah mir das Ganze im Internet an. Die Stelle, wo Henning den Laptop zerstört hatte, lag zwischen lang gestreckten Lagerhallen und fast zwei Kilometer von dem Punkt entfernt, wo er oder ein anderer seinen Rucksack ins Gebüsch geschleudert hatte.

Von ihm selbst fehlte immer noch jede Spur. Ich hoffte sehr, dass der Taucher einen zerstörten Laptop fand und sonst nichts.

Die einzige Erklärung für Hennings Verhalten, die mir einfallen wollte, war die, auf die Theresa schon am Vortag gekommen war: Er musste auf Leas Computer etwas entdeckt haben, was ihn völlig aus der Fassung brachte. Hatte er ihre E-Mails gelesen, in denen sie sich über ihn und seine Gefühle lustig machte? Vielleicht eine Mail, der er entnehmen musste, dass sie einen anderen liebte? Und reichte das, um sich ins eiskalte Wasser zu stürzen? In seinem Alter und Gemütszustand vielleicht schon.

Ein Anruf bei Doro ergab, dass Henning zwar nicht übermäßig sportlich, aber doch ein ordentlicher Schwimmer war. Damit war ein Selbstmord durch Ins-Wasser-Springen praktisch ausgeschlossen. Da musste noch etwas anderes gewesen sein. Hatte vielleicht jemand nachgeholfen? Ich grübelte und grübelte und kam keinen Schritt weiter.

An diesem Abend fühlte ich mich nutzlos und sehr einsam. Die Zwillinge waren wie üblich unterwegs, und ich wusste nichts mit mir anzufangen. Musik nervte mich, der Rotwein, den ich vor Kurzem noch mit Genuss getrunken hatte, schmeckte auf einmal sauer, und das Fernsehprogramm war eine einzige Katastrophe. In der Nacht schlief ich, obwohl todmüde, unruhig und träumte von eisigen Ozeanen und sinkenden Schiffen.

Am Sonntagmorgen ging es mir besser. Während meines ausgiebigen und aufgrund des jugendlichen Schlafbedürfnisses meiner Töchter herrlich einsamen Frühstücks mit Rührei und aufgebackenen Brötchen erreichte mich ein Anruf aus Kehl. Erstens würde der Taucher nun doch erst am Montag beginnen, das Hafenbecken abzusuchen. Und zweitens hatte eine Streife Hennings Personalausweis und Bankkarte sichergestellt. Damit war auch meine Hoffnung zunichte, der Junge könnte ohne Gepäck weitergereist sein. Wieder wurde es ein wenig unwahrscheinlicher, dass er noch lebte.

Den Fund verdankten die Kehler dem Zufall. Ein Obdachloser, ein den Kollegen bestens bekannter Sechzigjähriger aus Hamburg, war am Morgen betrunken durch die Stadt gewankt und hatte alte Mütterchen auf ihrem Weg zum Frühgottesdienst mit seinen Ansichten zu Gott, Kirche und Papst verschreckt. Die Streifenwagenbesatzung hatte ihn zur Rede gestellt und festgenommen, als er auf ihre Ermahnungen nicht reagierte und stattdessen begann, mit leeren Flaschen aus seinem Einkaufswagen um sich zu werfen.

»Der wollte in den Knast, damit er bei der Kälte nicht im Freien schlafen muss«, war der Kollege überzeugt.

In einer der abgewetzten Einkaufstüten des Hamburgers hatten die Kollegen ein leeres Portemonnaie, ein wenig Geld sowie Hennings Ausweis und EC-Karte gefunden. Als man ihn fragte, wie die Sachen in seinen Besitz gekommen waren, behauptete der Obdachlose, er habe alles aus einem Papierkorb beim Bahnhof gefischt.

Nach diesem Anruf schmeckte mir das Frühstück nicht mehr. Ich musste mich wohl darauf einstellen, dass früher oder später Hennings Leiche gefunden wurde. Vielleicht morgen, vielleicht in einer Woche oder erst in Monaten, wenn der Rhein wieder weniger Wasser führte. Eine Weile kämpfte ich mit mir, ob ich Doro informieren sollte oder nicht. Der Kampf erledigte sich von allein, als sie selbst mich anrief. Wieder einmal weinte sie.

»Noch haben wir keinen Beweis«, versuchte ich, sie und mich selbst zu trösten. »Und solange wir keinen Beweis haben, gibt es Hoffnung.«

Nun begann sie zu toben, beschimpfte mich als hartherzigen

Technokraten, der keine Ahnung davon habe, wie es im Herzen einer Mutter aussehe, beruhigte sich wieder, bat mich unter Tränen um Verzeihung. Legte schließlich wieder ohne Vorwarnung auf.

Draußen fiel seit dem frühen Morgen ein kalter und mit matschigen Schneeflocken durchmischter Regen. Ich hatte mich selten in meinem Leben so elend gefühlt.

Als Sonntagsessen hatte ich Bratwürste mit Kartoffelpüree und Sauerkraut geplant. Die Zwillinge waren begeistert gewesen, als sie es hörten. Erst vor wenigen Wochen hatten sie nach langem Hin und Her offiziell verkündet, in Zukunft nur noch Gelegenheitsvegetarier zu sein. Vor ihrer fleischlosen Zeit hatten Bratwürste mit Kartoffelpüree zu ihren Lieblingsgerichten gezählt, während sie Sauerkraut immer noch als etwas ansahen, das die Menschheit nicht unbedingt hätte erfinden müssen.

Pünktlich zum Essen erschienen sie schlaftrunken, in ihre rosafarbenen Morgenmäntel gewickelt, mit verstrubbelten gerstenblonden Haaren und den Dalmatinerhausschuhen an den Füßen, die sie sich im Alter von acht Jahren so sehnsüchtig gewünscht hatten. Manchmal wirkten sie trotz ihrer sechzehn Jahre noch sehr klein und zerbrechlich. Während des Essens kamen sie allmählich zu sich. Als sie wieder in ganzen Sätzen sprechen konnten, wollten sie wissen, ob es von Lea oder Henning Neuigkeiten gab. Ich erzählte ihnen von Kehl und Straßburg, von Hennings Helm und Leas Laptop. Anschließend aßen wir schweigend zu Ende.

»Was hat Henning eigentlich für eine Augenfarbe?«, fragte ich.

»Braun«, erwiderte Sarah. »Genau wie du.«

»Wir haben in seinem Zimmer eine Menge Ecstasy-Pillen gefunden.« Obwohl mein Teller noch halb voll war, legte ich mein Besteck zur Seite. »Wisst ihr was davon? Hat er vielleicht mit dem Zeug gedealt?«

Sie sahen mich ausdruckslos an, schüttelten die Köpfe und erwarteten offenbar die Fortsetzung einer bislang nicht sonderlich aufregenden Geschichte.

»Es waren ziemlich viele Pillen«, setzte ich nach. »Viel mehr, als man für den Eigenbedarf braucht.«

»Chip dealt ganz bestimmt nicht«, meinte Louise. »Der lehnt Drogen total ab.«

»Er trinkt ja nicht mal Bier«, ergänzte Sarah.

»Wozu hat er die Dinger dann?«

Sie schlugen die blauen Augen nieder und aßen weiter. Sie wussten etwas, das ich nicht erfahren sollte.

»Mädels …«, sagte ich beunruhigt. »Was ist los? Nehmt ihr das Zeug etwa auch?«

»Paps«, sagte Sarah nach langem Zögern. »Du trinkst doch auch Alkohol.«

»Das ist doch was ganz anderes«, erwiderte ich wohl wissend, dass ich Unsinn redete.

»Jedes Jahr sterben in Deutschland über vierzigtausend Menschen an Alkohol«, erläuterte mir Louise, als wäre ich ein netter, aber etwas zurückgebliebener Onkel.

»Und über hunderttausend von Zigaretten«, fügte Sarah hinzu.

»Und für Ecstasy gibt's noch nicht mal eine Statistik«, beendete Louise den Crashkurs zum Thema Gefährlichkeit von Drogen.

»Trotzdem. Ich will nicht, dass ihr solche Sachen nehmt.«

»Wir nehmen es ja nicht«, behauptete Sarah. »Nicht dauernd.«

»Im Gegensatz zu dir«, sekundierte Louise patzig. »Du trinkst ja jeden Tag Wein.«

»Aber ihr nehmt es hin und wieder?»

»Okay«, gab Sarah mit Leidensmiene zu. »Wir haben es mal probiert, und es war ziemlich cool, und dann haben wir es wieder gelassen.«

»Machen doch alle«, assistierte Louise. »Man muss es mal probiert haben, damit man mitreden kann.«

Hatte ich erwartet, dass meine Töchter auf einem drogenfreien Mond lebten? Heute, wo dieses widerliche Gift an jeder Ecke verkauft wurde? Und aufgrund des weltweiten Überangebots und verschwindend geringer Herstellungskosten immer billiger wurde?

»Das heißt, ihr nehmt nichts mehr davon?«

Achselzucken.

»Mal so, mal so«, murmelte Sarah.

»Nicht so oft.«

»Wie oft?«

Wieder Achselzucken.

»Einmal die Woche? Einmal im Monat?«

»Paps, bitte!«

»Und wo kriegt ihr das Dreckszeug her?«

Sie tauschten Blicke. Sahen wieder auf ihre Teller.

»Wird das etwa auch an eurer Schule verkauft?«

Energisches Kopfschütteln.

»Also doch von Henning?«

Empörte Blicke.

»Abends im Club?«

Zögerndes Kopfschütteln.

Ich atmete tief durch. »Von Freunden?«

Kein Kopfschütteln.

»Von ... etwa von Lea?«

Kaum wahrnehmbares Nicken.

Ich beugte mich vor. »Sie dealt mit Drogen?«

Dann hatte Henning also bei seinem Einbruch nicht nur ihren Laptop mitgehen lassen, sondern auch ihren Drogenvorrat in Sicherheit gebracht? Um sie zu schützen? Oder weil sie ihn darum gebeten hatte? Wollte sie für länger verschwinden? Und hatte Henning das gewusst?

»Dealen würd ich es nicht nennen«, sagte Louise unglücklich.

»Sie verkauft echt nur wenig«, ergänzte Sarah. »Dealen ist was anderes.«

»Damit ist also klar, woher sie ihr vieles Geld hat.«

Keine Reaktion.

»Und wo kriegt sie die Pillen her?«

»Wissen wir nicht. Aber ihre Ware ist sauber. Das ist guter Stoff.«

Das einzig Gute an der Sache war, überlegte ich, als ich später den Tisch abräumte: Endlich hatte ich das, was ich mir die ganze Zeit gewünscht hatte – einen Fall. Ich konnte eine Fahndung nach Lea in Gang setzen wegen Verdachts auf Verstoß gegen das Betäubungsmittelgesetz.

War der Mann mit dem braunen Mercedes möglicherweise ihr Drogenlieferant gewesen?, fragte ich mich, als ich am Fenster stand, meinen Nachmittagscappuccino schlürfte und dem Regen beim trostlosen Regnen zusah. Hatte es Ärger gegeben wegen unbezahlter Lieferungen? Hatte Henning davon gewusst und ihr zu Hilfe kommen wollen? Hatte er Leas Lieferanten zur Rede gestellt und war an den Falschen geraten? Und was mochte das gewesen sein, worum Lea und der Mercedesfahrer angeblich gestritten hatten?

Fragen, nichts als Fragen.

Später ließ ich mich auf der Couch nieder, um ein wenig Schlaf nachzuholen, und plötzlich wurde mir bewusst, dass ich meine Töchter als Konsumenten outen musste, sollte ich Lea der Dealerei bezichtigen. Wollte ich das? Durfte ich das?

Über diesen schwierigen Gedanken schlief ich ein.

Die turbulente Nacht mit Theresa steckte mir noch in den Knochen.

Der Taucher begann seinen Einsatz am Montagmorgen um halb neun. Die Wassertemperatur betrug fünf Grad, die Lufttemperatur lag knapp über dem Gefrierpunkt, und es goss immer noch wie aus Kübeln, was für einen Taucher aber vermutlich kein Problem darstellte. Bereits eine Dreiviertelstunde später meldete Kehl Erfolg. Ich bat darum, Leas zertretenen Laptop per Kurier und mit Blaulicht nach Heidelberg zu schicken, und warnte Sven Balke vor, einen meiner jungen und motivierten Mitarbeiter. Vielleicht hatte die Festplatte das Bad im eisigen Rheinwasser überlebt, und ich würde mir in Kürze ansehen können, was Henning so verstört hatte.

»Festplatten sind ja nun mal von Natur aus wasserdicht«, hatte Balke mir erklärt. »Wenn das Ding nicht allzu lange im Wasser gelegen hat, dann haben wir gute Chancen.«

Der Streifenwagen brauchte für die hundertsiebenundzwanzig Kilometer von Kehl nach Heidelberg sensationelle vierundvierzig Minuten. Als der junge Fahrer in blauer Uniform mit einer quietschgelben Plastikkiste unter dem Arm in mein Büro stürmte, glänzten seine Augen vor Stolz und Adrenalin.

»Das war mal cool!«, verkündete er atemlos. »Wusst gar nicht, dass die Karre fast zweihundertzwanzig macht!«

Er knallte die Kiste auf meinen Schreibtisch, in der die traurigen Reste eines teuren und vor Nässe triefenden Laptops lagen. Das Gerät war gründlich zertrümmert. Überall quollen Computereingeweide heraus, der Monitor lag lose auf. Noch bevor ich dazu kam, den Mann für seinen Einsatzwillen zu loben, sprang die Tür auf, und Sven Balke platzte herein. Als Digital Native war er einer der wenigen in unserer Direktion, die wirklich etwas von Computern verstanden. Balke stammte aus dem hohen Norden, was man sah und hörte. Sein millimeterkurz geschnittenes Haar war hellblond, die blasse Haut stets sonnenbrandgefährdet. Außerdem war er muskulös und durchtrainiert und hatte diesen Blick, der Frauen fast jeden Alters unruhig werden lässt. Kurz nach seinem dreißigsten Geburtstag war er – erst vor einigen Monaten – zum Hauptkommissar befördert worden.

»Das ist er?« Neugierig beäugte er den Inhalt der Kiste.

Ich verabschiedete den uniformierten Kurier mit ein paar anerkennenden Worten.

»Setzen Sie sich mal bitte kurz?«, sagte ich zu Balke, als der andere nach einem laschen Händedruck die Tür hinter sich geschlossen hatte. Mit irritiertem Blick nahm Balke Platz.

»Darf ich Ihnen eine persönliche Frage stellen?«

»Versuchen Sie es.«

»Nehmen Sie manchmal ... solche Pillen? Ecstasy? Sie müssen natürlich nicht antworten.«

Er senkte den Blick und betrachtete seine kräftigen Hände mit den sauber gefeilten Fingernägeln. »Geht's um Ihre Töchter?«

»Ja.«

»Ich will es mal so sagen«, erwiderte er sehr zögernd und ohne aufzusehen. »Im Alter zwischen fünfzehn und vierzig finden Sie nicht allzu viele Menschen in Deutschland, die diese Pillchen nicht irgendwann mal probiert haben. Nehmen sie es denn regelmäßig?«

»Ich hoffe, nicht.«

Balke sah mir wieder ins Gesicht. »Chef, heute müssen die Kids sich auf dem Schulhof nicht dafür rechtfertigen, dass sie irgendwelche Sachen nehmen, sondern dafür, dass sie es nicht tun. Ihre Töchter liegen voll im Trend.«

»Schöner Trost. Wenigstens soll einen das Zeug nicht gleich süchtig machen. Aber es ist so viel getürkte oder gestreckte Ware auf dem Markt. Und ständig gibt es neue Abarten. Sachen, die teilweise schon beim ersten Mal körperlich abhängig machen.«

»Die Kids sind heute viel besser informiert als wir früher«, sagte Balke ruhig. »Die sind vernetzt, stehen rund um die Uhr in Kontakt. Wenn irgendwo schlechte Ware auftaucht, dann findet der Dealer schon am nächsten Tag keinen Kunden mehr.«

Als Sönnchen irgendwann im Verlauf dieses regnerischen und zunehmend stürmischen Montagvormittags mein Büro betrat, lief ich mit den Händen auf dem Rücken im Kreis herum wie ein depressiver Tiger.

»Sorgen?«, fragte sie erschrocken.

Ich zuckte die Schultern.

»Wegen diesem Mädchen?«

»Auch.«

Leise legte sie die Unterschriftenmappe auf den Schreibtisch und nahm auf einem der Besucherstühle Platz. Auch heute hatte sie wieder ein ausgesucht hübsches Kleid an, dessen fröhliche Farben ganz und gar nicht zu meiner miserablen Laune passten. Ich lief weiterhin im Kreis, weil ich nicht mehr sitzen konnte. Erst vor einer halben Stunde hatte ich mit der Staatsanwaltschaft telefoniert und mir eine Abfuhr mit Sternchen geholt.

»Wenn wir jeden Jugendlichen zur europaweiten Fahndung ausschreiben wollten, der mal ein paar Pillchen verkauft hat«, hatte mir die leitende Oberstaatsanwältin, Frau Dr. Steinbeißer, fast mitleidig erklärt. »Du liebe Güte, wie stellen Sie sich das denn vor?«

»Ich würde zu gern wenigstens eine offizielle Vermisstenmeldung losschicken«, sagte ich zu meiner Sekretärin, der das späte Liebesglück aus den Augen leuchtete. »Aber nicht mal das kann ich.«

»Und wenn Sie's einfach trotzdem machen?«

Ich blieb vor ihr stehen und sah sie finster an. »Mit welcher Begründung? Wenn die Staatsanwaltschaft davon Wind bekommt, dann müssen Sie sich demnächst an einen neuen Chef gewöhnen.«

»Und wenn es ein Missverständnis gibt? Zwischen Ihnen und mir? So was kommt immer wieder mal vor. Ich versteh irgendwas falsch und leite die Vermisstenmeldung ein, weil ich – dumm, wie ich manchmal bin – irgendwas falsch verstanden hab?«

»Das könnte ich natürlich auf gar keinen Fall gutheißen.« Ich seufzte und begann wieder, meine Kreise zu drehen. »Andererseits – nur, wo nicht gearbeitet wird …«

»… passieren keine Fehler.«

So stand Lea Lassalle zwei Stunden später europaweit auf der Liste der vermissten Personen mit dem jeden Polizisten in erhöhte Aufmerksamkeit versetzenden Zusatz: »Gewaltverbrechen nicht auszuschließen«.

17

Am späten Vormittag lag ein schon leicht verfärbter alter Laptop auf meinem Schreibtisch, in den Balke Leas zwischenzeitlich trocken geföhnte Festplatte montiert hatte. Hoffnungsvoll klappte ich das Gerät auf und drückte den Einschaltknopf. Über meine rechte Schulter sah Sven Balke zu, über die linke Klara Vangelis. Alle drei hielten wir den Atem an. Der Laptop begann leise zu surren.

»Die Platte dreht sich schon mal«, murmelte Balke.

Kurz darauf begann sie zu rasseln. Dann erschien eine Fehlermeldung. Vangelis stöhnte auf.

»Sie ist hin!« Balke schlug sich wütend auf den Oberschenkel und drehte sich weg. »Vorhin, wie ich es probiert habe, hat er noch gebootet.«

Wir machten mehrere Versuche, Balke baute die Platte noch einmal aus und wieder ein, aber das Ergebnis war immer dasselbe.

»Vor einer Viertelstunde hat sie wirklich noch funktioniert«, erklärte Balke immer wieder. »Hätte ich bloß gleich ein Backup gezogen, ich Idiot!«

Mir kam eine Idee. Mitsamt meinem Schreibtischstuhl wandte ich mich an Vangelis. »Sie haben doch einen Verwandten, der sich mit Computersachen auskennt.«

»Leandros.« Sie nickte. »Ein Cousin. Er hat in Heraklion

Informatik studiert und ein paar Jahre bei einer Computerfirma in Athen gearbeitet. Jetzt hat er in Lampertheim ein Restaurant und verdient doppelt so viel.«

Beim Mittagessen in der Kantine traf ich Balke wieder. Er war immer noch geknickt wegen der defekten Festplatte und tröstete sich mit Currywurst und Pommes über den Fehlschlag hinweg. Ich selbst stocherte in meinem angeblich griechischen Salat herum und beneidete ihn. Wir aßen schweigend und hingen unseren Gedanken nach.

»Was ist das eigentlich für eine Geschichte?«, fragte Balke, nachdem er das letzte Kartoffelstäbchen verschluckt hatte. »Bisher weiß ich nur, dass ein Mädchen verschwunden ist und ein Freund ihren Laptop versenkt hat.«

Mein Salat war mir zu sauer, der angebliche Fetakäse schmeckte nach Pappe. Ich erhob mich kurz entschlossen, stellte mein Tablett samt Salat in die Geschirrrückgabe und holte mir ebenfalls Currywurst. Fasten konnte ich auch in der Zeit zwischen den Feiertagen. Am Vormittag hatte ich endlich meinen Urlaubsantrag eingereicht. Zwei Wochen herrliche Ruhe – von Heiligabend bis Dreikönig. Als ich wieder saß, klärte ich meinen Mitarbeiter in groben Zügen auf. Er hörte aufmerksam zu und stellte keine Fragen.

Am Ende nickte er zum Fenster, an dem der Regen in Bächen hinablief. »Sagten Sie vorhin was von einem braunen Mercedes?«, fragte er, ohne mich anzusehen.

»So haben die Zeugen den Wagen beschrieben. Wieso?«

Jetzt sah er mir wieder ins Gesicht. »Weil ich mich beim besten Willen nicht erinnern kann, wann ich zum letzten Mal einen braunen Mercedes gesehen habe. Ich meine, das ist doch die absolute Kackfarbe!«

»Ich würde keine großen Wetten auf die Glaubwürdigkeit der Zeugen abschließen. Das waren Obdachlose, alle vier ziemlich betrunken. Und wir wissen ja nicht mal, ob der Mercedes ein deutsches Kennzeichen hat.«

»Man hat schon Pferde kotzen gesehen.« Balke war mit einem Mal wieder munter. »Es wäre eine kleine Onlineanfrage nach Flensburg …«

Einen Versuch war es wert. Wie oft hatte uns gerade der Hinweis am Ende zum Ziel geführt, in den wir die geringsten Hoffnungen gesetzt hatten?

»Frau Vangelis soll das machen«, entschied ich. »Sie hat sonst nichts zu tun.«

Die Currywurst schmeckte mir auch nicht besser als der Salat.

»Die Geschichte setzt Ihnen ganz schön zu, was?«, fragte Balke.

Ich atmete tief ein und aus. »Der Junge hat vor einer Woche in meinem Büro gesessen. Er war verzweifelt. Und jetzt ist er wahrscheinlich tot.«

Und außerdem war er vielleicht mein Sohn. Wenn ich mich nur ernsthafter mit ihm beschäftigt hätte ... Wenn ich aufmerksamer gewesen wäre, die Alarmzeichen erkannt hätte ...

»Das Mädel muss ja ein schönes Früchtchen sein«, unterbrach Balke meine Grübeleien. »Denken Sie, der Typ mit dem Mercedes hat sie erpresst?«

»Angeblich hat sie ihm etwas wie ein dünnes Buch oder einen dicken Umschlag übergeben. Ein paar Stunden früher hat sie sich von Henning tausend Euro bringen lassen. Und ihrem Vater hat sie am Vorabend siebenhundert geklaut.«

»Sie und dieser Mercedesfahrer haben gestritten?«

»Anscheinend.«

»Vielleicht war er sauer, weil nicht genug in dem Umschlag war?«

»Wäre eine Erklärung.«

»Und jetzt traut sie sich nicht nach Hause – aus Angst, er könnte wiederkommen und den Rest verlangen.«

»Das führt doch zu nichts«, sagte ich müde. »All das habe ich mir in den vergangenen Tagen schon tausendmal überlegt.«

Balke schwieg für Sekunden. Dann sah er mir ins Gesicht. »Chef«, sagte er langsam. »Könnte der Typ nicht schlicht und einfach so was wie Leas Zuhälter sein?«

Ach, du lieber Gott. An so etwas hatte ich noch überhaupt nicht gedacht. Sollte der Satz »Auf den Strich gehe ich sowieso schon?«, den sie ihrem Mathematiklehrer an den Kopf geschleudert hatte, etwa gar keine Provokation, sondern die Wahrheit gewesen sein?

Zwei Stunden später saß mir Klara Vangelis gegenüber. Draußen dunkelte es schon wieder. Und es regnete immer noch.

»Ich bin davon ausgegangen, dass der Halter irgendwo in der Nähe wohnt«, begann sie mit konzentriertem Blick. »Sonst würde das Mädchen ihn nicht kennen. Mit HD-Kennzeichen habe ich siebzehn braune Mercedes gefunden.« Sie warf einen Blick in ihr Notizbüchlein. »Mannheim: elf, Ludwigshafen: achtunddreißig – die scheinen da eine Leidenschaft für die Farbe zu haben –, Heppenheim: drei, nördlicher Landkreis Karlsruhe: einundzwanzig. Macht in Summe neunzig. Was wissen wir sonst noch über den Wagen?«

»Er ist ziemlich groß. Kein Sportcoupé.«

»Bleiben, Moment ...« Sie rechnete stumm und ging mit ihrem Stift die Liste durch. »Einundachtzig. Was wissen wir über den Fahrer, außer dass er ein Mann und nicht mehr ganz blutjung ist?«

»Eher groß und schlank als klein und dick. Kräftig soll er gewesen sein.«

»Hat er hochdeutsch gesprochen oder Dialekt?«

»Weiß ich nicht. Und es hat wohl wenig Sinn, die Straßburger Obdachlosen danach zu fragen.«

»Na dann«, meinte sie und sprang auf. »Werde ich mich mal wieder ans Telefon hängen.«

Ihre Energie hatte mich angesteckt. Vielleicht, vielleicht hatten wir Glück, fanden diesen Mercedesfahrer und kamen endlich einen Schritt voran. Da mir nichts Besseres einfiel, schickte ich Sarah eine SMS mit der Bitte um die Handynummer ihrer Schulfreundin Samantha.

Die Antwort kam postwendend.

Ich wollte jedoch nicht Samantha, sondern ihren Vater sprechen. Sarah hatte meinen Anruf offenbar schon angekündigt, denn das Mädchen verhalf mir bereitwillig zur Nummer des Telefons auf seinem Schreibtisch. Claus Overbeck war Abteilungsleiter eines schwedischen Möbelhauses in Walldorf und anfangs etwas verwirrt.

»Ähm – wie jetzt?«, fragte er, nachdem ich den Grund meines Anrufs genannt hatte. »Ich verstehe immer nur Kripo!«

»Kein Grund zur Beunruhigung. Ich habe nur eine Frage.«

»Na dann. Fragen Sie.«

An die Fahrt nach Baden-Baden im Oktober erinnerte er sich noch gut. An die Tatsache, dass er an jenem Tag getankt hatte, nicht.

»Wo noch mal?«

»An der OMV-Tankstelle an der Speyerer Straße.«

»Da tanke ich meistens. Am achten Oktober, sagen Sie?«

»Das sagt Ihre Tochter.«

»Und da soll ein Mercedes gewesen sein? Wo genau? Am Samstagvormittag ist immer viel Betrieb da.«

»Sie können sich daran erinnern, dass Sie dort getankt haben?«

»Ja. Nein. Vielleicht. Das Problem ist, ich tanke da alle zwei, drei Wochen. Da bringt man leicht was durcheinander.«

»Sie sind aber nicht jedes Mal mit Ihrer Tochter dort.«

»Auch wieder wahr. Ja, ich erinnere mich, dass sie ein Eis wollte. Es war warm an dem Tag. Viel zu warm für Oktober. Ich habe gesagt, wenn sie mir die Polster versaut, dann ... Der Wagen ist erst ein halbes Jahr alt, und ich gebe zu, ich bin da ein bisschen pingelig. Aber sie hat ihr Eis gekriegt. Ich habe es ihr von der Kasse mitgebracht, und sie hat nicht damit rumgekleckert.«

»Sie waren nicht zusammen an der Kasse?«

»Wie kommen Sie darauf? Nein, Samantha hat im Wagen gewartet.«

»Wenn ein Kind ein Eis haben möchte, dann will es das normalerweise selbst aussuchen«, wusste ich aus Erfahrung.

»Na!« Overbeck lachte. »Wenn mein Töchterchen das gehört hätte, dann hätten Sie jetzt einen Feind mehr auf der Welt. Sie hasst das Wort ›Kind‹ wie die Pest. Nein, ich war allein an der Kasse. Da war eine ziemliche Schlange, und sie wollte unbedingt ein Magnum mit Mandeln. Ich – na ja – war ein bisschen gereizt an dem Morgen. Wir waren spät weggekommen, weil Samantha mal wieder drei Stunden im Bad rumplanschen musste, bevor sie zu ihrem Opa fahren konnte, und meine Frau war auch mit dem falschen Fuß aufgestanden. Sie versteht sich nicht mit meinem Vater und war stinkig, dass ich sie am Samstag allein gelassen habe ...«

Er verstummte. Schnaufte.

»Alle Achtung«, sagte er dann in verändertem Ton. »Jetzt erinnere ich mich doch tatsächlich ganz gut an den Vormittag. Wie machen Sie das? Lernt man das bei der Polizeiausbildung?«

»Versuchen Sie sich bitte weiter zu erinnern.«

»Irgendwann bin ich dann doch noch drangekommen. Jeder Zweite vor mir hat natürlich einen Kaffee gebraucht oder eine Bockwust oder irgendeine Zeitschrift. Einer hat ungefähr zehn von diesen Tittenheftchen auf den Tresen gelegt und das Mädel an der Kasse schier in den Wahnsinn getrieben, weil er am Ende nicht genug Geld dabeihatte. Der Nächste wollte fünf Flaschen Schnaps, aber sie hatten nur noch vier. Sie kennen das wahrscheinlich. Immer wenn man es eilig hat, geht entweder die Kasse kaputt, oder die Kassiererin fällt in Ohnmacht. Irgendwann bin ich dann wieder raus zum Auto und hatte sogar an das Eis gedacht.«

»An den Mercedes erinnern Sie sich aber nicht?«

»Beim besten Willen, Herr Gerlach. Es war sonnig an dem Vormittag. Ich bin raus, habe die Kreditkarte in den Geldbeutel gesteckt, Samantha war ausgestiegen, hat mich aber nicht gesehen, weil sie woanders hingeguckt hat. Als hätte sie was kolossal Interessantes entdeckt. Ich hab sie gefragt, ob was ist, und sie hat gesagt, es ist nichts.«

»Und weiter?«

»Das ist anstrengend, was Sie mit mir machen, ist Ihnen das klar?«

»Ja.«

»Ich wollte nur noch raus aus dem Getümmel und endlich auf die Autobahn. Mein alter Herr kann ganz schön grantig werden, wenn man ihn warten lässt. Das war schon so, wie ich noch klein war. Vielleicht war ich auch deshalb so angespannt an dem Morgen. Ich also zackig los, und dann ... Jetzt fällt's mir ein! Um ein Haar hätte es geknallt, weil irgendein Torfkopf ... Er hat mir den Weg abgeschnitten, und ich in die Eisen, dass die Reifen geraucht haben.«

»Der andere war ein Mercedes?«

»Im Gegenteil. Irgend so eine Minigurke. Ein Frauenauto. War wohl auch eine Frau am Steuer, wenn ich's mir recht überlege. Blond und blind kommt ja oft zusammen. Die blöde Tussi hat das Fenster runtergekurbelt und rumgezetert. Aber ich hab einfach zurückgesetzt und bin weg.«

Ich versuchte, mehr über diesen Kleinwagen zu erfahren. Aber außer »wahrscheinlich gelb und Japaner« war nichts mehr aus Samantha Overbecks Vater herauszubringen.

Mein nächster Anruf galt der Tankstelle.

»Ein gelber Japaner?«, fragte die junge Frau, mit der ich schon am Freitag gesprochen hatte.

»Ein Kleinwagen. Eine blonde Frau könnte am Steuer gesessen haben.«

»Warten Sie ... Genau, ungefähr jeden zweiten oder dritten Samstag kommt hier eine, wäscht ihr Auto, tankt voll, und meistens nimmt sie noch zwei Päckchen Dunhill mit Menthol und die ›Vogue‹ mit. Die ist aber nicht blond, sondern brünett. Und ihr Auto ist auch kein Japaner, sondern ein kleiner Flitzer von ... warten Sie ... ich meine, es ist ein Peugeot. Auf jeden Fall ein Franzose.«

»Wissen Sie den Namen der Frau?«

Die Frau lachte entspannt. Offenbar war heute wenig Betrieb an der Tankstelle. »Da hätte ich viel zu tun, wenn ich mir die Namen aller Kunden merken müsste.«

»Zahlt sie mit Karte oder bar?«

»Ich meine, mit Karte.«

»Dann müssten Sie doch anhand Ihrer Abrechnung ...?«

»Okay«, sagte sie sehr langsam. »Ich muss mit dem Chef reden. Datenschutz und so. Glaube nicht, dass er begeistert sein wird. Haben Sie nicht irgendwas Amtliches? Ein schönes Dokument mit Stempel oder so?«

»Falls diese Frau wiederauftaucht, würden Sie ihr meine Nummer geben?«

»Lässt sich machen. Aber wie gesagt, sie kommt meistens am Samstag.«

Und heute war immer noch Montag.

Vangelis schien nur darauf gewartet zu haben, dass ich auflegte, denn ich hatte kaum die Hand vom Telefon genommen, da klingelte es.

»Ich habe Folgendes gemacht ...«, begann sie.

Zunächst hatte sie sämtliche Halter brauner Mercedes aussortiert, die über fünfzig waren. Weiter hatte sie alle Wagen aus der Liste gestrichen, die älter als drei Jahre waren.

»Es hieß ja, er sei ziemlich neu.«

»Zumindest behaupten das die Zeugen, die ihn gesehen haben.«

»Was ist mit denen, die auf eine Frau zugelassen sind?«

»Können Sie beim ersten Schuss vielleicht auch weglassen.«

»Es könnte ein Firmenwagen sein. Vierzehn sind auf Firmen zugelassen.«

»Ist wohl ziemlich hoffnungslos, was wir da versuchen.«

»Wer dem Glück keine Chance gibt, wird niemals welches haben«, verkündete meine Mitarbeiterin mit tiefem Ernst und legte auf.

Klara Vangelis hatte bis in den späten Abend hinein alles darangesetzt, den braunen Mercedes zu finden. Immer neue Raster und Ausschlusskriterien hatte sie sich einfallen lassen, die immer größer und weiter wurden, immer mehr Fahrzeuge einschlossen und zum immer wieder gleichen Ergebnis führten: zu nichts.

»Entweder war der Wagen nicht braun«, berichtete sie am Dienstagmorgen entnervt, »oder es war kein Mercedes, oder er ist nicht aus der Umgebung von Heidelberg, oder er ist mir einfach durchgerutscht.«

»Einen Versuch war es wert«, versuchte ich, sie zu trösten. »Haben Sie schon etwas von Ihrem Cousin gehört?«

»Gut, dass Sie mich daran erinnern. Ich frage gleich mal nach.«

Schon Minuten später kam der zweite Tiefschlag des Tages: Auf der Festplatte aus Leas Laptop waren keine Daten mehr zu rekonstruieren.

»Leandros sagt, die Magnetplatte selbst ist wohl in Ordnung, aber die Elektronik ist defekt. Er hat einen Bruder in Thessaloniki. Und der Neffe der Frau dieses Bruders betreibt eine Firma, die auf Datenrettung in solchen Fällen spezialisiert ist.«

Ein Hoch auf die griechische Großfamilie!

»Sind die gut?«

»Sie haben Kunden in ganz Europa.«

»Dann soll er das Ding per Luftpost nach Griechenland schicken. Egal, was es kostet.«

Sicher hätte sich auch in Deutschland oder vielleicht sogar in der Nähe von Heidelberg eine Firma finden lassen, die uns hätte helfen können. Aber ich wollte das Problem vom Hals haben und hatte außerdem größere Sorgen. Lea war seit gestern angeblich an allen möglichen und unmöglichen Orten Europas gesehen worden: in London, in Mannheim gleich zweimal, in Memmingen, in Barcelona, in einem Fischerdorf an der Riviera di Levante, östlich von Genua. Die Fahndung zeigte Wirkung. Allerdings bislang keine Ergebnisse.

Der Regen hatte über Nacht aufgehört. Fette, dunkle Wolken hingen über der Stadt und schienen sich nicht vom Fleck bewegen zu wollen.

Gegen zehn schreckte mich mein Handy aus trübsinnigen Gedanken.

»Ehling hier«, meldete sich eine fröhliche Frauenstimme. »Sie wollten mich sprechen.«

Ich schüttelte den Kopf in der Hoffnung, dadurch ein wenig wacher zu werden. »In welchem Zusammenhang?«

»Sissi sagt, es geht um einen Mercedes und ein Mädchen. Ich bin gerade an der Tankstelle. Sissi ist das Girl an der Kasse.«

Im Hintergrund hörte ich Männerlachen und Motorengebrumm.

Nun war ich ganz Ohr. Yvonne Ehling war die Fahrerin des gelben Fiat, mit dem Samantha Overbecks Vater um ein Haar zusammengestoßen wäre. Sie erinnerte sich noch sehr gut an den Vorfall und auch an Lea und den Mercedes.

»Stimmt, da war eine S-Klasse. Der hat da so blöd gestanden, sonst hätte es diesen Beinahecrash gar nicht gegeben. Das neueste Modell, soweit ich das beurteilen kann. Und der Mann, der drin gesessen hat, ich habe ihn ja nur flüchtig gesehen – ebenfalls nicht zu verachten.«

»An das Mädchen erinnern Sie sich auch?«

»Wie ich zur Kasse bin, hat sie neben der Tür gestanden mit einer Cola in der Hand. Hübsch. Sehr hübsch. Und ungewöhnlich gut angezogen für ihr Alter. Nicht aufgedonnert, überhaupt nicht. Ein ganz schlichtes gelbes Kleidchen hat sie getragen. Aber dieses Kleidchen hat an ihr gesessen wie maßgeschneidert. Die hat das Zeug zum Model, habe ich noch gedacht. Ich kenne mich da ein wenig aus. Falls ich sie noch mal treffe, habe ich mir später vorgenommen, dann spreche ich sie an. Sie hatte so einen Blick …«

»Einen Blick?«

»Wie soll man das beschreiben?« Sie überlegte. »Selbstsicher. Frech. Und auf der anderen Seite auch wieder nicht, sondern voller Zweifel und Unsicherheit. Sie muss schlimme Sachen gesehen haben in ihrem jungen Leben. Und solche Brüche, die sind das, was einen Menschen interessant macht für die Kamera. Ein Gesicht ist zu glatt, wenn es nicht irgendeine Geschichte im Hintergrund gibt.«

»Was sind Sie von Beruf, wenn ich fragen darf?«

»Ich betreibe eine kleine Agentur. Vermittle Fotomodelle. Bisher ist es allerdings nur eine One-Woman-Show. Bei dem Mann ...« Sie brach ab. Überlegte. »Komisch. Jetzt, wo ich darüber nachdenke ... Ich meine, er ist mir damals bekannt vorgekommen. Also, nicht bekannt in dem Sinne, dass er ein Bekannter von mir wäre ...«

»Sondern?«

»Aus dem Fernsehen. Ich dachte – nicht, dass ich mir sicher wäre –, aber damals dachte ich, den kennst du doch aus der Glotze. Obwohl er diese Geheimagentensonnenbrille aufgehabt hat ...«

»Können Sie sich an das Kennzeichen des Mercedes erinnern?«

»Ich habe einen guten Blick für Gesichter.« Wieder lachte sie. »Das gilt aber nicht für Zahlen.«

»Wenn Sie so einen Blick für Gesichter haben, würden Sie uns helfen, ein Phantombild des Fahrers zu machen?«

»Was hat er denn verbrochen?«

»Das Mädchen ist seit elf Tagen verschwunden. Und ich fürchte, er hat irgendwie damit zu tun.«

»Auf jeden Fall«, sagte sie sofort. »Wann soll ich kommen?«

»Am besten gleich. Sie wissen, wo die Polizeidirektion ist?«

»Wird nicht leicht werden. Ich habe ihn nur von der Seite gesehen.«

»Das schlechteste Phantombild ist immer noch besser als keines.«

Ich nannte ihr den Namen einer Kollegin vom Erkennungsdienst, bei der sie sich melden sollte.

18

Am Vormittag hatte die Kellertürenbande wieder einmal zugeschlagen. Um Viertel nach neun waren sie mit ihrer üblichen Taktik in ein Einfamilienhaus in Dossenheim eingedrungen. Dieses Mal hatten sie allerdings Pech gehabt. Das Haus war nicht leer gewesen, wie die Täter offenbar vermutet hatten. Sie waren auf die dreizehnjährige Tochter der Familie getroffen, die wegen Verdacht auf Mumps das Bett hüten musste. Das Mädchen war mächtig erschrocken, und die drei Einbrecher waren sofort und ohne Beute geflohen. Trotz des Schrecks war das Kind imstande, erstaunlich gute Personenbeschreibungen abzugeben. Sven Balke und Evalina Krauss waren in Begleitung einer Kollegin vom Erkennungsdienst in Dossenheim, um Phantombilder anzufertigen, solange die Erinnerung noch frisch war. Selbst den Wagen der Täter konnte das aufgeweckte Kind beschreiben: ein schlammgrau lackierter Kastenwagen, der in der Nacht zuvor vom Parkplatz eines Elektrofachgeschäfts in Germersheim verschwunden war.

Zum ersten Mal hatten wir etwas, was den Namen Spur verdiente. Das wussten die Täter natürlich. Sie würden nervös werden. Und wer nervös ist, der macht Fehler.

»Sind Sie jetzt endlich der Richtige?«, fuhr mich eine aufgebrachte Frauenstimme am Telefon an. »Sind Sie der Kripoboss?«

Inzwischen war es Nachmittag geworden. Ich bejahte vorsichtig.

»Den halben Tag telefonier ich mir schon die Finger wund und lass mich von Pontius zu Pilatus verbinden. Und ich hab weiß Gott Besseres zu tun …«

»Worum geht es denn?«

»Ich hab letzte Woche schon bei euch angerufen«, zeterte die wütende Frau, die ihren Namen noch immer nicht genannt hatte. »Am Donnerstag! Ihr Kollege hat alles aufgeschrieben und gesagt, er meldet's umgehend weiter, und nichts ist passiert!«

»Worum geht es denn?«, wiederholte ich meine Frage nun schon leicht gereizt.

»Um einen jungen Mann geht's, den wir hier seit fast einer Woche auf der Station liegen haben.«

Ich setzte mich aufrecht hin. »Von wo rufen Sie an?«

»Krankenhaus Zum Guten Hirten in Ludwigshafen, Abteilung Inneres. Der Patient hat keine Papiere dabeigehabt, wie sie ihn gebracht haben. Und er ist immer noch bewusstlos. Erst hab ich Ihre Kollegen hier in Ludwigshafen angerufen. Die haben gesagt, ich soll mich an Heidelberg wenden. Angeblich vermissen Sie einen jungen Mann.«

»Wann genau ist der Patient eingeliefert worden?«

»In der Nacht von Mittwoch auf Donnerstag. Ein Schiff hat ihn gebracht, haben mir die Sanis erzählt, ein Holländer. Die haben den Burschen einfach im Hafen abgeliefert, mitten in der Nacht, und anschließend gleich wieder abgelegt.«

»Ein Schiff?« Hafen, Schiff, Henning, schoss mir durch den Kopf.

»Eines von diesen Megacontainerschiffen. Es ist mitten in der Nacht gewesen, und die Sanis haben in der Hektik vergessen zu fragen, wo die Leute den Patienten aufgelesen haben. Wie er aussieht, haben sie ihn irgendwo aus dem Rhein gefischt. Er hat eine böse Kopfverletzung und liegt im Koma. Muss im Wasser mit irgendwas zusammengekracht sein.«

Eine Viertelstunde später war es amtlich: Der Unbekannte im Ludwigshafener Krankenbett war Henning. Seine Kopfverletzung war vermutlich nicht die alleinige Ursache seiner anhaltenden Bewusstlosigkeit, erklärte mir eine muntere Oberärztin, mit der ich telefonierte. Sie meinte, Henning sei vielleicht schon halb ertrunken und möglicherweise unterkühlt gewesen, als die Schiffsbesatzung ihn – wahrscheinlich schon am Dienstag – aus dem Wasser zog. Weshalb seine Retter ihn erst anderthalb Tage später ins Krankenhaus brachten, war uns beiden schleierhaft.

»Die Leute hätten ja einfach die Wasserschutzpolizei alarmieren und den Verletzten auf dem Rhein übergeben können«, meinte die Ärztin. »Aber die Schiffsführer stehen natürlich unter enormem Zeitdruck.«

»Wie geht es ihm?«

»Sein Zustand ist stabil, aber wir können im Moment nicht viel für ihn tun. Wir müssen warten, bis er aus dem Koma erwacht. Inwieweit sein Gehirn in Mitleidenschaft gezogen wurde, wird man dann sehen.«

Die »Henriette Buyten« war das einzige holländische Containerschiff, das am Tag von Hennings Verschwinden in Kehl abgelegt hatte, erfuhr ich vom zuständigen Menschen in der dortigen Hafenverwaltung, einem schläfrigen Alemannen, der nach jedem dritten Wort gähnte. Er vermutete, das Schiff liege zurzeit in Rotterdam auf Reede, um neue Fracht zu laden, und konnte mir die Handynummer des Schiffsführers nennen. Unter der Nummer meldete sich ein hektischer junger Mann, der weder Deutsch noch Englisch verstand. Erst auf das Wort »Kapitän« reagierte er.

»Captain!«, rief er aufgeregt. »Trinken gangen, ja.«

»Kneipe?«, fragte ich. »Bar?«

»Bar! Ja, ja!«

Im Hintergrund hörte ich Dröhnen, Scheppern und Brummen.

»Können Sie ihn irgendwie erreichen? Hat er ein Handy?«

Das war eine ziemlich dumme Frage, wurde mir im selben Moment bewusst, denn das Handy des Kapitäns hielt ja offenbar mein begriffsstutziger Gesprächspartner am Ohr.

»Handy! Ja, ja!«

Als ich schon aufgeben und mein Glück bei den Rotterdamer Hafenbehörden versuchen wollte, mischte sich eine resolute Frauenstimme ein, und mein Gesprächspartner reichte das Handy weiter.

»Hallo?«, rief sie zornig. »Wie is daar?«

Zum Glück sprach sie ein wenig Deutsch.

»De Henning«, sagte sie mitleidig, nachdem sie verstanden hatte, worum es ging. »Arme Kerel.«

Eine Hupe trötete dreimal in kurzer Folge.

»Sie haben Henning aus dem Rhein gefischt, nehme ich an?«

»Ich nicht on board. Mein Mann mir erzählt, am Dienstag. In Haven. In Kehl. Schon fast ertrunken, de arme Kerel. Aber Wasser war kalt. War Geluk. Große Geluk. Sie ihn beleben. Er dann heilzaam. Gezond. Sagen, heißen Henning. Aber kein Herinnering. Sagen, kein Herinnering.«

Ich brauchte einige Sekunden, bis ich das letzte Wort richtig deutete: »Er konnte sich an nichts erinnern? Er hatte keine Erinnerung?«

»Kein Herinnerung, ja. Dann plotseling bewusteloos. Suddenly bewusteloos. On Wednesday. Meine Mann erst denken, Henning slapen. Sleep, verstaan? Aber er nichts mehr ontwaken. Sie ihn dann Ludwigshaven. Hospitaal.«

Ich wusste, es hatte keinen Sinn. Henning würde mir keine Fragen beantworten. Aber ich musste ihn einfach sehen. Ich konnte nicht anders. Und so war ich dreißig Minuten später auf der Autobahn in Richtung Westen unterwegs.

»Wir tippen auf eine schwere Gehirnerschütterung«, erklärte mir die Ärztin, mit der ich eine Stunde zuvor telefoniert hatte. Inzwischen war sie nicht mehr ganz so munter. »Kommt vor, dass die Leute erst nach Tagen auf einmal umkippen. Dazu kommt leider, dass sein Gehirn vermutlich eine Weile mit Sauerstoff unterversorgt war, als er im Wasser lag. Diese Kapitänsfrau hatte ganz recht – dass das Wasser so kalt war, war sein Glück. An diesem Dienstag muss ein ganzes Geschwader Schutzengel über Kehl geschwebt haben.«

»Er wird aber wieder aufwachen?«

»Vermutlich. Früher oder später. In welchem Zustand, weiß nur der liebe Gott. Im Augenblick können wir nur warten und beten.«

Ich erkannte Henning kaum wieder. Sein Gesicht war fahl und eingefallen. Die ohnehin große Nase stak wie ein Beil in die Luft. Aus Mund und Nase hingen Schläuche. Überall Kabel und Elektroden und Infusionen. Sein Atem ging rasselnd und ungleichmäßig, aber immerhin, er atmete selbstständig. Anfangs sei das nicht so gewesen, sagte die Ärztin. Als ich mit Henning allein war, trat ich einen Schritt zurück und betrachtete lange sein Gesicht. Am Hals hatte er ein kleines Muttermal. Und das Schnurrbärtchen schien in den Tagen, seit ich ihn zum letzten Mal gesehen hatte, dunkler geworden zu sein. Ich kam zum Schluss, dass Doros Sohn mir sehr viel ähnlicher sah als meine Töchter, die äußerlich eher nach Vera geraten waren. Der Pulsmonitor piepste leise und monoton. Es roch nach Technik und Desinfektionsmitteln.

»Was ist mit seiner Mutter?«, fragte ich die Ärztin, als sie später noch einmal hereinschaute. »Ich habe sie nach unserem Telefonat gleich informiert.«

»Sie war schon bei ihm. Aber nicht lange. Sie hält das nicht aus, sagte sie. Die meiste Zeit hat sie schrecklich geweint. Gibt es jemanden, der sich um die Frau kümmert? Sie war völlig aufgelöst, als wir ihr das Taxi für die Rückfahrt bestellt haben.«

Von Ludwigshafen fuhr ich direkt nach Hause. Theresa würde um sieben hungrig vor der Tür stehen. Auch diese Woche wollten wir mit den Zwillingen zusammen essen. Heute hatte ich die Rolle des Küchenchefs, und ich hatte noch nicht einmal eingekauft.

Um kurz nach sechs stürzte ich mit Tüten beladen in die Küche und begann zügig, Chaos zu verbreiten. Um halb sieben brutzelte das Fleisch in der Pfanne – Lammragout mit viel Thymian und Knoblauch –, und ich las im Kochbuch, dass ich es eigentlich vor drei Tagen hätte in Rotwein einlegen sollen. Ersatzweise kippte ich zwei Gläser Spätburgunder extra in die Pfanne. Nebenbei begann ich, den Feldsalat zu putzen, den ich als ersten Gang auftischen würde. Die Zwillinge hockten vor ihren PCs und taten, was Teenager heutzutage mit Computern tun und was ich wohl nie ganz begreifen würde.

Als Theresa pünktlich um sieben klingelte, war noch nichts fertig, und mir stand der Schweiß auf der Stirn. Sie nahm es entspannt und leistete mir mit einem Glas Rotwein in der Hand Gesellschaft. Inzwischen schmurgelte das Ragout gemütlich auf dem Herd, und ich war damit beschäftigt, die Kartoffeln in Scheiben zu schneiden. Theresa ersparte mir Spott und gute Ratschläge. Um halb acht waren die Kartoffeln im Ofen, die Bohnen auf dem Herd, der Salat angerichtet, und ich hatte mir ebenfalls ein Gläschen Rotwein eingeschenkt. Theresa hatte das Tischdecken übernommen. Sie trug heute Jeans und einen dünnen, tannengrünen Pullover, der vorzüglich zu ihrer dunkelblonden Lockenpracht passte. Um den Hals baumelte die schlichte Perlenkette, die sie an dem Abend getragen hatte, als ich sie zum ersten Mal sah.

Für die Mädchen hatte sie zwei Buschrosensträußchen und für mich eine gut gekühlte Flasche Champagner mitgebracht, deren Korken ich gleich knallen ließ. Er prallte erst von der Decke, dann von der Wand und schließlich von Theresas Kopf ab. Sie lachte mit. Die Zwillinge hatten noch nie in aller Form Blumen überreicht bekommen und freuten sich gebührend.

Theresa sah mir tief in die Augen, als sie mir zuprostete. »Alexander, ist das normal, dass dein Backofen so qualmt?«

Ich fuhr herum, riss die Tür auf und drehte die Temperatur

herunter. Zum Glück war es noch nicht zu spät. Vorsichtshalber goss ich auch beim Ragout Flüssigkeit in Form zweier weiterer Gläser Spätburgunder nach. Wenigstens die Bohnen benahmen sich bisher anständig. Die Zwillinge fragten artig, ob sie auch von dem Champagner probieren dürften. So konnten wir am Ende alle vier anstoßen auf eine gute Zukunft ohne Heimlichtuerei.

Dann wurde aufgetischt, und wir begannen zu essen. Alle lobten meine Kochkünste, und ich staunte selbst, wie wohl mir das tat. Obwohl sie Bücher nur unter Zwang anrührten, waren meine Töchter schon am vergangenen Dienstag schwer beeindruckt gewesen, als sie hörten, Theresa sei Schriftstellerin. Heute quetschten sie sie nach Strich und Faden aus und stellten ihr all die Fragen, die sie schon aus dem einen oder anderen Interview kannte: Woher sie die Ideen habe? Wie lange es dauere, bis ein Buch fertig sei? Ob der Verlag ihr viel dreinrede? Die drei plauderten angeregt, und ich war stolz und zufrieden. Stolz auf meine Mädchen, die, wenn sie wollten, so erwachsen und verständig sein konnten. Stolz auf Theresa, weil sie so ruhig, ernsthaft und selbstverständlich mit meinen Töchtern diskutierte, als würde sie die beiden schon seit Ewigkeiten kennen. Zufrieden mit mir selbst, weil ich als Koch gar nicht so übel war.

»Ich glaube«, sagte meine Göttin irgendwann entspannt lächelnd, »das war das beste Lammragout, das ich je gegessen habe. Und dieser leichte Rauchgeschmack am Gratin – einfach köstlich!«

Am Mittwochmorgen wählte ich als Erstes die Nummer der Stationsschwester in Ludwigshafen. Über Nacht war mir noch eine wichtige Frage eingefallen. Die Schwester hatte jedoch zu tun und würde zurückrufen. Als Nächste rief ich Vangelis an, um zu hören, wie weit sie mit dem braunen Mercedes war.

»Am Ende«, sagte sie wütend. »Es ist sinnlos.«

Wir beschlossen, die Sache vorerst ruhen zu lassen. Vielleicht würde uns das Phantombild des Fahrers ja weiterhelfen, das gestern nach den Angaben von Yvonne Ehling entstanden war.

»Ich habe mit Israel telefoniert«, berichtete Vangelis weiter. »Einen Moshe Schochat, auf den unsere Beschreibung passt, hat es dort nie gegeben. Die Universität Haifa, wo er angeblich Maschinenbau studiert hat, kennt seinen Namen auch nicht. Ich vermute, wir haben es hier wirklich mit einem Fall von Industriespionage zu tun.«

»Angeblich beschäftigt sich die Saarstahl AG gar nicht ernsthaft mit Panzerstählen«, warf ich ein.

»Angeblich.«

»Sie denken, es war so was wie ein Geheimprojekt, von dem die Israelis Wind gekriegt haben?«

»Oder eine andere Regierung im Nahen Osten.«

»Haben Sie mit Lassalles altem Professor gesprochen?«

»Er kann zu diesem Punkt nichts sagen. Oder er will nicht. Er sagt, mit der Firma habe er nie direkt zusammengearbeitet. Das lief alles über seinen ehemaligen Doktoranden Lassalle. Ihn haben nur die wissenschaftlichen Ergebnisse interessiert.«

»Lassalle ist zwar nicht gerade reich«, sagte ich nachdenklich. »Aber er arbeitet nichts und bewohnt ein Haus, das bestimmt nicht billig war. Sein Geld verdient er angeblich durch Lizenzeinnahmen aus irgendwelchen Patenten.«

Für Sekunden schwiegen wir beide.

»Wir warten noch ein bisschen«, entschied ich dann. »Die Geschichte ist mir noch zu vage. Ich will mir bei der Staatsanwaltschaft nicht schon wieder eine blutige Nase holen.«

Kurze Zeit später kam der versprochene Rückruf der Stationsschwester aus Ludwigshafen.

»Sie sind gestern da gewesen, hab ich gehört?«, fragte sie gut gelaunt. »Machen Sie das immer, wenn ein Vermisster wieder auftaucht?«

»Es sind in diesem Fall … besondere Umstände.«

»Und was kann ich noch für Sie tun?«

»Ich wüsste gerne den Namen meines Mitarbeiters, mit dem Sie vergangene Woche telefoniert haben.«

»Oje, da kriegt jetzt einer den Rost runtergebürstet, was?« Sie lachte fröhlich. »Momentchen … Wo hab ich nur … Ah, hier auf der Schreibtischunterlage hab ich's notiert. Ich schreib mir so was nämlich grundsätzlich immer auf. Man weiß ja nie … Jetzt müsst ich es nur noch lesen können. Ruckel? Haben Sie einen, der Ruckel heißt?«

»Runkel?«

»Runkel! Sie sagen es.«

Warum überraschte mich das nicht?

Der Übeltäter zog es vor, telefonisch nicht erreichbar zu sein. Ich wählte Balkes Nummer.

»Der ist unterwegs«, wusste er. »Irgendwas Privates. Er ist spätestens in einer Stunde zurück, hat er gesagt.«

»Wann war das?«

»Vor zwei Stunden«, erwiderte Balke betreten.

Ich seufzte. »Er soll sich bei mir melden, falls er irgendwann auftaucht.«

Zwischendurch versuchte ich immer wieder einmal, Doro zu erreichen. Ich hatte das Gefühl, ihr etwas schuldig zu sein. Aber auch sie nahm ihr Telefon nicht ab, und ich war nicht wirklich traurig deswegen.

19

Um halb drei am Nachmittag meldete Sönnchen überraschenden Besuch.

»Eine Frau Ehling. Sie kennen sie angeblich.«

Sekunden später stand sie vor mir.

»Ich habe ihn!«, erklärte Yvonne Ehling mit leuchtenden Augen. »Den Kerl im Mercedes! Ich weiß jetzt, wer er ist!«

»Bitte nehmen Sie Platz.« Ich wies auf meine Besucherstühle. Sie setzte sich auf die vorderste Kante des Stuhls, der mir am nächsten stand. Frau Ehling war noch keine dreißig, und ihre Kleidung stammte eindeutig nicht von einer Billigmarke. Die Stofffülle des raffiniert geschnittenen azurblauen Kleids betonte ihre Schlankheit. An den Beinen teure Strümpfe und schwindelerregend hohe Schuhe. Im Übrigen war sie weder blond noch blind, wie Claus Overbeck behauptet hatte. Das kastanienbraune Haar trug sie offen, der Farbton der Stilettos war exakt auf die Haare abgestimmt, der Schmuck war nicht teuer, aber mit Geschmack und Verstand ausgewählt.

»Ich dachte, ich komme einfach vorbei. Ich lese so gerne Krimis und hatte noch nie mit der Kripo zu tun, und jetzt bin ich natürlich neugierig, wie das bei Ihnen so läuft. Außerdem können wir so gleich alles besprechen.«

»Woher wissen Sie, wer der Mann ist?«

»Es ist der Knüller! Ich habe gestern praktisch ununterbrochen im Internet rumgedaddelt und ewig nichts gefunden. Irgendwann am Vormittag ist mir dann die Idee gekommen, dass ich ihn vielleicht in den Nachrichten gesehen habe. Und stellen Sie sich vor, er war tatsächlich letzte Woche in der Tagesschau! Am Mittwoch. Nur im Hintergrund, aber ich habe ihn trotzdem gleich erkannt. Der Mann, den Sie suchen, ist Politiker und heißt Carsten Gröwer. Dr. Carsten Gröwer. Er stammt hier aus der Gegend. Aus Bad Rappenau.«

»Und Sie sind ganz sicher, dass er es ist?«

»So sicher, wie man nur sein kann. Ich habe ihn und das Mädel übrigens später noch mal an der Tanke gesehen, ist mir eingefallen. Vor sechs Wochen muss das gewesen sein. Ungefähr Mitte November.«

»Und in welchem Zusammenhang war dieser Herr Gröwer in den Nachrichten?«

»Um Afghanistan ging es.« Sie rückte noch ein wenig näher. Ihr Parfüm war schwer und sehr weiblich. »Wir können es uns ansehen, wenn Sie mögen. Der Bericht ist im Internet.«

Sekunden später sah ich den Mann zum ersten Mal, der angeblich ein Verhältnis mit Lea hatte. Als Erstes fielen mir Gröwers markantes Kinn und seine Hautfarbe auf. Er sah aus, als käme er geradewegs aus einem Skiurlaub. In dem etwa dreißig Sekunden langen Tagesschau-Beitrag ging es um den Abzug der ersten deutschen Truppenkontingente aus Afghanistan. Das Interview mit dem Verteidigungsminister fand vor den Türen des Kanzleramts statt, wo kurz darauf eine Kabinettssitzung beginnen sollte. Es regnete ein wenig. Der Mann, der mich interessierte, stand etwa einen Meter rechts hinter dem Minister. Er trug einen perfekt sitzenden anthrazitfarbenen Anzug zu gelber Krawatte und blickte entschlussfreudig in die Kamera. Zu tun oder zu sagen hatte er nichts.

»Und?«, fragte Yvonne Ehling aufgedreht. »Was denken Sie?«

»Er könnte dem Mercedesfahrer zufällig ähnlich sehen.«

»Er ist es! Ich bin mir absolut sicher!«

Ich konnte ihre Begeisterung nicht teilen. Das Ganze schien mir doch ein wenig weit hergeholt. Ein Politiker aus Berlin, Mitglied des Bundestags und Parlamentarischer Staatssekretär im Verteidigungsministerium, der sich zufällig in Heidelberg aufhielt, dort zufällig eine gewisse Lea kennenlernte, die wahrscheinlich zwanzig Jahre jünger war als er und gewiss nicht in seinen Kreisen verkehrte. Zudem liefen Vertreter dieses Männertyps zu Hunderttausenden in Deutschland herum. Bankmanager, Unternehmensberater, Playboys. Und alle sahen sich zum Verwechseln ähnlich ...

»Er stammt aus Bad Rappenau«, wiederholte meine eifrige Hilfsermittlerin, der meine Zweifel natürlich nicht entgingen. »Also quasi um die Ecke. Und sein Wahlkreis ist Heidelberg. Er ist oft hier und hat sogar ein Wahlkreisbüro am Karlsplatz.«

»Das klingt natürlich alles sehr interessant ...«

»Ja, nicht wahr? Und er fährt wirklich einen großen Mercedes. Ich habe bei Google Bilder gefunden ...«

»Welche Farbe?«

»Silber.«

»Der Mann, den wir suchen, fährt einen braunen.«

Sie schloss den lippenstiftroten Mund, schluckte, sah mich verunsichert an. Ich hob ratlos die Achseln.

»Denken Sie, er hat dem Kind was angetan?«, fragte sie in verändertem Ton und leiser als zuvor. »Oder wieso sind Sie sonst hinter ihm her?«

»Ich bin nicht hinter ihm her«, erwiderte ich müde. »Aber das Mädchen ist verschwunden, und falls Sie wider Erwarten recht haben sollten, dann ist er einer der letzten Menschen, die sie gesehen haben.«

»Spannend!«, fand sie und rutschte auf dem Stuhl hin und her. »Kann ich sonst noch irgendwas ...?«

»Im Moment nicht. Wir bleiben in Verbindung, okay?«

Sie federte hoch mit der Energie eines Menschen, der viel für seinen Körper tut, und streckte mir strahlend ihre schmale Hand entgegen. Ihre Enttäuschung war schon wieder verflogen. Und ihr Händedruck sprach für zupackende Entschlussfreudigkeit.

Eine Viertelstunde später rief ich Sven Balke und Klara Vangelis zu mir.

Vangelis schien die Pleite mit dem braunen Mercedes noch nicht ganz verdaut zu haben. Balke dagegen leuchtete die Neugier aus den Augen.

»Was jetzt kommt, bleibt unter uns«, begann ich. »Vorläufig darf niemand davon erfahren.« Ich sah Balke an. »Nicht mal Ihre Evalina.«

»Hui!« Balke grinste andächtig und rückte näher.

Wenn es etwas gab, was ihm in seinem Job wirklich Freude bereitete, dann war es, am Lack wichtiger Leute zu kratzen. Ich erzählte von Carsten Gröwer und dessen eventueller Rolle im Fall Lea Lassalle.

»Bisher haben wir nicht mal einen Verdacht. Das Einzige, was wir haben, ist die Aussage einer Zeugin, vergessen Sie das bitte keine Sekunde.«

»Sein Wagen hat die falsche Farbe«, warf Vangelis knurrig ein. »Wir suchen einen braunen.«

»Das tun wir natürlich weiterhin«, erwiderte ich. »Aber auch bei der Farbe des Mercedes stützen wir uns nur auf Zeugenaussagen.«

Balkes Interesse wuchs mit jedem meiner Worte. Insbesondere, weil Dr. Gröwer Mitglied einer Partei war, die er auf den Tod nicht ausstehen konnte. Zudem zählte der Staatssekretär zu exakt der Sorte Karrierepolitiker, die er verabscheute. Dynamisch, smart, frei von Selbstzweifeln, Skrupeln oder gar Überzeugungen – und zu alledem auch noch Mercedesfahrer.

Vangelis hörte mit säuerlicher Miene zu und machte sich hin und wieder mit ihrer winzigen Handschrift Notizen in ihrem kleinen ledergebundenen Buch.

»Und nun?«, fragt Balke tatendurstig, als mein kurzer Bericht zu Ende war. »Wie packen wir ihn?«

»Erst einmal packen wir gar nichts. Erst einmal beschaffen Sie mir bitte alles an Informationen über diesen Staatssekretär, was Sie auf legalem Weg beschaffen können.«

»Mit ›legal‹ meinen Sie richtig legal?«

»Genau so meine ich das. Niemand darf erfahren, dass wir uns für ihn interessieren. Wenn das schiefgeht, dann kommen wir alle drei in die Hölle. Und zwar in eine der untersten Etagen.«

»Es schneit«, sagte Vangelis mit missmutigem Blick zum Fenster.

Als ich mich abends um kurz nach sechs auf den Heimweg machte, hatte ich keine weiteren Informationen über Carsten Gröwer, und Rolf Runkel hatte noch immer nichts von sich hören lassen. Den Peugeot ließ ich auf dem Parkplatz der Direktion stehen, da ich keine Lust auf Schneekratzen hatte. Sönnchen lieh mir einen Schirm, den irgendein Besucher vor Ewigkeiten vergessen hatte. Inzwischen schneite es beeindruckend heftig. Der Verkehr kämpfte sich im Schritttempo über die Straßen. An jeder Ecke veranstalteten lärmende Kinder Schneeballschlachten. Auf der runden Grünfläche, die das Zentrum des Römerkreises bildete, bauten zwei junge Männer lachend an einem riesigen Schneemann.

Zu Hause angekommen, fand ich die Wohnung dunkel und leer. Die Zwillinge waren wieder einmal ausgeflogen. Ich vermutete sie bei Freundinnen. Oft machten sie in letzter Zeit wieder gemeinsam Hausaufgaben, was in meinen Augen nicht schaden konnte. Ich hängte meinen Mantel an die Garderobe, stellte den rosafarbenen Schirm zum Abtropfen in die Badewanne und meinte plötzlich, aus dem Wohnzimmer leise Geräusche zu hören. Als ich nachsehen ging, fand ich Louise im Dunkeln auf der Couch sitzend. Ihr Gesicht war tränennass.

Ich setzte mich zu ihr, ohne Licht zu machen, und nahm sie stumm in den Arm. Sie ließ es bereitwillig zu. Lange sagten wir nichts. Durch die halb offene Tür drang ein wenig Licht vom Flur herein.

»Liebeskummer?«, fragte ich schließlich und drückte sie ein wenig fester.

Er hieß Marc, war schon neunzehn, wohnte in Darmstadt, und man hatte sich im Internet kennengelernt. Die Geschichte lief bereits seit sieben Monaten.

»Erst haben wir bloß gechattet. Er war total nett und so … anders. Hat nicht gleich so anzügliche Sachen geschrieben wie die meisten Typen. Wir haben uns dann mal in Heidelberg getroffen. Im Mai.«

Louise hatte dieses Treffen klugerweise so eingefädelt, dass sie mit Marc nicht allein war. Es war der erste warme Abend des

Jahres gewesen, und man hatte gemeinsam mit Freunden auf den Neckarwiesen gegrillt.

»Er hat gar keinen Alkohol getrunken«, fuhr sie traurig fort. »Das fand ich cool. Die meisten Jungs saufen ja wie die Schweine. Und er ist auch nicht zudringlich geworden. Wir haben geredet, und es war total nett, und dann ...«

Dann hatte man ein wenig geknutscht und später gefummelt und sich an den folgenden Tagen wiedergesehen. Erst nach drei Wochen hatten die beiden zum ersten Mal miteinander geschlafen. Für beide war es nicht das erste Mal gewesen.

»Aber mit ihm ist es ganz anders gewesen, weißt du?« Jetzt weinte Louise wieder. Bebte an meiner Seite, durchfeuchtete allmählich den Ärmel meines Hemds. »So ... schön, irgendwie. Wie, wenn alles davor ganz falsch gewesen wäre. So, so schön.«

Marcs Eltern waren beide berufstätig, kamen abends meist nicht vor acht nach Hause, und er durfte nach Belieben das Auto der Mutter benutzen.

»Wir sind glücklich gewesen, Paps«, flüsterte Louise. »So glücklich. Und dann ...«

Und dann kam das Übliche: Marc wollte auch noch mit seinen Freunden zusammen sein. Ohne Louise. Um die Häuser ziehen. Hin und wieder doch mal ein Bier trinken. Zu Konzerten gehen von Bands, die keine Musik für kleine Mädchen machten.

»Am einen Tag war er so ... so zärtlich, und am anderen hat er nicht mal das Handy abgenommen.«

Man hatte sich gestritten, getrennt, wieder versöhnt. Meine kleine Louise hatte die Pille genommen, sich vor Sehnsucht verzehrt und auf seinen Anruf gewartet.

»Und jetzt hast du Schluss gemacht?«

Sie nickte kaum merklich. »Zum fünften Mal. Wenn ich wieder was mit ihm anfange, dann schlägst du mich, okay? Schimpfst du dann mit mir, ja?«

»Wo steckt eigentlich Sarah?«

Achselzucken.

»Hat sie auch einen Freund?«

»Nicht wirklich«, lautete die rätselhafte Antwort. Eine Antwort, die Doro mir ganz ähnlich in jener Nacht vor achtzehn Jahren gegeben hatte.

Doro. Ich musste sie dringend anrufen. Den Nachmittag über hatte ich sie nicht erreicht, und später hatte ich es vergessen.

Aber nicht jetzt. Jetzt war Louise wichtiger.

Später aßen wir zu zweit zu Abend. Sprachen wie Erwachsene über die Liebe und alles damit verbundene Glück und Elend.

»Paps, meinst du, es gibt den einen Menschen, der zu einem passt?«, fragte Louise. »So die ganz, ganz große Liebe?«

»Wenn, dann haben nicht viele das Glück, diesen Menschen zu treffen.«

»Hast du ihn getroffen? War es ... Mama?«

Was für eine Frage. Vera war vor zwei Jahren völlig überraschend gestorben. Davor hatten wir schöne Zeiten zusammen gehabt und auch ziemlich schreckliche. Es war keine ganz einfache Beziehung gewesen.

»Ein bisschen«, erwiderte ich zögernd. »Ein bisschen schon, ja. Wir hatten glückliche Zeiten. Und vor allem haben wir zwei tolle Töchter zusammen gehabt. Das schweißt ein Paar zusammen.«

»Wie ist es mit Theresa?«

Das war einfach: »Ich bin noch nie mit einem Menschen lieber zusammen gewesen. Obwohl sie manchmal ganz schön zickig ist.«

Sie wollte wissen, wie es Henning ging, und war enttäuscht, als ich erwiderte: »Unverändert. Wir können im Moment nur warten und hoffen.«

»Wenn er wieder zu sich kommt«, sagte Louise mit gesenktem Blick, »dann besuchen wir ihn, okay? Jeden Tag.«

Als sie in ihrem Zimmer war, rief ich endlich Doro an. Dieses Mal nahm sie ab, wollte jedoch nicht über Henning reden. Nicht mit mir. Sie telefoniere zurzeit viel mit ihrem Mann, sagte sie. Ein wirkliches Gespräch wollte nicht in Gang kommen. Insgesamt wirkte sie jedoch gefasst. Manchmal ist eine schlimme Gewissheit leichter zu ertragen als die Angst davor.

Am Donnerstagmorgen zitierte ich als erste Amtshandlung Rolf Runkel zu mir. Er hatte meinen Anruf schon erwartet. Als er mein Büro betrat, war sein Gesicht grau, und er schwitzte wie immer, wenn er zum Chef musste. An den Anruf aus Ludwigshafen vor einer Woche erinnerte er sich immerhin noch.

»Sie haben doch bestimmt eine Telefonnotiz gemacht?«

Er nickte zerknirscht und schwitzte noch stärker.

»Und was ist aus dieser Notiz geworden? Haben Sie sie weggeschmissen? Wieso habe ich nichts von diesem Anruf erfahren? Herrgott, der Junge hat fast eine Woche im Krankenhaus gelegen, und seine Mutter ist beinah gestorben vor Angst und Sorgen, und alles nur, weil Sie nicht mal imstande sind, eine einfache Information weiterzuleiten!«

Runkel murmelte etwas von »immer so viel Arbeit« und »irgendwo auf dem Schreibtisch«.

Ich drosch mit beiden Händen auf den Tisch. »Wir haben alle viel Arbeit, verflucht noch mal! Sie müssen sich eben mehr konzentrieren! Machen Sie in Zukunft immer erst eine Sache fertig, bevor Sie eine neue anfangen!«

»Da war irgendwas«, sagte Runkel so leise, dass ich Mühe hatte, ihn zu verstehen. »Irgendwer ist reingekommen, und wir haben gleich los müssen, wegen dieser verdammten Kellertürenbande, und … und dann hab ich … den Zettel wahrscheinlich … Kann doch jedem mal …«

»Nein, das kann nicht jedem mal! Unter meiner Leitung passiert so etwas hier überhaupt nicht, haben wir uns verstanden?«

Wäre es physikalisch möglich gewesen, Runkel wäre in diesem Augenblick vermutlich vor meinen Augen in einem Loch im Boden verschwunden. Ich hatte mich inzwischen ein wenig beruhigt und sank seufzend in meinen Chefsessel.

»Das geht doch so nicht weiter«, sagte ich. »Was mache ich denn jetzt mit Ihnen?«

Klägliches Schulterzucken.

Das Telefon unterbrach unser einseitiges Gespräch, und ausnahmsweise kam mir die Störung sehr gelegen. Es war Evalina Krauss, Balkes Bürogenossin und Lebensgefährtin.

»Ich hab grad eine anonyme Mail reingekriegt, Chef. Das Mädel ist angeblich in Köln und arbeitet da in einem Bordell.«

»Lea? In einem Bordell?«

»Genau. Weiß auch nicht, was ich davon halten soll. Der Absender hat seinen Namen nicht angegeben. Wahrscheinlich wieder einer von diesen Spaßvögeln.«

Während ich sprach, beobachtete ich Runkel, der auf der Unterlippe nagte und konzentriert die Maserung des billigen Fußbodenbelags studierte. Als Leas Name fiel, sah er kurz auf, senkte den Blick jedoch sofort wieder.

»Wir könnten es über die IP-Adresse versuchen«, schlug Oberkommissarin Krauss vor. »Vielleicht können wir den Schreiber so ausfindig machen.«

»Leiten Sie die Meldung an die Kölner Kollegen weiter«, entschied ich. »Die sollen sich darum kümmern. Und bitten Sie um Vollzugsmeldung.«

Als ich auflegte, sah Runkel mich mit seinem Dackelblick an und erwartete ergeben den zweiten Teil seines persönlichen Weltuntergangs.

Es klopfte. Sönnchen streckte den Kopf herein. Ihr Blick sagte, es sei wichtig.

»Verschwinden Sie«, herrschte ich Runkel an. »Gehen Sie an Ihren Schreibtisch, und schaffen Sie Ordnung. Und wenn Sie fertig sind, dann rufen Sie mich an. Ich will sehen, dass es was genützt hat. Und in Zukunft passen Sie besser auf, haben wir uns verstanden?«

Erleichtert trollte er sich. Er hatte mit Schlimmerem gerechnet.

Ich auch.

»Was ist?«, fragte ich ungnädig in Richtung Sönnchen, die einen Schritt zur Seite trat, um Runkel vorbeizulassen.

»Sie haben seit einer Minute Termin beim Chef«, sagte sie.

20

Dr. Egon Liebekind war nicht nur Leiter der Heidelberger Polizeidirektion und damit mein direkter Vorgesetzter, sondern auch Theresas Ehemann. Die Zeiten, in denen ich wegen des letzten Punktes feuchte Hände bekommen hatte, waren jedoch glücklicherweise vorbei. So machte ich mich entspannt auf den Weg zu seinem Büro, das nur drei Türen von meinem entfernt lag.

»Mir ist zu Ohren gekommen, dass Sie nach einer jungen Frau

fahnden, ohne dass die Staatsanwaltschaft davon Kenntnis hat«, lautete seine Begrüßung. Er wirkte nicht wirklich sauer. Eher besorgt.

»Fahnden ist nicht das richtige Wort.«

»Ohne hinreichenden Verdacht auf eine Straftat.«

»Immerhin dealt das Mädchen nachweislich mit synthetischen Drogen.«

Mein Vorgesetzter sah mich ernst an. »Und vermutlich hat sie auch schon mal einen Kaugummi geklaut.«

»Ich finde Drogenhandel wesentlich schwerwiegender als Ladendiebstahl.«

Liebekind sah mich väterlich an. »Natürlich haben Sie recht. Und trotzdem geht so etwas nicht. Sie haben das Mädchen ja sogar zur Fahndung ausgeschrieben.«

Ich wechselte zu der Taktik, die fast jeder Untergebene benutzt, wenn Ärger mit dem Chef droht. Ich stellte mich dumm: »Zur Fahndung …?«

Wortlos drehte er seinen Monitor so, dass ich ihn sehen konnte.

»Das kann nur ein bedauerliches Versehen sein. Von Frau Walldorf, nehme ich an. Wird umgehend gelöscht.«

Liebekind drehte den Monitor wieder in die alte Position. Dann sah er auf seine Hände und atmete einmal tief durch.

»Wissen Sie, Herr Gerlach«, sagte er dann mit ruhiger Stimme. »Vor vielen Jahren war Ihre gute Frau Walldorf noch meine Sekretärin. Damals hatte ich mich in eine Sache mit einem Immobilienhai verrannt, der alte Leutchen reihenweise um ihre Ersparnisse brachte. Leider hatte ich keinerlei Handhabe, um offiziell gegen den Mann vorzugehen. Das hat mich damals ganz verrückt gemacht, dass so einer ungestraft davonkommen sollte. Er war im Ausland, mal in der Schweiz, mal in Kroatien, und ich habe es einfach nicht geschafft, ein Auslieferungsersuchen zu bekommen. Und damals ist Frau Walldorf leider ein ähnlicher Irrtum unterlaufen.«

»Und wie ist es ausgegangen?«

»Drei Jahre.« Er sah mir befriedigt ins Gesicht. »Drei Jahre hat er gesessen, der Mistkerl. Aber die meisten seiner Opfer haben trotzdem keinen Pfennig ihres verlorenen Geldes wiedergesehen.

Inzwischen soll er sich auf seine Villa in Spanien zurückgezogen haben.«

Für Sekunden schwiegen wir uns an.

»Nehmen Sie sich die Sache mit dieser Lea nicht ein wenig zu sehr zu Herzen?«, fragte mein Vorgesetzter dann mit ernster Miene.

»Wahrscheinlich haben Sie recht. Aber ich habe mit jedem Tag stärker das Gefühl, dass an dieser Geschichte etwas oberfaul ist.«

Ich berichtete in Kurzform von Gröwer, damit er später nicht sagen konnte, ich hätte hinter seinem Rücken gehandelt. Er hörte aufmerksam zu, ließ mich aber keine Sekunde aus den Augen. Am Ende meines Berichts war seine Besorgnis nicht kleiner geworden.

»Wenn Sie hier weitermachen, Herr Gerlach«, sagte er sehr ernst und sehr langsam, »dann handeln Sie auf eigenes Risiko. Ich werde nicht zulassen, dass unsere Behörde beschädigt wird. Ich werde Sie nicht decken, wenn etwas schiefgeht.«

»Das ist mir sonnenklar.«

»Was werden Sie als Nächstes unternehmen?«

Ich erhob mich, rückte den Stuhl zurecht und sagte: »Ich denke, es ist besser, wenn Sie nichts davon wissen.«

In meinem Vorzimmer erwartete mich Sven Balke. Er hatte sich die Zeit damit vertrieben, meine Sekretärin zum Lachen und zum Erröten zu bringen.

»Carsten Gröwer ist vor einundvierzig Jahren in Bad Rappenau zur Welt gekommen«, begann er, noch bevor er richtig saß. »Wohlhabende Familie, gut protestantisch, braves Kind. Später Musterschüler, Einserabi, schon mit sechzehn bei den Jungen Liberalen. Auf Deutsch: der perfekte Strebertyp.«

Gröwers Vater – inzwischen über siebzig Jahre alt – führte bis heute ein alt eingesessenes Möbelgeschäft. Man bewohnte ein standesgemäßes Haus in einem besseren Viertel. Carsten war das einzige Kind und sollte eigentlich die Firma übernehmen.

»Interessanterweise ist der Bursche trotz seiner tollen Noten ein stadtbekannter Aufreißer gewesen«, fuhr Balke fort. »Vor dem war nichts sicher, was Busen hatte und nicht bei drei auf den

Bäumen war. Nach dem Abi hat er in Stuttgart BWL studiert. Scheint ihm aber bald zu doof geworden zu sein, denn nach dem dritten Semester ist er nach Berlin gezogen und hat sich auf Jura verlegt. Dem Alten hat das natürlich mächtig gestunken. Angeblich hat er sogar mit Enterbung gedroht.«

»Wie machen Sie das?«, fragte ich. »Wie kommen Sie in so kurzer Zeit an solche Informationen?«

»Frauen.« Balke strahlte mich an. »Verlassene Frauen sind die besten Quellen in solchen Fällen. Ich habe eine seiner abgelegten Freundinnen aufgetrieben. Die Geschichte ist fünfzehn Jahre her, aber sie ist immer noch stinkesauer auf ihn. Gröwer junior hat sie geschwängert, damals war sie gerade mal siebzehn, und der Vater hat später die Abtreibung bezahlt. Sie behauptet, sie sei unter Druck gesetzt worden. Ihr Bruder hat damals bei der Gröwer GmbH eine Lehre gemacht, und man hat durchblicken lassen, dass es für sein Zeugnis nicht günstig wäre, wenn sie nicht spurte. Die Frau träumt heute noch davon, ihrem Exlover mal ordentlich eins reinzubraten.«

Carsten Gröwer hatte sein Jurastudium im Alter von neunundzwanzig Jahren mit der Promotion abgeschlossen, »summa cum laude, natürlich«, und nebenher emsig an seiner politischen Karriere gefeilt. Inzwischen war er zum stellvertretenden Bundesvorsitzenden der Jungen Liberalen aufgestiegen, und man sah sein jugendlich frisches Gesicht hin und wieder in den Nachrichten. Gröwer war ein Sympathieträger. Ein nicht von intellektueller Grübelsucht oder religiösen Skrupeln angekränkelter Machertyp, dem man es gerne nachsah, dass er schnelle Autos fuhr und das Leben nicht immer nur traurig fand.

»2001 hat es eine Vaterschaftsklage gegen ihn gegeben«, fuhr Balke fort. »Die konnte er aber abwimmeln. Das Mädel hatte wohl auch ein bisschen den Überblick verloren, wann sie mit wem in der Kiste war. In dem Prozess hat Gröwer sich übrigens selbst verteidigt. Nach der Gegenpartei suche ich im Moment noch.«

Zwei Jahre später ehelichte Dr. jur. Carsten Gröwer eine gewisse Verena Voss, deren Vater früher eine bekannte FDP-Größe und in Düsseldorf Wirtschaftsminister gewesen war.

»Außerdem ist der alte Professor Voss schweinereich«, fügte

Balke gallig hinzu. »Gröwer ist durch diese Heirat gesellschaftlich, beruflich und finanziell mindestens drei Stufen nach oben gekegelt.«

Und seither war sein erster Wohnsitz ein Penthouse in Düsseldorf.

»Zweihundertachtzig Quadratmeter in feinster Lage und fünf teure Pferde im Stall. Die Frau ist leidenschaftliche Springreiterin, war in Peking sogar in der Olympiamannschaft. Gröwers Golf-Handicap liegt bei fünfzehn.«

»Ist das gut?«

»Obere Mittelklasse. Ein Jahr nach der Hochzeit ist er über einen Listenplatz in den Bundestag gewählt worden. Außerdem – und hier fängt es an, spannend zu werden – hat er tatsächlich hier in Heidelberg ein Wahlkreisbüro. Und er soll auch heute noch jede junge Frau anbaggern, die ihm in die Quere kommt. Wenn er hier zu tun hat, dann wohnt er bei seinen Eltern in Bad Rappenau in der Souterrainwohnung.«

»Woher kennt ein Mann wie Gröwer eine Schülerin? Wie sollten die beiden in Kontakt gekommen sein? Vor allem, wo sie noch nicht mal ein halbes Jahr in Heidelberg war?«

»Weiß ich alles noch nicht. Geben Sie mir noch ein paar Stunden. Was ich weiß: Zurzeit ist er jedes zweite Wochenende hier. Nächstes Jahr ist Wahl. Und warum sollten sie sich nicht über den Weg gelaufen sein? Gröwer lässt ein Mädchen wie Lea nicht einfach stehen. Der greift zu, wenn sich eine hübsche Gelegenheit bietet.«

Balke blätterte eine Seite in dem Notizbuch um, das er seit einigen Wochen wieder benutzte, nachdem es einmal schweren Ärger mit seinem Smartphone gegeben hatte, in dessen Verlauf ihm Unmengen von Daten und Informationen verloren gegangen waren.

»Er hat ja auch eine Menge zu bieten, was auf Mädels Eindruck macht.«

»Ich weiß nicht«, sagte ich zweifelnd. »Man kennt sein Gesicht von den Plakaten. Es würde Gerede geben. Und das kann er in seiner Position nicht brauchen. Schon gar nicht vor der Wahl.«

»Sein Daimler ist übrigens wirklich nicht braun, sondern silberfarben. Aber an den braunen Mercedes habe ich ja von Anfang an nicht geglaubt.« Balkes Augen wurden klein. Er schien Probleme zu haben, seine Handschrift zu entziffern. »Eine direkte Verbindung zu Lea sehe ich im Moment noch nicht. Aber wir haben ja auch erst angefangen.« Versonnen sah er eine Weile zum Fenster hinaus, wo dunkle Wolken eilig über die Stadt hinwegzogen. »Dieser Gröwer ist genau die Sorte Politiker, die ich gefressen habe. Dem ist es scheißegal, in welcher Partei er ist und wofür er eintritt, solange es nur karrieretechnisch nach oben geht.«

»Sehen Sie eine Chance, unauffällig herauszufinden, wo er am achten Oktober war? Und am zweiten Dezember?«

Balke grinste schelmisch. »An dem Wochenende um den achten Oktober war er definitiv nicht in Berlin. Er hat hier in Heidelberg am Freitagabend an einer Podiumsdiskussion teilgenommen, an der Uni. ›Wege aus der Eurokrise‹ lautete das Thema, und Gröwer hat die Linie seiner Partei vertreten, was immer die sein mag. Mit dabei war noch ein Vertreter der Schwarzen und eine Frau von der Linken. Die Veranstaltung ging bis halb elf. Ich habe im Internet Fotos gefunden, auf denen seine Visage zu besichtigen ist. Anschließend gab's noch Sekt und Häppchen. Das hat er sich auch nicht entgehen lassen. Ich glaube kaum, dass er in der Nacht noch nach Berlin zurück ist. Wo er am Samstagvormittag gesteckt hat, weiß ich nicht. Noch nicht. Jedenfalls scheint er keine Termine gehabt zu haben. Er könnte also problemlos an dieser Tankstelle gewesen sein. Vielleicht haben die zwei eine Spritztour in den Schwarzwald gemacht, um später in einem schönen Hotel ... Warum haben die sich ausgerechnet an der Tanke getroffen, was meinen Sie?«

»Um nicht aufzufallen?«

Balke nickte befriedigt. »Am Samstagabend sollte er eigentlich bei der IHK in Mannheim als Ehrengast auftreten. Den Termin hat er aber kurzfristig absagen lassen. Angeblich wegen einer Krisensitzung im Ministerium in Berlin. Davon findet man im Web allerdings nichts.«

»Was bei einer internen Sitzung des Verteidigungsministeriums vielleicht nicht verwunderlich ist.«

Balke blätterte ungerührt weiter. Wir kamen zum zweiten Dezember, dem Tag, an dem Lea verschwand.

»Den Tag über war er nachweislich in Berlin. Am Vormittag

hat er im Bundestag sogar eine Rede gehalten. Der Text ist auf seiner Homepage nachzulesen, und bei YouTube gibt's ein Video davon. Wo er am Abend war, weiß ich noch nicht.«

»Um welche Uhrzeit war diese Rede?«

»Viertel nach zehn bis halb elf. Die Sitzung in Berlin war erst nachmittags um vier zu Ende, aber vielleicht hat er sich ja ein bisschen früher verkrümelt. Selbst wenn er bis zum bitteren Ende geblieben ist – die letzte Maschine ab Tegel geht um zwanzig nach neun und landet um halb elf am Baden-Airpark. Von dort nach Straßburg fährt man keine Dreiviertelstunde, wenn man es krachen lässt.«

»Dumm nur, dass wir ohne richterliche Genehmigung die Passagierlisten nicht einsehen können.«

Balke grinste schon wieder unternehmungslustig. »An den Ausfahrten der Parkplätze hängen doch heute praktisch überall Videokameras.«

Nachdem mein eifriger Mitarbeiter eilig verschwunden war, stellte ich fest, dass mein elektronischer Terminkalender für die folgenden beiden Stunden keine Verpflichtungen für mich bereithielt. »Interne Vorgänge« trug ich für manche Zeiten ein, um hin und wieder Ruhe für die wichtigen Dinge zu haben. Zum Beispiel, um endlich wieder nach Ludwigshafen zu fahren und nach Henning zu sehen.

Ein Lift brachte mich hinauf zur zweiten Etage, wo sich die Intensivstation befand. Ein Gong ertönte, die Türen surrten auf, und ich lief Doro buchstäblich in die Arme. Sie weinte und klammerte sich spontan an mir fest, als hätte sie nur auf mich gewartet.

»Halt mich«, flüsterte sie mit erstickter Stimme. »Halt mich!«

Ein seltsames Gefühl, sie nach so vielen Jahren wieder zu fühlen. So nah und fremd und zugleich vertraut. Sie hatte kein Parfüm aufgelegt. Vielleicht mit Absicht, vielleicht hatte sie es auch einfach nur vergessen. Ein klein wenig roch sie nach warmer Milch.

»Wie geht's ihm?«, fragte ich, als ihr Schluchzen und Zittern allmählich schwächer wurde.

Sie antwortete mit einem schwachen Kopfschütteln.

»Sollen wir irgendwo einen Kaffee zusammen trinken?«

Doro löste sich von mir und wischte sich die Tränen aus dem Gesicht. »Unten gibt es eine Cafeteria, glaube ich.«

Der Lift, mit dem ich gekommen war, wartete mit offener Tür auf uns. Schweigend fuhren wir nach unten. Die Cafeteria im Erdgeschoss war jetzt, am Vormittag, nur schwach besucht. Eine alte Dame in schwarzem Kleid schlürfte mit versteinerter Miene einen Tee. In einer Ecke nippte eine Nonne in Tracht an einer großen Cola, während sie irgendwelche Unterlagen studierte und manchmal etwas in ihr iPad tippte. Zwei Männer, der eine den rechten, der andere den linken Arm geschient, spielten mit tiefem Ernst Karten. Hinter dem Tresen langweilte sich eine sandblonde dürre Frau und sah uns an, als wären wir Störenfriede. Es duftete nach frisch gebackenem Kuchen.

Ich bestellte einen Cappuccino, weil ich immer Cappuccino bestellte, Doro ein Glas Nero d'Avola. Wenn die Uhr über dem Eingang richtig ging, dann war es halb zehn.

»Das muss jetzt sein«, flüsterte sie heiser. »Ich brauche das jetzt.«

Ich legte meine Hand auf ihre und drückte sie vorsichtig. »Wie geht's ihm?«

»Unverändert. Die Ärzte sagen, das bedeutet nichts. Er kann jederzeit aufwachen. Jede Minute. Die vegetativen Funktionen sind stabil, er ist jung und kräftig, sagen sie …«

»Er wird wieder gesund. Ich bin sicher.«

Sie warf mir einen feindseligen Blick zu. »Woher willst du das wissen? Bist du etwa Arzt?«

Ich schwieg.

Sie senkte den Blick, nippte an ihrem dunklen Rotwein. Draußen blinzelte hin und wieder die Sonne zwischen dunklen Wolken hindurch. Der Schnee war über Nacht fast vollständig weggetaut. Nur in einigen schattigen Ecken lagen noch schmutzige Reste der weißen Pracht vom Vorabend. Die dunkle alte Dame erhob sich und ging mit unsicheren Schritten zum Ausgang. Doro starrte in ihren Wein.

»Ich weiß nicht, was werden soll«, sagte sie schließlich. »Er ist doch noch so jung … Manche wachen erst nach Jahren wieder auf. Manche nie. Man kann nur warten. Und das macht mich so wahnsinnig, dieses Warten.«

Ich zermarterte mir das Hirn nach etwas, was sie trösten könnte. Aber es fiel mir nichts ein.

»Du siehst müde aus, Alexander«, sagte sie irgendwann.

»Ich brauche Urlaub. Nach Weihnachten habe ich mir ein paar Tage freigenommen.«

Dann schwiegen wir wieder. Gestern waren die Ergebnisse der Spurensicherung gekommen: Henning war unter Wasser mit dem Kopf gegen etwas Hartes gestoßen. In seiner Kopfwunde hatte man winzige Reste von Sand und Wasserpflanzen gefunden, die nur in geringer Tiefe wuchsen.

»Erzähl mir von ihm«, sagte ich schließlich. »Erzähl mir von Henning.«

Endlich sah sie auf. Lächelte traurig.

»Was soll ich erzählen? Er war ein ruhiges Kind. Hat fast von Anfang an durchgeschlafen. Die ersten sechs Wochen musste er in der Klinik bleiben. Aber danach hat er gleich durchgeschlafen. In der körperlichen Entwicklung war er ein wenig langsam. Erst mit neun Monaten hat er begonnen zu krabbeln, und mit anderthalb hat er laufen gelernt. Aber ein helles Köpfchen war er immer schon. Mit einem Jahr hat er gesprochen wie ein Wasserfall. Später, im Kindergarten, hat er sich schwergetan, sich an die vielen Kinder zu gewöhnen. In großen Gruppen hat er sich nie wohlgefühlt. In der Schule war er immer vorn dabei. Obwohl er nicht besonders fleißig war. Er hätte …«

»Du sprichst in der Vergangenheit von ihm. Das darfst du nicht.«

Sie schluckte. Trank einen großen Schluck Wein.

»Was soll das?«, fragte sie sich selbst. »Was soll dieses Gerede? Er liegt da oben und wird nie wieder die Sonne sehen, und das ist die Wahrheit.«

Die Kartenspieler bestellten zwei weitere Pils. Die Nonne klappte ihr iPad zu. Ich hatte mich noch selten so fehl am Platz gefühlt. Doros Weinglas leerte sich zügig.

»Warum war er in der Klinik?«, fragte ich, um das Gespräch nicht schon wieder einschlafen zu lassen.

Sie musterte mich verständnislos.

»Du hast gesagt, er war die ersten Wochen in der Klinik. Als er noch ein Baby war.«

Ihr Blick irrte ab. »Er war zu früh. Henning war ein Siebenmonatsbaby.«

In mir zerplatzte etwas mit lautlosem Knall. Eine Befürchtung, die zugleich eine Hoffnung gewesen war. Henning war eine Frühgeburt gewesen. Ich konnte unmöglich sein Vater sein.

Erst mit Verzögerung wurde mir bewusst, dass Doro mich ernst und aufmerksam ansah. Dann lächelte sie plötzlich, als wüsste sie, was in mir vorging.

21

Sönnchen empfing mich stehend und mit dem Hörer in der Hand.

»Das war grad Straßburg«, sagte sie, während ein Gewitter widersprüchlicher Gefühle über ihr Gesicht zuckte. »Sie haben ihn …«

Vorsichtig, als wäre das Telefon aus Glas, legte sie auf.

Der Mann, der bislang vier Frauen entführt, aufs Blut gequält, geschändet und am Ende getötet hatte, war ein ehemaliger Polizist. Sönnchen hatte alles genau notiert. Luc Barthélémy, dreiundfünfzig Jahre alt, Vater zweier längst erwachsener Söhne, seit wenigen Wochen geschieden und wieder allein lebend. Zuvor hatte er sich nie etwas zuschulden kommen lassen. Aus dem Polizeidienst war er vor fünf Jahren wegen Krankheit ausgeschieden.

»Ein paar Jahre ist er sogar bei der Sitte gewesen«, sagte Sönnchen. »Ausgerechnet! Seit er geschieden ist, wohnt er in einem kleinen Haus bei Brumath. Die Nachbarn sagen, er ist ein bisschen scheu, aber nett. In dem Haus hat er die armen Frauen aber nicht versteckt. Die Franzosen meinen, er muss irgendwo auf dem Land ein Versteck haben. Ein altes, leer stehendes Bauernhaus, eine Höhle, eine Scheune. Vielleicht in den Vogesen …«

Ich nahm mir einen Stuhl und setzte mich neben ihren Schreibtisch. »Aber er verrät das Versteck nicht?«

Sie schüttelte den Kopf, nahm ebenfalls Platz. »Sie haben ihn bei einem Verkehrsunfall erwischt. Gestern Abend. Er ist mit dem Auto auf dem vielen Schnee ins Rutschen gekommen und auf einen Bus geknallt. Das Auto war kaputt, und wie die Polizei gekommen ist, da hat er sich so komisch verhalten, dass sie ihn gleich mit aufs Revier genommen haben. Dort haben sie dann festgestellt, dass er Blut unter den Fingernägeln hat ...«

Es dauerte einen Augenblick, bis ich verstand. »Heißt das etwa, er hat schon wieder eine Frau ...?«

Sönnchen nickte, als trüge sie persönlich Schuld daran.

»Sie haben ihn die ganze Nacht vernommen. Die ganze Nacht. Aber er sagt nichts. Er sagt einfach nichts. Und jetzt haben sie natürlich Angst, dass die Frau vielleicht noch lebt ... und ...«

»Du lieber Gott!« Ich legte das Gesicht in die Hände. Dann sah ich wieder auf. »Kennt man schon die Blutgruppe?«

Sönnchen mochte mir nicht in die Augen sehen und schüttelte nur stumm den Kopf.

Nach seinen anfänglichen Fortschritten kam Balke plötzlich nicht mehr weiter. Von den Parkplätzen des Baden-Airparks war in der halben Stunde nach Ankunft der Maschine aus Berlin kein passender Mercedes gefahren.

»Mietwagen ist auch Fehlanzeige«, berichtete er mir am späten Nachmittag geknickt. »Er könnte natürlich woanders geparkt haben. Gerade reiche Leute sind ja oft unglaublich geizig. Oder er hat sich abholen lassen. Kommen wir nicht doch irgendwie an die Passagierlisten ran?«

»Vergessen Sie es.«

»Es gibt vielleicht noch eine andere Möglichkeit ...« Eilig zückte er sein Smartphone. »Ich checke mal eben, ob er ...«

»Passt«, zischte er nach wenigen Augenblicken. »Mit dem ICE braucht er nur sechseinhalb Stunden von Berlin nach Offenburg. Wenn er gleich nach der Bundestagssitzung zum Bahnhof ist, dann war er um fünf nach halb elf in Offenburg. Von da vielleicht mit dem Taxi nach Straßburg – das haut hin. Ihre Zeugen haben sich vielleicht mit der Uhrzeit vertan. Als MdB braucht er nicht mal ein Ticket. Unsere sogenannten Volksvertreter kriegen ja alle die Bahncard 100 für lau. Erste Klasse natürlich. Man könnte ja mit dem Volk in Kontakt kommen, das man vertritt. Das mit dem Taxi checke ich nachher.«

»Gut«, erwiderte ich wenig begeistert. »Es wäre prinzipiell

möglich, dass er in der Nacht in Straßburg war. Und mit Lea um einen braunen Umschlag gestritten hat. Aber ohne einen handfesten Beweis gehe ich nicht aus der Deckung. Sonst habe ich fünf Minuten später den Innenminister persönlich am Hals. Abgesehen davon – hat Gröwer es wirklich nötig, sich von Lea Geld geben zu lassen?«

Balke schluckte und steckte umständlich sein Telefon wieder ein. Für Sekunden herrschte ratloses Schweigen.

»Wenn wir wüssten, wo er am nächsten Tag war ...«, grübelte Balke mit Blick ins Unendliche. »In der Nacht zurück nach Berlin geht nicht. Die Frühmaschine geht um ... Sekunde ...« Wieder kam das Handy zum Einsatz. »... sechs Uhr fünfunddreißig. Um zehn vor acht wäre er wieder in Tegel gewesen.«

»Könnte, wäre, müsste ... Bisschen viele Konjunktive, finden Sie nicht auch?«

»Wissen Sie was, Chef?«, sagte Balke nach kurzem Schweigen mit entschlossenem Blick. »Ich bin heute Abend Strohwitwer. Evalina zieht mal wieder mit ihren Kickboxfreundinnen um die Häuser. Ich google zu Hause noch ein wenig rum. Wer weiß, was man noch alles findet, im Web.«

Im Gegensatz zu meinem jagdfiebrigen Mitarbeiter war ich an diesem Abend nicht Strohwitwer. Theresa erwartete mich. Wir hatten einiges nachzuholen, da unser Dienstagstermin dem gemeinsamen Essen zum Opfer gefallen war.

Meine Liebste war anfangs ein wenig verstimmt, als ich fünf Minuten zu spät und mit dem Kopf noch im Büro unser Liebesnest betrat, eine kleine Zweizimmerwohnung in Neuenheim. Sie fand, ich machte mir zu viele Sorgen um anderer Leute Kinder, ließe die gebotene professionelle Distanz vermissen und wolle wieder einmal die ganze Welt auf einmal retten. Womit sie wahrscheinlich in allen Punkten recht hatte. Von der Verhaftung des Straßburger Frauenmörders hatte sie schon in den Nachrichten gehört.

Erst als ich ihr von Gröwer erzählte, begann sie mit mir zusammen zu überlegen, wie man ihm an den weißen Kragen könnte, ohne als Kripochef seine Stellung zu riskieren.

Schließlich wandten wir uns dem zu, weshalb wir zusammen

waren: uns zu lieben. Uns zu riechen. Zur Ruhe zu kommen. Die Nähe des anderen zu spüren. Zu uns selbst zu finden.

Von Henning erzählte ich an diesem Abend nur das Nötigste. Und von Doro überhaupt nichts.

»Wann kriege ich eigentlich ein Exemplar von deinem neuen Buch?«, fragte ich, als wir ausreichend zur Ruhe gekommen waren. »Sollte es nicht schon vor drei Wochen erscheinen, damit ihr das Weihnachtsgeschäft mitnehmen könnt?«

Theresa steckte sich eine Zigarette an und grummelte etwas von Problemen mit der Druckerei. »Und in einer Woche ist Heiligabend! Ich hoffe, es reicht noch, um wenigstens ein paar Hundert zu verkaufen.«

Nach dem ersten Band »Kabale und Liebe am Heidelberger Hof«, dessen Verkäufe zumindest um Heidelberg herum ganz beachtlich waren, hatte Theresa sich in ihrem zweiten Buch dem ernsten Thema Terrorismus gewidmet. Es sollte zwar auch ein wenig menscheln, denn auch politisch extrem eingestellte und gewaltbereite Menschen kennen Gefühle wie Liebe und Eifersucht. Aber allein der Titel, »Gewalt von unten – Freiheitskämpfer und Terroristen«, ließ mich fürchten, dass das Buch als Ladenhüter enden würde, obwohl es in einem großen Kölner Verlag erschien.

Aber auch das behielt ich an diesem Abend für mich.

Ich hatte miserabel geschlafen in der Nacht, von turbulenten Bundestagsreden geträumt, von Zwischenrufen und kindergartenähnlichen Zuständen. Wenn ich mich richtig erinnerte, war es um die Frage gegangen, ob Terroristen in der Bahn künftig umsonst erster Klasse reisen durften.

Balke erwartete mich schon vor meiner Bürotür. Seine Gesichtsfarbe und die Kleinheit seiner Pupillen ließen mich fürchten, dass er die Nacht vor dem Computer verbracht hatte. Und es sah nicht aus, als hätte er Erfolge zu vermelden.

»Ich kann Ihnen immer noch nicht sagen, ob Gröwer in Straßburg war«, gestand er, als wir uns gegenübersaßen, und rieb sich die überanstrengten Augen. »Sicherheitshalber habe ich auch alle infrage kommenden Autovermietungen abgeklappert, außerdem die Bahnhöfe, Taxis sowieso, aber …« Mutlos zuckte er die Achseln.

»Sie wollen ihn kriegen, was?« Ich bemühte mich, meine Frage nicht allzu mitfühlend klingen zu lassen.

»Es gibt nichts, was mir mehr Spaß machen würde«, brummte er und gähnte. »Der Mercedes könnte natürlich einem Bekannten gehören, einem Freund, irgend so was. Vielleicht ist er doch braun, und die Zeugen haben sich nicht geirrt. Oder er hat zwei verschiedene Sternchenkutschen, oder er hat sich abholen lassen …«

»Herr Balke, bitte! So kommen wir doch nicht weiter.«

»Als Nächstes werde ich eine Liste seiner hiesigen Kontakte zusammenstellen, habe ich mir überlegt. Ein Typ wie der kennt natürlich massenhaft Leute. Aber nicht jeder davon fährt Mercedes. Und nicht jeder wird ihm sein Auto leihen.«

»Herr Balke …«

»Ich bleibe dran.« Er schien mich überhaupt nicht mehr zu hören. »Und wenn das Wochenende in die Grütze geht. Evalina ist sowieso bei ihrem Vater.«

Ich versuchte, ihn mit einem Themenwechsel in die Realität zurückzuholen: »Was ist eigentlich aus Leas Festplatte geworden?«

Balke stockte und sah mich verständnislos an.

»Frau Vangelis hat sie nach Griechenland geschickt. Sagen Sie ihr, sie soll da bitte mal nachhaken.«

Sönnchen kam mit einem Cappuccino für mich, einem Latte macchiato für Balke und mitleidigen Blicken für uns beide.

Wir steckten wieder einmal fest. An keiner Front ging es mehr voran. Und das Schlimmste war: Ich hatte keine Idee mehr, was wir noch tun könnten.

Mein Vormittag verstrich in Trübsal und Kleinigkeiten. Draußen schien es immer dunkler zu werden. Als es zwölf war, zwang Sönnchen mich, essen zu gehen. Sie selbst ging nie in die Kantine, sondern aß in der Mittagspause mitgebrachte Brote.

Als ich wieder am Schreibtisch saß, tat ich das, was ich mir beim Essen überlegt hatte: Ich wählte auf meinem privaten Handy die Nummer von Gröwers Heidelberger Wahlkreisbüro. Ein Mann, dessen Stimme nichts über sein Alter verriet, meldete sich mit professioneller Freundlichkeit.

»Ich würde gerne Herrn Gröwer sprechen«, sagte ich, nachdem ich mich als freischaffender Journalist vorgestellt hatte.

»Herr Dr. Gröwer beantwortet Medienanfragen grundsätzlich nicht am Telefon, sondern nur schriftlich, tut mir sehr leid. Sie könnten ihn allerdings persönlich treffen. Er wird morgen in Heidelberg sein. Ich hätte da noch ein freies Terminfenster um zehn nach elf. Reichen zehn Minuten? Wen darf ich vormerken?«

Ich verzichtete auf die Audienz und rief stattdessen kurz entschlossen in Berlin an. Dieses Mal nicht per Handy, sondern über meine offizielle Nummer.

»Darf ich fragen, worum es geht?«, fragte mich eine professionell-sympathische Frauenstimme mit unverkennbarem sächsischem Akzent.

»Eine Privatsache.«

»Und mit wem spreche ich bitte? Ich habe eben Ihren Namen nicht verstanden.«

Den hatte ich auch gar nicht genannt.

»Gerlach.«

»Und Sie kennen Herrn Dr. Gröwer persönlich?«

»Das sagte ich schon.«

Für Sekunden durfte ich mir Fahrstuhlmusik anhören. Inzwischen bereute ich den spontanen Anruf schon und stand kurz davor aufzulegen.

»Dr. Gröwer ist Ihr Name leider unbekannt«, erklärte mir die Dame schließlich nicht mehr ganz so freundlich. »Außerdem ist er zurzeit sehr beschäftigt. Er lässt Sie bitten, ihm Ihr Anliegen schriftlich zu übermitteln. Wenn ich Ihnen seine Mailadresse diktieren darf …«

Ich weiß nicht, welcher Teufel mich ritt, als ich sie anfuhr: »Sagen Sie ihm, ich bin Leiter der Heidelberger Kriminalpolizei, und es ist in seinem eigenen Interesse, mit mir zu sprechen.«

Und wieder Musik.

»Gröwer«, hörte ich dann eine professionell vertrauenerweckende Männerstimme. »Worum geht's, Herr Gerlach? Was verschafft mir die unerwartete Ehre?«

Er klang tatsächlich, als wären wir alte Freunde.

»Um eine gewisse Lea Lassalle.«

»Lea wie?«

Er reagierte vollkommen emotionslos. Entweder er kannte sie wirklich nicht, oder er war ein ausgesucht guter Schauspieler.

»Lassalle.«

»Müsste ich … die Dame kennen? Ich bin mir jetzt unsicher. Ich treffe viele Menschen, wie Sie sich denken können. Da vergesse ich schon mal den einen oder anderen Namen. Aber ich könnte … Momentchen …«

Ich hörte das Ticken einer Laptoptastatur durchs Telefon.

»In meinen Kontakten ist sie auch nicht. Hoffentlich nicht wieder eine von denen, die behaupten, ich sei der Vater ihres Kindes. Obwohl, da würde wohl kaum die Kripo …«

»Es ist nur eine Routineanfrage. Bitte entschuldigen Sie die Störung. Ihre Aussage, dass Sie die Frau nicht kennen, genügt mir vollauf.«

»Und Routineanfragen macht seit Neuestem der Chef persönlich? Ich wusste ja, dass auch der baden-württembergische Innenminister sparen muss. Dass es aber so schlimm um unser Ländle steht …« Er gluckste, räusperte sich, wurde übergangslos wieder ernst. »Ich werde mein Sekretariat anweisen, Sie jederzeit durchzustellen.«

Ich bedankte mich zähneknirschend, knallte den Hörer auf den Apparat und hoffte, dass Gröwer das Telefonat so rasch wie möglich wieder vergaß.

Nachdem mein Puls sich wieder beruhigt hatte, wählte ich noch einmal die Nummer der Klinik. Hennings Zustand war unverändert. Schließlich suchte ich Doros Nummer in meinem Handy, zögerte lange und legte es wieder auf den Tisch.

Am Samstagvormittag rief Balke um halb neun auf meiner Privatnummer an und entschuldigte sich nicht einmal für die Störung.

»Ich habe vielleicht eine Goldader angegraben, Chef«, verkündete er heiser vor Aufregung. »Ich habe eine Zeugin gefunden, die Gröwer gut kennt. Sie ist bereit, in die Direktion zu kommen und ihre Aussage zu machen.«

»Wann?«

»Heute. Jetzt. Am besten gleich, bevor sie es sich anders überlegt.«

Draußen schien heute zur Abwechslung wieder die Sonne.

»Ich schwinge mich aufs Rad«, sagte ich. »In zehn Minuten bin ich bei Ihnen.«

Balke erwartete mich in Begleitung einer vielleicht dreißigjährigen, vollschlanken Dunkelhaarigen, die mithilfe ausgefallener Garderobe, kunstvoller Frisur und reichlichen Make-ups den Eindruck zu erwecken versuchte, sie wäre zehn Jahre jünger.

»Darf ich vorstellen«, sagte Balke mit galanter Verbeugung und innigem Lächeln, »Frau Ferrini.«

Gemeinsam betraten wir mein Büro. Die Zeugin war nervös und sichtlich froh, sich setzen zu dürfen. An ihrer rehbraunen Handtasche schimmerte dezent das Prada-Emblem. Sie zupfte an ihrem eine Spur zu kurzen Rock herum und arrangierte drei Mal die Beine um, bis sie mit der Position zufrieden war.

»Angelina Ferrini«, stellte sie sich in akzentfreiem Hochdeutsch vor. Sie hatte eine angenehme, volle Stimme. »Sie wollen was über Carsten wissen, hat Sven gesagt.«

Sie lächelte zu meinem Mitarbeiter hinauf, der neben ihrem Stuhl stand und ihr moralisch den Rücken stärkte. Er lächelte beruhigend zurück und sah sie an, als würde er demnächst ihre Wange tätscheln.

»Sie kennen Herrn Gröwer?«, fragte ich, bevor man tätlich wurde.

Sittsam schlug sie die dunklen Augen nieder. »Es ist mir jetzt ein bisschen unangenehm. Carsten ... Ich hab mal was mit ihm gehabt, das stimmt. Muss ich ...« Sie sah mir kurz und ängstlich in die Augen. »Ich muss aber nicht vor Gericht oder so?«

»Aber nein!« Ich lachte heiter. »Davon ist überhaupt keine Rede. Es geht uns nur um ein paar allgemeine Informationen.«

»Er hat also nichts verbrochen oder so?«

»Wirklich nur eine Routineangelegenheit. Außerdem genießt er als Abgeordneter ja Immunität.«

Sie nickte dankbar. Aber auf den Kopf gefallen war sie nicht. »Was ist das denn für eine Lappalie?«

»Darf ich leider nicht sagen. Das kennen Sie sicher aus dem Fernsehen.«

»Geht's um ... eine Frau?«

»Nicht so, wie Sie vielleicht denken.«

Ihr Blick irrte ab. Sie hielt sich an ihrer Handtasche fest. Ihr Parfüm war um zwei Nuancen zu dick aufgetragen. »Beim Carsten geht's ja irgendwie immer um Frauen.«

Ich lehnte mich zurück, um eine entspannte Atmosphäre zu schaffen. »Was ist Herr Gröwer denn für ein Mensch?«, fragte ich im Guter-Onkel-Ton.

»Was wollen Sie denn wissen?«

Es war ein teures Parfüm. Es roch gut. Aber es war entschieden zu viel.

»Was Ihnen einfällt«, erwiderte ich milde.

»Untreu ist er«, stieß Angelina Ferrini unvermittelt hervor. »Der Carsten ist einer von diesen Kerlen, die sich ständig beweisen müssen, wie toll sie bei Frauen ankommen. Aber ich bin ja selber schuld, ich doofes Huhn, dass ich auf ihn reingefallen bin. Eine Freundin hatte mich sogar gewarnt vor ihm.«

»Hat er bestimmte Vorlieben, was Frauen betrifft?«

»Der?« Sie lachte kalt und musterte mich finster. »Der nimmt jede. Jede, die gut aussieht. Und schlank muss sie sein. Nicht zu moppelig jedenfalls. Was er gar nicht leiden kann: wenn eine zu schnell nachgibt. Wenn eine gleich die Beine breitmacht, dann verliert er das Interesse. Man muss ihn zwei, drei Tage zappeln lassen. Dann ruft er einen ständig an. Jeden Tag habe ich einen Megastrauß rote Rosen gekriegt, jeden Tag. Und wenn er gehabt hat, was er will, dann kann man praktisch die Tage zählen, bis es ihm langweilig wird.«

»Steht er eher auf … junge Frauen?«, fragte ich so beiläufig wie möglich.

Ihr Blick wurde noch eine Spur finsterer. »Sie meinen, *zu* junge Frauen?« Mit einer filmreifen Bewegung strich sie sich eine dunkle Locke aus dem Gesicht.

»Zum Beispiel«, erwiderte ich, ohne sie anzusehen. In diesem Moment bewegte ich mich auf gefährlich dünnem Eis.

»Ja«, sagte sie nach kurzem Nachdenken und nickte zur Bestätigung zweimal heftig. »Wenn er zu mir gekommen ist, dann musste ich mich immer anziehen, als wäre ich ein Teenie. Und er mag es auch, wenn man frech zu ihm ist. Schmollmündchen und Kulleraugen, so was macht ihn scharf.«

Ich wechselte mit Balke einen unauffälligen Blick, der ihr jedoch nicht entging.

»Wie war das denn, als Sie sich getrennt haben?«, fragte ich gemütlich.

»Ganz einfach war das: Auf einmal hat er sich nicht mehr gemeldet. Seine Tippse in Berlin hat ihn verleugnet, das Handy hat er nicht mehr abgenommen. Irgendwann ist dann immerhin eine kurze SMS gekommen. Es liegt nicht an mir, ich bin eine tolle Frau. Das übliche Blabla. Er fühlt sich noch nicht reif für eine feste Bindung. Nehme an, er hat den Text als Vorlage gespeichert.«

»Sie wussten, dass er verheiratet ist?«

»Klar wusste ich das. Aber er hat diese Verena doch bloß wegen ihrem Geld geheiratet. Der Carsten, wissen Sie, er kommt aus einfachen Verhältnissen, wie ich auch, und da muss man strampeln, wenn man nach oben will. Da darf man nicht zimperlich sein.«

Was nicht ganz stimmte, denn Gröwer stammte aus einer wohlhabenden Familie. Aber wahrscheinlich hatte er das ihr gegenüber aus durchsichtigen Gründen so dargestellt.

»Er ist auch total unglücklich in dieser komischen Ehe. Aber er bringt es einfach nicht fertig, sich von ihr zu trennen. Noch nicht. Carsten kann Menschen nicht wehtun, wissen Sie. Das finde ich einen tollen Zug an ihm. Er ist nicht so oberflächlich wie …«

Balke unterbrach sie vorsichtig: »Vorhin am Telefon hat das aber ein bisschen anders geklungen.«

Sie starrte ihn verständnislos an, schluckte, und plötzlich zerbröckelte ihre stolze Miene in Wut und Trauer und bodenloser Enttäuschung. Ab sofort sprach sie zu ihrer Handtasche.

»Er ist … Er ist … so ein Arschloch ist er. Angelogen hat er mich«, schluchzte sie. »Vom ersten Tag an. Nebenher hat er noch eine andere gehabt, in Berlin. Ich wollt ihn mal besuchen. Sollte eine Überraschung sein. Er hat Geburtstag gehabt. Und er hat gesagt, er kann nicht mal richtig feiern, weil er so viel arbeiten muss. Blumen hab ich mitgebracht, einen wahnsinnig schönen Strauß, und den teuren Sekt, den er so gerne trinkt, und das Ticket hat ein Schweinegeld gekostet, und wie ich abends um halb zehn an seiner Tür läute, da freut er sich nicht die Bohne, und auf dem Tisch stehen Kerzen und zwei Gläser und eine leere Sektflasche, und am Ende stellt sich raus, dass er eine andere im Bett hat. Und dann schimpft er auch noch mit mir! Mit mir! Was ich mir einbilde, ihn einfach zu überfallen. Wo ich doch weiß, dass er verheiratet ist. Und dabei ist die Zippe im Bett nie und nimmer seine Verena gewesen. Ich bin doch nicht blöd! Ich hab doch Bilder von ihr gesehen, im Internet! Wenigstens bin ich nicht so blöd, wie Herr Dr. Arschgesicht denkt.«

Balke warf mir einen schnellen Bin-ich-nicht-gut-Blick zu: Die geht über Leichen, um ihrem Carsten eine reinzuwürgen.

Ich zögerte immer noch. Sollte ich es riskieren? Durfte ich es riskieren?

»Nun gut«, sagte ich endlich und räusperte mich. »Was wir hier reden, bleibt unter uns, okay?«

»Logo.« Sie nickte tapfer. Hustete. »Ich erzähle keiner Menschenseele was. Kein Wort.«

»Eine junge Frau, mit der Herr Gröwer möglicherweise ein Verhältnis hat, ist seit drei Wochen verschwunden.«

Angelina Ferrini tupfte sich mit einem Taschentuch gekonnt die Augenwinkel. »Wie alt ist sie? Zwölf? Dreizehn?«

»So schlimm ist es auch wieder nicht. Sie ist praktisch volljährig.«

»Denken Sie …«, fragte sie mit großen, feuchten Augen, »denken Sie, er hat ihr was … angetan?«

»Aber nein. Ich kann mich wirklich darauf verlassen, dass Sie alles für sich behalten, was wir hier reden?«

»Aber klar!« Empörter Blick. »Ich bin doch kein Waschweib!«

»Wir haben gewisse Anhaltspunkte dafür, dass er sie getroffen hat, kurz bevor sie verschwunden ist. Zeugen sagen, sie hätte ihm einen Umschlag übergeben.«

»Einen Umschlag?«, fragte sie verständnislos.

»Haben Sie eine Idee, was in diesem Umschlag gewesen sein könnte?«

»Also, Geld hat er ja eigentlich mehr als genug …«

»Könnte es sein, dass er sich verschuldet hat? Spielt er heimlich? Vielleicht gibt ihm seine Frau nicht so viel, wie er braucht?«

»Er verdient über zehntausend im Monat, hat er mir mal vorgerechnet. Aber okay, die Wohnung in Berlin. Hundertfünfzig Quadratmeter, beste Innenstadtlage. Dann die Autos. Und das

Golfen. Seine Wohnung hier in Heidelberg ist zwar nicht sooo riesig …«

»Eine Wohnung in Heidelberg?«, fragten Balke und ich gleichzeitig.

Verdutzt sah sie abwechselnd meinen Untergebenen und mich an. »Haben Sie das nicht gewusst? Irgendwo muss er ja hin mit seinen Weibern, und …« Gekonnt schlug sie wieder die dunklen Augen nieder. »Er kann mit seinen Schlampen ja schlecht bei seinen frommen Eltern aufkreuzen.«

»Wo ist diese Wohnung?«

»Am nördlichen Neckarufer. Den Straßennamen weiß ich jetzt gerade nicht. Wenn Sie einen Stadtplan hätten …«

»Hat er eine bestimmte Masche?«, wollte Balke wissen, während ich im Internet nach dem Stadtplan von Heidelberg suchte.

»Um Mädels aufzureißen?«, stieß unsere Zeugin grimmig lachend hervor. »Der Carsten hat tausend Maschen. Meistens auf Partys. Er hat ein ganz unglaubliches Durchhaltevermögen. Der bleibt bis fünf auf einer Party, und um sieben sitzt er im Büro. Wenn er nicht gerade mit seiner neuesten Schnalle bei der Sache ist, natürlich.«

»Haben Sie eine Idee, wie er das Mädchen kennengelernt haben könnte? Sie ist noch Schülerin und gerade mal fünf Monate in der Stadt.«

»Manche quatscht er auch einfach auf der Straße an. Wenn er Wahlkampf macht, zum Beispiel. Das bringt der echt. Mir hat er eine Rose in die Hand gedrückt und mir zugezwinkert, und eine Stunde später haben wir schon zusammen Kaffee getrunken. Was war ich stolz, dass so ein toller und berühmter Mann, und so weiter … Er ist ein Doktor, er sieht gut aus, er fährt tolle Autos. Ich kenne wenige, die keinen Kaffee mit dem Carsten trinken würden. Sogar manche, die verheiratet sind.«

Ich drehte meinen Laptop in ihre Richtung. Gröwers Heidelberger Liebesnest lag an der Uferstraße nur etwa hundert Meter von der Wohnung in der Ladenburger Straße entfernt, wo ich mich regelmäßig mit Theresa traf.

»Nimmt er eigentlich hin und wieder Drogen?«, lautete meine nächste, ganz beiläufige Frage, als ich den Laptop wieder zuklappte.

»Sie meinen, so richtig? Nicht nur Alk? Ecstasy. Ziemlich oft sogar. Drum hält er auf den Feten so lange durch. Ohne Dope packt das keiner. Nicht mal Carsten.«

»Wann genau haben Sie sich von ihm getrennt?«

»Ich doch nicht!«, versetzte sie empört. »Er hat sich getrennt. Nach der Katastrophe in Berlin hat er gesagt, er will mich nicht mehr sehen. Hat meine Blumen in die Tonne gestopft, den Sekt in den Kühlschrank getan und gesagt, ich soll mich vom Acker machen. Vor zwei, drei Wochen ist das gewesen. Ein Samstag war's. Anfang Dezember. Zwei Tage später ist dann die SMS gekommen.«

»Könnte dieser Samstag der dritte Dezember gewesen sein?« Wieder wechselte ich einen Blick mit Balke. Das wäre der Tag nach Leas Verschwinden.

Sie schniefte. »Die ganze Rückfahrt lang hab ich nur geheult. Und mein Sparpreisticket konnt ich auch wegschmeißen. Ein Ticket zum vollen Preis musst ich lösen! Fast zweihundert hab ich dafür bezahlt. Bloß für die Rückfahrt! Und geheult habe ich von Berlin bis Frankfurt.«

»Er ist es nicht wert«, sagte Balke mitfühlend und legte seine Hand auf ihren Unterarm. Sie schnaubte wütend, schüttelte den Kopf, beruhigte sich wieder. Ich hatte keine weiteren Fragen. Balke brachte sie hinaus und kam lange nicht zurück.

22

»Es ergibt einfach kein Bild«, meinte Balke, als er endlich wiederauftauchte und auf den Stuhl fiel, auf dem vor Minuten noch Angelina Ferrini geweint und gezetert hatte. »Wir haben jede Menge Teile, aber es wird kein Puzzle daraus.« Er streckte die Beine von sich, faltete die Hände im Nacken und sah an mir vorbei. »Und nun?«

»Lassen Sie uns Inventur machen.« Ich schob einen karierten DIN-A4-Block zurecht. »Was wissen wir? Lea steigt in Straßburg nicht in den Bus. Den Tag über hat sie ständig telefoniert. Sie hat sich von Henning Dellnitz tausend Euro schenken lassen. Und ihrem Vater siebenhundert geklaut.«

»Am Abend vor ihrem Verschwinden kommt sie blutend nach Hause«, setzte Balke meine Überlegungen fort. »Wahrscheinlich mit einer Schnittverletzung am Hals. Und der Vater hat natürlich keinen Dunst, was seinem Töchterchen zugestoßen sein könnte.«

Über den Mercedesfahrer, dem Lea das viele Geld ausgehändigt hatte und der vielleicht Gröwer hieß, kamen wir zu Hennings Besuch bei mir, seinem Einbruch im Haus von Leas Vater und schließlich zu Leas Laptop.

»Ein Laptop, auf dem er irgendwas findet, was ihn völlig aus der Fassung bringt«, überlegte Balke. »Er wirft das Ding in den Rhein und springt hinterher.«

»Wie könnte Gröwer ins Bild passen? Bei ihm sehe ich immer noch kein Motiv.«

Balke nickte nachdenklich. »Um Geld kann es nicht gegangen sein. Er hat sie gevögelt, das ist für mich klar. Aber das Mädel ist fast achtzehn, er hatte keinen Grund zur Panik. Außerdem hat er schon so viele Weibergeschichten überstanden, mit so was ist der Typ nicht erpressbar.«

»Die Ecstasy-Pillen? Sie hat ihm das Zeug besorgt und ihn später damit erpresst? Wäre schon eher ein Grund für ihn, nervös zu werden.«

»Wieso eigentlich erpresst?«, fragte Balke mit kleinen Augen. »Sie hat doch *ihm* den Umschlag übergeben und nicht umgekehrt.«

Für Sekunden schwiegen wir. Draußen schien immer noch die Sonne. Einige vorwitzige Vögel machten sich Hoffnungen, der Winter könnte schon vorüber sein.

»Und wenn es andersherum war?«, überlegte ich. »Es war ein ziemliches Hin und Her mit diesem Umschlag, wenn man meinen Zeugen glauben kann.«

»Dann hätte sie so etwas wie eine Kollekte veranstaltet an dem Tag. Sie hat Henning angebettelt und Gröwer erpresst.«

»Und wozu hat sie das Geld gebraucht?«

»Reisekasse?« Balke sah zur Decke und kaute auf der Backe. »Sie musste aus irgendeinem Grund dringend untertauchen. So dringend, dass sie nicht mal Gepäck mitgenommen hat. Vielleicht hat sie ihre Drogenlieferanten nicht bezahlt? Diese Leute sind keine Chorknaben.«

»Der Schlüssel ist Henning. Und der Laptop. Was ist nun eigentlich mit der Festplatte?«

»Ich war dabei, wie Klara gestern mit Thessaloniki telefoniert hat«, berichtete Balke. »Auch wenn ich kein Wort verstanden habe, war ich heilfroh, dass ich nicht der arme Kerl am anderen Ende war. Wusste gar nicht, dass Klara so laut werden kann.«

Draußen schien die Sonne. Die Vögel zwitscherten immer noch. Heute war Samstag. Und was wir hier taten, führte zu rein gar nichts. Balke wollte noch rasch in seinem Büro vorbeischauen, »Mails checken«, und anschließend ebenfalls nach Hause fahren.

Ich hatte gerade die Kleinschmidtstraße erreicht, als mein Handy zu brummen begann. Auf dem Rad war es eine ziemliche Fummelei, es aus der Hosentasche zu ziehen, und um ein Haar wäre ich dabei auf einen Lieferwagen aufgefahren, der vor der Buchhandlung in der zweiten Reihe parkte. Es war Balke.

»Diese Griechen!«, sagte er. »Sag noch mal einer, die kriegen nichts gebacken!«

»Heißt das, sie haben doch noch Daten rekonstruieren können?«

»Bruchstücke. Keine kompletten Dateien, aber einzelne Sektoren. Im Moment arbeiten sie noch dran und laden Stück für Stück alles, was sie finden, auf einen Server hoch, zu dem ich das Log-in habe.«

»Und was ist das, was Sie bisher gesehen haben?«

»Schulkram. Hausaufgaben, Referate, tonnenweise MP3-Files, Videos und, und, und. Mails haben sie bisher keine gefunden ... Moment, da kommt wieder was.« Er verstummte für Sekunden und sagte dann mit veränderter Stimme: »Also, jetzt blick ich gar nichts mehr.«

Ich hatte inzwischen das Haus erreicht, wo ich mit meinen Töchtern wohnte, und kettete mein gutes altes Motobécane-Rad am schmiedeeisernen Vorgartenzaun an.

»Nun sagen Sie schon!«

»Pornos.«

»Pornos?«

»Männer, die Sex mit kleinen Mädchen haben.«

Die Mädchen waren dann doch nicht so klein, wie ich befürchtet hatte. Es handelte sich auch nicht um mehrere Mädchen, sondern um immer dieselbe junge Frau: Lea. Eine Viertelstunde nach unserem Telefonat saß ich wieder mit Balke zusammen – dieses Mal in seinem Büro –, und wir sahen uns gemeinsam die Videoschnipsel an, die die Spezialisten in Thessaloniki von Leas Festplatte gerettet hatten. Es handelte sich um etwa achtzig jeweils weniger als eine Sekunde lange Bruchstücke. Balke hatte die Teile wahl- und zusammenhanglos zu einem kurzen Film zusammengefügt. Lea hatte sich – vermutlich mithilfe ihres Handys – selbst beim Sex mit einem Mann gefilmt. Die Filmchen waren so verwackelt und die Perspektivenwechsel so häufig, dass man vom Zusehen seekrank werden konnte. Was ich sah, erregte weniger mein Interesse als Übelkeit.

»Und Sie sind sicher, dass sie es ist?«, fragte Balke.

»Das Tattoo am Po«, erwiderte ich so leise, als wäre Sprechen hier untersagt. »Der kleine Schmetterling. Eindeutig.«

Leider war das Gesicht des Mannes nie richtig zu sehen, da Lea die Kamera auf die unteren Körperbereiche gerichtet hatte. Er schien um einiges älter zu sein als sie. Und sehr viel erfahrener.

»Sie mag es auf die harte Tour«, meinte Balke durch die Zähne. »Er zwingt sie zu nichts.«

»Ist das Gröwer, was meinen Sie?«

Balke zog eine Grimasse. »Bisher habe ich kein Gesicht gesehen, obwohl ich mir den Mist schon mindestens zehnmal angetan habe. Sie hat sich eindeutig mehr für die unteren Körperpartien interessiert. Wahrscheinlich kommt noch mehr aus Griechenland. Dann sind wir hoffentlich schlauer.«

»Wenn Henning das gesehen hat …«

Der Mann gab Ton und Takt an. Er bestimmte die Stellungen, die man durchexerzierte. Einmal das Kamasutra kreuz und quer, dachte ich und musste mich zwingen, überhaupt noch hinzusehen. Das Einzige, was mich veranlasste, den Blick immer wieder auf den Monitor zu richten, war die Hoffnung, irgendwann doch einen Blick auf das Gesicht von Leas Bettgenossen erhaschen zu können.

»Statur und Körpergröße würden schon passen«, meinte Balke unsicher.

Schließlich hielt ich es nicht mehr länger aus und beschloss, das Weitere Balke zu überlassen. Er hatte keine Töchter im Alter dieses Mädchens, bei dem ich mir inzwischen nicht mehr sicher war, ob ich Mitleid haben sollte oder nicht.

Aber auch, als ich kurz darauf ein zweites Mal auf dem Weg nach Hause war, ließen die Bilder mich nicht los. Dieses Getobe und Gerammel hatte etwas ungeheuer Gewalttätiges gehabt. Von Zärtlichkeit oder gar Liebe war da nichts, aber auch gar nichts zu spüren gewesen. Der Kerl hatte seine Herrscherrolle sichtlich genossen, Lea grob behandelt und hart bis zur Brutalität angefasst. Und das vielleicht Schlimmste daran war: Balke hatte recht. Sie schien es zu genießen.

Am Nachmittag rief Balke noch einmal an.

»Mehr kommt nicht«, erklärte er. »Der Rest ist wohl futsch.«

»Haben Sie das Gesicht des Mannes gesehen?«

»Nein. Ich denke inzwischen, er wollte das nicht. Aus gutem Grund. Aber ich bin mir jetzt sicher, es ist Gröwer.«

»Der Verdacht bleibt vorläufig unter uns«, ermahnte ich ihn. »Jetzt mehr denn je. Was meinen Sie – reicht das Material, um ihn damit zu erpressen?«

»Hängt von der Stärke seiner Nerven ab. Wenn ich Staatssekretär wäre, dann würde ich nicht wollen, dass dieses Zeug bei Youporn auftaucht.«

»Und Sie sind wirklich überzeugt, dass er es ist?«

»So überzeugt, wie man sein kann, wenn man das Gesicht nicht sieht.« Balke stöhnte wütend. »Wenn wir den Mist seiner Frau zeigen könnten. Die würde ihn auch so erkennen.«

»Und was wäre mit …«

Ich brach ab. Aber Balke war schon derselbe Gedanke gekommen. »Sie denken an unsere süße Angelina?«

»Sie finden sie süß?«

Anstelle einer Antwort lachte er.

»Vorläufig halten wir das Material unter Verschluss. Wer außer uns beiden hat es gesehen?«

»Außer den Jungs in Griechenland niemand.«

»So wird es auch bleiben.«

Am Montag, dem neunzehnten Dezember, brach die Hölle über uns herein. Der erste Schlag traf mich, als ich – noch im Bett und im Halbschlaf – die Sechs-Uhr-Nachrichten hörte. Wach wurde ich bei der Meldung, Staatssekretär Carsten Gröwer habe für elf Uhr eine Pressekonferenz angekündigt.

»Staatssekretär ein Kinderschänder?«, lautete die heutige Schlagzeile von Deutschlands größtem Boulevardblatt, erfuhr ich in den nächsten Minuten. Ich verzichtete auf Frühstück und Kaffee und machte mich auf den Weg in die Direktion.

»Liebekind hat schon angerufen«, empfing mich Sönnchen aufgelöst, die natürlich auch Nachrichten gehört hatte. »Und die Staatsanwaltschaft ...«

»Erst mal Liebekind«, entschied ich und warf meinen Mantel über die Garderobe.

»Es kann nur eine Zeugin gewesen sein, mit der ich am Samstag gesprochen habe«, erklärte ich meinem ungewohnt nervösen Chef. »Sie weiß im Grunde nichts. Aber sie hat leider allen Grund, diesen Dr. Gröwer zu hassen.«

»Und offenbar einen gut entwickelten Geschäftssinn.« Liebekind stöhnte.

Angelina Ferrini hatte ausgepackt und damit dem Mann, der sie auf so miese Weise hintergangen und verstoßen hatte, das Messer an den Hals gesetzt. Vermutlich aufgewühlt durch unser Gespräch am Samstag, hatte sie beschlossen, sich zu rächen und nebenbei ein wenig Geld zu verdienen.

»Wir werden überhaupt nicht erwähnt. Sie redet nur von Gröwer und einer Schülerin, mit der er ein Verhältnis hat und die seit drei Wochen verschwunden ist.«

Liebekind war nicht beruhigt. »Es wird nur noch Stunden dauern, dann ist der Name des Mädchens an der Öffentlichkeit«, meinte er. »Irgendwer wird reden. Ein Klassenkamerad, eine Freundin ...«

»Bisher ist es eine Sache zwischen Frau Ferrini und Gröwer. Noch einmal: Von uns ist überhaupt nicht die Rede.«

»So gut, so schlecht«, sagte mein Chef mit saurer Miene. »Vielleicht haben wir Glück, und der Sturm legt sich so rasch, wie er aufgezogen ist.«

Der Sturm legte sich nicht. Im Gegenteil – er nahm im Lauf des Tages an Stärke zu. Noch vor der angekündigten Pressekonferenz gingen die ersten Stellungnahmen von Gröwers Parteifreunden über die Nachrichtenagenturen. Man stand voll und ganz hinter dem jungen, aufstrebenden Staatssekretär, der jedes Potenzial für eine große politische Karriere hatte. Das Ganze könne nur auf einer hinterhältigen Intrige politischer Gegner beruhen. Noch heute werde man die lächerlichen Vorwürfe entkräften. Das angebliche Opfer von Gröwers Verführungskünsten sei außerdem erwachsen, von Missbrauch Minderjähriger könne also überhaupt keine Rede sein. Gröwer selbst war für Stellungnahmen nicht zu erreichen. Sein Büro verwies auf die Pressekonferenz, die inzwischen auf dreizehn Uhr verschoben war.

Mein Telefon ließ mir an diesem Vormittag keine Ruhe, obwohl Sönnchen Weisung hatte, nur dringende Gespräche durchzustellen. Nach Absprache mit Liebekind blieben wir in Deckung. Wir ermittelten nicht gegen Gröwer. Wir hatte nichts mit dieser merkwürdigen Geschichte zu tun. Wir hörten den Namen heute praktisch zum ersten Mal. Punkt.

Es schien zu funktionieren. Das Gewitter schien vorbeizuziehen.

In den ZDF-Nachrichten um zwölf Uhr wurde zum ersten Mal der Verdacht geäußert, Gröwers angebliche Gespielin könnte in seinem Wahlkreis Heidelberg beheimatet sein. Kurz darauf wurde die Pressekonferenz erneut verschoben – auf fünfzehn Uhr. Noch vor diesem Termin tauchte der Name zum ersten Mal in der Öffentlichkeit auf: Lea L. Noch mit Fragezeichen.

Im Lauf des Nachmittags hörte man auch erste hämische Kommentare in den Medien. Es sei mit der Solidarität von Gröwers Parteifreunden vielleicht doch nicht so weit her. Er habe wohl auch innerhalb seiner Partei Feinde. Konkurrenten, die er im Zuge seiner vielleicht etwas zu flotten Karriere ausmanövriert habe. Menschen, die nur darauf gewartet hätten, ihm ein Bein zu stellen.

Auch der dritte Termin für die Pressekonferenz wurde abgesagt. Gröwer schien inzwischen völlig kopflos zu agieren. Um sechzehn Uhr dreißig veröffentlichte er endlich eine knappe Stellungnahme, in der er so gut wie alles falsch machte, was er falsch machen konnte. Er stritt ab, jemals eine Beziehung zu einer Minderjährigen unterhalten zu haben. Er stritt ab, eine Lea L. zu kennen. Er sei seit Jahren verheiratet und ein treuer Ehemann. Gröwer beschimpfte die Medienleute und Kommentatoren, unterstellte ihnen Rufmordabsichten und durchsichtige Motive, woraufhin die Hunde natürlich erst recht Appetit entwickelten. Er verwies darauf, dass sein Sexualleben seine Privatsache sei, womit er genau das Gegenteil dessen erreichte, was er bezweckt hatte. Wenn jemand so aggressiv reagierte, dann musste es da ja wohl etwas zu verbergen geben. Und wer konnte wissen, ob die junge Dame, die zu kennen Gröwer so auffallend heftig abstritt, wirklich schon volljährig war?

Von nun an kamen die dpa-Meldungen im Viertelstundentakt, und Carsten Gröwers große politische Karriere löste sich in atemberaubender Geschwindigkeit in nichts auf. Abends um halb acht ließ Gröwers Frau erklären, sie habe immer gewusst, dass ihr Carsten ein lebensfroher Mensch sei, ihm jedoch seine Freiheit gegönnt. Man führe eine moderne Ehe, und sie stehe nach wie vor zu ihm.

In der Tagesschau gingen die ersten sogenannten Parteifreunde auf Distanz. Offenbar hatte es schon am Nachmittag hektische Gespräche hinter verschlossenen Türen gegeben. Teils mit Gröwers Beteiligung, meist jedoch ohne ihn. Angelina Ferrini gab RTL ein Interview, von dem Balke meinte, es bringe ihr mindestens fünfzigtausend ein. Immer mehr abgelegte Geliebte tauchten auf, die auch ein Stückchen vom unverhofften Segen abhaben wollten, und gaben ihren mehr oder weniger schlüpfrigen Senf zu der Geschichte.

Um einundzwanzig Uhr fünfzehn erfuhr die Welt endlich, Dr. Carsten Gröwer nötige seine Gespielinnen gerne in Klein-Mädchen-Rollen und züchtige willige Bettgenossinnen mit Holzlinealen, bevor er sie mehr oder weniger brutal vergewaltige. Ab zweiundzwanzig Uhr war in den Nachrichten aller Fernsehkanäle zu erfahren, Gröwer konsumiere regelmäßig Drogen.

Anderthalb Stunden nach Mitternacht war er tot.

Aber das erfuhr ich erst am nächsten Morgen. Am Dienstag, dem zwanzigsten Dezember. Zwei Wochen und vier Tage nach Leas Verschwinden.

23

Carsten Gröwer hatte auf der Überholspur gelebt und war auf der Standspur gestorben. Er war mit unbekanntem Ziel und hoher Geschwindigkeit auf der Autobahn A12 in Richtung Osten unterwegs gewesen, aus unbekannten Gründen von der Fahrspur abgekommen und ungebremst gegen einen auf dem Standstreifen abgestellten und ordnungsgemäß gesicherten Lkw aus Weißrussland gekracht. Möglicherweise war er beim Fahren eingeschlafen, vielleicht hatte er sich auch auf spektakuläre Weise das Leben nehmen wollen. Inwieweit Alkohol oder andere Drogen im Spiel waren, würde noch zu klären sein.

Seine politischen Freunde gingen von Beginn an von Selbstmord aus und gaben sich angemessen betroffen. Sprachen von einer unbegreiflichen Kurzschlusshandlung eines hoffnungsvollen Talents. Vom schrecklichen Ende einer möglicherweise großen Zukunft. Nachdenkliche Kommentatoren überlegten inzwischen, ob der Verdacht gegen Gröwer manchen Parteifreunden nicht sehr gelegen gekommen sei. Von Neidern und Zwistigkeiten wurde gemunkelt. Von alten Rechnungen kaltgestellter ehemaliger Mitstreiter.

»Haben Sie die Nachrichten gesehen?«, fragte mich Balke, als wir uns am Dienstagmorgen auf der Treppe trafen.

»Ich sehe morgens nicht fern. Verdirbt mir den Appetit.«

»Manchmal lohnt es sich. Haben Sie zwei Minuten?«

Ich folgte ihm in sein Büro. Es dauerte einige Sekunden, bis er das, was er mir zeigen wollte, auf den Seiten von n-tv gefunden hatte. Wieder einmal gab es ein Video zu sehen. Die Szene zeigte den hell erleuchteten gläsernen Eingang eines modernen Hochhauses. Es war Nacht. Den Ton hatte Balke abgestellt. Der Eingang wurde von Reportern und Fernsehkameras belagert, die auf etwas zu warten schienen. Plötzlich stürmte ein Mann heraus, drängte sich rücksichtslos durch Reporterpulk und Blitzlichtgewitter, stieß Mikrofone zur Seite, bestieg einen dunkelblauen Mercedes und raste mit quietschenden Reifen davon.

»Eine Dreiviertelstunde später war er tot«, sagte Balke.

»Ich dachte, sein Mercedes ist silberfarben?«

»In seinen Kreisen besitzt man mehr als ein Auto. Wahrscheinlich hat er einen Daimler hier in Heidelberg, einen in Düsseldorf und einen in Berlin und noch einen SLK zum Mädelsaufreißen.«

»Und das war alles?«, fragte ich.

»Sie haben sie nicht gesehen?«

»Wen?«

Balke spulte das kurze Filmchen etwa bis zur Hälfte zurück und stoppte an einer bestimmten Stelle. Mit dem Mauszeiger deutete er auf eine Person im Hintergrund. Eine schmale, dunkelhaarige Frau stand etwa zehn Schritte hinter Gröwer. Sie schien mit ihm zusammen aus dem Lift getreten zu sein, war jedoch angesichts des Gedränges vor der Tür stehen geblieben. Das Gesicht war unscharf, da die Kamera natürlich den Politiker fokussierte.

»Ist sie das?«, fragte Balke.

»Könnte sein«, erwiderte ich mit belegter Stimme. »Können Sie mir das Filmmaterial der anderen Sender besorgen? Vielleicht ist sie auf einer anderen Aufnahme besser zu erkennen.«

»Geben Sie mir eine halbe Stunde.«

Während ich auf Balkes Anruf wartete, kam eine Meldung aus Berlin: Gröwer hatte während seiner nächtlichen Fahrt nach Osten an der Raststätte Spreenhagen Station gemacht, knapp fünfzig Kilometer vor Frankfurt an der Oder. Drei Zeugen hatten ihn erkannt, da man sein Gesicht in den vergangenen Stunden oft genug im Fernsehen hatte betrachten können. Und eine dieser drei Personen, eine Frau, behauptete, er sei in weiblicher Begleitung gewesen. Die beiden seien ausgestiegen, im Inneren der Raststätte verschwunden, und Gröwer sei wenige Minuten später allein weitergefahren. Die unbekannte Frau sei jung gewesen, schmal und dunkelhaarig. Das Timing stimmte. Gröwer war dreizehn Minuten nach Mitternacht aus dem Gebäude in Berlin gestürmt, hatte irgendwo, vielleicht an einem Hintereingang, vielleicht an der übernächsten Ecke, seine Begleiterin aufgelesen, war vermutlich auf direktem Weg in Richtung Autobahnring gerast und eine gute Stunde später bei Spreenhagen zum letzten Mal lebend gesehen worden.

Balke fand nur einen weiteren Nachrichtensender, dessen Kamera die junge Frau ebenfalls eingefangen hatte. Ich leitete die beiden Links an meine Töchter weiter. Eine Viertelstunde später hatte ich die Antworten.

»Ja«, schrieb Sarah.

»Nein«, schrieb Louise. »Das ist nicht Lea.«

Ich kopierte die beiden Filmchen auf meinen Speicherstick und machte mich auf den Weg zu Lassalle, der telefonisch wieder einmal nicht zu erreichen war.

In der Regenbogenpresse wurde an diesem Morgen genüsslich die Frage diskutiert, was aus dem bemitleidenswerten Mädchen geworden sein mochte, das Gröwer so schändlich verführt hatte. Die Artikel gipfelten in der als Frage formulierten Unterstellung, Gröwer habe das Kind zur Seite geschafft, um die Entdeckung seiner Beziehung zu einer Minderjährigen zu verhindern. Lea L. wurde zur Unschuld mit großen dunklen Augen stilisiert. Ein unerfahrenes Mädchen, das den Verführungskünsten eines prominenten Schürzenjägers erlegen war.

Lassalle öffnete mir die Tür erst nach dem fünften Klingeln. Er stank schlimmer denn je nach Alkohol, war jedoch ansprechbar.

»Gehen Sie überhaupt nicht mehr ans Telefon?«, fragte ich.

»Rufen ständig irgendwelche Fernsehfritzen an.«

Wie zur Bestätigung begann es in seinem Rücken zu trillern. Offenbar war die Medienmeute bereits auf der richtigen Fährte.

»Ich habe hier etwas, das Sie sich ansehen sollten.«

»Lea?«

»Vielleicht. Es sind zwei kurze Filmausschnitte aus den Fernsehnachrichten.«

»Hole meinen Laptop«, murmelte er und schlurfte mit hängenden Schultern davon.

Zwei Minuten später saßen wir in Lassalles säuerlich riechender Küche und starrten auf seinen Monitor. Das Telefon im Flur gab keine Ruhe. Die Pausen zwischen den Anrufen waren immer nur wenige Sekunden lang. Lassalle schien das Gedudel längst nicht mehr zu hören, brummelte Unverständliches vor sich hin, schüttelte den Kopf, klickte den zweiten Film an, schüttelte erneut den Kopf.

»Sie bewegt sich anders als Lea. Sie ist älter. Und sie ist vorne herum …« Unsicher sah er mich an. »Lea ist flacher. Außerdem trägt die hier die Haare kürzer. Der Typ, ist das dieser Politiker?«

Ich nickte. Er zog den Stick ab und reichte ihn mir. Wir erhoben uns.

Während der Herfahrt hatte ich überlegt, ob ich ihm auch die Videos zeigen sollte, die wir auf Leas Laptop gefunden hatten. Aber ich hatte mich dagegen entschieden. Er würde den Mann mit Sicherheit nicht erkennen, der sich mit seiner Tochter vergnügte. Im Flur begann schon wieder das Telefon zu trillern. Lassalle begleitete mich zur Tür und riss im Vorbeigehen das Kabel aus der Wand.

»Wenn ich Ihnen einen Rat geben darf«, sagte ich zum Abschied. »Packen Sie ein paar Sachen zusammen, und sehen Sie, dass Sie hier wegkommen. In spätestens ein, zwei Stunden wird es vor Ihrem Haus von Übertragungswagen wimmeln, und Sie werden keine ruhige Minute mehr haben.«

Als ich wieder im Wagen saß, entdeckte ich eine SMS von Theresa auf meinem Handy. »Das Buch ist da!!!«, las ich. »Bis heute Abend! Freu mich auf den Sekt!!! Und auf dich!«

»Ich sehe nur eine Chance«, sagte ich beim Mittagessen zu Balke. »Wir müssen wissen, ob Gröwer auf diesen Filmchen zu sehen ist. Und solange ich auch nachdenke, mir fällt nur ein Mensch ein, der mir diese Frage beantworten kann.«

»Also doch seine Frau?« Balke schien die Vorstellung lustig zu finden. »Sie wird Sie hassen dafür.«

Zurück am Schreibtisch, bat ich Sönnchen, eine Verbindung nach Düsseldorf herzustellen. Es dauerte ein Weilchen, bis sie die Gesuchte auf dem Gestüt siebzig Kilometer nördlich von Düsseldorf aufgestöbert hatte, wo sie ihre Pferde stehen hatte.

»Ja?«, war das erste, atemlose Wort, das ich aus Verena Gröwers Mund hörte.

»Spreche ich mit Frau Gröwer? Der Frau des verstorbenen Politikers?«

»Voss ist mein Name. Den Namen des verstorbenen Politikers möchte ich nicht mehr hören. Ansonsten sind Sie bei mir richtig, ja. Sie sind die Polizei?«

Ich bat um Entschuldigung dafür, dass ich sie so kurz nach dem

Tod ihres Mannes belästigte, woraufhin sie bitter, aber nicht traurig lachte.

»Es geht darum, Ihren Mann auf einem Video zu identifizieren.«

»Schicken Sie das Material an mein Sekretariat. Die leiten das dann umgehend an mich weiter.«

»Ich würde es Ihnen aus bestimmten Gründen lieber persönlich zeigen. Zur Not fahre ich auch nach Düsseldorf.«

Im Hintergrund wieherte ein Pferd, als hätte es sich erschreckt. Hufe klapperten über harten Boden.

»Darf man erfahren, was diese bestimmten Gründe sind?«

»Besser nicht am Telefon.«

»Klingt ja spannend.« Wieder lachte sie. »Ich muss ohnehin nach Heidelberg, Carstens Sachen durchsehen. Aus bestimmten Gründen will ich das möglichst rasch hinter mich bringen. Denken Sie von mir, was Sie wollen, aber ich lege Wert darauf, das Kapitel Gröwer zügig aus meinem Leben zu tilgen.«

»Wann werden Sie hier sein?«

»Geht es um dieses ... Mädchen?«

»Ja.«

»Heute haben wir Dienstag«, überlegte Verena Voss. »Passt es Ihnen morgen am späten Vormittag? Ich muss in der Frühe nach den Pferden sehen und würde mich anschließend gleich auf den Weg nach Süden machen.«

Am Mittwochmorgen betrat ich ausgeschlafen und voller Tatendrang mein Vorzimmer. Sönnchen sah mir ratlos entgegen, und ich befürchtete schon die nächste Katastrophe. Aber heute war das Problem harmlos.

»Wir haben kein Internet«, sagte sie. »Im ganzen Haus nicht.«

»Ist die Servicefirma alarmiert?«

»Die sind unterwegs. Bis die da sind, versuchen der Herr Balke und der Kollege Höger von der Sitte ihr Bestes. Bis jetzt können sie aber noch nicht sagen, was los ist.«

»Ja, dann.« Entspannt hängte ich meinen Mantel an die Garderobe. »Kein Internet – keine E-Mails. Hat ja auch sein Gutes.«

In der Nacht hatte die Kellertürenbande wieder zugeschlagen, informierte mich Sönnchen, in Ziegelhausen diesmal. Die Beute betrug etwas mehr als fünfhundert Euro, der Sachschaden war kaum erwähnenswert. Dieses Mal gab es wieder weder Zeugen noch Spuren.

In den Zeitungen war Carsten Gröwers Tod immer noch das große Thema. Man fragte sich, wie ein Mensch, der alles hatte, was man sich vom Leben erhoffen kann, so tief fallen konnte. Spekulierte noch ein wenig darüber, ob bei dem Unfall vielleicht jemand nachgeholfen hatte. Da Gröwer als Toter nicht mehr recht als Sündenbock taugte, musste ein neuer her.

In dem Boulevardblatt, das gestern noch mit solcher Verve über den Staatssekretär hergefallen war, hatte man als neuen Bösewicht plötzlich die geheimnisvolle Lea gewählt. Hatte sie Gröwer verführt? Vielleicht mit der finsteren Absicht, ihn später zu erpressen? War sie deshalb verschwunden, weil sie inzwischen bestens mit Schweigegeld versorgt war? Hatte sie vielleicht gar im Auftrag der Opposition gehandelt?

Aber natürlich konnte auch Gröwers abwechslungsreiches Sex- und Partyleben nicht ganz außer Acht gelassen werden, und man musste tapfer immer neue pikante Details ausbreiten. Die Zahl der abgelegten Freundinnen schien kein Ende zu nehmen. Dass seine Frau plötzlich keine Interviews mehr gab, machte die Sache nur noch spannender.

Ein Blatt verstieg sich zur Frage, ob hinter Gröwers plötzlichem Tod östliche Geheimdienste oder afghanische Gotteskämpfer steckten. Immerhin hatte er im Verteidigungsministerium gearbeitet, und das stank ja geradezu nach Spionage und frommen Auftragskillern. Die Firma seines reichen und berühmten Schwiegervaters, die dieser schon vor Jahren verkauft hatte, handelte zwar nur mit Industrieschmierstoffen, woran auch bei bösestem Willen nichts Verdächtiges zu finden war, aber wer konnte schon wissen ... Sollte vielleicht gar die russische Ölmafia die schmierigen Finger im Spiel haben?

Das Leben ohne E-Mails war herrlich. Zwar meldete sich das Telefon ein wenig öfter als sonst, aber dennoch arbeitete ich ohne die Versuchungen des weltweiten Netzes merklich schneller und effektiver als sonst. Zumindest kam es mir so vor. Manchmal testete ich, ob das Internet wieder funktionierte, und stellte jedes

Mal erleichtert fest, dass ich immer noch von der Welt abgeschnitten war. Gegen neun machte sich eine merkwürdige Unruhe in meinem Bauch breit. Es war ein seltsames Gefühl, nicht zu wissen, was da draußen vor sich ging. Vielleicht war die Regierung zurückgetreten, und ich hatte keine Ahnung davon. Vielleicht hatte Amerika dem Iran den Krieg erklärt, oder ...

Beim tausendsten Versuch klappte es plötzlich, und ich musste dabei zusehen, wie mein Posteingang sich rasend schnell füllte.

Sekunden später rief Sven Balke an.

»Internet funzt wieder.«

»Was war denn los?«

»Das wollen Sie nicht wissen.«

»Und ob ich will.«

»Irgendwer hat gestern Abend versehentlich auf einen Link in einer Mail geklickt. Die Mail war angeblich von seiner Bank. Bis wir heute Morgen gemerkt haben, was los ist, war schon jeder zweite Rechner in unserem Netz mit einem Trojaner infiziert. Wir haben dann erst mal den großen Stecker gezogen und das Netz komplett lahmgelegt, damit er sich nicht weiter verbreiten kann. Ihrer war übrigens sauber. Jetzt haben wir alle, die nicht befallen sind, wieder ans Netz gehängt. Um den Rest kümmert sich später die Servicefirma.«

»Und wer war der Volltrottel?«

»So was kann jedem passieren«, erwiderte Balke unbehaglich. »Kommt in den besten Familien vor.«

»Ich will den Namen.«

»Chef ...«

»Ich will den Namen. Oder muss ich erst amtlich werden?«

»Rübe.«

Runkel. Schon wieder. Dieses Mal würde er nicht mit einer Ermahnung davonkommen.

Um halb zwölf trillerte mein Handy.

»Voss hier«, rief eine ausgeschlafene Frauenstimme. »Ich bin im Anflug. In einer Viertelstunde müsste ich Heidelberg erreichen.«

Für eine frischgebackene Witwe war Verena Voss ausgesprochen gut gelaunt. Im Hintergrund hörte ich eine Arie aus einer

Verdi-Oper, deren Name mir nicht einfallen wollte, und das gemütliche Brummen eines großvolumigen Motors.

Vierzig Minuten später drückte ich einen blanken Messingknopf, der mit »Dr. C. Gröwer« beschriftet war. Die Vierzimmerwohnung des toten MdB und Staatssekretärs lag in einer Villa an der Uferstraße, nur wenige Meter von den Neckarwiesen entfernt. Der Türöffner schnarrte. Das Treppenhaus war ein Traum aus gediegenem Holz und Schmiedeeisen.

An der aufwendig verglasten Wohnungstür im ersten Obergeschoss musste ich ein zweites Mal läuten. Frau Voss öffnete nach Sekunden. Nein, sie öffnete nicht, sie riss die Tür auf. Sie war kleiner, als ich sie mir vorgestellt hatte. Und molliger. Und sie war mir auf den ersten Blick sympathisch. Die schmutzigen Reitstiefel, die sie vor der Tür abgestellt hatte, sahen aus, als käme sie direkt aus dem Stall. Den waldgrünen Jeep Cherokee mit Düsseldorfer Kennzeichen hatte ich unten am Straßenrand gesehen. Passend zu den Stiefeln hatte Stroh an den Kotflügeln geklebt und eine Menge Schmutz von nicht befestigten Fahrwegen.

Gröwers Witwe drückte herzhaft meine Hand. Das glatte, friesenblonde Haar hatte sie – wie sonst? – zu einem Pferdeschwanz zusammengebunden.

»Kommen Sie herein, Herr Gerlach«, rief sie. »Und verzeihen Sie das Chaos. Ich will nicht viel mitnehmen, nur die wichtigsten Dinge, Dokumente, Briefe, die nicht in fremde Hände kommen sollen. Können Sie mir übrigens jemanden empfehlen, der Haushaltsauflösungen macht und einen nicht allzu sehr behumpst?«

Wir gingen einen Flur entlang, auf dessen Boden ehrwürdiges Parkett knarrte, betraten einen beeindruckend großen und sonnigen Wohnraum mit Blick auf alles Sehenswerte, was Heidelberg zu bieten hatte.

»Ist das eine Eigentumswohnung?«, fragte ich.

Verena Voss nickte gleichgültig.

»Sie muss ein Vermögen gekostet haben!«

»Eine Million sollte sie schon bringen«, sagte sie in einem Ton, als spräche sie vom Preis einer gebrauchten Waschmaschine.

Was ich bisher von der Einrichtung gesehen hatte, wirkte auf mich, als hätte ein Innenarchitekt den Auftrag erhalten, eine mondäne Altbauwohnung standesgemäß modern auszustatten.

Das Chaos, das Gröwers Witwe in der kurzen Zeit angerichtet hatte, war beeindruckend. Sämtliche Schubladen waren aufgezogen. Auf der Rauchglasplatte des Esstischs stapelten sich Papiere und Bücher.

»Bitte entschuldigen Sie, wenn ich es so offen ausspreche«, sagte ich. »Sie scheinen sich mit dem plötzlichen Tod Ihres Gatten schnell abgefunden zu haben.«

Verena Voss sah zum Fenster und biss für einen winzigen Moment die Zähne zusammen.

»Carsten und ich ...«, begann sie und verstummte wieder. Atmete tief ein und aus. »Sagen wir es so: Ich lebe mein Leben, und er hat seines gelebt. Wenn Sie so wollen, dann war meine Ehe ein Geschäft auf Gegenseitigkeit. Vater konnte durch Carsten seine Kontakte nach Berlin pflegen. Carsten wäre ohne Vaters Beziehungen nicht so rasch nach oben gekommen. Vaters Wort gilt in der Partei immer noch viel. Auch wenn er längst kein Amt mehr bekleidet.«

»Und Sie selbst?«

Sie zog den Mund schief. Stieß die Luft durch die Nase. »Man hat seine Pflichten der Familie gegenüber.«

»Sie stammen aus Norddeutschland?«

»Hamburg.« Nun lächelte sie wieder. »Schön, dass man das immer noch hört, nach all den Jahren im Rheinland.«

»Sind Sie – ich hoffe, ich darf das fragen – mit dieser Werft verwandt? Blohm und Voss?«

Jetzt lachte sie sogar laut. »Um tausend Ecken vielleicht wirklich. Aber ich bin nicht erbberechtigt, falls Sie darauf anspielen. Vater hatte früher ein kleines Aktienpaket. Glücklicherweise hat er es rechtzeitig verkauft vor der großen Werftenkrise. Vater hat zeitlebens ein Näschen für Geldanlagen gehabt. Im Gegensatz zu Carsten, übrigens.«

»Hat er sich ... verspekuliert?«

»Vater musste ihm zweimal den Hals retten, als er sich mal wieder hoffnungslos verzockt hatte.«

Im Stehen nahm ich den Laptop hoch, den ich in der Hand gehalten hatte, und klappte ihn auf.

»Ich muss Ihnen etwas zeigen, Frau Voss, das Ihnen nicht gefallen wird.«

»Oh, ich habe ein robustes Gemüt.« Zum ersten Mal klang ihr Lachen traurig. Ich startete das kurze Video, das Balke aus den Schnipseln von Leas Laptop zusammenmontiert hatte. Verena Voss trat einen Schritt näher und sah stumm zu.

»Widerlich«, sagte sie am Ende nur.

»Ist das Ihr Mann?«

»Nein.«

»Sie sind sich sicher?«

»Das ist nicht Carsten. Und es ist übrigens auch nicht sein Schlafzimmer mit dem geliebten Wasserbett. Ich darf mal kurz?«

Mit der Selbstverständlichkeit eines Menschen, der Widerspruch nicht gewohnt ist, nahm sie mir den Laptop aus der Hand, während sie mich in Gröwers kalt und unpersönlich eingerichtetes Schlafzimmer führte.

»Sehen Sie sich um – nichts passt.«

Sie hatte recht. Gröwers Schlafzimmer war im Stahl-Glas-und-Spiegel-Stil eingerichtet. Die dominierenden Farben waren Schwarz und Weiß. Inzwischen war ich überzeugt, dass er die Ausstattung seiner Wohnung wirklich einem Innenarchitekten überlassen hatte. Das Schlafzimmer, das man im verwackelten Video sah, war dagegen in warmen Farben gehalten. Dort dominierte helles Holz. Natürlich war denkbar, dass er sich mit Lea woanders getroffen hatte, in einem Hotel, der Wohnung eines Bekannten. Aber auch, als ich nachfragte, blieb sie dabei, der Mann auf dem Video sei nicht ihr Mann.

»Ich …« Sie räusperte sich. Lächelte. »Ich kenne ja nun mal seine Art, wenn Sie verstehen, was ich meine. Manchmal hätte ich mir gewünscht, er hätte diese Energie und Kraft gehabt wie der Widerling da …«

Mit einer ruckartigen Bewegung reichte sie mir den Laptop zurück, begleitete mich zur Tür, wünschte mir einen angenehmen Tag. »Sie würden mir wirklich helfen, wenn Sie mir jemanden nennen könnten, der diese Wohnung leer macht«, rief sie mir nach, als ich schon an der Haustür war.

Irgendwo im Haus klimperte jemand auf einem Klavier. Dazwischen bellte hin und wieder ein großer Hund, als könnte er das unmusikalische Gestümper nicht länger ertragen.

24

Der Neckar glitzerte silbergrau im Vormittagslicht, als ich die Theodor-Heuss-Brücke überquerte. Die tief stehende Wintersonne blendete mich ein wenig. Und in meinem Kopf kreisten die unappetitlichen Szenen, die ich eben zum dritten oder vierten Mal gesehen hatte.

Da war etwas gewesen, wurde mir bewusst, als ich in die Alte Eppelheimer Straße einbog. Eine Winzigkeit, nur ganz kurz im Hintergrund aufgetaucht, hatte sich in meinem Kopf festgehakt. Ich hatte etwas wiedererkannt. Etwas, was vor langer Zeit einmal Bedeutung für mich gehabt hatte. Aber sosehr ich auch grübelte, ich kam nicht darauf, was es war. Ob es mir passte oder nicht, ich musste mir das Zeug noch ein weiteres Mal ansehen. Dieses Mal würde ich jedoch nicht auf die nackten, schwitzenden Körper achten, in der Hoffnung, für Sekundenbruchteile ein Gesicht zu sehen, sondern auf das, was unscharf im Hintergrund war.

An meinem Schreibtisch zurück, startete ich das Video noch einmal. Musste dreimal wieder von vorn beginnen, bis ich den entscheidenden Moment gefunden hatte. Das Bild, das mein Unterbewusstsein in Aufruhr versetzt hatte.

In einem großen rechteckigen Spiegel mit barockem Rahmen an der Wand konnte ich für den Bruchteil einer Sekunde die Einrichtung an der gegenüberliegenden Wand sehen. Am Boden stand dort eine hohe, zylinderförmige Glasvase, in der blühende Zweige steckten, darüber großformatige moderne Kunst. Daneben ein niedriges, nussbaumfarbenes Sideboard. Und darauf – eine alte Stereoanlage.

Der unerfüllte Traum meiner Jugend.

»Eine Traumton-Anlage«, sagte ich leise zu mir selbst.

Die Traumton GmbH hatte Anfang der Siebzigerjahre geblüht. In Zeiten, als über der Frage, ob man Langspielplatten nass oder trocken abspielen sollte, Freundschaften zerbrachen und manche Menschen für ihre Hi-Fi-Anlage mehr Geld ausgaben als andere für ihr Auto. Gegründet hatte die Firma ein musikverrückter Physiker zusammen mit einem Elektronikfanatiker. Von Anfang an hatte man das höchste Preissegment angepeilt und auch getroffen. Das Einsteigermodell war für zwölftausend Mark zu haben gewesen, und nach oben hin gab es fast keine Grenze.

Legendär und bis heute unübertroffen waren die pyramidenförmigen Boxen. Menschen, die sich eine Anlage von Traumton leisteten, räumten dafür ein Zimmer leer, behängten die Wände mit schweren Vorhängen und stellten einen bequemen Sessel exakt an die optimale Stelle, nämlich an die Spitze des gleichschenkligen Dreiecks, dessen Seitenlänge dem Abstand der Lautsprecherboxen entsprach.

In dem Jahr, als ich die Nacht mit Doro verbrachte, hatte ich achttausend Mark angespart und ernsthaft überlegt, ob ich einen Kredit aufnehmen sollte, um den fehlenden Betrag zu finanzieren. Aber dann war meine Beziehung zu Vera enger geworden, ein Jahr später waren Sarah und Louise unterwegs gewesen und andere Dinge wichtiger als kristallklarer und naturgetreuer Raumklang.

Heute war die Firma längst Geschichte. Selbst Google fiel so gut wie nichts dazu ein. Bei eBay bot jemand eine gebrauchte Vierhundert-Watt-Anlage zum Liebhaberpreis von fünfundzwanzigtausend Euro an. Zuzüglich Frachtkosten und natürlich nur in liebevolle Hände. Bisher hatte niemand geboten.

Im Lauf der folgenden Stunde fand ich heraus, dass die Traumton GmbH ihren Sitz in Bayreuth gehabt hatte, der Gründer nicht nur Akustikspezialist und Physiker, sondern auch ein angesehener Geiger gewesen war. Die Firma hatte die Geschäfte in dem Jahr eingestellt, als in Leipzig die Montagsdemonstrationen begannen. Horst Wendland, der Kopf der Firma, war wenige Jahre später gestorben. In einem Forum für Retrofanatiker wurde behauptet, er habe sich zu Tode gekifft. Dort las ich auch den Namen seines damaligen Partners und genialen Elektronikentwicklers: Xaver Untermatter.

Nach einigem Suchen fand ich schließlich einen Branchenbucheintrag mit diesem Namen. Untermatter lebte heute in Passau, musste die sechzig längst hinter sich haben und bot einen Reparaturservice für die Produkte seiner alten Firma an. Der Mann verfügte weder über einen Internetauftritt noch über eine E-Mail-Adresse, hatte aber immerhin ein Telefon. Er nahm nach dem dritten Klingeln ab und hörte schweigend zu, während ich ihm meine Geschichte erzählte.

»Nach Heidelberg haben wir vielleicht drei oder vier Anlagen verkauft«, sagte er am Ende mit rauem Bass und fränkisch rollendem R. »Vielleicht waren's auch fünf. Sie erwarten aber jetzt hoffentlich nicht von mir, dass ich Ihnen die Adressen meiner Kunden verrate?«

»Genau darum wollte ich Sie bitten.«

»Ich müsste auf den Speicher klettern, Herr Gerlach! Und darauf habe ich eigentlich gar keine Lust. Ich bin nicht mehr der Jüngste, und Sport habe ich mein Leben lang verabscheut. Und außerdem, Sie wissen ganz genau, dass ich das nicht muss. Solange Sie mir nicht einen offiziellen Wisch vorlegen. Und den haben Sie ja wohl nicht, sonst würden Sie nicht so um den Brei herumreden.«

»Haben Sie Kinder, Herr Untermatter?«

»Drei Jungs. Sind in alle Winde. Mein Ältester spielt bei den Bamberger Symphonikern die erste Klarinette. Der zweite entwickelt bei BMW Hinterachsen, und der dritte arbeitet in den Staaten drüben bei einer großen Bank, deren Namen ich nicht aussprechen werde.«

»Haben Sie sich jemals eine Tochter gewünscht?«

»Also, das ist aber jetzt die ganz fiese Tour!«

»Ich weiß.«

Es folgte langes Schweigen, das nur von gelegentlichem Räuspern unterbrochen wurde. Schließlich gab er sich einen hörbaren Ruck.

»Ich kann mich darauf verlassen, dass keiner von meinen Kunden jemals davon erfahren wird?«

»Großes Musikliebhaberehrenwort.«

»Na, Sie sind mir ja einer.« Untermatter tat noch einige schwere Atemzüge und schließlich einen großen Seufzer.

»Aus Ihnen wäre ein guter Verkäufer geworden. Wissen Sie das?«

Ich lachte. »Es gab eine Zeit, da habe ich darauf gespart, mir eine Ihrer Anlagen kaufen zu können.«

»Ich hab noch zwei Prototypen im Keller stehen. Sie könnten sie zum Schnäppchenpreis haben.«

»Was heißt das in Euro?«, fragte ich mehr, um ihn bei Laune zu halten, als aus echtem Interesse.

»Sagen wir, fünftausend?«

»Und es ist alles dabei?«

»Zwei Boxen, das Spitzenmodell A2, aber wie gesagt, optimierte Prototypen. Überhaupt kein Vergleich zum Vorgänger, wenn Sie mich fragen. Obwohl mein Partner da leider anderer Ansicht war. Wir haben seinerzeit viel gestritten über den Punkt. Am Ende haben wir sie dann gar nicht mehr auf den Markt bringen können, weil diese Scheißbank ... Dazu kriegen Sie den Standardröhrenverstärker mit fünfhundert Watt Dauerleistung. Einen Marantz-Plattenspieler mit Ortofonsystem hab ich auch noch irgendwo rumliegen. Den schenk ich Ihnen, weil Sie so ein guter Verkäufer sind.«

»Einen Plattenspieler habe ich schon.«

»Ein Radio müssen Sie sich woanders kaufen, wenn Sie eines brauchen. Radios haben wir nie gemacht.«

Mir war klar, dass ich das Wort »CD-Spieler« in diesem heiligen Moment nicht einmal denken durfte.

»Ich werd's mir überlegen«, sagte ich ergriffen und war in Gedanken schon dabei, mein Wohnzimmer umzubauen.

Untermatter schien einen geräumigen Dachboden zu haben, denn es wurde später Nachmittag, bis er endlich zurückrief. In der Zwischenzeit hatte ich ein wenig Bürokram erledigt und mir eine kleine Ansprache zurechtgelegt für die um sechs Uhr beginnende Weihnachtsfeier.

»So«, stöhnte der alte Ingenieur und hustete. »Ich sag ja, Buchhaltung ist nicht unsere Stärke gewesen. Aber jetzt hab ich die Adressen zusammen, und eine Staublunge hab ich mir außerdem geholt. Haben Sie ein Fax?«

»Könnten Sie mir die Liste per E-Mail schicken?«, fragte ich unvorsichtigerweise.

Prompt wurde er wieder ungnädig. »Ich hab keinen Computer und kein Internet und Elektropost schon überhaupt nicht. Also, haben Sie nun ein Fax, oder soll ich's Ihnen vorlesen?«

»Wie viele Namen sind es denn?«

»Elf. Sind doch ein paar mehr gewesen, als ich gedacht habe. Komisch eigentlich, dass wir pleitegegangen sind, bei so viel Nachfrage.«

Ich diktierte ihm die Nummer des Geräts, das im Vorzimmer neben Sönnchens Schreibtisch stand und in letzter Zeit kaum noch benutzt wurde. Dann rief ich Klara Vangelis zu mir.

»Ich weiß, in einer Stunde fängt die Weihnachtsfeier an«, sagte ich und überreichte ihr das Fax aus Ostbayern. »Aber vielleicht könnten Sie bis dahin schon mal einen Blick drauf werfen ...?«

Sie lächelte charmant. »Erstens feiern wir in Griechenland Weihnachten am ersten Januar und nicht am vierundzwanzigsten Dezember. Zweitens habe ich deutsche Weihnachtsfeiern noch nie leiden können. Und drittens bin ich offiziell nicht im Dienst und darf deshalb schwänzen. Sobald ich etwas habe, rufe ich Sie auf dem Handy an, okay?«

Unser großer Besprechungsraum duftete nach Tannenharz, Glühwein und Männerschweiß, als ich einige Minuten verspätet eintrat. Viele standen noch, die meisten schon mit einem dampfenden Glas oder einem Bier in der Hand. Einige tranken Wasser. Das waren die, die den Betrieb aufrechterhalten und ausrücken mussten, falls draußen in der Welt die Polizei gebraucht wurde.

Um zehn nach sechs trat Liebekind ans Rednerpult und hüstelte ins Mikrofon. Der Lärm ebbte ab. Stühle schrammten. Man setzte sich. Ich hatte mir fürs Erste sicherheitshalber auch Wasser eingeschenkt und lauschte Liebekinds Ansprache. Wir waren nicht nur die Besten, erfuhr ich, wir waren im Lauf des zu Ende gehenden Jahres sogar noch besser geworden, trotz der ständigen Personal- und Budgetkürzungen, die Stuttgart uns aufs Auge drückte. Die Zahl der Verkehrsunfälle war in etwa konstant geblieben. Die Zahl der Fälle von Ruhestörungen hatte leicht zu-, die der Drogentoten dagegen geradezu dramatisch abgenommen, was nur ein Erfolg unseres engagierten und hartnäckigen Kampfes an der Drogenfront sein konnte. Wie bei Weihnachtsfeiern üblich, wurden Zahlen heruntergebetet, die Neuen begrüßt, die Namen derer genannt, die uns verlassen hatten, zweier Toter gedacht. Dann war ich an der Reihe. Ich lobte die einsatzfreudige Mann-

und Frauschaft, berichtete von steigenden Aufklärungsquoten und technischen Fortschritten, streute die eine oder andere Anekdote ein, unter anderem einen in Plankstadt an einem französischen Wegweiser zerschellten Audi, und dann trillerte mitten im Satz mein Handy, das leise zu stellen ich vergessen hatte. Dieser Umstand sorgte für große Heiterkeit und das abrupte Ende meine Ansprache.

Es war Vangelis. »Haben Sie Zeit?«

»Und wie«, sagte ich und verdrückte mich, nachdem ich noch rasch die eine oder andere feuchte Hand geschüttelt hatte. Liebekind stand ebenfalls in der Nähe der Tür und schien auch nur eine günstige Gelegenheit abzuwarten, um verschwinden zu können. Betriebsfeiern werden ohnehin erst richtig lustig, wenn die Chefs gegangen sind.

»Er hat alle Adressen herausgesucht, die in Heidelberg und im Umkreis von hundert Kilometern liegen«, begann meine unersetzliche Erste Kriminalhauptkommissarin, als wir in ihrem Büro saßen, das nur von ihrer Schreibtischlampe beleuchtet wurde. Ihr Stift deutete auf die erste Zeile der handgeschriebenen Liste.

»Der hier ist vor zehn Jahren verstorben. Die Witwe sagt, die Anlage steht immer noch in ihrem Haus, und sie weiß nicht mal, wie man das Ding einschaltet.«

Nächste Zeile.

»Annegret Scholpp hat die Stereoanlage damals ihrem musikalischen Sohn zum Abi gekauft. Der ist aber vor Jahren an einer Überdosis gestorben und hatte das teure Stück vermutlich schon lange vorher zu Geld gemacht. Nummer drei war damals und ist immer noch Musiklehrer in Bensheim. Seine Anlage hütet er wie seinen Augapfel. Aber als Leas Lover kommt er nicht infrage. Der Mann ist dreiundsechzig …«

Nach und nach wanderte der Stift nach unten. Der Name in Zeile neun lautete Gernot Schiller. Die Adresse war in Heidelberg, am südlichen Ende der Görresstraße. Nicht allzu weit von Leas Vaterhaus entfernt.

»Gernot Schiller ist vor sieben Jahren verstorben«, sagte Vangelis, aber ein kurzes Flackern in ihrem Blick ließ mich ahnen, dass wir auf eine heiße Spur zusteuerten. »Unter der Adresse ist allerdings immer noch ein Mann namens Schiller gelistet. Vorname Wolfram, Beruf selbstständiger Anlageberater. Ich vermute, ein Sohn des Verstorbenen. Das Alter passt. Er ist neununddreißig.«

Vangelis lehnte sich zurück und fuhr sich mit beiden Händen durch die schwarzen Locken. Voilà, sagte ihr Blick. Wir sind am Ziel.

»Auf seine Firma sind zwei Fahrzeuge zugelassen«, fuhr sie dann fort. »Ein weißer Bentley und ein Mercedes, S-Klasse, knapp zwei Jahre alt, Farbe: mysticbraun. Beide in Frankfurt zugelassen.«

Ich nahm einen Stift von ihrem Tisch und begann, ihn zwischen den Fingern zu zwirbeln.

»Wie machen wir weiter?«, wollte Vangelis wissen.

Nach kurzem Nachdenken legte ich den Stift wieder weg, suchte und fand die Nummer von Yvonne Ehling in meinem Handy. Ich erreichte sie in ihrer Agentur, obwohl schon Abend war. Sie freute sich so über meinen Anruf, als hätte sie an diesem Tag noch nicht viel Abwechslung gehabt.

»Sie sagten, Sie hätten den Mann mit dem Mercedes zweimal gesehen. Einmal im Oktober und einmal vor wenigen Wochen.«

»Stimmt. Wieso?«

»Halten Sie es für möglich, dass es zwei verschiedene Männer waren?«

Yvonne Ehling schwieg lange. Im Hintergrund hörte ich einen Kanarienvogel tirilieren.

»Würde erklären, wieso es zwei verschiedene Autos waren«, sagte sie langsam. »Der Mercedes im Oktober war silberfarben. Der im November braun. Aber manche Leute wechseln ja die Autos wie die Hemden. Manche haben auch mehrere Autos, nicht?«

»Und wie ist es mit dem Fahrer?«

»Da es dasselbe Mädchen war, dachte ich natürlich, es sei auch derselbe Kerl. Und ich sagte ja schon, ich habe vor allem auf das Mädel geachtet. Den Fahrer im November habe ich eigentlich gar nicht gesehen, wenn ich darüber nachdenke. Kann es sein, dass der dunkel getönte Scheiben hat?«

Eine Stunde später lag ich auf der Couch und schmökerte in Theresas Buch, dessen Erscheinen wir am Abend zuvor groß gefeiert hatten. Unser Dienstagabend war dieses Mal lang und ungetrübt gewesen. Wieder und wieder hatten wir auf hohe Verkaufszahlen und gute Rezensionen angestoßen. Später noch einige Male auf uns und die Liebe im Allgemeinen. Theresa war ausgelassen gewesen wie selten und hatte nicht bemerkt, dass ich mit meinen Gedanken hin und wieder woanders war.

Der Anfang ihres Buchs las sich überraschend amüsant, aber es fiel mir schwer, mich zu konzentrieren. Schon nach drei Seiten hatte ich die ersten beiden vergessen und musste zurückblättern. Wir befanden uns im beginnenden sechzehnten Jahrhundert, bei den Anfängen der Bauernkriege. Die hungernde Landbevölkerung begehrte auf gegen den gefräßigen Klerus und den blutsaugenden Adel. Der verarmte niedere Adel verlegte sich mangels anderer Einkommensquellen mehr und mehr aufs Raubrittertum. Die Kirche war wie üblich für den Erhalt der bestehenden Verhältnisse. Pfaffen waren gern gesehene Gäste in den Frauenhäusern, wie man die Bordelle damals nannte. Die Herren auf den gut gesicherten Burgen und Schlössern ließen es sich auf Kosten ihrer leibeigenen Bauern …

»Paps?«, schreckte mich die Stimme einer meiner Töchter auf.

Ich fuhr hoch.

Es war Louise. Sie setzte sich auf einen Sessel und sah mich betrübt an.

»Stimmt es, dass Lea was mit diesem toten Politiker gehabt hat?«

»Bisher gibt es keinen Beweis dafür.«

»Ist er der Typ mit dem Mercedes?«

»Im Moment sieht es nicht so aus. Aber es ist alles ziemlich wirr.«

Ich hatte beschlossen, dieses Mal äußerst behutsam vorzugehen. Noch so eine Katastrophe wie mit Gröwer wollte ich nicht riskieren.

»Ist das Theresas neues Buch?«

Ich nickte und war ein kleines bisschen stolz dabei.

»Darf ich mal reingucken?«

»Du kannst es auch gleich lesen. Ich habe jetzt sowieso keinen Kopf dafür.«

»Cool!« Beeindruckt nahm sie das fast dreihundert Seiten dicke Buch mit festem Einband in die Hand und blätterte es andächtig durch. »Meinst du, sie ist schuld?«, fragte sie, als sie wieder aufsah.

»Wer? Woran?«

»Lea. Dass er gestorben ist?«

»Ganz bestimmt nicht.«

Meine Antwort schien Louise nur halb zu befriedigen. Sie hatte meine Unsicherheit gespürt. Und was hieß schon Schuld in diesem Zusammenhang? Zwei Menschen waren aneinandergeraten, die sich besser nie getroffen hätten. Einer davon war jetzt tot, der andere verschwunden. Louise erhob sich mit Theresas Buch in der Hand.

»Vielleicht kannst du mir einen Tipp geben«, fiel mir ein. »Falls die beiden doch was miteinander hatten – wie könnte Lea an diesen Politiker geraten sein? Irgendwo müssten sie sich ja getroffen haben.«

»Das ist easy.« Louise setzte sich wieder. »Sie hat einfach im Internet geguckt, wo große Partys sind. Die Jahresfeier von einem Golfclub, ein runder Geburtstag von einem Bürgermeister oder irgendeinem reichen Sack.«

»Und dann ist sie da einfach hingegangen? Ohne Einladung?«

»Bei Mädels gucken die Türsteher nicht so genau hin. Läuft bei den Discos genauso. Mädels werden auf Feten immer gebraucht, vor allem, wenn sie gut aussehen. Und da hat sie natürlich alle möglichen Typen kennengelernt. Sie hat oft damit angegeben, wen sie alles kennt.«

»Seid ihr eigentlich mal bei Henning im Krankenhaus gewesen?«, fragte ich, als sie sich zum zweiten Mal erhob.

Louise schlug die Augen nieder und schüttelte den Kopf.

»Wolltet ihr ihn nicht jeden Tag besuchen?«

»Er kriegt doch sowieso nichts mit«, meinte sie verzagt. »Es zieht einen voll runter, ihn so … zu sehen. Hast du ihn denn besucht?«

Nun war ich es, der mit schlechtem Gewissen den Kopf schüttelte.

»Und wie läuft's mit Marc?«, fragte ich stattdessen.

»Schluss, Ende, aus«, lautete Louises präzise Antwort. »Ich nehm auch die Pille nicht mehr. Hab die Nase voll von den Typen.«

Sie lächelte traurig und verabschiedete sich mit einem matten Winken.

25

Am Donnerstagmorgen, zwei Tage vor Heiligabend, saßen wir wieder einmal zu dritt zusammen. Vangelis, Balke und ich. Nicht nur ich hatte heute das Gefühl, der Erfolg sei zum Greifen nah. Balke hatte sich inzwischen im Internet Wolfram Schillers Bungalow angesehen.

»Schnieker Bau aus den Siebzigern. Was man auf dem Video von der Einrichtung und der Architektur sieht, könnte gut dort reinpassen. Viel Sichtmauerwerk, große Glasflächen und so. Ich habe sogar eine ungefähre Vorstellung davon, in welcher Ecke des Hauses er es mit dem Mädel getrieben hat.«

»Ich bin überzeugt, er ist es«, sagte Vangelis.

»Wie geht's nun weiter?«, fragte Balke unternehmungslustig.

Das hatte ich mir schon beim Frühstück überlegt. Ich faltete die Hände auf dem Tisch. »Erstens werde ich persönlich Kontakt mit ihm aufnehmen. Nicht offiziell natürlich, sondern undercover. Außerdem machen wir ihn ein bisschen nervös. Ich lasse sein Haus überwachen, und zwar so, dass er es merkt. Und dann sehen wir mal, wie er reagiert. Er hat den Namen Lea in den Nachrichten gehört. Er weiß, was mit Gröwer passiert ist. Falls er mit Lea zu tun hatte, muss er unter enormem Druck stehen.«

»Und wen setzen Sie ihm vor die Tür?«, fragte Balke belustigt. »Das ist ja praktisch eine Strafexpedition.«

»Strafexpedition ist genau das richtige Wort.«

Rolf Runkel war alles andere als begeistert von der Perspektive, sich die kommenden Nächte in einem kalten Einsatzfahrzeug sitzend um die Ohren zu schlagen. Aber nach seiner neuesten Meisterleistung wagte er nicht zu widersprechen.

»Und was genau soll ich da machen?«

»Beobachten, was der Mann treibt. Hin und wieder erstatten Sie mir persönlich Meldung. Und wenn er wegfährt, dann folgen Sie ihm.«

»Aber ... allein, wie soll das gehen, ohne dass er was merkt?«

»Macht nichts, wenn er es merkt. Im Gegenteil, wenn Sie verstehen, was ich meine.«

Nein, er verstand nicht. Aber er traute sich nicht zu fragen.

»Werd ich auch irgendwann mal ... abgelöst?«

»Natürlich«, behauptete ich, ohne rot zu werden. »Aber erst mal müssen Sie das allein stemmen. Sie schaffen das schon.«

Nun endgültig verwirrt, erhob er sich aus dem Besucherstuhl. »Das ist ja ... Ehrlich gesagt, ich weiß gar nicht, was ich davon halten soll.«

»Noch was«, rief ich ihm nach, als er schon halb aus der Tür war. »Sie schicken mir bitte jede Stunde eine kurze SMS, okay? Nur damit ich weiß, dass alles in Ordnung ist.«

Runkel war kaum verschwunden, als Vangelis und Balke wieder vor mir standen.

»Schillers Firma nennt sich Frankfurt Invest«, begann Vangelis, heute für ihre Verhältnisse ungewöhnlich aufgedreht. »Ob er mit seiner Anlageberatung nennenswert Geld verdient, habe ich bisher nicht herausfinden können. Er veröffentlicht keine Geschäftsberichte, und wenn man seinem Internetauftritt glaubt, dann schwimmt er natürlich im Geld, und die Kunden rennen ihm die Tür ein. Aber alles ist ziemlich dubios, um es vorsichtig auszudrücken. Er tut zwar so, als wäre es eine Riesenfirma. In Wirklichkeit scheint er außer einer Sekretärin keine Angestellten zu beschäftigen.«

»Sie denken, die Firma ist nur Fassade? Dass er in Wirklichkeit von etwas ganz anderem lebt?«

Balke schnaubte so befriedigt, als hätte er mit nichts anderem gerechnet. »Soll ich mal versuchen, auf dem kleinen Dienstweg vom Finanzamt ein paar Zahlen zu bekommen? Ich kenne da zufällig wen ...«

Balke hatte fast überall zufällig weibliche Bekannte aus der Zeit, als er seine Bettgenossinnen noch so häufig gewechselt hatte wie die T-Shirts. Merkwürdigerweise sprachen die meisten dieser ehemaligen Freundinnen noch mit ihm.

»Wenn ich mich darauf verlassen kann, dass morgen nichts davon in der ›Bild‹-Zeitung steht.«

»Joannah ist kein Plappermaul. Und sie ist auch nicht sauer auf mich, keine Sorge.«

Er nahm sein Smartphone ans Ohr und ging hinaus. Wenig später war er wieder da.

»Dauert zwei, drei Minuten.« Kaum hatte er Platz genommen, klingelte sein hypermodernes Handy wie eines dieser altertümlichen Bakelittelefone. Er hörte kurz zu, bedankte sich herzlich, versprach, sich demnächst ganz bestimmt mal zu melden. Dann sah er triumphierend auf.

»Nach seiner Steuererklärung hat Schillers Klitsche im vergangenen Jahr achtzehntausend Euro Gewinn gemacht.«

»Und davon finanziert er ein Haus in bester Lage, zwei teure Autos ...«

Wir nickten uns zu. Balke und Vangelis leuchtete das Jagdfieber aus den Augen.

Die erste SMS von Rolf Runkel piepte pünktlich um elf: »Alles ruhig. In den meisten Zimmern brennt Licht. Vom Stromsparen hat der Herr anscheinend noch nichts gehört.«

Ich behielt das Handy in der Hand und wählte die Nummer von Schillers Büro in Frankfurt. Seine Sekretärin gab sich kundenfreundlich.

»Was kann ich für Sie tun, Herr Dr. Kleinschmidt?«, flötete sie.

»Ich ... ähm ... also, ich hätte ein wenig Geld anzulegen und bin auf der Suche nach ... ähm.«

»Da gebe ich Ihnen am besten gleich den Chef persönlich. Sie haben Glück, Herr Schiller ist im Haus, hat aber leider gerade eine Besprechung mit einem unserer großen Kunden. Dürfte er Sie später zurückrufen?«

»Das wäre ... ähm ... nett. Ja.«

Es dauerte keine fünf Minuten, bis mein Handy brummte. Schiller gab sich beglückt.

»Ich kann Ihnen da ganz bestimmt den einen oder anderen

guten Vorschlag unterbreiten, Herr Dr. Kleinschmidt. Am besten, wir setzen uns mal zusammen. Das Jahresende naht, wir sollten es vielleicht nicht allzu weit in die Zukunft verschieben. Die Steuer, Sie verstehen?«

Ich sah sein Augenzwinkern durchs Telefon.

»In Ihr ... ähm ... Büro möchte ich aber vorerst nicht ...«

»Selbstverständlich komme ich zu Ihnen, ich bitte Sie, Herr Dr. Kleinschmidt. Sie sind der Kunde, und der Kunde ist bei der Frankfurt Invest König.«

»Mir wäre es lieber ... auf ... ähm ...«

»Auf neutralem Boden?« Er lachte verständnisvoll. »Des Kunden Wunsch ist uns immer Befehl. Nennen Sie einen Ort und einen Zeitpunkt, und ich werde da sein, wenn es mir irgend möglich ist.«

Ein Kunde, der so geheimnisvoll tut, will Schwarzgeld anlegen. Daher die Begeisterung. Ich schlug das »Zapata« vor, ein Restaurant im Hauptbahnhof.

»Ich wohne nicht weit von Heidelberg«, log ich munter weiter. »Und das mit dem Jahresende habe ich mir auch schon ... ähm. Wäre es vielleicht ... heute schon möglich? Eventuell sogar jetzt gleich? Ich bin nämlich zufällig ... Würde Ihnen das passen?«

Wir einigten uns auf zwölf Uhr. Schiller war begeistert von zwölf Uhr.

»Bisschen sportlich, von Frankfurt nach Heidelberg in der Zeit. Aber zum Glück fahre ich ein flottes Auto. Und ich mag nun mal Männer, die Nägel mit Köpfen machen. Wir schwingen auf einer Welle, das merke ich schon. Ich freue mich darauf, Sie persönlich kennenlernen zu dürfen, Herr Dr. Kleinschmidt.«

Und ich freute mich darauf, auf Kosten meines frischgebackenen Anlageberaters zu Mittag zu essen.

Um Viertel vor zwölf machte ich mich auf den Weg. Zum Hauptbahnhof konnte ich bequem zu Fuß gehen. Nach wenigen Metern piepte mein Handy: »Er ist unterwegs. Ich bleib dran.«

Wie es sich gehörte, war Wolfram Schiller schon da, als ich das fast leere »Zapata« betrat. Er trug einen silbermetallicfarbenen Anzug zu rosa Hemd, giftgrüner Krawatte und garantiert handgenähten schwarz glänzenden Halbschuhen. Wir drückten herzlich Hände, und er wies mit übertriebener Geste auf einen freien Tisch an der tiefgezogenen Fensterfront, die zum Bahnhofsvorplatz ging. Er schob mir den schweren Stuhl aus dunkelbraunem Holz zurecht, nahm erst Platz, als ich ordentlich und sicher saß.

»Schön, Herr Dr. Kleinschmidt, dass es so schnell geklappt hat«, erklärte er strahlend. Seine Hände waren perfekt manikürt. Die Augenbrauen vermutlich gezupft.

Ich studierte die Speisekarte, konnte mich nicht entscheiden, wählte schließlich Flammkuchen. Schiller fand Flammkuchen eine geradezu geniale Idee und schloss sich an.

Das Lokal war groß und gediegen. Viel dunkles Holz, gemütliche Beleuchtung, an der Wand Audrey Hepburn.

»Ein Gläschen Sekt vorweg?«, fragte Schiller energiegeladen. »Ich darf Sie doch einladen, auch wenn das hier – hm, ja – nicht gerade das ist, was ich als First-Class-Etablissement bezeichnen würde.« Er sah mit hochgezogenen Brauen um sich. »Beim nächsten Mal erlauben Sie, dass ich das Lokal auswähle?«

Dieses Mal konnte ich sein verschmitztes Augenzwinkern in natura bewundern. Schiller roch nach einem für meinen Geschmack zu aufdringlichen Aftershave. Und er hatte blitzwache, unruhige Augen.

Sekt? Warum nicht. Schließlich war bald Weihnachten. Und damit Urlaub.

»Ich kann mir denken, dass Sie bessere Lokale gewohnt sind«, sagte ich leise. »Aber aus gewissen ... ähm ... Gründen ist es mir lieber ...«

»Wenn wir zum Abschluss kommen, lieber Herr Dr. Kleinschmidt, woran ich nicht zweifle, dann holen wir das Essen in einem richtigen Edelschuppen nach. Auf Kosten der Firma selbstverständlich. Ist das ein Vorschlag?«

»Ich hoffe, ich bin bei Ihnen richtig.«

Er beugte sich zu mir herüber, damit ihm nichts entging.

»Ich muss aus bestimmten Gründen ... ähm ... gewissen Wert auf Diskretion legen.«

»Diskretion ist das Lieblingswort der Frankfurt Invest.« Schiller sah mich an mit der Miene eines hungrigen Wolfs, der an einem fetten Hasen schnuppert. »Wir bleiben aus guten Gründen klein, wissen Sie«, dozierte er großspurig. »Je mehr Angestellte Sie haben, desto größer das Risiko, dass einer den Mund nicht halten kann. Klein, aber fein, das ist unsere Devise.«

»Und einer der Gründe, weshalb ich Sie ... ähm ... kontaktiert habe.«

»Sie sind auch mit anderen Firmen im Gespräch?«

»Natürlich. Ich ... ähm. Nein. Bisher noch nicht.«

»Das sollte auch so bleiben. Geldangelegenheiten sind ja nun mal immer und vor allem Vertrauensangelegenheiten.«

Angeblich betrug die Summe an Privatvermögen, die seine Firma betreute, weit über fünfhundert Millionen.

»Unsere Kundschaft ist handverlesen«, verriet er im Verschwörerton und rückte noch ein wenig näher. »Sie befinden sich in allerbester Gesellschaft, sozusagen. Unternehmer, Chefärzte, sogar bekannte Politiker. Dr. Gröwer zum Beispiel, der Anfang der Woche leider auf so tragische Weise ...«

»Der war auch Ihr Kunde?« Dieses Mal war mein Staunen echt.

»Ein sehr guter sogar. Eigentlich dürfte ich Ihnen das ja gar nicht verraten. Aber jetzt ...« Er hüstelte. »... wo er tot ist ...«

Ich gab mich beeindruckt.

Unser Sekt kam. Wir stießen an.

»Darauf, dass Sie am Ende mehr als zufrieden mit uns sind«, sagte Schiller mit breitem Lächeln. »Zufrieden allein genügt uns nicht. Die Frankfurt Invest möchte, dass Sie mehr als zufrieden sind.«

»Trinken wir darauf, dass Sie eine ordentliche Verzinsung für mich herausschlagen«, konterte ich kleinlaut.

Dann erlosch Schillers Grinsen.

»Darf man wissen, über welchen Betrag wir sprechen? Ungefähr?«

Verschämt zeigte ich fünf Finger.

»Fünf Mio?«, fragte er lautlos.

Ich nickte.

»Sechs bis acht Prozent halte ich durchaus für realisierbar«, behauptete er nach kurzem Nachdenken. »Falls Sie ein wenig Risiko nicht scheuen, vielleicht sogar zehn.«

»Das ist aber viel!«, staunte ich. »Das wären ja dann ... ähm ... fünfzigtausend im Jahr?«

»Nehmen Sie es ruhig mal zehn«, korrigierte er nachsichtig. Der Hase war nicht nur fett, er konnte nicht mal rechnen. »Abzüglich unserer Provision natürlich.«

»Wie hoch ist die üblicherweise?«

»Hängt von der Art der Anlage ab.« Schiller versuchte, noch ein wenig näher zu kommen, um noch leiser sprechen zu können, wurde jedoch vom Tisch zwischen uns behindert. »Die klassische Anlage in festverzinslichen Wertpapieren ist heutzutage ja völlig veraltet. Bei Aktien muss man derzeit sehr genau wissen, was man tut, und fällt trotzdem leicht auf die Nase. Obwohl wir gerade hier durchaus über gewisse Möglichkeiten verfügen ...«

»Sie verfügen über – wie sagt man – Insiderinformationen?«

In meiner Hosentasche piepte das Handy. Runkel stand jetzt vermutlich auf dem Parkplatz an der Nordseite des Bahnhofs und bewachte Schillers Bentley oder Mercedes.

»Lassen Sie es mich so ausdrücken: Wir erfahren manche Dinge ein wenig früher als andere und können so rechtzeitig reagieren. Manchmal geht es in diesem Geschäft ja um Minuten, wenn nicht Sekunden, wenn Sie verstehen, was ich meine. Trotzdem würde ich von Aktien abraten, solange man nicht weiß, wie das Elend mit dem Euro weitergeht. Amerika kränkelt seit Jahren, und seit nun nicht mal mehr China auf festen Beinen steht ...«

»Was wäre Ihr Vorschlag?«

»Darf ich fragen, wo zurzeit Ihr Grenzsteuersatz liegt, verehrter Herr Dr. Kleinschmidt?«

Ich zögerte. Tat, als würde ich nachdenken. Und wusste nichts von einem Grenzsteuersatz. »Zu hoch«, sagte ich schließlich. »Entschieden zu hoch.«

Schiller lachte, als hätte ich einen köstlichen Witz gemacht. Nun wusste er endgültig, woran er bei mir war.

»Wir arbeiten eng mit einer Bank auf den Virgin Islands zusammen. Da kann man geradezu Wunder vollbringen, was die Steuer angeht. Allerdings sind die Dinge bei solchen grenzüberschreitenden Anlagen natürlich etwas komplizierter. Deshalb liegt in solchen Fällen unsere Provision auch ein klein wenig höher.«

Unsere Flammkuchen kamen. Wir begannen zu essen.

»Wir sprachen von Ihrer Provision«, sagte ich nach den ersten Bissen. »Womit müsste ich im Fall des Falles rechnen?«

»Fünfzehn.«

»Das ist aber ganz schön viel …«

»Bedenken Sie auf der anderen Seite die enorme Steuerersparnis! Sie kämen von – lassen Sie mich schätzen – viel zu viel auf null.«

»Ich weiß nicht, fünfzehn Prozent …«

»Dann lassen Sie uns doch erst mal sehen, woran wir sind«, unterbrach mich mein Anlageberater begütigend. »Möglicherweise kann ich Ihnen ja noch ein wenig entgegenkommen. Sie haben heute den Vorzug, mit dem Chef persönlich zu sprechen und nicht mit einem meiner Angestellten.«

»Diese Anlagen auf den … wie heißt diese Insel noch mal?«

»Virgin Islands. Eine Inselgruppe der Kleinen Antillen, wie Sie sicherlich wissen. Von dort aus wird unsere Partnerbank Ihr gutes Geld in Anleihen der Emerging Markets investieren. Asien hauptsächlich, die Tigerstaaten. Gut gemixt selbstverständlich. Die Frankfurt Invest setzt niemals auf ein Pferd allein. Darf ich fragen, wo das Geld zurzeit liegt?«

»Nicht bei einer deutschen Bank.«

»Das ist gut.« In seinen Augen blinkten jetzt goldene Dollarzeichen. »Das ist sogar sehr gut.«

Der Hase war nicht nur fett und strohdumm, sondern auch noch gehbehindert. Ein Anleger, der das Finanzamt betrügen möchte, wird später im Fall des Falles nicht vor Gericht ziehen, um seinen Berater zu verklagen.

Eine Weile kauten wir schweigend. Schiller bemühte sich nach Kräften, mich sein Glück nicht spüren zu lassen.

»Ich schlage jetzt Folgendes vor, lieber Herr Dr. Kleinschmidt«, sagte er, als er das krümelübersäte Brettchen mit einer schwungvollen Bewegung zur Seite schob. »Sie lassen sich die Sache durch den Kopf gehen. Ich habe jedes Verständnis dafür, dass Sie nichts überstürzen möchten.« Er packte die Papierserviette, wischte sich energisch über den Mund und knüllte sie zu einer Kugel zusammen. »Und bei unserem nächsten Gespräch, das wir aus besagten Gründen nicht allzu weit in die Zukunft schieben sollten, werden wir dann konkreter. Geld und schöne Frauen vertragen nun mal keine Eile, nicht wahr?«

Wieder dieses Zwinkern, als hätten wir soeben einen Banküberfall verabredet.

»Das ist gut, ja«, erwiderte der hinkende Hase. »Ich darf aber jetzt schon sagen, dass ich ein ... ähm ... gutes Gefühl habe bei der Sache. Ein sehr gutes Gefühl.«

»Sehen Sie, lieber Herr Dr. Kleinschmidt, ohne Vertrauen ist eben alles nichts«, sprach Schiller, als hielte er einen Vortrag vor großem Publikum. »Sie sind mir sympathisch, sehr sympathisch sogar. Und ich hoffe, das beruht auf Gegenseitigkeit. Wenn es Ihnen nichts ausmacht, dann treffen wir uns beim nächsten Mal in meinem Haus hier in Heidelberg. Da sind wir ungestört, und Sie müssen nicht extra nach Frankfurt fahren. Und nach dem Abschluss gehen wir groß feiern, was? Ich bin überzeugt, wir werden gute Gründe zum Feiern haben.«

Dieses Mal fiel unser Händedruck noch um einiges herzlicher aus als bei der Begrüßung.

»Ich müsste dann jetzt«, murmelte ich mit Blick auf die Armbanduhr. »Mein Zug geht bald.«

»Überlegen Sie aber nicht zu lange«, gab Schiller mir noch mit auf den Weg zu den Bahnsteigen. »Ich habe im Moment ein ungewöhnlich gutes Angebot auf dem Tisch, das in spätestens zwei, drei Tagen überzeichnet sein wird. Übermorgen ist zwar Heiligabend, aber ein guter Berater schläft nie, sage ich immer. Für Sie habe ich immer Zeit. Und wenn ich immer sage, dann meine ich immer.«

Während ich zur Direktion zurücklief, kam die nächste SMS von Runkel. Schiller sei beim Bahnhof gewesen, las ich, habe dort eine unbekannte Person getroffen, die mir verblüffend ähnlich sah, Sekt getrunken und Pizza gegessen.

26

Kurze Zeit später saß Schiller wieder gemütlich zu Hause in seinem verschwenderisch beleuchteten Bungalow an der Görresstraße, erfuhr ich, als ich wieder am Schreibtisch saß. Die ersten Nachbarn hatten Runkel schon misstrauisch beäugt. Aber bisher hatte es noch keine beunruhigten Anrufe bei der Polizei gegeben.

Den Nachmittag über kamen die Kurznachrichten pünktlich zur vollen Stunde. Mein Anlageberater blieb zu Hause, was angesichts des Wetters das Beste war, was er tun konnte. Seit Stunden goss es wieder in Strömen. Ich hatte mit knapper Not die Direktion noch trocken erreicht.

Abends um sieben wagte Runkel zum ersten Mal anzufragen, ob irgendwann mit Ablösung zu rechnen sei.

»Morgen Vormittag«, simste ich entspannt zurück. »Sie schaffen das schon. Ich vertraue Ihnen.«

Inzwischen war ich überzeugt, dass Schiller Leas unbekannter Liebhaber war. Alles, alles passte. Balke hatte im Internet Fotos aufgetrieben, die Schiller beim Tennisspielen zeigten. Dabei hatte er entdeckt, dass unser neuer Verdächtiger am rechten Unterschenkel eine Hautanomalie hatte, einen etwa handgroßen hellen Fleck in der ansonsten sportlich gebräunten Haut. Und dieser Fleck war auch auf einem der Videoschnipsel von Leas Laptop zu erkennen.

Als ich abends schon in der Tür von meinem Vorzimmer zum Flur war, hörte ich mein Telefon noch einmal klingeln. Der Anruf kam aus Kehl, erkannte ich an der Vorwahl. Und er brachte weitere gute Nachrichten: Der Fall Henning Dellnitz war aufgeklärt. Der Obdachlose, bei dem die Kehler Kollegen Hennings Papiere gefunden hatten, hatte vor seinem Zellengenossen damit geprahlt, kein kleiner Taschendieb, sondern praktisch ein Raubmörder zu sein, einer von den ganz harten Kerlen. Und der hatte ihn umgehend verpfiffen.

»Spuren von Gewalteinwirkungen haben wir an dem Jungen ja nicht gefunden«, erklärte mir der erkältete Kollege von neulich. »Aber ich hab mir gleich gedacht, dass der nicht selber ins Wasser gesprungen ist. Der Penner hat sein Lager in einer leer stehenden Lagerhalle im Hafen gehabt. Und von da aus hat er beobachtet, wie Henning den Laptop zertrampelt hat. Und außerdem hat er den Rucksack gesehen, den der Junge an einen Poller gelehnt hatte. Henning hat den Laptop ins Wasser gepfeffert, und dann hat er sich hingehockt und geheult, und da hat der Penner gedacht, wär doch vielleicht eine günstige Gelegenheit, ihm den Rucksack zu stibitzen. Eigentlich wollt er nur ein paar Euro klauen, weil er total abgebrannt war.«

»Aber Henning hat es natürlich gemerkt.«

»Sie haben ein bisschen gerangelt, und dabei ist der Junge rückwärts ins Wasser gefallen und wahrscheinlich mit dem Kopf auf einer Betonkante oder einer Treppenstufe unter Wasser aufgeschlagen. Wie der Penner gesehen hat, dass Henning bewusstlos im Wasser treibt, hat er es natürlich mit der Angst gekriegt. Er ist davongelaufen, aber den Rucksack hat er doch nicht stehen lassen können.«

»Später hat er ihn durchwühlt ...«

»Und ins Gebüsch geschmissen, richtig. Und in der Nacht haben sich dann anscheinend noch andere bedient.«

Henning wäre wenige Minuten später tot gewesen, wäre nicht die »Henriette Buyten« gekommen, das holländische Containerschiff mit der aufmerksamen Besatzung.

Theresa hatte an diesem Abend ihre erste Lesung aus dem neuen Buch. Die Präsentation fand in Köln statt, da dort der Verlag residierte. Ich wäre gerne dabei gewesen, hatte jedoch verzichtet, da es erstens im Fall Lea endlich voranging und sie zweitens schon von ihrem Mann begleitet wurde, was mich mehr kränkte, als ich mir eingestehen mochte. Um ehrlich zu sein: Sie hatte mich nicht einmal gefragt, ob ich mitkommen wollte.

Da ich nicht mit Theresa in Köln sein durfte, verbrachte ich den Abend bei Lorenzo. Wir speisten nach einem süditalienischen Rezept gedünstete Doraden und sprachen über das Leben. Dieses Mal hatte ich es in der Hektik nicht geschafft, Wein zu besorgen, und so schlürfte ich notgedrungen die mafiösen Köstlichkeiten aus dem Keller meines Freundes. Wir kamen überein, glückliche Menschen zu sein.

»Manche Menschen scheinen das Unglück ja magnetisch anzuziehen.« Ich erzählte Lorenzo von Leas toter Mutter und ihrem an sich selbst verzweifelnden und sich zielstrebig zu Tode saufenden Vater.

»Glücklich sein ist kein Zustand, sondern ein Talent«, bemerkte Lorenzo dazu. »Ein Talent, das bei uns leider wenig verbreitet ist. Daher rührt ja unser übertriebener Wohlstand.«

Ich ließ die Gabel sinken.

»Hat ein glücklicher Mensch Anlass, sich fünf Tage die Woche von morgens bis abends abzustrampeln?«, fragte er. »Braucht einer, der glücklich ist, ein dickes Auto? Muss jemand, der zu Hause glücklich ist, alle Ecken der Welt bereisen? Sind die Länder mit dem höchsten Pro-Kopf-Einkommen die mit den glücklichsten Bürgern?«

Wohl eher nicht.

»Glücklich macht uns nicht das Besitzen«, Lorenzo schob bedächtig einige Gräten an den Tellerrand, »sondern das Bekommen. Aber das ist leider ein sehr flüchtiges Glück, weshalb wir wie Drogensüchtige in immer kürzeren Abständen immer neue, noch schönere Dinge anschaffen müssen.«

Mein Handy summte. Ich warf Lorenzo einen um Verzeihung bittenden Blick zu und nahm es zur Hand. Theresa schrieb, die Lesung sei ein voller Erfolg gewesen, achtunddreißig Köpfe im Publikum, nicht zu vergessen einige Mitarbeiterinnen des Verlags und ihre Agentin. Unter einem rauschenden Erfolg hatte ich mir etwas Größeres vorgestellt, aber das würde ich natürlich für mich behalten. Immerhin war auch Presse da gewesen und sogar eine Fernsehkamera von einem lokalen Sender.

»Der Verleger meint, das Buch könnte sogar ein Bestseller werden«, schrieb Theresa weiter, und nun werde die angehende Bestsellerautorin zusammen mit den Leuten vom Verlag ordentlich einen trinken gehen. Ich wünschte ihr und allen Beteiligten eine Menge Spaß und spürte beim Tippen, dass ich immer noch verstimmt war. Außerdem war inzwischen eine weitere Nachricht von Runkel gekommen. In der Görresstraße war alles ruhig.

Lorenzo wollte wissen, worum es in Theresas Werk ging, und bat um ein signiertes Ehrenexemplar. Schließlich landeten wir bei der Politik, kamen vom Hundertsten ins Tausendste und verabschiedeten uns kurz vor elf mit dem befriedigenden Gefühl, die großen Probleme der Menschheit im Grundsatz gelöst zu haben.

Der Regen hatte so plötzlich wieder aufgehört, wie er am frühen Nachmittag begonnen hatte. Gut gelaunt und leicht angeheitert machte ich mich auf den Weg nach Hause, überquerte die Alte Brücke, grüßte Nepomuk auf seinem Podest, bewunderte zum tausendsten Mal das schläfrig am Hang trutzende und würdig beleuchtete Schloss. Menschen hasteten mit gesenkten Köpfen an mir vorüber. Nur wenige, die langsameren, schienen mir glücklich zu sein. Vielleicht frisch verliebt. Vielleicht einfach nur von der Natur mit Optimismus gesegnet. Vielleicht waren es solche, die sich keine Gedanken um die Rendite ihrer Geldanlagen machen mussten. Schiller fiel mir ein, mein Anlageberater, der gerade jetzt vielleicht das eine oder andere Glas auf mein Wohl trank. Und damit Runkel.

Ich prüfte mein Handy: Vor knapp einer Stunde hatte er die letzte SMS geschickt. Jetzt war es zwei Minuten nach elf. Ich gab ihm noch eine Gnadenfrist von fünf Minuten, schlenderte die Hauptstraße entlang, zog ein kurzes Resümee meines Lebens, kam zum Schluss, dass Lorenzo unrecht hatte. Man konnte auch glücklich sein, wenn man nicht arm war. Zwischendurch kam von der Bestsellerautorin eine lange, vor Ausgelassenheit sprühende Kurznachricht. Nach einem lustigen Abend war man auf dem Weg ins Hotel, und ob wir später noch telefonieren könnten. Es gebe so viel zu erzählen, und sie sei so glücklich und das Schriftstellerleben wunderbar.

Als ich den Bismarckplatz erreichte, war ich zum Schluss gekommen, dass nicht Geld glücklich machte, sondern die Liebe. Ein Mensch, der nicht liebte, nicht geliebt wurde, konnte so reich oder arm sein, wie er wollte …

Die Uhr an der Straßenbahnhaltestelle zeigte Viertel nach elf, es begann wieder zu regnen, und Runkel hatte sich immer noch nicht gemeldet. Plötzlich nicht mehr ganz so glücklich, wählte ich seine Nummer. Er meldete sich nicht. Ich überlegte kurz, versuchte es noch einmal und sah mich schließlich nach einem Taxi um.

Die Görresstraße war nur schwach beleuchtet. Der Regen war hier viel stärker als in der Innenstadt. An beiden Straßenrändern parkten Wagen des mittleren und oberen Preissegments. Ich bat den Taxifahrer, kurz zu warten, und lief den Gehweg entlang. Der zivile Opel aus dem Fuhrpark der Polizei stand etwa fünfzig Meter von Schillers Haus entfernt auf der linken Seite. Und ich sah es schon von Weitem: Er war leer. Immerhin war Runkel nicht schon wieder hinter dem Lenkrad eingeschlafen. Die Fahrertür stand einen Spalt offen. Schillers Haus war dunkel, soweit ich von meiner Position aus sehen konnte. Langsamer ging ich weiter. Meine Schultern wurden durch den Mantelstoff hindurch allmählich nass. Von meinen Haaren tropfte der Regen.

Hatte Runkel sich vielleicht irgendwo in die Büsche geschlagen? Unsinn. Seit meinem letzten Anruf war fast eine Viertelstunde verstrichen, und kein Mensch pinkelte fünfzehn Minuten lang. Außerdem hätte er später meine Nummer auf seinem Handy gesehen und zurückgerufen.

Mit jedem Schritt wurde mir kälter und unwohler. Schillers Haus war nur noch wenige Meter entfernt. Immer noch war dort kein Licht zu sehen. Der Vorgarten war übersichtlich, der Zaun niedrig. Über der protzigen Haustür die in Vierteln wie diesem übliche Alarmleuchte. An einem der gegenüberliegenden Häuser flammte ein Scheinwerfer mit Bewegungsmelder auf. Dadurch bemerkte ich etwas Dunkles, das in der Einfahrt der breiten, in den Hang eingelassenen Doppelgarage lag.

Ein umgefallener Müllsack.

Ein Bündel alter Kleider.

Ein Mensch.

Augenblicke später wählte ich die Eins-eins-zwei und raste zum Taxi zurück, um den eingenickten Fahrer wachzurütteln und lautstark seinen Verbandskasten und seine Taschenlampe zu verlangen. Noch halb benommen sprang er aus dem Wagen und rannte mit mir zusammen zurück zu meinem Untergebenen, der vor Schillers Garage in seinem Blut lag.

In dieser Nacht musste ich am eigenen Leib erfahren, wie lang achtzehn Minuten sein können, wenn jede, jede, jede Sekunde zählt. Runkel blutete aus einer Wunde im Bauch und atmete nicht mehr. Aber noch fühlte ich Puls. Schwach zwar, aber er lebte.

Mein inzwischen vollends wacher und glücklicherweise nicht auf den Kopf gefallener Helfer und ich wechselten uns ab bei Herzmassage und Mund-zu-Mund-Beatmung. Zwischendurch versuchten wir vergeblich, die Blutung zu stillen. Wir verstanden uns stumm. Hätten auch gar keine Luft gehabt zum Reden. Abwechselnd pumpten und pusteten wir. Inzwischen war auch kein Puls mehr zu fühlen.

Nach einer halben Ewigkeit tauchte ein drahtiger Mann auf, gab sich als Nachbar und Arzt zu erkennen und half uns. Sekunden später war auch eine Frau da, die ebenfalls vom Fach zu sein schien, und wir Ersthelfer konnten ein wenig durchatmen. Ein junger Mann in kostbarem Bademantel und billigen Latschen brachte eine Decke, um Runkel, der in einer immer größer werdenden Blutlache lag, warm zu halten.

Dann, endlich, in der Ferne das erlösende Tatütata, das Rettung versprach, Hoffnung, Leben.

Als der Notarzt aus dem Wagen sprang und das Martinshorn verstummte, war ich schweißüberströmt, restlos erschöpft, vollkommen durchnässt und überzeugt, mein vom Pech verfolgter Mitarbeiter sei tot. An immer mehr inzwischen erleuchteten Fenstern der umliegenden Häuser standen jetzt Menschen und beobachteten interessiert das Geschehen. Ich verspürte enorme Lust, jeden Einzelnen von ihnen wegen unterlassener Hilfeleistung anzuzeigen.

Plötzlich gab es Licht von den Scheinwerfern des Rettungswagens. Runkel musste entweder einen Schuss oder einen Messerstich in den Bauch bekommen haben, wurde mir erst jetzt klar. Die Blutung war noch immer nicht gestillt, obwohl jetzt der Notarzt und seine beiden Begleiter sich um den Verletzten bemühten. Schlug sein Herz also doch noch? Blutet man, wenn der Kreislauf endgültig zusammengebrochen ist?

Schillers Haus war als einziges noch dunkel. Wo steckte der Kerl? Was war seine Rolle in diesem Drama, das sich gewiss nicht zufällig vor seiner Haustür abgespielt hatte? Ich wandte mich an die glotzenden Nachbarn, von denen viele inzwischen ihre Fenster verlassen hatten und unter einer immer größer werdenden Ansammlung von Regenschirmen herumstanden.

»Hat jemand von Ihnen in der letzten Stunde etwas Auffälliges gesehen oder gehört?«

Allgemeines Kopfschütteln.

»Wir haben ferngesehen«, erklärte mir ein aufgeregter weißhaariger Herr. »Meine Frau und ich, wir haben ferngesehen. Nein, wir haben nichts gehört. Überhaupt nichts, nein.«

»Unser Wohnzimmer geht nach hinten, zum Garten«, sagte ein etwas jüngerer grauhaariger Herr mit kantigem Kinn und versuchte vergeblich, den Mann von Welt zu geben, den nichts aus der Fassung bringt.

»Wir haben schon geschlafen und sind erst von Ihrem Geschrei aufgewacht.« Eine vielleicht dreißigjährige, in ihrem Morgenmantel frierende und auch ohne Make-up höchst attraktive Frau gestikulierte fahrig. »Nicht, dass ich Ihnen einen Vorwurf machen möchte. Es ist ja völlig normal, dass Sie um Hilfe rufen, in so einer Situation.«

Mir war gar nicht bewusst gewesen, dass ich um Hilfe gerufen hatte.

Ansonsten betretenes Schweigen, offen stehende Münder, blöde Mienen, immer wieder Kopfschütteln.

»Schusswunde«, hörte ich den Notarzt sagen. »Wahrscheinlich Aorta perforiert ... So schnell wie möglich auf den Tisch ...«

Ich wandte mich erneut an die Nachbarn. »Einen Schuss hört man doch, Herrgott noch mal! Auch wenn man schläft. Es kann auch länger als eine Stunde her sein.«

Sekunden später federte der Notarzt hoch. »Okay so weit. Auf geht's!«

Das Martinshorn gellte wieder los, der Rettungswagen raste mit heulendem Motor davon. Ich hatte vergessen zu fragen, wohin sie Runkel bringen würden. Aber das entschied sich ja oft genug erst während der Fahrt.

Ich wiederholte meine Frage zum zweiten Mal und dieses Mal noch lauter, noch eindringlicher: »Hat denn wirklich niemand einen Knall gehört?«

Achselzucken. Kopfschütteln.

»Ein Schalldämpfer wahrscheinlich«, meinte eine beleibte Frau mit dicker Brille und sachverständiger Miene.

Hatte der Arzt wirklich von einer Schussverletzung gesprochen oder nur eine Vermutung geäußert? Warum hatte ich ihn nicht gefragt? Auch das hatte ich falsch gemacht.

Alles hatte ich falsch gemacht.

Ich hätte Runkel nie und nimmer allein hierher schicken dürfen. Gegen jede Vorschrift war das gewesen.

Ich war …

Ich hätte …

Ich wischte mir den Regen von der Stirn, massierte meine Augen und war plötzlich nur noch müde.

Aber ich musste meine Gedanken zusammenhalten. Ich durfte jetzt nicht müde sein.

Ein Auto bremste scharf. Balke und zwei junge Kollegen sprangen heraus.

»Spusi wird gleich da sein«, erklärte Balke mit mahlendem Kiefer. »Ich habe alles alarmiert, was ich erreichen konnte. Wie geht's Rübe? Bringen sie ihn durch?«

»Hoffentlich«, hörte ich mich murmeln. »Es ist alles so … unglaublich schnell gegangen.«

»Wir kriegen ihn«, knurrte Balke mit kaltem Blick. »Die Sau, die das gemacht hat, kriegen wir, und wenn ich zehn Wochen nicht ins Bett komme.«

Immer mehr Autos hielten jetzt. Immer mehr Blaulicht zuckte. Immer mehr Kollegen um uns herum, teils in Uniform, teils in Zivil. Wut machte sich breit und Entschlossenheit. Ich hatte inzwischen meine Sinne wieder halbwegs beisammen und gab Anweisungen. Jeder Nachbar wurde noch einmal eingehend befragt. Die Umgebung wurde mit Hunden abgesucht in der Hoffnung, die Tatwaffe oder sonst irgendetwas zu finden, was uns zum Täter führte. Der Boden rund um den riesigen, vom strömenden Regen allmählich verwässerten Blutfleck wurde unter Scheinwerferlicht Millimeter für Millimeter abgesucht nach Winzigkeiten, die uns vielleicht irgendwann irgendwie weiterhelfen würden. Eilig wurde ein Zelt aufgestellt, um den Regen und die Nachbarblicke abzuhalten.

In mir nagten die Gewissensbisse wie kleine, hungrige Tiere.

Ich war schuld.

Ich hatte Runkel in sein Verderben geschickt. Vielleicht in den Tod.

In Schillers Haus immer noch kein Licht. War er gar nicht zu Hause? War er geflohen, nachdem er – aus welchen Gründen auch immer – meinen Untergebenen in den Bauch geschossen hatte? Ich schickte Balke und Evalina Krauss los, um an seiner Tür zu läuten. Mich selbst sollte er vorläufig nicht zu Gesicht bekommen.

Wolfram Schiller war zu Hause, berichteten mir die beiden einige Minuten später, und hatte die ganze Sache verschlafen.

»Behauptet er zumindest«, sagte Balke mit finsterem Blick.

Ich wies die Kollegen vom Erkennungsdienst an, Schillers Hände nach Schmauchspuren zu untersuchen, wie man sie findet, wenn jemand eine Handfeuerwaffe abgefeuert hat. Auch die Kleidung, die er getragen hatte, bevor er zu Bett ging, den Eingangsbereich seines Hauses. All das erlaubte Schiller zwar leicht verwundert, aber ohne Zögern.

Sie fanden nichts.

Ich saß längst im Trockenen. Ein fensterloser, mit allerhand Kommunikations- und Computertechnik ausgestatteter Kastenwagen bildete die Einsatzzentrale. Es war ein endloses Kommen und Gehen und Diskutieren und Vermuten und Beschließen. Unablässig dröhnte der Regen aufs Blechdach. Mir war ständig übel. Immer wieder wurde mir plötzlich schwindlig. Irgendeine gute Seele brachte Kaffee.

Als ich zum ersten Mal wieder auf die Uhr sah, war es halb drei, und ich war zur Überzeugung gekommen, dass Schiller mit dem Mordanschlag auf Runkel nichts zu tun hatte. Irgendwann zückte ich mein Handy und entdeckte, dass Theresa ungefähr zehnmal angerufen und mehrere zunehmend beunruhigte SMS geschrieben hatte. Ich antwortete knapp, schilderte, was geschehen war, und versprach, mich zu melden, sobald Zeit dazu war.

Rolf Runkel lag immer noch auf dem Operationstisch, erfuhr ich gegen drei Uhr durch einen Anruf im Uniklinikum. Bisher konnte man nur sagen, dass er zurzeit noch lebte.

Die Suchhunde hatten nichts gefunden.

27

Morgens um kurz nach vier kam die Sonderkommission Görresstraße zum ersten Mal zusammen. Etwa zwanzig Kolleginnen und Kollegen saßen im großen Besprechungsraum, wo die Spuren und Gerüche der Weihnachtsfeier noch nicht ganz beseitigt waren. Die erste Besprechung dauerte nur eine knappe halbe Stunde. Ich berichtete, was geschehen war, soweit sich das bisher überhaupt sagen ließ. Meine Leute hatten tausend Spuren gesichert, von denen die allermeisten noch längst nicht ausgewertet waren und die zu neunundneunzig Prozent zu nichts weiter führen würden als prall gefüllten Leitz-Ordnern. Was inzwischen leider sicher war: Kein Zeuge hatte irgendetwas gehört oder gesehen.

»Da wohnen überwiegend ältere Leute.« Balke schaffte es nicht ganz, ein Gähnen zu unterdrücken. »Da geht man zeitig zu Bett. Zur Straße hin liegen Küchen, Bäder, Arbeitszimmer. Und außerdem hat es dort ungefähr ab halb elf wie aus Kübeln geschüttet. Da waren nicht mal mehr Gassigeher auf der Straße.«

»Der Täter wird nach hinten gelaufen sein«, meinte Klara Vangelis mit hellwachem Blick. »Zur Panoramastraße hinauf und von dort in den Wald. Sonst hätte ihn doch irgendwer sehen müssen.«

»Haben wir alles abgesucht«, brummte ein älterer Kollege von der Spurensicherung, der todmüde aussah, sich jedoch nichts anmerken lassen wollte.

Niemand war jetzt müde. Jeder wollte dabei sein. Jeder wollte helfen, den Dreckskerl zu fassen, der versucht hatte, einen von uns zu töten.

»Was ist mit den Autos?«, fragte ich in die Runde.

»Alles, was in der Nähe parkt, ist abgeklärt«, berichtete Krauss eifrig. »Bis auf einen E-Klasse-Daimler und einen Audi A6 gehören alle Fahrzeuge Leuten, die entweder in der Nähe wohnen oder zu Besuch sind oder sonst einen vernünftigen Grund angeben können, wieso sie da parken.«

»Und was ist mit den noch nicht abgeklärten?«

»Bei beiden habe ich die Halter noch nicht erreicht. Der Mercedes gehört einem Augenarzt aus Hirschhorn, der Audi einem Unternehmer aus Meckesheim.«

»Wie sieht's im weiteren Umfeld aus? Vielleicht hat der Täter weiter weg geparkt?«

»Möglich, dass er zu Fuß gekommen ist«, warf Balke ein. »Keine zweihundert Meter entfernt ist die Straßenbahnhaltestelle Markscheide. Ich habe schon mit der Betriebsleitung telefoniert. Sie klingeln gerade sämtliche Fahrer aus den Betten, die in den zwei Stunden vor dem Schuss auf der Strecke im Einsatz waren.«

Erst vor wenigen Minuten hatte die Nachricht die Runde gemacht: Rolf Runkel würde mit einiger Wahrscheinlichkeit überleben. Der Täter hatte ihm tatsächlich aus nächster Nähe mit einer kleinkalibrigen Handfeuerwaffe in den Bauch geschossen. Die Patrone war am Rücken nicht ausgetreten, und die Chirurgen hatten große Probleme gehabt, sie zu entfernen, ohne weiteren Schaden anzurichten.

Unter Runkels Fingernägeln hatte man Hautfetzen und Blutspuren gefunden, die vermutlich vom Täter stammten. Seine Arme wiesen Druckstellen auf, die auf ein Handgemenge schließen ließen, und im Gesicht trug er Spuren eines harten Schlags. Hatte der Täter erst abgedrückt, als er erkannte, dass er unterliegen würde? Hatte sich der Schuss vielleicht sogar unabsichtlich gelöst?

»Die wichtigste Frage im Augenblick ...«, sagte ich laut und sah böse um mich, da inzwischen alles durcheinanderredete. Nur allmählich wurde es wieder ruhiger. »Die wichtigste Frage ist im Augenblick: Was hat der Täter überhaupt da gewollt? Haben wir es mit einem ertappten Einbrecher zu tun? Warum ist Runkel mit ihm aneinandergeraten? Was zum Teufel war da eigentlich los?«

»Er hat ihn festnehmen wollen«, war Kollegin Krauss überzeugt. »Wegen irgendwas. Keine Ahnung.«

Ihre letzten beiden Worte waren eine schöne Zusammenfassung unserer bisherigen Ermittlungsergebnisse.

Als ich die Sitzung auflöste, war es vier Uhr achtundfünfzig. Niemand hatte vor, ins Bett zu gehen. Die meisten Straßenbahnfahrer, die in den Stunden vor dem Anschlag auf der Strecke in der Nähe des Tatorts unterwegs gewesen waren, waren inzwischen telefonisch befragt worden. Bisher war jedoch nichts von Interesse dabei herausgekommen. Allmählich nahm das Gähnen kein Ende mehr, und auch ich konnte die Augen kaum noch offen halten. Immerhin war ich in der Zwischenzeit wieder getrocknet. Balke blieb zurück, während alle anderen den Raum verließen.

Als wir allein waren, sagte er: »Ich war ja vorhin im Haus von unserem Finanzgenie. Beim Weggehen konnte ich einen Blick in sein Schlafzimmer werfen. Die Tür stand halb offen.«

»Und?«

»Alles stimmt. Das Bett, die Bilder an der Wand, diese altertümliche Stereoanlage …«

Um Viertel vor sechs fuhr ich nach Hause, um mich für zwei Stunden hinzulegen.

28

Als ich um kurz nach neun die Tür zu meinem Vorzimmer aufstieß, war ich müder als drei Stunden zuvor.

»Der Herr Runkel wird grad zum zweiten Mal operiert«, eröffnete mir Sönnchen mit unsicherer Stimme. Sie hatte erst am Morgen von dem Drama der vergangenen Nacht erfahren und den Schrecken noch nicht ganz verdaut. »Vor ein paar Minuten hat seine Frau angerufen. Sie ist ganz durchgedreht gewesen vor Angst, die Arme.«

Der Fahrer des herrenlosen Mercedes war schon gefunden, erfuhr ich in den nächsten Minuten von Balke, der mit schleppender Stimme sprach, sich jedoch hartnäckig weigerte, sich ebenfalls ein wenig aufs Ohr zu legen. »Er war gestern Abend zu Besuch bei Freunden, ungefähr hundert Meter vom Tatort entfernt. Dabei hat er ein paar Gläschen zu viel erwischt und sich eine Taxe genommen, als er um halb elf nach Hause wollte. Von dem, was kurz darauf passiert ist, hat er nichts mitgekriegt. Der Taxifahrer bestätigt die Uhrzeit. Das heißt wohl, der Schuss muss nach halb elf gefallen sein.«

»Was ist mit dem Audi?«

»Der Halter ist nicht auffindbar. Ich habe mit seiner Partnerin telefoniert. Sie haben gestern Abend einen üblen Streit gehabt. Beziehungskram. Der Mann, er heißt übrigens Jan Korte, sagte ich das schon? Egal, er ist am Ende davongestürmt, in sein Auto gestiegen und mit unbekanntem Ziel davongebrettert. Sie vermutet schon länger, dass er in Heidelberg eine Freundin hat.«

»Was wissen wir sonst über den Mann?«

»Er betreibt eine Softwarefirma in Hirschhorn. Siebenundzwanzig Leute, habe ich auf der Homepage gelesen. Sie machen Spezialsoftware für Geodäten. Fragen Sie mich aber bitte nicht, was das ist. Er ist fünfunddreißig Jahre alt, und sein Audi ist ein RS-Modell. Über vierhundert PS hat die Karre.«

»Wie weit sind wir mit den Straßenbahnfahrern?«

»Einer fehlt noch, aber der hat sich vor ein paar Minuten endlich auch gemeldet. Evalina hat schon in der Nacht kurz mit ihm telefoniert, aber da war kein vernünftiges Wort aus ihm rauszubringen. Sie meint, er war wohl besoffen. Jedenfalls ist er jetzt wieder wach, und Evalina ist unterwegs nach Nußloch, um ihn zu vernehmen. Sie klang, als könnte es interessant werden.«

Keine zehn Minuten später klopfte es an meiner Tür. Auf meinem Schreibtisch türmten sich inzwischen die Protokolle und Papiere. Ich hatte mir ausbedungen, alles zu sehen. Jede Telefonnotiz, jede Mitschrift auch der unwichtigsten Zeugenvernehmung – nichts sollte an meinem Schreibtisch vorbeigehen. Vor mir stand eine extragroße Tasse Cappuccino, die ich noch nicht angerührt hatte.

Kriminaloberkommissarin Evalina Krauss trat ein, gefolgt von einem tollpatschigen Riesen, der einen übernächtigten Eindruck machte. Ihre Augen waren klein, die aschblonden, sportlich kurz geschnittenen Haare standen verwegen vom Kopf ab. Niemand hatte jetzt Zeit, in den Spiegel zu sehen.

»Das hier ist der Herr Langhoff«, stellte Evalina Krauss ihn vor. »Er hat Ihnen was zu erzählen.«

Sie nickte dem Zeugen aufmunternd zu, der dumm herumstand und nicht wusste, wo er seine Pranken verstecken sollte. Dann setzte er sich umständlich, wobei er ständig um sich sah, als fürchtete er, jemand könnte ihn unvermittelt von hinten angreifen. Krauss nahm neben ihm Platz.

»Jetzt erzählen Sie einfach mal«, sagte sie und unterdrückte ein Gähnen. »Der Herr Gerlach ist ein Netter. Der wird Sie schon nicht fressen.«

»Ja, also«, begann der Zeuge mit gesenktem Blick und Schweiß auf der Stirn. »Ich bin Tramfahrer. Also, eigentlich Straßenbahnfahrer, aber seit Neuestem sollen wir ja jetzt Tram sagen und nicht mehr Straßenbahn, weil das irgendwie ... weiß auch nicht.«

Selbst für seine Körpergröße wirkte der runde und praktisch haarlose Kopf überdimensioniert.

»Sie waren in der Nacht auf der Linie vierundzwanzig unterwegs«, half Kollegin Krauss müde nach.

Er nickte schuldbewusst.

»Und da haben Sie was beobachtet.«

Wieder Nicken. In mir kochte eine ungute Aggression gegen dieses Trampeltier hoch.

Endlich öffnete er den viel zu kleinen Mund in seinem Mondgesicht und sagte seinen Text auf, als hätte er ihn mühevoll auswendig gelernt: »Also, es ist zwanzig vor elf gewesen. Ich bin aus Richtung Stadt gekommen und bin genau im Fahrplan gewesen, und an der Haltestelle Marktscheide, also, da ist einer ausgestiegen. Die Bahn ist praktisch leer gewesen, und ich hatte erst gar nicht gemerkt, dass da noch einer drin sitzt. Aber wie ich halte, da springt der auf einmal auf und drückt den Knopf – und weg ist er. Ich hab den eigentlich gar nicht richtig gesehen.«

»Sie sind aber sicher, dass es ein Mann war?«

»Also, die Bewegungen und so, ja. Der Mantel. Ja, denk schon, dass er ein Mann gewesen ist.«

»Groß, klein? Dick, dünn?«

»Mittelgroß. Nein, größer. Ich hab den ja nur im Spiegel gesehen und nicht gewusst, dass das mal interessant sein könnte, dass da einer aussteigt, gell? Ja, eher bisschen größer, würd ich sagen. Also, vielleicht nicht ganz so groß wie ich.«

»Wie groß sind Sie?«

»Eins achtundneunzig. Und dick ist der nicht gewesen. Eher dünn. Ja, also eher so ein Spargel.«

»Und er hat einen Mantel angehabt.«

»Ja.«

»Was war das für ein Mantel? Welche Farbe?«

Unser schwitzender Zeuge nagte auf der Unterlippe. Das Nachdenken schien ihm Schmerzen zu bereiten.

»Dunkelgrau«, behauptete er mit plötzlicher Entschlossenheit. »Und mit Pelzkragen. Und dunkle Schuhe auch. Obwohl, bei den Schuhen, also, da bin ich mir jetzt nicht so sicher.«

»Haarfarbe?«

»Weiß ich nicht. Blond nicht. Eher dunkel. Ja, eher dunkel. Aber ... weiß nicht ... ich ...« Er machte eine konfuse Handbewegung vor seiner Stirn. »Mir geht's im Kopf wie Kraut und Rüben. Ich bild mir alles Mögliche ein, und ...«

»Das Gesicht haben Sie nicht gesehen?«

Trübsinniges Kopfschütteln. »Man guckt da ja nicht so genau hin, wissen Sie. Ein kurzer Blick in den Spiegel, ob alle raus sind. Und dann Türen zu, und ab geht's. Ich bin genau im Fahrplan gewesen. So spät am Abend geht das leicht. Da sind nicht mehr so viele Autos auf der Straße, und wir fahren auch nur noch alle halbe Stunde und ... na ja. In Rohrbach Süd war Endstation. Und dann ist es wieder zurück in die Stadt gegangen.«

»Wie lange sind Sie in der Nacht gefahren?«

»Bis zwanzig vor zwölf. Das ist die letzte Tour.«

Ich warf Evalina Krauss einen auffordernden Blick zu. Sie erhob sich mühsam und schaffte es dieses Mal nicht, die Gähnattacke niederzukämpfen.

»Danke erst mal, Herr Langhoff«, sagte ich so freundlich, wie es mir im Moment möglich war. »Meine Kollegin wird jetzt alles aufschreiben, und dann dürfen Sie es noch mal lesen, und vielleicht fällt Ihnen dabei ja noch das eine oder andere ein.«

Der Straßenbahnfahrer sah mich begriffsstutzig an. Dann stemmte er sich ächzend aus dem Stuhl. Als ich wieder allein war, wandte ich mich endlich meinem inzwischen nur noch lauwarmen Cappuccino zu. Der Regen vor den Fenstern schien allmählich schwächer zu werden. Trübes, graues Licht drang herein.

»Das Video aus der Bahn ist schon da«, erfuhr ich kurze Zeit später von Sven Balke. »Da ist tatsächlich einer ausgestiegen, und mit etwas gutem Willen könnte es der Softwaretyp mit dem Audi sein. Größe und Statur passen. Außerdem bestätigt seine Partnerin, dass er einen Mantel mit Pelzkragen besitzt.«

»Wozu parkt er seinen Wagen da draußen?«, überlegte ich. »Fährt mit der Bahn in die Stadt, kommt später wieder zurück …«

»Und versucht, einen Polizisten umzubringen«, beendete Balke meinen Satz. »Zeitlich haut es jedenfalls hin. Ein paar Minuten nachdem er aus der Bahn gestiegen ist, hat Rübe die Kugel in den Bauch gekriegt. Wir haben auch die Zeugenaussage einer Frau. Sie behauptet, um Viertel vor elf hätte Rübe noch im Auto gesessen. Wegen der Uhrzeit ist sie sich aber nicht hundertprozentig sicher. Sie hat jedes Mal, wenn sie auf der Toilette war, aus dem Fenster geguckt und sich gefragt, wieso der Kerl da draußen mitten in der Nacht und bei der Kälte im Auto sitzt.«

»Wieso hat niemand diesen Schuss gehört? Wie kann es sein, dass niemand den Schuss gehört hat?«

»Der Regen«, schlug Balke vor. »Es hat da draußen wirklich wie aus Kübeln geschüttet.«

Um neun war Rapport bei der Staatsanwaltschaft.

Natürlich war auch Liebekind dabei.

Ich berichtete, was wir bisher wussten oder wenigstens vermuteten.

»Wir haben Blut- und Gewebespuren, die wahrscheinlich vom Täter stammen. Die Auswertung der Tatortspuren läuft auf Hochtouren. Ich bin überzeugt, es ist nur eine Frage von Stunden, bis wir ihn haben.«

»Was mag da passiert sein?«, rätselte die Leitende Oberstaatsanwältin, Frau Dr. Steinbeißer. »Und wie passt dieser verschwundene Softwareunternehmer ins Bild?«

»Ich habe nicht die leiseste Ahnung. Bisher wissen wir nur, dass der Kollege sein Dienstfahrzeug verlassen hat, und zwar so eilig, dass er nicht mal die Tür richtig zugemacht hat. Anschließend hat es ein Handgemenge gegeben, bei dem der Täter leichte Verletzungen davongetragen hat, und das Geschoss stammt aus einer kleinkalibrigen Waffe.«

»Was hatte Ihr Mitarbeiter dort eigentlich zu tun?«

Das war die Frage, vor der ich mich gefürchtet hatte.

»Eine Observation«, sagte ich leichthin. »Eine völlig harmlose Angelegenheit …«

»Eine Observation? Allein?«

Die Staatsanwältin sah mich befremdet an und machte sich eine Notiz.

»Es geht um einen Anwohner, der eventuell in Drogengeschäfte verwickelt ist. Bisher ist es aber noch nicht mal ein Anfangsverdacht. Es gibt nur vage Hinweise, und ich dachte …«

Netterweise ersparte sie mir den fälligen Kommentar.

»Wie geht es dem Kollegen denn zurzeit?«, fragte Liebekind, vielleicht um mir zu Hilfe zu kommen.

»Schlecht.« Plötzlich war ich wieder todmüde. »Er wird gerade zum zweiten Mal operiert. Wenn es die Zeit erlaubt, möchte ich später kurz in der Klinik vorbeischauen.«

»Tun Sie das«, sagte die Staatsanwältin mit unergründlichem Blick. »Und Sie halten mich bitte auf dem Laufenden, ja?«

29

Rolf Runkel lag auf der Intensivstation, erfuhr ich, als ich im Klinikum endlich jemanden gefunden hatte, der mir Auskunft geben konnte. Er musste immer noch künstlich beatmet werden. Inzwischen seien jedoch Puls und Blutdruck stabil, erklärte mir eine ebenfalls übermüdete Krankenschwester.

»Die Doctores meinen, sie hätten ihn jetzt über den Berg. Sorgen macht uns natürlich sein schlechter Allgemeinzustand.«

»Allgemeinzustand?«, fragte ich verwirrt. »Heißt das, ist er … irgendwie krank?«

Sie sah mich erstaunt an. »Wussten Sie nichts davon?«

»Ich weiß gar nichts. Ich hoffe, es ist nichts Ernstes.«

»Doch«, sagte sie nach einem langen, erschöpften Blick. »Aber eigentlich darf ich Ihnen das gar nicht sagen. Sie sind ja kein Angehöriger.«

Das kurze Gespräch fand auf dem neonbeleuchteten und farbenfroh gestrichenen Klinikflur statt. Hier und da standen Kübel mit großen Grünpflanzen am Boden. Dazwischen kleine Gruppen gelber Plastikstühle, von denen kaum einer besetzt war. Plötzlich war mir wieder schwindlig. Ich verabschiedete mich von der Schwester, bat sie lahm, mich zu informieren, wenn es Neuigkeiten gab, vor allem natürlich gute, und bemerkte erst jetzt, dass auf einem der Stühle in der Nähe der Milchglastür zur Station eine einsame Frau saß. Eine sehr dicke Frau mit asiatischen Gesichtszügen. Sie sah mich aufmerksam an, lächelte nach Sekunden scheu.

»Sie Herr Gerlach?«, fragte sie mit heller Kinderstimme, als die Schwester durch die automatisch schließende Glastür verschwunden war.

Ich nickte.

Und nickte noch einmal.

Sie konnte nur Runkels Ehefrau sein. Ihr Mann war krank, schwer krank vielleicht, und ich ... ich Idiot ...

Die Frau erhob sich umständlich. Sie war zwei Köpfe kleiner als ich und kugelrund.

»Ich Mahsuri«, stellte sie sich mit demütig gesenktem Blick vor und streckte mir unbeholfen die Rechte hin.

Ihre Kleidung war von sehenswerter Geschmacklosigkeit. Über zerschlissenen Jeans trug sie einen knallbunten Rock. Eine üppig mit rosafarbenen Rosen verzierte Bluse kontrastierte aufs Schärfste mit der hellgrünen Strickjacke. Auf dem Stuhl neben ihr lagen eine feuerrote Wetterjacke und eine schwarze Handtasche, in der man problemlos ein Kleinkind hätte transportieren können. Mein erster Impuls war, mich mit einer fadenscheinigen Begründung zu verkrümeln. Aber sie sah mir so offen und voller kindlicher Erwartung ins Gesicht, dass ich es nicht über mich brachte. Wir setzten uns.

»Sie so gute Chef«, sagte sie, begleitet von einem bewundernden Blick, der mir ins Herz schnitt. »Rolfe immer gut reden.«

Mir wurde noch elender zumute.

»Letzte Wochen er so Menge Problemen, weil ...« Sie fasste sich mit einer verlegenen Bewegung an die Stirn und atmete tief ein. »Ich so hoffen, gehen gut«, murmelte sie. »Ich so viel hoffen.«

»Bestimmt«, behauptete ich blöde. »Ganz bestimmt wird alles wieder gut.«

»Was mit Kindern? Wir so gute Kindern. Sieben Stück. Was werden, wenn Rolfe ...?«

»Es wird gut gehen«, sagte ich heiser und hatte noch immer

keinen Schimmer, was eigentlich genau Runkels Problem war. »Ich bin ganz sicher.«

»Danke. Danke.« Ein Tränchen kullerte die pralle Wange herunter. »Er so gute Mann. Rolfe, er ... Rolfe meine Glück.«

Drei weiße Gestalten schoben im Laufschritt ein Krankenbett vorbei, die Gummiräder quiekten auf dem Plastikboden, die Türen fauchten auf, im nächsten Moment waren sie verschwunden. Ich hätte nicht einmal sagen können, ob in dem Bett ein Mensch gelegen hatte oder nicht. Plötzlich schien Sonnenlicht durch eines der Fenster, als wäre die Welt draußen schön und in Ordnung.

»Was hat er denn?«, wagte ich nach einigen schweigend verstrichenen Sekunden zu fragen. »Ich habe nicht gewusst, dass Ihr Mann krank ist.«

Wieder griff sie sich an den Kopf. Sah mich groß an und sagte: »Tubor.«

»Ein Tumor? Ein Gehirntumor?«

Sie nickte so schwach, als wäre es streng verboten, über dieses Thema zu sprechen.

»Er operieren. In drei Wochen er operieren. Früher keine Termin bei Professor. Rolfe ... Letzte Zeit manche Mal bissele komisch. Manche Mal bissele komisch, ja. Aber gute Mensch. Rolfe beste Mensch von alle.«

In der Polizeidirektion lief mir als erster Mensch mein Anlageberater über den Weg. Als ich ihn bemerkte, war es zu spät, um ihm aus dem Weg zu gehen.

»Herr Dr. Kleinschmidt!«, rief er erfreut und drückte strahlend meine Hand. »Sind Sie etwa auch als Zeuge geladen?«

»Ich ... ähm ...« Dieses Mal war das »ähm« nicht gespielt. »Nein.«

»Na dann«, meinte er gut gelaunt. »Geht mich ja im Grunde auch nichts an, nicht wahr? Mir ist vergangene Nacht vielleicht eine Geschichte passiert, kann ich Ihnen sagen. Man denkt, man lebt in der Bronx. Hatten Sie denn schon Gelegenheit, über mein Angebot nachzudenken?«

»Leider nein«, erwiderte ich, inzwischen wieder gefasst. »Ich werde mich die nächsten Tage melden. Sie waren hier als Zeuge?«

Schiller nickte. »Stellen Sie sich vor, letzte Nacht ist vor meinem Haus einer erschossen worden! Knallbumm, einfach so, wie im Krimi. Und ich Schnarchnase habe die ganze Geschichte komplett verschlafen. Erst als die Bullerei bei mir geklingelt hat, habe ich mitgekriegt, was passiert ist. Direkt vor meiner Tür. Wann darf ich denn mit Ihrer Entscheidung rechnen? Die Interessenten rennen mir die Tür ein, und die Märkte sind äußerst volatil zur Zeit. Jeder möchte vor dem Jahreswechsel noch schnell seine Schäfchen ins Trockene bringen, wie man so schön sagt. Auch wenn Sie mir sehr sympathisch sind, ich kann leider nicht ewig …«

»Morgen«, versprach ich tapfer lächelnd. »Ich lasse es mir durch den Kopf gehen. Spätestens morgen hören Sie von mir.«

»Sie sind ein kluger Mann, Herr Dr. Kleinschmidt. Wenn ich das sagen darf, ein sehr kluger Mann sind Sie.«

»Ich hoffe es«, erwiderte ich müde.

Die Spuren, in die wir unsere Hoffnungen setzten, waren: ein Hemdknopf, der Stummel einer selbst gedrehten filterlosen Zigarette, das wenige an Blut und Gewebematerial, das man unter Runkels Fingernägeln hervorgekratzt hatte, und das Video aus der Straßenbahn. Hemdknopf und Zigarettenstummel hatte die Spurensicherung in der Garageneinfahrt gefunden. Es war jedoch nicht auszuschließen, dass der Stummel schon seit Längerem dort gelegen hatte. Der Knopf dagegen schien frisch zu sein, sonst hätte er schmutziger sein müssen. Schiller rauchte Zigarillos, berichtete Balke. Runkel hatte in der Nacht ein Poloshirt unter einem dicken Pullover getragen. Darüber eine gefütterte Jacke mit vielen Taschen. Von ihm konnte der Knopf kaum stammen. Eine junge Kollegin war auf dem Weg nach Meckesheim, um der Lebensabschnittsgefährtin des nach wie vor verschwundenen Softwareunternehmers das Video aus der Straßenbahn vorzuführen. All das erfuhr ich bei der Fallbesprechung, die ich auf elf Uhr anberaumt hatte.

Das DNA-Material war noch in der Nacht per Kurier nach Wiesbaden zum BKA geschafft worden, weil die Auswertung dort einige Stunden weniger dauern würde als in den Labors des LKA in Stuttgart.

Im Raum herrschte eine Mischung aus betonschwerer Müdigkeit, Wut und Jagdfieber. Manche halblaut geäußerte Bemerkung handelte davon, dass man nicht zögern würde, den Typ abzuknallen, sollte er im falschen Moment mit der Wimper zucken. So sprach ich am Ende ein paar ernste Worte, warnte meine Leute vor Übereifer und falsch verstandener Solidarität.

Als ich das Zeichen zur Auflösung der Versammlung gab, surrte Balkes Handy. Er hörte einen Moment zu und sagte dann in die Runde: »Er ist es. Der Softwaretyp hat definitiv in der Bahn gesessen.« Dann wandte er sich an mich und sagte leiser: »Er soll übrigens die letzten Tage ziemlich merkwürdig gewesen sein, sagt seine Freundin.«

Alle, die schon halb gestanden hatten, fielen mehr oder weniger laut stöhnend auf ihre Stühle zurück.

»Merkwürdig?«, fragte ich. »Was genau heißt das?«

Balke legte sein Smartphone langsam auf den Tisch. »Wutausbrüche aus dem Nichts, vorübergehende geistige Abwesenheit und so. Sie meint, er hätte wohl irgendein größeres Problem gehabt, über das er nicht reden wollte.«

»Welcher Kerl redet schon gern über Probleme?«, fragte eine Kollegin zornig.

30

Nach einem hastig hinuntergeschlungenen Mittagsimbiss fügten sich die ersten Puzzleteilchen zusammen. Die DNA des Täters befand sich nicht in den Datenbanken des BKA, er war also nicht vorbestraft. Der Zigarettenstummel hatte schon länger dort gelegen, wo meine Mitarbeiter ihn gefunden und eingetütet hatten. Damit war er bedeutungslos. Der Hemdknopf stammte von Joop, wurde jedoch für eine ganze Reihe verschiedener Modelle verwendet.

Jan Korte, der verschwundene Softwareunternehmer, hatte bei seinem überstürzten Aufbruch ein Hemd getragen. Nach Meinung seiner Lebensgefährtin war das jedoch nicht von Joop, sondern von Seidensticker. Derzeit waren seine Zahnbürste und sein Kamm auf Blaulichtreise zum BKA. Sollte seine DNA mit der identisch sein, die Runkel von der Haut des Täters gekratzt hatte, war der Fall praktisch gelöst. Dann mussten wir den Mann im Joop- oder Seidensticker-Hemd nur noch finden.

Ich bat Sönnchen um den dritten Cappuccino des Tages und eine Stunde absolute Ruhe. Ich musste Klarheit schaffen in meinem Kopf. Dabei halfen mir meist ein Blatt Papier und ein Stift. Ich begann mit einer groben Skizze des Tatorts. Das Haus, die etwas zurückliegende Garageneinfahrt, der Opel, in dem Runkel gesessen und sich vermutlich Sorgen um seine Gesundheit und das künftige Schicksal seiner vielköpfigen Familie gemacht hatte. Und ich ... Ich ...

Schluss jetzt! Vorwürfe konnte ich mir machen, wenn der Täter hinter Gittern saß.

Weshalb war Runkel aus dem Wagen gestiegen? Er musste etwas beobachtet haben. Etwas, das ihn so sehr beunruhigt hatte, dass er seinen Posten verließ, um der Sache auf den Grund zu gehen. Etwas, das auf der anderen Seite nicht so dramatisch war, dass er es für nötig befand, mich zu informieren oder Verstärkung anzufordern.

Wenn Jan Korte zu Schillers Haus geschlichen war, mit welchem Ziel auch immer, dann hatte Runkel ihn vielleicht für einen Einbrecher gehalten. Womöglich für ein Mitglied der Kellertürenbande. Was aus seiner Sicht ein guter Grund für einen Alleingang gewesen wäre, nach der Blamage mit dem schrottreifen Dienstwagen. Eines war sicher: Er war an den Falschen geraten. Andererseits, fiel mir ein, im Zusammenhang mit der Kellertürenbande war bisher nie von Schusswaffen die Rede gewesen.

Ich nahm einen großen Schluck aus meiner Kaffeetasse, überlegte hin und her und kreuz und quer. Nein, ein Einbrecher schien mir doch zu weit hergeholt. Jeder vernünftige Dieb wäre getürmt und hätte keine Waffe gezückt. Also doch Korte? Was konnte er bei Schiller gewollt haben? Und weshalb mit einem Revolver in der Hand? Dass es sich bei der Waffe um einen Revolver handelte, schloss ich daraus, dass meine Leute keine Patronenhülse gefunden hatten. Hatte auch Korte bei Schiller Geld angelegt? Und verloren?

Als ich Sven Balkes Nummer wählte, um meine Theorie mit ihm zu diskutieren, klopfte es. Augenblicke später saß mir Klara

Vangelis gegenüber. Sie war die Einzige weit und breit, die nicht übernächtigt wirkte.

»Ich war noch mal beim Tatort draußen und habe ein Foto von Korte in der Nachbarschaft herumgezeigt«, sagte sie. »Ein Mann, der gegen halb zehn von der Arbeit gekommen ist, will gesehen haben, wie Korte aus Schillers Haus kam. Er sagt, er sei ihm um ein Haar ins Auto gelaufen und habe einen verstörten Eindruck gemacht.«

»Halb zehn ist eine Stunde zu früh.«

Sie nickte. »Plus/minus fünf Minuten. Der Zeuge ist sich sehr sicher mit der Uhrzeit.«

»Ich habe gerade überlegt, dass er vielleicht bei Schiller Geld angelegt hat und deshalb dort war.«

»Der Gedanke ist mir auch gekommen. Seine Freundin weiß leider wenig von seinen Geschäften. Er soll aber in der Vergangenheit hin und wieder spekuliert haben, meist mit Erfolg. Sie meint, dass es mit seiner Firma zurzeit nicht so gut läuft. Einer seiner größten Kunden, eine spanische Baufirma, ist vor Monaten bankrottgegangen und hat eine große Rechnung nicht bezahlt.«

Ich lehnte mich zurück, nahm die Brille ab, schloss für einen Moment die müden Augen. Das alles passte schon fast zu perfekt zusammen. Korte will sich einen Teil seines Geldes auszahlen lassen, um damit seine Firma zu retten. Aus irgendeinem Grund wird man sich jedoch nicht einig. Daraufhin fährt Korte mit der Straßenbahn in die Stadt, um sich – vielleicht bei seiner unbekannten Geliebten? – eine Waffe zu besorgen. Und anschließend Schiller damit zu bedrohen und gefügig zu machen?

»Runkel hat übrigens Protokoll geführt.« Vangelis riss mich aus meinen Grübeleien und legte einen kleinen zerfledderten Spiralblock auf den Tisch. »Er hat in einer Außentasche seiner Jacke gesteckt. Und die Jacke war natürlich mit ins Krankenhaus gewandert. Deshalb haben wir ihn jetzt erst gefunden.« Ihr Zeigefinger deutete auf eine bestimmte Zeile. »Korte hat zweiundzwanzig Minuten nach neun bei Schiller geklingelt. Sie haben sich begrüßt wie gute Bekannte und sind hineingegangen. Die beiden sind übrigens Mitglied im selben Golfclub, habe ich herausgefunden. Acht Minuten später ist Korte wieder herausgekommen. Auch Runkel ist aufgefallen, dass er aufgeregt war und nicht zu seinem Audi gelaufen ist, sondern bergab, in Richtung Rohrbacher Straße.«

»Zur Haltestelle.«

»Was später kommt, passt leider nicht mehr zu unserer Hypothese. Korte ist um dreizehn Minuten vor elf wiederaufgetaucht – die Bahn hält unten um zwanzig vor – und hat ein zweites Mal bei Schiller geläutet. Dieses Mal hat er allerdings gar nicht erst aufgemacht.«

»Und was hat Korte anschließend gemacht?«

»Das steht hier leider nicht.« Vangelis zuckte die wohlgeformten Schultern unter Nadelstreifentuch. »Wenige Minuten später muss Runkel den Wagen verlassen haben. Leider hat er nicht notiert, aus welchem Grund. Vielleicht hat Korte es zum dritten Mal versucht?«

»Warum hätte Runkel ihn dann nicht schon bei den ersten beiden Malen aufgehalten?«

»Vielleicht hatte Korte dieses Mal eine Waffe in der Hand? Vielleicht hat er versucht, gewaltsam ins Haus einzudringen, nachdem Schiller nicht aufgemacht hat?«

Kurz überlegten wir, ob es an der Zeit war, den Anlageberater mit unseren Überlegungen zu konfrontieren. Ich entschied mich jedoch dagegen. Noch war es zu früh. Ich brauchte einen Beweis, ein starkes Indiz, irgendetwas Handfestes, was ich ihm auf den Tisch knallen konnte.

Vangelis erhob sich und lächelte mich aufmunternd an. »Sven kümmert sich um Kortes Finanzen. Aber ich bin jetzt schon überzeugt, dass wir richtig liegen. Der Mann steckt in finanziellen Schwierigkeiten. Und finanzielle Schwierigkeiten sind immer ein gutes Motiv für alles Mögliche.«

Eine Stunde und vierzehn Minuten später wurde Jan Korte gefunden. Eine von ihrem Golden Retriever begleitete Joggerin fand seine Leiche unweit von Schillers Haus. Der Hund, der normalerweise aufs Wort gehorchte, war plötzlich in den Wald gelaufen und hatte am Fuß einer großen Buche laut gebellt.

Der Softwareunternehmer hatte sich mithilfe seines Schweizer Taschenmessers die Pulsadern aufgeschnitten. Nur dreihundert Meter von Schillers Haus entfernt. Nach der Art seiner Verletzungen zu schließen, hatte er sich bei seinem Selbstmord reichlich ungeschickt angestellt. Aber am Ende hatte er Erfolg gehabt. Den letzten, traurigen Erfolg seines Lebens. Fremdverschulden konnte schon nach dem ersten Augenschein ausgeschlossen werden. Die Leiche war bereits kalt, und die erste Schätzung des Arztes zum Todeszeitpunkt passte zu unserer Theorie: am Vorabend zwischen zehn und zwölf. Was meine Leute nicht bei Korte fanden, war die Waffe, deren Kugel Rolf Runkel getroffen hatte.

Ich forderte eine Hundertschaft Bereitschaftspolizei und Hundeführer an, um noch vor dem Dunkelwerden das steile Waldstück am Berghang östlich von Schillers Haus absuchen zu lassen.

Um kurz vor fünf erreichte mich ein Anruf aus Wiesbaden auf dem Handy: Die Täterspuren unter Runkels Fingernägeln stammten nicht von Jan Korte. An dessen Armen und in seinem Gesicht waren auch keine Kratzspuren zu finden gewesen. Somit konnte er nicht der Täter sein. Dennoch ließ ich die Durchsuchung des Waldstücks fortsetzen.

Noch bevor ich diesen Tiefschlag verdaut hatte, meldete sich mein Telefon erneut.

»Ein Herr Knecht«, sagte Sönnchen. »Er will letzte Nacht einen Radfahrer gesehen haben, der ihm komisch vorgekommen ist. Ich weiß, Sie wollen nicht gestört werden, aber sonst ist keiner da.«

Der Anrufer hatte tatsächlich einen Radfahrer getroffen. Und zwar am gestrigen Abend um kurz nach elf. Einen kräftig gebauten Mann auf einem Mountainbike, der es auffallend eilig hatte.

»Ich arbeite am Max-Planck-Institut auf dem Königstuhl und fahre immer mit dem Rad zur Arbeit. Gestern ist es spät geworden, aber ich habe ein gutes Headlight, und die Strecke vom Königstuhl zur Panoramastraße runter ist ein Traum für Downhill-Freaks wie mich. Das letzte Stück hat es ziemlich in sich, aber ich kenne die Strecke im Schlaf …«

»Und da ist Ihnen ein anderer Radfahrer entgegengekommen.«

»Nee. Fast in mich reingekracht ist er, wie ich unten auf die Panoramastraße eingebogen bin.«

Die Panoramastraße verlief parallel zur Görresstraße etwas höher am Hang, wusste ich.

»Ich bin ein bisschen schnell unterwegs gewesen, gebe ich zu. Außerdem hat es geregnet wie blöd. Habe nicht gedacht, dass da außer mir noch wer auf der Strecke ist. Und wir sind um ein Haar zusammengerasselt. Der Typ hat mich ganz blöd angeguckt, ich habe mich entschuldigt, aber er hat gar nichts gesagt, ist einfach wieder aufgestiegen und weitergefahren.«

»In Richtung Rohrbach.«

»Richtig. Der Typ war ziemlich groß und bullig. Und sein Bike war ein weißes Cannondale. Ich hab nämlich eben erst von der Schießerei erfahren. Zurzeit komme ich kaum dazu, Nachrichten zu hören. Und da ist mir dieser Typ von gestern Abend wieder eingefallen.«

»Wegen der Uhrzeit sind Sie sich sicher?«

»Ich kenne die Strecke im Schlaf, und wie ich meine Wohnung aufgeschlossen habe, da war's zwanzig nach elf.«

Wie wir feststellten, wohnte Herr Knecht ganz in meiner Nähe, ebenfalls in der Heidelberger Weststadt. Am Max-Planck-Institut war er als Techniker angestellt, und den steilen Weg zu seinem Arbeitsplatz legte er bei jedem Wetter mit dem Rad zurück.

»Morgens ist es ein bisschen mühsam.« Er lachte fröhlich. »Aber am Abend dann – ein Traum für jeden Downhiller. Da hat der Königstuhl schon einiges zu bieten.«

»Ist das nicht gefährlich, so im Dunkeln?«

»Ich habe einen guten Helm und Ellbogenschützer und alles. Natürlich haut es einen ab und zu hin. Dann steht man wieder auf und fährt weiter.«

Manche Menschen haben merkwürdige Leidenschaften.

»Haben Sie gesehen, wohin der Mann gefahren ist?«

»Hat mich nicht weiter interessiert, und außerdem habe ich anderes im Kopf gehabt. Wir haben seit Wochen Probleme mit einem Laborgerät, das wir dringend für ein Forschungsprojekt brauchen, und gestern war endlich der Servicetechniker aus Canberra da. Deshalb war ich auch so spät dran. Und so toll war sein Bike ja auch wieder nicht.«

Ich ließ mir das Mountainbike möglichst genau beschreiben und leitete die Daten an alle Reviere im Großraum Heidelberg weiter.

Wenige Minuten später kam Balke aus dem Wald zurück.

»Er hat keinen Brief hinterlassen oder so was«, berichtete er mit matter Stimme und fiel restlos erschöpft auf einen Stuhl. »Nicht mal eine Abschieds-SMS hat er seiner Süßen geschickt, bevor er sich die Pulsadern aufgeschnitten hat. Vorhin hat mich übrigens einer seiner Mitarbeiter zurückgerufen. Die beiden haben zusammen studiert und waren so was wie Freunde.« Balkes linkes Augenlid zuckte im Sekundentakt. Er war wirklich am Ende. »Die Angestellten haben seit drei Monaten kein Gehalt mehr gesehen. Außerdem hat er bestätigt, dass Korte spekuliert hat. Und dass er in den letzten Tagen komplett durch den Wind war.«

»Wissen Sie was?« Entschlossen klappte ich meinen Laptop zu. »Jetzt rücken wir diesem Finanzgenie auf den Pelz. Er wird sich ein bisschen wundern, aber das schadet nichts.«

31

»Herr Dr. Kleinschmidt!« Schiller schüttelte freudig meine Hand. »Darf ich Ihren Besuch als Zusage werten? Eine gute Entscheidung, eine sehr gute … Ach, Sie sind … in Begleitung?«

Ich hielt ihm meinen Dienstausweis unter die Nase. »Gerlach, Kripo Heidelberg. Mein Kollege und ich haben ein paar Fragen an Sie.«

Schiller erholte sich erstaunlich schnell von seiner Überraschung und gab unumwunden zu, dass Jan Korte sein Kunde gewesen sei.

»Leider war er ein wenig zu gierig geworden«, sagte er, als wir in seinem großen und unpersönlich modern eingerichteten Wohnzimmer Platz nahmen. »Ich hatte ihn noch gewarnt, dass diese wundervollen Swaps, von denen er gelesen hatte, zwar schnelles Geld bringen können, aber auf der anderen Seite nicht ungefährlich sind. Wollen Sie hören, was er geantwortet hat?« Schiller beugte sich vor und sah mich bedeutend an. »No risk, no fun, hat er geantwortet. Tja. War wohl dann nichts mit Fun …«

»Wie viel hat er investiert?«

»Sie wissen, ich darf solche Informationen nicht ohne richterliche Genehmigung herausgeben, Herr Dr. Klein…, Herr äh … Gerlach.«

»Mehr als eine Million?«

Kopfschütteln.

»Weniger?«

Nicken.

»Eine halbe?«

Keine Reaktion.

»Und wie viel hat er verloren?«

Achselzucken.

Korte hatte nach dem letzten, dünnen Strohhalm gegriffen, um seine untergehende Firma zu retten. Und hatte verloren.

»Es tut mir natürlich leid, dass er sich so …« Schiller sah auf seine Hände. »Glauben Sie mir, ich habe ihn wirklich gewarnt. Ich habe ihm ausdrücklich abgeraten, das müssen Sie mir glauben.«

Ich nahm meinen Laptop auf den Arm, startete – von Schiller erst überrascht, dann neugierig beobachtet – Leas Video, drehte den Bildschirm so, dass er ihn sehen konnte.

»Was sagen Sie dazu?«

Er starrte und schluckte. »Woher … haben Sie das?«

»Das tut nichts zur Sache. Das sind doch Sie?«

Er nickte ratlos, sah für Sekunden mit leerem Blick irgendwohin, straffte schließlich den Rücken.

»Ich habe sie zu nichts gezwungen«, erklärte er kalt. »Sie ist erwachsen. Und sie hat auch ihren Spaß gehabt, das können Sie mir glauben. Ich weiß überhaupt nicht, wieso Sie mir diesen Mist hier zeigen. Lea hat es gewollt, verstehen Sie?« Er gestikulierte heftig und ohne mich anzusehen. »Sie hat es auf genau diese Tour gewollt. So versaut wie möglich. Sie … Sie wollte alles ausprobieren. Alles.«

»Wann haben Sie zum letzten Mal von ihr gehört?«

Schiller senkte den Blick und rechnete. »Anfang Dezember hat sie mich angerufen. Danach war Funkstille. Ich weiß nicht, wo sie steckt und wieso sie ihr Handy nicht mehr abnimmt. Ist ihr … Ist ihr was passiert?«

»Worum ging es bei diesem Anruf Anfang Dezember?«, fragte Balke mit finsterem Blick.

»Geld.« Schiller ignorierte meinen Mitarbeiter einfach und sah mir jetzt wieder ungeniert und sogar ein wenig aufmüpfig ins Gesicht. »Geld hat sie von mir verlangt, die kleine Schlampe.«

»Geld wofür?«

»Dafür, dass das hier ...« Mit belustigter Miene wies er auf den Laptop. »... nicht im Internet landet.«

»Und haben Sie bezahlt?«, wollte Balke wissen.

Jetzt erst nahm Schiller seine Anwesenheit zur Kenntnis. »Warum sollte ich?«

»Sie haben ihr also kein Geld gegeben?«, hakte ich nach.

Schiller wandte sich wieder mir zu. »Wen interessiert dieser Scheiß? Soll sie das Zeug doch auf YouTube stellen, wenn's ihr gefällt. Es ist ja nicht mal mein Gesicht zu sehen, und wen juckt's, wenn mein Schwanz im Internet zu besichtigen ist? Im Gegenteil«, er lachte schrill und kurz, »die Tussen werden Schlange stehen, nachdem sie das hier gesehen haben.«

Immer noch hielt er meinem Blick stand. Ich hätte ihn zu gerne ins Gesicht geschlagen. Stattdessen klappte ich den Laptop zu, klemmte ihn mir unter den Arm und sprang auf.

»War auf dem Video ursprünglich Ihr Gesicht zu sehen?«, fragte ich mühsam beherrscht.

Schiller zuckte die Achseln. »War es, klar. Aber noch mal: Wen juckt das?«

»Zeugen haben Sie in der Nacht vom zweiten auf den dritten Dezember in Straßburg gesehen. Zusammen mit Lea.«

Er musterte mich für Sekunden ausdruckslos. Dann wandte er den Blick ab und nickte. »Okay, ich bin da gewesen. Sie wollte zweitausend. Ich habe ihr fünfhundert gebracht und gesagt, wenn sie mir noch einmal unter die Augen kommt, dann braucht sie einen verdammt guten Schönheitschirurgen.«

»Später haben Sie sie nicht mehr gesehen? Sie hat nicht vielleicht versucht, Sie noch einmal zu erpressen?«

Entschiedenes Kopfschütteln.

»Paar Tage vorher ist dieses Bürschchen hier aufgetaucht«, sagte Schiller halblaut, als er aufsprang, um uns zur Tür zu begleiten. »Ein Freund von Lea, wenn ich sein Gemeckere richtig verstanden habe.«

»Mit einem Motorroller?«, fragte ich ahnungsvoll.

Schiller grinste schon wieder. »Sie kennen den Pimpf?«

»Was wollte er von Ihnen?«

»Ich soll die Finger von seiner Lea lassen. Das hat er gesagt: seine Lea.« Schiller lachte kurz. »Wenn der wüsste. Das Mädel war heiß. Heiß wie die Hölle. Ich habe in diesem Feld meine Erfahrungen, das können Sie mir glauben. Wenn der Junge wüsste …«

»Ich fürchte, er hat es nur zu gut gewusst«, sagte ich mühsam beherrscht und wandte mich zum Gehen, bevor mir womöglich noch die Hand ausrutschte.

»Denken Sie, er sagt die Wahrheit?«, fragte Balke, während wir auf der Römerstraße in Richtung Norden fuhren.

»Ich denke, er ist zu faul, um zu lügen.«

Balke saß hinter dem Lenkrad und sah mit mahlendem Kiefer nach vorn. »Wir wissen immer noch nicht, ob Gröwer auch in Straßburg war und der kleinen Lea ebenfalls eine Spende überreicht hat.«

»Ist ja im Grunde jetzt nicht mehr wichtig.«

»Für mich schon«, erwiderte er leise.

Er machte sich Vorwürfe. Natürlich. Hätte er Angelina Ferrini nicht zu uns geschleppt, dann würde Gröwer noch leben. So etwas steckt niemand leicht weg.

Eine Weile fuhren wir schweigend. Die Kasernen der US-Army blieben hinter uns. An der Abzweigung zur Lessingstraße zwang ein Bus Balke zum Bremsen. Wieder einmal regnete es. Schließlich öffnete Balke den Mund.

»Sie hat ihre Stecher reihum angerufen und versucht, sie abzukochen. Warum sollte sie bei Gröwer eine Ausnahme machen? Der hatte doch am meisten zu verlieren, als Politiker.«

Die Ampel an der Kreuzung Speyerer Straße schaltete auf Rot. Vor uns stand ein gepflegter cremefarbener Mercedes der Hunderttausend-Euro-Klasse mit der Aufschrift »Hauptschulabschluss 99« auf der Heckscheibe.

»Was meinen Sie, hat sie die Videos von Anfang an nur gemacht, um die Typen später damit zu erpressen?«, fragte Balke.

»Schwer zu sagen.« Ich nahm die Brille ab und massierte meine Augen. »Ich vermute aber, die Idee mit der Erpressung ist ihr erst später gekommen.«

»Was für ein Früchtchen!«, stieß Balke hervor, als die Ampel auf Grün schaltete und der Mercedes vor uns atemberaubend schnell kleiner wurde. »Wie gut, dass sie mir nicht über den Weg gelaufen ist.«

»Sie wären auf sie reingefallen?«

»Wer weiß. Sie nicht?«

Ich schüttelte entschieden den Kopf und setzte die Brille wieder auf. »Lea könnte meine Tochter sein.«

»Es laufen genug Typen herum«, sagte Balke mit gepresster Stimme, »die genau das scharf machen würde.«

In meinem Vorzimmer erwartete mich ein uniformierter Kollege mit der Mütze in der Hand. Unter seiner Nase prangte ein dunkler Schnurrbart.

»Es ist wegen diesem Fahrrad«, begann er, als wir uns gegenübersaßen. »Hab gedacht, ich komm lieber direkt zu Ihnen. Bevor da irgendwas anbrennt.«

»Das weiße Mountainbike?«

»Es ist nämlich ...« Er stockte, sah zum Fenster. Dann gab er sich einen Ruck. »Ein Kumpel von mir hat so eines. Ein Cannondale. Ein weißes. Wir kennen uns vom Fußballverein. Früher haben wir jede Woche zusammen gekickt. Damals sind wir Nachbarn gewesen. Und irgendwie auch Freunde, fast jedenfalls. Wie seine Frau dann das viele Geld geerbt hat, sind sie weggezogen und haben sich das schöne Haus in Nußloch draußen gekauft. Seither haben wir nicht mehr viel Kontakt. Ich wohn ja immer noch im Pfaffengrund. Meine Frau hat leider keine Erbschaft gemacht.« Er schnaufte gequält.

»Und dieser Beinahefreund hat also ein weißes Cannondale?«, half ich ihm auf die Sprünge.

»Ein Rize 140. Ich hab ihn vor ein paar Wochen in der Stadt getroffen. Und da hat er's dabeigehabt und mir gezeigt. Funkelnagelneu. Ganz stolz ist er gewesen. Aber irgendwie ... ein bisschen komisch auch. Erst wollt er nicht mit der Sprache raus, aber dann hab ich erfahren, was mit seiner Edelgard ... Aber das fragen Sie ihn vielleicht besser selber.«

»Dazu müssten Sie mir noch den Namen verraten.«

Der Kollege schluckte. Sah auf den Tisch. »Ach so, ja.« Er

schluckte noch einmal und wünschte sich vermutlich, er wäre nicht zu mir gekommen. »Langhoff«, murmelte er endlich. »Vorname Ludwig. Ich hoff ja so, dass er nichts damit zu tun hat. Aber man muss ... man muss doch seine Pflicht tun.«

Langhoff. Hatte ich den Namen nicht erst kürzlich gehört? Genau: am Vormittag.

»Kann es sein, dass Ihr Freund Straßenbahnfahrer ist?«

Der Kollege sah mich flehend an. »Er erfährt aber nichts davon, dass ich mit Ihnen geredet hab, ja? Wir sind ... wir waren so gute Kumpels. Jahrelang haben wir jede Woche zusammen gekickt. Und ... ich ... ich fühl mich so scheiße, ehrlich gesagt. So scheiße fühl ich mich.«

Ich notierte mir Langhoffs Adresse in Nußloch und drückte die Direktwahltaste zu Klara Vangelis.

Ludwig Langhoff öffnete seine Tür so rasch, als hätte er uns mit der Hand auf der Klinke erwartet. Sein rundes Gesicht war grau und eingefallen.

Das weiße Mountainbike stand ordentlich verschlossen neben der Eingangstür des hübschen, mittelgroßen Einfamilienhauses in einer Straße, die auf beiden Seiten von hübschen, mittelgroßen Häusern gesäumt war.

Der Straßenbahnfahrer begrüßte uns mit einem stummen Nicken. Wortlos traten wir ein. Er ging vor uns her ins Wohn- und Esszimmer seines erdrückend liebevoll eingerichteten Heims. Im Flur prangte eine viel zu große schmiedeeiserne Garderobe an der Wand, an der nur eine einsame Uniformjacke baumelte. Darunter ein Durcheinander von übergroßen Männerschuhen. Daneben ein abgegriffener Wanderstock, der mit zahllosen Plaketten verziert war.

Wir setzten uns an den Esstisch, den eine bunte Plastiktischdecke zierte. Es roch, als wäre kürzlich etwas angebrannt. Bei diesem Stichwort fiel mir mein gerade noch gerettetes Kartoffelgratin ein und als Nächstes Theresa. Theresa, die sich zurzeit zusammen mit ihrem Gatten auf einer angenehmen Erste-Klasse-Reise in die Schweiz befand, um dort einige Tage über den Wolken auszuspannen. Eine Vorstellung, die mir aus irgendeinem Grund nicht angenehm war. Aus einem Grund, über den nachzudenken mir jetzt die Zeit fehlte. Jetzt ging es darum, einen Beinahemörder zu überführen.

Langhoff saß mir mit hängendem Kopf gegenüber. Inzwischen war es Viertel nach acht und schon seit Stunden dunkel.

»Sie wissen, warum wir hier sind?«, begann ich ruppiger, als ich eigentlich beabsichtigt hatte.

Er trug dasselbe karierte Hemd wie am Vormittag und roch nach altem Schweiß. Erst nach langem Zögern nickte er.

»Es tut mir leid.«

»Warum wollten Sie Schiller erschießen?«

»Die Edelgard«, erwiderte er so langsam, als stünde er unter Drogen. »Er hat alles kaputt gemacht.«

»Schiller?«

Keine Reaktion.

»Sie haben Geld bei ihm angelegt?«

Nicken.

»Viel?«

»Anfangs hat er supergute Zinsen gezahlt. Viel mehr wie die Bank. Klar hat es ein bisschen geschwankt. Im einen Jahr sind's acht Prozent gewesen, im anderen zehn, einmal sogar zwölf. So ganz verstanden hab ich nicht, was er mit unserem Geld gemacht hat. Mit dem Geld von der Edelgard.«

Auf dem Tisch stand eine blaue Keramikvase mit künstlichen Tulpen. An der Wand hinter Langhoffs großem Kopf hing eine bunte italienische Küstenlandschaft – echt handgemalt und aus dem Kaufhaus.

»Ihre Frau hat geerbt?«, fragte ich.

Und wieder nickte der Straßenbahnfahrer. »Die Edelgard hat eine Tante gehabt. Die Tante Jutta. Eine Schwester von ihrer Mutter. Die hat sie jahrelang gepflegt, die Edelgard. Sie hat nur ein paar Häuser weiter gewohnt, und sie hat ja sonst niemanden gehabt. Die Edelgard hat das nicht gern gemacht, ganz und gar nicht, aber sie hat's halt in Gottes Namen gemacht. Sonst ist ja keiner da gewesen. Sie hat viel aushalten müssen. Die Tante ist mit den Jahren immer böser geworden. Wie die alten Leute halt oft sind. Und wie sie dann endlich gestorben ist, da stellt sich raus, dass ihr nicht nur das Haus gehört hat, sondern auch noch über eine Million in Aktien. In guten Aktien.«

Langhoff schnaufte einige Male, als wäre ihm beim Sprechen die Luft knapp geworden. Oder als müsste er für das Folgende Anlauf nehmen.

»Der Mann von der Tante Jutta war reich gewesen, haben wir später rausgefunden. Er hat von einem großen Bauernhof gestammt, irgendwo bei Worms, und sie haben Grundstücke verkaufen können, wie die Eltern gestorben sind. Bauland. Aber der Mann von der Tante Jutta ist schon lang tot gewesen, und Kinder haben sie keine gehabt, und jetzt hat die Edelgard alles geerbt. Wir haben überhaupt nicht damit gerechnet. Keine Sekunde haben wir mit so was gerechnet. Ein Sparbuch hat die Tante auch noch gehabt. Mit hundertfünfzigtausend drauf. Das haben wir aber erst gefunden, wie wir das Haus ausgeräumt haben. Das Haus haben wir dann verkauft. Und das hat dann auch noch mal fast eine Viertelmillion gebracht, und wir haben überhaupt nicht gewusst, wohin mit dem vielen Geld. Zwanzig Jahre haben wir jedes Monatsende die Pfennige gezählt, und auf einmal sind wir reich gewesen, richtig reich. Wahrscheinlich hat sie das Sparbuch ganz vergessen gehabt, die Tante. Die letzte Eintragung ist siebzehn Jahre alt gewesen, und die Briefe von der Bank hat sie ja schon lange nicht mehr aufgemacht. Wir haben uns das schöne Haus hier gekauft und neue Möbel und ein neues Auto, und dann ist immer noch fast eine Dreiviertelmillion übrig gewesen. Und die hab ich dann angelegt. Man muss doch irgendwas machen mit dem Geld. Ein Sparbuch, das bringt doch heutzutage nichts mehr.«

In einer Ecke stand ein großer Vogelkäfig auf einem gedrechselten Tischchen. Darüber war sorgfältig ein grell gemustertes Tuch gebreitet.

»Wie sind Sie an Schiller geraten? Warum sind Sie nicht einfach zu Ihrer Bank gegangen?«

»Diese Banken, das sind doch alles Verbrecher. Die bescheißen einen doch vorne und hinten. Ein Nachbar hat mir von dem Schiller erzählt, von diesem elenden Drecksack. Erst hab ich nur hunderttausend angelegt. Aber wie dann die ersten Zinsen gekommen sind, da hab ich auf zweihundertfuffzig erhöht, und später hab ich ihm alles gegeben, was wir lockermachen konnten. Er hat mir dann auch den Tipp mit der Hypothek gegeben.«

Die Vögel im Käfig piepten schlaftrunken.

»Was für eine Hypothek?«

»Eine Hypothek aufs Haus. Zu drei Prozent, und der Schiller hat mir acht Prozent Zinsen für das Geld gegeben. Am Ende sind es Jahr für Jahr zwischen sechzig- und achtzigtausend gewesen. Einfach so, fürs Nichtstun. Der Schiller hat mir den Tipp mit der Hypothek gegeben, die Drecksau. Machen angeblich alle so, und am Anfang hat's ja auch super funktioniert.«

»Und irgendwann war das Geld dann plötzlich weg.«

Langhoff nickte schwer. »Im Sommer. Auf einmal haben wir nichts mehr gehabt. Weniger als nichts, weil da ja noch die Hypothek war. Die Edelgard ist fast verrückt geworden. Und wie uns dann vor ein paar Wochen die Bank aufs Dach steigt und das Haus versteigern will, da ... da ist sie gestorben.«

»Hat sie sich ...?«

Müde schüttelte der Straßenbahnfahrer den runden Kopf. »Sie ist einfach gestorben. Am Abend haben wir noch zusammen einen Krimi geguckt, die Edelgard hat immer so gern Krimis geguckt, und wenn sie den Mörder richtig geraten hat, dann ist sie immer ganz stolz gewesen. Wir haben getrennte Schlafzimmer, schon lange, weil ich doch so schnarche, und am nächsten Morgen ist sie tot gewesen. Ist doch klar wie Kloßbrühe, dass sie an Verzweiflung gestorben ist, oder nicht?«

»Und da sind Sie auf die Idee gekommen, Schiller zu erschießen?«

»Alles ist kaputt gewesen. Den schönen BMW hab ich auch verkaufen müssen. Der BMW ist mein Traum gewesen. Alle Extras hat er gehabt. Nie hab ich gedacht, dass ich mir so einen mal leisten könnte. Und jetzt ist er weg, und in sechs Wochen muss ich raus hier, und das Haus wird versteigert, und dann hab ich immer noch einen Haufen Schulden. Wo soll ich denn hin, frag ich Sie? Und wie soll ich das jemals abzahlen von meinem bisschen Gehalt, können Sie mir das sagen? Im Knast muss ich mir wenigstens keine Sorgen machen, was ich morgen esse und von was ich meine Heizölrechnung zahle. Aber der Schiller, der soll keine Freude haben an meinem Geld. Wenn's mir dreckig geht, dann soll's dem auch dreckig gehen. Er hat ja irgendwie auch meine Edelgard ermordet, oder nicht?«

»Es ist ja kein Mord«, sagte ich begütigend. Der Schuss auf Runkel würde vor jedem Gericht als Totschlag durchgehen.

»Für mich schon«, beharrte Langhoff. »Die Edelgard ist tot, und wenn dieser Schiller nicht so eine Drecksau wär, dann würd sie noch leben. Und das nenn ich Mord, Entschuldigung. Das mit Ihrem Kollegen tut mir leid. Ehrlich. Der ist mir in die Quere gekommen, ich hab überhaupt nicht gewusst, was der von mir will, und wir haben gerauft, und dann hat's auf einmal geknallt, und er ist umgefallen. Das wollt ich nicht. Das tut mir leid. Ehrlich.«

»Es war kein Mord, sondern schlimmstenfalls versuchter Totschlag. Vielleicht nicht mal das. Vielleicht werden Sie nur wegen schwerer Körperverletzung angeklagt. Der Kollege ist am Leben.«

»Ja, aber der Schiller …«

»Mit dem habe ich doch erst vor drei Stunden …«

Mir kam ein furchtbarer Gedanke.

»Sie sind … Sind Sie etwa noch mal da gewesen?«, fragte ich heiser.

Und wieder nickte Ludwig Langhoff, dieses Mal, ohne den Blick abzuwenden. »Bei der Betriebsleitung hab ich schon angerufen, dass ich nicht mehr komm. Die Wellensittiche nimmt eine Nachbarin. Er liegt gleich hinter der Tür. Ich hab sie einen Spalt offen gelassen, die Tür. Damit Sie sie nicht kaputt machen müssen. Ist ja nicht nötig, dass die Sachen kaputt gemacht werden.«

Er streckte sich mühsam auf seinem Stuhl, griff in die Hosentasche und legte einen kleinen verchromten Revolver auf den Tisch.

»Bitte schön«, sagte er dazu. »Ich denk, den werden Sie brauchen.«

Dann sah er mich an wie ein viel zu oft getretener Hund. »Das mit Ihrem Kollegen tut mir leid. Ehrlich.«

32

Samstag, der vierundzwanzigste Dezember. Seit drei Wochen war Lea verschwunden. Theresa relaxte seit gestern in der Schweiz, irgendwo in der Nähe von St. Moritz und tausend Meter über den Wolken. Sönnchen saß zusammen mit ihrer neuen Liebe im

Flugzeug auf dem Weg auf die Kanaren. Ich betrat morgens um Viertel vor acht die Polizeidirektion.

»Ich weiß, wie er es gedeichselt hat«, rief Balke, der mich auf der Treppe atemlos einholte. Wie fast an jedem Tag war er von Schlierbach mit dem Rad in die Stadt gefahren. »Er hat sich bei der letzten Runde vertreten lassen.«

Wir betraten mein Büro, ich machte Licht, aufatmend fiel er auf einen der Besucherstühle, streckte triumphierend die muskulösen Beine von sich. Dann erst bemerkte er meinen ratlosen Blick.

»Eigentlich hätte Langhoff ja noch eine Runde fahren müssen. Aber er hat einen Kollegen angerufen, mit dem er ein bisschen befreundet ist, und hat gesagt, ihm ist schlecht und ob er ihn ablösen kann. Das Rad hat er schon am Tag davor bei der Endhaltestelle deponiert.«

»Und dann ist er zu Schillers Haus geradelt …«, fügte ich langsam hinzu.

»Wie bekloppt muss einer sein, um sich ein derart dämliches Alibi auszudenken?«

»Es war ihm wohl ziemlich egal, ob er erwischt wird oder nicht.«

Inzwischen war Balke wieder zu Atem gekommen. »Wie geht's eigentlich Rübe?«, fragte er.

»Unverändert. Ich wollte gestern Abend noch mal bei ihm vorbeischauen. Hat aber nicht geklappt.«

»Grüßen Sie ihn von mir und Evalina«, sagte Balke ernst. »Und er soll so einen Unfug bitte nicht noch mal machen.«

»Sie mögen ihn, nicht wahr?«

Balkes Blick wanderte irgendwohin. »Er hat seine Macken und außerdem ein sagenhaftes Talent, immer in die Scheiße zu treten. Aber, ja, ich mag ihn.«

Es klopfte. Klara Vangelis und Evalina Krauss kamen zur morgendlichen Fallbesprechung.

Schillers Leiche hatten wir genau so vorgefunden wie von seinem Mörder beschrieben. Der Anlageberater hatte Langhoff offenbar völlig arglos die Tür geöffnet, und der Straßenbahnfahrer hatte abgedrückt, ohne eine Sekunde zu zögern. Ein einziger Schuss in die Stirn aus nächster Nähe. Dann hatte er die Tür so weit zugezogen, dass das Schloss gerade nicht einschnappte, war wieder auf sein Mountainbike gestiegen und nach Hause geradelt.

»Eines ist für mich jedenfalls klar«, eröffnete ich die kleine Runde, während es vor den Fenstern allmählich hell wurde. »Schiller hat zwar ein Verhältnis mit Lea gehabt, aber mit ihrem Verschwinden hat er nichts zu tun. Ich sehe einfach kein Motiv.«

Und so unsympathisch er mir war, so glaubhaft hatte leider seine Geschichte geklungen.

»Gröwer passt da schon eher ins Raster.« Balke kratzte sich an der Nase. »Wenn ich nur endlich wüsste, ob er am zweiten Dezember in Straßburg war oder nicht. Was halten Sie davon, wenn wir einen Aufruf an die Presse geben, ob ihn jemand im Zug ...«

»Bloß nicht«, unterbrach ich ihn. »Bisher ist noch niemand auf die Idee gekommen, wir könnten etwas mit seinem Tod zu tun haben. Und das soll bitte schön auch so bleiben.«

»Und wenn sie noch mehr Liebhaber gehabt hat?«, grübelte Krauss mit müdem Blick und hochgezogenen Brauen.

»Na klar«, meinte Balke gallig. »Einer Frau, die sich gleichzeitig drei Typen warmhält, kommt es auf einen mehr bestimmt nicht an.«

Klara Vangelis folgte der lustlosen Unterhaltung schweigend.

»Was haben wir noch?«, fragte ich.

»Nichts«, erwiderte Krauss traurig.

Alle Spuren, die wir verfolgten, hatten ins Nichts oder in eine Katastrophe geführt. Und Krauss hatte recht, warum sollten nicht noch andere Männer als Schiller, Gröwer und Henning auf Leas Teenagercharme hereingefallen sein?

»Henning«, seufzte ich und rieb mir die brennenden Augen. »Wenn der Junge nur endlich aufwachen würde.«

Balke knispelte an seinen Fingernägeln. Vangelis studierte alte Notizen. Krauss sah zur Decke und kaute nachdenklich auf der Unterlippe.

»Glauben Sie eigentlich, dass das Mädchen noch am Leben ist?«, fragte sie schließlich.

»Ich hoffe es«, erwiderte ich und fühlte mich unendlich müde und nutzlos dabei. »Ich weiß nicht mehr, was ich noch glauben soll.«

Als ich wieder allein war, begann ich das Material durchzusehen, das meine Mitarbeiter auf Schillers PCs sichergestellt hatten und außerdem auf seinen Handys, von denen er gleich drei Stück parallel betrieben hatte. Eines für Privates, eines für die Firma und eines für Vorzugskunden wie einen gewissen Dr. Kleinschmidt.

Die Steuerfahndung hätte ihre Freude an den gespeicherten Kontakten gehabt. Aber leider war es mir verboten, die Nummern ans Finanzamt weiterzuleiten. Ich verspürte große Lust, Balkes private Kanäle zu nutzen, um für ein klein wenig mehr Steuergerechtigkeit in unserem Land zu sorgen. Ich hätte Balke das Handy überlassen können, in der Hoffnung, dass er von allein auf die richtige Idee kam. Aber schließlich ließ ich die Finger davon. Mein Bedarf an Ärger war für dieses Jahr gedeckt.

Leas Nummer tauchte in Schillers Privathandy auf. Kurznachrichten schien er nach dem Lesen oder Senden immer sofort gelöscht zu haben. Das, was mich interessierte, fand ich schließlich unter Schillers E-Mails. Auf seinem edeldünnen Laptop, den ein angebissener Apfel zierte, waren knapp hundertfünfzig E-Mails von ihr gespeichert und säuberlich archiviert. Einige davon las ich. Nie ging es um Liebe oder auch nur Gefühle, in keiner einzigen Zeile. Es ging ausschließlich um Sex und Geilheit, Gier nach Leben und aufregenden Erfahrungen. Außerdem meinte ich eine Menge Einsamkeit und Traurigkeit zwischen den Zeilen von Leas E-Mails zu lesen. Oft waren Handyfotos angehängt, auf die im Text Bezug genommen wurde und deren Anblick ich mir ersparte. An manchen Tagen waren zehn, zwanzig E-Mails hin und her gegangen, an anderen keine einzige.

Im Laufe dieses trübsinnigen Vormittags gab es auch gute Nachrichten. Die französischen Kollegen hatten das fünfte Opfer des Frauenmörders lebend gefunden. In einem seit Jahren leer stehenden Bauernhäuschen in einem einsamen Tal der Vogesen. Die Frau, eine aus Südfrankreich stammende Gelegenheitsprostituierte, war halb erfroren gewesen, völlig verängstigt, aber lebendig. Der Täter hatte seit seiner Verhaftung bis heute kein einziges Wort gesprochen.

Außerdem war Rolf Runkel endlich wieder bei Bewusstsein und so weit bei Kräften, dass die Ärzte ein kurzes Gespräch erlaubten. So beschloss ich, endlich hinter mich zu bringen, wovor mir schon seit gestern grauste: einige Worte zu ihm zu sagen und ihn um Verzeihung zu bitten.

Runkels Gesicht war käsig-blass und erschreckend schmal geworden. Die trüben Augen lagen tief in den Höhlen.

»Tag, Chef«, krächzte er und hustete. »Das ist aber nett …«

Ich stopfte die Blumen, die ich mitgebracht hatte, in eine kalkverkrustete spinatgrüne Vase, die ich neben dem Waschbecken fand, füllte Wasser ein und stellte das Arrangement auf den hohen Nachttisch neben Runkels Kopf. Dann sagte ich das Dümmste, was ich in dieser Situation hätte sagen können: »Na, Sie machen vielleicht Sachen.«

Er nickte reumütig.

»Aber jetzt sind Sie ja Gott sei Dank über den Berg. Ich meine …« Betreten sah ich zum Fenster. »Das mit Ihrem Kopf, das habe ich nicht gewusst … Es tut mir so leid. Sie hätten ja auch mal was sagen können …«

»Sie haben doch immer so viel Stress, Chef.« Runkels Atem ging rasselnd. Er sprach stockend, immer wieder von einem trockenen Husten unterbrochen. »Ich wollt auch nicht, dass es jeder weiß. Ich …« Erschöpft schloss er die Augen. »Ich hab mich ein bisschen … geschämt.«

Vermutlich hätte ich mich in seiner Situation nicht anders verhalten. Vermutlich hätten die meisten sich so verhalten.

Ich ergriff seine kalte, kraftlose Hand und drückte sie vorsichtig.

»Die Ärzte sagen, es wird alles gut werden«, behauptete ich. »Sie sagen, der Eingriff ist nicht besonders schwierig. Das haben die schon tausend Mal gemacht. Bald sind Sie wieder gesund, Sie werden sehen.«

»In drei Wochen wollen sie operieren, hat der Professor gesagt. Erst muss ich wieder fit sein.«

»Haben Sie Schmerzen?«

Wieder schloss er kurz die Augen. »Geht schon«, sagte er fast unhörbar leise. »Bin ja kein kleines Mädchen.«

»Ich soll Sie übrigens von Balke und Krauss sehr herzlich grüßen.«

Seine Miene hellte sich für einen Moment auf. »Danke schön«, meinte er hustend.

Das Gespräch schleppte sich dahin, und am Ende wusste ich nicht, für wen von uns beiden es unangenehmer war.

»Brauchen Sie irgendwas?«, fragte ich schließlich. »Kann ich etwas für Sie tun?«

»Nein, nein«, murmelte Runkel. »Meine Frau kümmert sich schon ... Sie ist so eine Seele. Jede freie Minute ist sie da. Vorhin sind sogar die Kinder da gewesen. Heut ist ja Weihnachten.«

»Dass wir den Kerl geschnappt haben, wissen Sie?«

»Ein Straßenbahnfahrer. Hab gedacht, es ist vielleicht einer von dieser Bande, Sie wissen schon. Er hat sich so komisch verhalten. Sich im Schatten rumgedrückt und dauernd um sich geguckt. Da hab ich gedacht ...«

Runkel sah mir so traurig ins Gesicht, als müsste er immer noch Angst vor Bestrafung haben.

»Sie haben es gut gemeint. Niemand macht Ihnen einen Vorwurf. Und die Kellertürenbande kriegen wir auch noch, das verspreche ich Ihnen.«

Diesen Hundeblick hatte ich kürzlich schon einmal gesehen, wurde mir bewusst. Diesen Blick voller Schuldbewusstsein und verschämter Unterwürfigkeit. Etwas braute sich rasend schnell in meinem Kopf zusammen. Da gab es eine Winzigkeit am Rande, etwas, das wichtig sein könnte. Entscheidend vielleicht. Jetzt war ich es, der die Augen schloss.

Ich hatte ihn beschimpft, erinnerte ich mich. Wieder einmal. Weil er Mist gebaut hatte. Wieder einmal. Wütend war ich gewesen, und da hatte er mich genauso angesehen, und dann hatte mein Telefon ...

Sosehr ich mich bemühte, der Rest blieb im Nebel.

»Chef?«, fragte Runkel vorsichtig.

Ich öffnete die Augen wieder und verabschiedete mich. Wünschte meinem Unglücksraben alles Gute. Der bedankte sich artig. Als ich die Tür des Krankenzimmers hinter mir schloss, war ich erleichtert und fühlte mich schuldig.

Während der Rückfahrt zur Direktion war das Bild unvermittelt wieder da – aus dem Nichts. Lea. Es war um Lea gegangen. Zurück in meinem Büro, wählte ich die Nummer des Universitätsklinikums, Abteilung Unfallchirurgie, und bat darum, mich mit meinem verletzten Mitarbeiter zu verbinden. Es dauerte einige Sekunden, bis er am Apparat war.

»Erinnern Sie sich an den Tag, als Sie bei mir waren und ich Ihnen gesagt habe, Sie sollen Ihren Schreibtisch aufräumen?«

»Ja klar.« Runkel räusperte sich. »Es tut mir immer noch so leid …«

»Das muss Ihnen jetzt nicht leidtun. Ich habe eine Frage. Mein Telefon hat uns unterbrochen, ich habe abgenommen und telefoniert, und Sie haben mich für einen Moment ganz komisch angesehen. Erinnern Sie sich?«

»Weiß nicht …«

»Warum haben Sie so geguckt?«

»Der Name«, nuschelte Runkel nach kurzem Nachdenken. »Lea – der ist mir schon mal untergekommen. Hört man nicht so oft, Lea.«

»Sie hatten ihn wahrscheinlich in den Tagen davor oft genug gehört.«

Wieder dauerte es mit der Antwort. Ich hörte Runkels unruhigen Atem.

»Das war's nicht«, sagte er schließlich und hustete wieder. »Es ist früher gewesen.«

»Wie viel früher?«

»Sie ist dunkelhaarig, nicht wahr? Ungefähr achtzehn und eine ziemlich Freche?«

»Das passt, ja. Wann war das?«

»Weiß nicht«, flüsterte Runkel nun hörbar am Ende seiner Kräfte. »Schon lang her …«

»Ein Jahr?« Ich bemühte mich, meine Ungeduld zu unterdrücken. »Zwei? Drei?«

Runkel schien jetzt fast zu schlafen.

»Ein Jahr«, murmelte er endlich. »Maximal zwei. Mehr bestimmt nicht.«

»Sollte kein Problem sein, wenn Rübe seine Sachen ordentlich abgelegt hat«, meinte Balke gut gelaunt am Telefon.

In der Zwischenzeit hatten die Zwillinge zweimal angerufen und empört gefragt, ob die Bescherung dieses Jahr eigentlich ausfalle. Ich hatte ihnen erklärt, es gebe neue Entwicklungen in Sachen Lea. Diese Antwort hatte sie jedoch nicht zufriedengestellt. Wichtiger als Weihnachten war in ihren Augen nichts. Höchstens vielleicht ihr Geburtstag.

»Das mit dem ordentlichen Ablegen ist beim Kollegen Runkel ja leider ein Problem«, erwiderte ich.

»Soll ich einfach mal im System nach dem Namen Lea Lassalle suchen?«

»Tun Sie das. Vielleicht ist es ja auch nur eine fixe Idee. Vielleicht hat er es sich nur ... Ach, ich weiß auch nicht.«

Vielleicht sollte ich jetzt einfach nach Hause gehen, überlegte ich, als ich den Hörer auflegte, und zusammen mit meinen Mädchen die notwendigen Vorbereitungen für einen gemütlichen Heiligabend erledigen. Aber ich blieb sitzen.

Kurze Zeit später klingelte mein Telefon.

»Fehlanzeige«, sagte Balke, als hätte er tatsächlich mit etwas anderem gerechnet. »Im System ist nichts über Lea.«

»Irgendeine Art von Protokoll wird er ja hoffentlich geschrieben haben.«

»Hoffentlich, ja.« Balke lachte, als wäre es völlig normal, dass bei uns Vorgänge einfach so verschwanden, Protokolle in Papierkörben landeten oder gar nicht erst angefertigt wurden. »Ich wühle mal seine Papierordner durch. Rübe hat's ja nun mal nicht so mit Computern ...«

»Das heißt, er verschlampt öfter mal Unterlagen?«

»Verschlampt ist das falsche Wort, Chef«, erwiderte Balke plötzlich ernst. »Es ist einfach nicht seine Welt. Er legt die Sachen oft falsch ab. In den falschen Verzeichnissen, mit den falschen Schlagworten oder ganz ohne. Hin und wieder habe ich ihm ein bisschen geholfen. Aber glauben Sie mir, es ist leichter, einem Goldfisch das Fliegen beizubringen. Ich nehme an, die Sache mit Lea – vielleicht hat er sie einfach nicht für wichtig genug gehalten, um sie mühsam ins System einzupflegen?«

Als Chef ist man oft erschütternd ahnungslos, wurde mir wieder einmal bewusst. Wozu hatten wir all diese wunderbaren Vorschriften? Wozu dachten wir uns pausenlos neue, noch perfektere, noch reibungslosere Prozesse aus, wenn sich am Ende doch kein Mensch daran hielt?

»Worum es bei der Sache ungefähr ging, hat er nicht gesagt?«, fragte Balke. »Eine Andeutung vielleicht? Irgendwas?«

»Er erinnert sich an nichts, außer dass er den Namen Lea schon mal gehört hat. Vor ein oder zwei Jahren. Er hat sie aber recht genau beschrieben. Er muss mit ihr zu tun gehabt haben.«

»War Lea vor einem Jahr nicht in Bad Homburg?«

Versuchsweise wählte ich Lassalles Nummer, und zu meiner Überraschung nahm er nach dem zweiten Klingeln ab.

»Sie war vergangenes Jahr über Weihnachten hier«, sagte er mit klarer Stimme. »Das stimmt. Vom zweiten Feiertag bis Silvester.«

33

»Das gute alte Schneeballsystem«, erklärte mir der Leiter des Betrugsdezernats kurz vor Mittag nach dem dritten Drohanruf meiner Töchter. Er war ein hagerer Westfale mit dünnem, blondem Haar. »Wir sind noch lange nicht durch mit den Unterlagen, aber soweit ich das bisher überblicke, war's ein stinknormales Schneeballsystem. Man sammelt Geld ein von immer neuen Kunden und zahlt es an die Altkunden als Zinsen aus. Gibt anscheinend immer noch genug Dumme unter der Sonne, die auf so einen Quatsch reinfallen.«

Dieses eine Gespräch würde ich noch führen, hatte ich mir vorgenommen. Und dann würde ich mein Büro verschließen und nach Hause fahren und für die nächsten zwei Wochen nicht erreichbar sein.

»Das heißt, Schiller hat das Geld seiner Kunden überhaupt nicht angelegt?«

»Anfangs schon.« Er schob sich mit einer hektischen Bewegung eine seiner blonden Fransen aus der Stirn. »Anfangs hat er auch noch nicht solche aberwitzigen Zinsen geboten. Aber 2008, nach der Lehman-Pleite, hat er in wenigen Wochen fast alles verloren und hätte von Rechts wegen Bankrott anmelden müssen.«

»Und das hat er nicht getan.«

»Während der Boomzeit, wie die Kurse durch die Decke gingen, hat er wirklich als Anlageberater gearbeitet. Und er hat schon ein Näschen gehabt, rechtzeitig auf die richtigen Pferde zu setzen und vor allem rechtzeitig wieder auszusteigen.«

Ich lehnte mich bequem zurück und faltete die Hände im Nacken. Der Westfale schien gerne Knoblauch zu essen.

»Solange die Kurse nach oben gehen, macht ja jeder Idiot Gewinne«, fuhr er mit einem Blick zur Uhr fort. Vermutlich hatte auch er zu Hause Menschen sitzen, die allmählich nervös wurden. »Nach dem Crash ist Schiller dann auf das Schneeballsystem umgestiegen. Anfangs hat er wahrscheinlich geglaubt, er würde sich bald wieder berappeln und wieder legal arbeiten können. So läuft das meistens. Diese Typen denken, es ist nur eine Durststrecke, erst mal durchmogeln und hoffen, dass keiner was merkt, und nächstes Jahr läuft der Laden wieder. Und dabei reiten sie sich immer weiter rein. Das Rad, das so einer drehen muss, wird von Jahr zu Jahr größer. Außerdem hat er natürlich auch Geld für sich selbst gebraucht. Das Haus, die Jacht in Ventimiglia, alle naslang ein neues Auto ...«

34

Balke überbrachte mir die Erfolgsmeldung persönlich. Er kam die Treppen hochgelaufen, als ich gerade meine Bürotür verschloss, und schwenkte Runkels Protokoll in der Hand.

»War in einem von vier dicken Ordnern, die er alle mit ›Verschiedenes‹ beschriftet hat«, erklärte er vergnügt. »Es ist noch nicht mal gelocht. Nehme an, der Ordner hat aufgeklappt auf dem Schreibtisch gelegen, und das Protokoll ist ihm irgendwo dazwischengerutscht. Ist mir auch schon passiert.«

Mir auch, aber das würde ich in diesem Moment auf keinen Fall zugeben.

»Worum geht es in diesem Wisch?«

»Ein Verkehrsunfall mit Fahrerflucht, vor fast genau einem Jahr. Eine Radfahrerin ist von einem Wagen angefahren worden, abends um halb acht. Eigentlich nur eine Bagatelle. Aber die Frau ist so unglücklich gefallen, dass sie in der Nacht darauf gestorben ist. Dabei ist sie noch ohne fremde Hilfe aufgestanden und nach Hause geradelt. Das Interessante dabei: Die Geschichte hat sich nur dreihundert Meter von Leas Elternhaus abgespielt, an der Ecke Görresstraße, Rohrbacher.«

»In der Straße, wo Schiller …?«

»Genau, aber am ganz anderen Ende. Lea und zwei Jungs waren die einzigen Augenzeugen. Gesehen haben sie aber auch nicht viel.«

»Runkel hat persönlich mit Lea gesprochen?«

Balke nickte und begleitete mich die Treppe hinab. »Er hat alle drei damals vernommen. Aber wie gesagt, sie hatten kaum was gesehen. Nur, dass da ein Auto war, dunkle Farbe, Mittelklasse, Stufenheck, darin waren sie sich einig. Ansonsten ging das wie Kraut und Rüben. Einer der Jungs hat geschworen, es sei ein BMW gewesen, der andere, ein Opel, und Lea wollte sich nicht festlegen. Von der Unfallstelle selbst waren die drei gut hundert Meter entfernt. Sie haben nur den Wagen vorbeifahren sehen, der ist unten in die Rohrbacher Straße eingebogen, und dann haben sie gehört, dass es kurz gequietscht hat. Der Unfallverursacher hat angeblich gebremst und dann wieder Gas gegeben. Die Kids sind hingerannt, weil sie gesehen haben, dass da wer am Boden lag. Lea hat behauptet, das Auto sei schwarz gewesen. Die Jungs haben auf dunkelblau oder dunkelgrau getippt.«

»Der Fahrer ist aber nicht ermittelt worden?«

»Erst mal war ja gar nichts. Erst, als die Frau am nächsten Morgen tot war – sie hatte sich einen Milzriss zugezogen –, hat man angefangen zu ermitteln. Sie haben ein paar dunkelblaue Lackspuren gefunden und die Werkstätten abgeklappert. Aber es hat nichts gebracht. Der Lack konnte keiner Marke zugeordnet werden. Nehme an, der Wagen ist mal neu lackiert worden. Bei diesem Unfall war viel Pech im Spiel. Er war nicht zu schnell. Er hat sie kaum berührt. Aber sie ist so unglücklich gefallen, dass sie nachts an inneren Blutungen gestorben ist. Sie war übrigens Sekretärin bei einer Marketingagentur an der Rohrbacher Straße und hat mit einer Kollegin zusammen in einer kleinen Wohnung in Rohrbach gewohnt. Die hat sich am nächsten Morgen gewundert, warum ihre Mitbewohnerin nicht aufsteht. Mit etwas Glück hätte sie höchstens ein paar blaue Flecken gehabt ...«

Inzwischen hatten wir den Ausgang erreicht. In der Ecke links von der Glastür prangte stolz ein großer, sehr gerader und sehr ordentlich geschmückter Tannenbaum. Ich blieb stehen und sah Balke an.

Er sah mich an.

»Wissen Sie was?«, sagte ich mit Blick auf die Armbanduhr. »Das hat jetzt Zeit. Irgendwann muss ja mal Schluss sein.«

Ich wünschte Balke schöne Feiertage und schönen Urlaub – auch er hatte sich zusammen mit seiner Evalina bis zum siebten Januar frei genommen – und nahm ihm das Protokoll aus der Hand.

Den Weihnachtsbaum hatten wir zum Glück schon vor zwei Wochen gekauft, und auch um das Thema Geschenke hatte ich mich dieses Jahr frühzeitig gekümmert. Die Zwillinge hatten den Baum schon aufgestellt, ganz allein, wie sie mir eifrig unter die Nase rieben. Im Wohnzimmer, in der Ecke, wo er in den letzten beiden Jahren auch schon gestanden hatte. Bei Licht besehen, war er ein wenig krumm gewachsen, und er stand auch etwas schief, aber nicht so sehr, dass man Angst haben musste. Die Bescherung war auch nicht mehr das, was sie früher einmal gewesen war. Am meisten freuten meine Töchter sich über die Umschläge mit den großen Geldscheinen. Von ihrer Oma, die es in diesen Dingen manchmal ein wenig übertrieb, erhielt jede fünfhundert Euro, von mir zweihundert. Ein kleines Vermögen für Sechzehnjährige. Ich tat, als hätte ich mir sehnlichst eine bunte Seidenkrawatte gewünscht, und würde nicht ständig an Lea und Henning denken. Zum farbenfrohen Schlips erhielt ich noch ein Set mit den Utensilien, die man zur Zubereitung von Crème brulée benötigt. Sogar ein Rezept lag bei, und meine Töchter hatten – ganz ohne Hintergedanken natürlich – auch schon die notwendigen Zutaten eingekauft.

Unser traditionelles Heiligabendmenü war einfach: heiße Würstchen mit Kartoffelsalat, dazu Senf für mich und Ketchup für die Mädchen. In früheren Jahren war das immer eine enorme Schweinerei gewesen, die zur Tradition gehörte. Aber auch über dieses Alter waren sie inzwischen hinaus.

Später wurde die Oma angerufen, und man bedankte sich artig. Meine Eltern hatten dieses Jahr auf einen Tannenbaum ganz verzichtet, da das sonnige Klima im Süden Portugals einfach keine weihnachtlichen Gefühle aufkommen lassen wollte.

Als die Zwillinge später vor ihren PCs saßen, um sich mit ihren Freunden und Freundinnen über Geschenke auszutauschen, rief Theresa an, wünschte mir fröhliche Weihnachten, schwärmte von der herrlichen Landschaft und der himmlischen Ruhe über den Wolken und gestand mir schließlich, dass sie zwar an ihr Handy gedacht hatte, das Ladegerät jedoch in Heidelberg zurückgeblieben war. Und ihr Akku war schon jetzt fast leer.

35

Am Sonntagvormittag brach ich, sobald es hell war, zu einem einsamen Spaziergang auf. Mein Ziel war die Kreuzung, wo sich vor fast genau einem Jahr der Unfall ereignet hatte. Mit Runkels Protokoll in der Hand fand ich problemlos die Stelle, wo Lea und ihre beiden Begleiter gestanden haben mussten. Die Görresstraße war hier leicht abschüssig, die Gehwege links und rechts schmal. An der Nordseite verlief parallel zur Straße ein Metallzaun, hinter dem sich der Bergfriedhof erstreckte, auf der Südseite standen große Häuser hinter Jägerzäunen. Am unteren Ende mündete die Straße in die heute kaum befahrene Rohrbacher Straße.

Die Ecke, wo der dunkle Wagen die Radfahrerin gestreift hatte, war von meiner Position aus gut zu sehen. Sekunden zuvor musste er an den Schülern vorbeigekommen sein. Die drei hatten aber natürlich keinen Grund gehabt, sich für ihn zu interessieren. Jungs in diesem Alter haben keine Augen für Autos, wenn sie einem Mädchen wie Lea gegenüberstehen. Und Lea selbst hatte am wenigsten über den dunklen Wagen zu sagen gewusst. Sie war damals für einige Tage in Heidelberg gewesen, damit sie sich schon einmal mit ihrer neuen Heimat anfreunden konnte, wusste ich von Lassalle. Wer die beiden Jungs waren, mit denen sie damals zusammen war, hatte er nicht gewusst, und ich hatte versäumt, die Namen nachzusehen. In dem Protokoll, das ich in der

Hand hielt, waren sie nicht vermerkt. Lassalle hatte sich erinnert, dass da ein Unfall gewesen war und Lea später Besuch von einem älteren und nicht allzu hellen Polizisten gehabt hatte.

Als ich mich wieder auf den Heimweg machte, war ich überzeugt, dass dieser Unfall nichts bedeutete. Die drei hatten den Wagen nicht erkannt. Ein Jahr war verstrichen. Es war sinnlos, weiter darüber nachzudenken.

Aber Gedanken lassen sich nicht abstellen. Auch an Weihnachten nicht. Was, wenn Lea den Wagen irgendwann später – über ein halbes Jahr später – doch wiedererkannt hatte? Vielleicht anhand irgendeines auffälligen Details? Einer Besonderheit, die ihr ins Auge stach, den beiden anderen jedoch entgangen war? Und die sie selbst schon am nächsten Tag wieder vergessen hatte? Oder dem blöden Polizisten, der sie mit lästigen Fragen löcherte, nicht auf die Nase binden wollte?

Ein eisiger Wind blies mir ins Gesicht. Es nieselte ein wenig und roch nach kommendem Schnee. Mit hochgeschlagenem Kragen und eingezogenem Kopf überquerte ich die Rohrbacher Straße. Zwei Autos fuhren mit geringem Abstand in Richtung Stadt, wirbelten Gischt auf. Auch vor einem Jahr war die Straße feucht gewesen. Außerdem war es damals dunkel. Der Fahrer hatte vermutlich keine gute Sicht gehabt. Weshalb war er überhaupt geflohen? Dass er den Unfall nicht bemerkt hatte, war unwahrscheinlich. Angeblich hatte er ja sogar gebremst oder kurz angehalten. In diesem Punkt widersprachen sich die Aussagen der drei Jugendlichen. War Alkohol im Spiel gewesen? Oder hatte der Fahrer einen anderen Grund gehabt, die Polizei zu fürchten?

Inzwischen war mir lausekalt, und den letzten Rest meiner Neugierde hatte mir der kalte Wind aus dem Kopf gepustet. Ich beschleunigte meinen Schritt und freute mich auf meine warme Wohnung und einen heißen Kaffee. Wenn Lea an dem Wagen des Unfallverursachers etwas aufgefallen war, dann musste es so eindrucksvoll gewesen sein, dass sie sich viele Monate später plötzlich wieder daran erinnerte. Vielleicht erst in der Sekunde, als sie den Wagen zum zweiten Mal sah?

Abgesehen von vereinzelten griesgrämig dreinschauenden Hundehaltern war ich der einzige Fußgänger weit und breit. Ich erreichte die Kleinschmidtstraße, stand kurze Zeit später atemlos vor meiner Haustür, steckte den Schlüssel nach einigem Zögern wieder ein und lief weiter in Richtung Direktion.

Mit einem großen, duftenden Cappuccino setzte ich mich an meinen Schreibtisch mit dem festen Vorsatz, spätestens gegen zwölf, wenn meine Töchter voraussichtlich wieder zum Leben erwachten, zu Hause zu sein. In der Direktion war es herrlich still. Auf den Straßen war zu wenig Verkehr für Unfälle, auch Verbrecher haben einen gewissen Respekt vor hohen Feiertagen, und die großen Familienkrisen kamen meist erst am zweiten Feiertag.

Ich nahm mir die Liste der Telefonnummern noch einmal vor, die Lea an den Tagen vor ihrem Verschwinden auf ihrem Handy gewählt hatte. Natürlich hatte Klara Vangelis längst und mit ihrer üblichen Gewissenhaftigkeit alle Gespräche abgeklärt. Aber vielleicht hatte sie sich dabei nicht die richtigen Fragen gestellt, weil sie die richtigen Fragen noch nicht kannte.

Wie alle weiblichen Teenager hatte Lea viel und lange telefoniert, vor allem mit alten Freundinnen in Bad Homburg oder neuen Partybekanntschaften. Manche Gespräche hatten über eine Stunde gedauert, andere nur wenige Sekunden.

Zwei Tage bevor die Liste abbrach, hatte sie nachmittags gegen vier mit ihrer Frauenärztin telefoniert. Der anhängenden Notiz entnahm ich, dass sie ein neues Rezept für ihre Pille benötigte. Eine Stunde später ein etwas längeres Gespräch mit ihrem Mathematiklehrer. Den kannte ich sogar persönlich, denn seit anderthalb Jahren unterrichtete Oberstudienrat Werner Plakowsky auch meine Töchter in Mathematik und Physik, und ich hatte ihn bei Elternabenden kennen und schätzen gelernt. Auch die meisten Schüler mochten ihn, und nicht wenige Mädchen himmelten ihn vermutlich an. Plakowsky galt als sportlicher Kumpeltyp, der selbst auf die dümmsten Schülerfragen ernsthaft einging, auch derbe Scherze nicht krummnahm, bei der Benotung gerecht war und seinen Stoff gut erklären konnte. Lea hatte ihn wegen einer Hausaufgabe angerufen, hatte Vangelis notiert. Wegen einer Differenzialgleichung, die sie nicht lösen konnte. Nur zur Sicherheit, und weil die Liste schon fast zu Ende war, überprüfte ich, welchen Wagen Plakowsky fuhr – einen silbergrauen Renault Mégane älteren Baujahrs.

Ich warf die Papiere auf meinen Schreibtisch und nippte an meiner Tasse. Dann nahm ich die Brille ab und massierte meine Augen. Draußen regnete es jetzt stärker, und dazwischen sah ich die ersten, pappigen Flocken fallen. Vielleicht würde es zu Weihnachten doch noch den Schnee geben, den sich meine Töchter so sehr wünschten. Vielleicht würden wir morgen zum Alten Kohlhof hinauffahren und nach Jahren wieder einmal unserem Schlitten Bewegung verschaffen? Und sollte ich jetzt nicht zu Hause sein und zum Beispiel endlich Theresas Buch lesen?

Ich legte den Kopf in den Nacken, betrachtete die Zimmerdecke, wo vor Monaten ein kleiner Wasserfleck aufgetaucht war, von dem niemand sagen konnte, woher er kam, der aber auch nicht größer zu werden schien. Ich setzte die Brille wieder auf und nahm mir die Liste der Handygespräche noch einmal vor. Blieb wieder an Werner Plakowsky hängen, dem netten Mathelehrer.

Ein Lehrer, ein Lehrer …

Das Auto seines Lehrers sieht man als Schüler hin und wieder. Falls er nicht mit dem Rad zur Arbeit kommt. Plakowsky wohnte in Oftersheim, fand ich rasch heraus. Für Hardcore-Biker nicht zu weit, um mit dem Rad nach Heidelberg zu pendeln. Er könnte natürlich auch ebenso gut mit dem Zug …

Immer wieder wanderte mein Blick die Liste hinauf und hinab.

Schließlich nahm ich mein Handy zur Hand und schrieb eine SMS an meine Töchter in der Hoffnung, sie seien vielleicht doch schon wach. Ich bat sie zu überlegen, ob es an Plakowskys Renault irgendeine Auffälligkeit gab. Dann schob ich die Liste zur Seite, leerte in kleinen Schlucken meine Tasse und gab mir fünf Minuten. Dann noch einmal fünf.

Nach elf Minuten surrte mein Handy.

»Was soll denn da Interessantes zu sehen sein?«, fragte Sarah schlaftrunken.

»Egal. Irgendwas.«

Sie gähnte ausgiebig. »Kann sein, er hat ein paar Kratzer hinten links«, sagte sie langsam. »Hat er beim Einparken wohl mal nicht aufgepasst. Wo steckst du eigentlich?«

Vorne rechts wäre passender gewesen. Ich versprach, bald nach Hause zu kommen, drückte den roten Knopf, legte das Handy zur Seite.

Auch die Farbe war natürlich falsch. Silbergrau kann man auch beim besten Willen und schlechter Beleuchtung nicht als dunkel bezeichnen. Und darin hatten die drei Zeugen übereingestimmt: Die Farbe des Unfallwagens war dunkel gewesen. Es war nicht die Originalfarbe, erinnerte ich mich. »Irgendwann mal neu lackiert«, hörte ich noch Balkes Stimme. Sollte der Lehrer vielleicht …?

Ich loggte mich ein zweites Mal beim Kraftfahrtbundesamt in Flensburg ein. Und plötzlich wurden meine Finger feucht. Plakowsky hatte seinen Mégane erst vor zwei Monaten zugelassen. Gebraucht gekauft, drei Vorbesitzer, auf seinen Namen eingetragen am siebzehnten Oktober. Auch davor hatte er einen Renault gefahren, einen Laguna, der noch älter war und – dunkelblau lackiert. Anfang Oktober hatte er ihn verkauft. Der Name des Käufers war nicht verzeichnet. »Export«, las ich.

Ich sah auf die Uhr. Viertel nach zehn. Ich rief meine Älteste zurück.

»Stimmt.« Sarah klang genervt. »Früher hat der Plako so 'ne blaue Rostlaube gehabt. Keine Ahnung, was das für 'ne Marke war.«

»War daran irgendwas Auffälliges?«

»Dass man dauernd gedacht hat, gleich fällt die Kiste auseinander.«

»Irgendwas«, drängelte ich. »Überleg noch mal. Irgendeine Kleinigkeit.«

»Ich frag mal Loui.«

Die offenbar auch schon aus dem Bett gefunden hatte. Ich hörte die beiden tuscheln.

Dann wieder Sarah: »Ein Aufkleber. Jetzt erinnere ich mich auch. Hinten links, auf dem Kofferraumdeckel.«

»Was für ein Aufkleber das war, fällt euch das noch ein?«

Wieder diskutierten sie.

»Ich geh mal in Facebook und frag rum, ob wer was weiß.«

Zwanzig Minuten später, um zehn vor elf, hatte ich die Antwort: Auf Werner Plakowskys dunkelblauem Renault Laguna hatte ein Love-Parade-Aufkleber gepappt.

»Da ist der früher jedes Jahr hingefahren. Hat er voll von geschwärmt. Die tolle Stimmung, die geile Musik und alles. Der

Plako stammt aus Berlin, glaub ich. Oder hat da studiert. Jedenfalls ist er voll der Fan.«

Love Parade. Bei der letzten Veranstaltung dieser Art in Duisburg war Leas Mutter gestorben. Diesen Schriftzug würde das Mädchen bis an sein Lebensende nicht mehr vergessen und in jedem Zusammenhang erkennen, ohne auch nur richtig hinzusehen. So könnte es gewesen sein, so musste es gewesen sein: Lea hatte – vielleicht halb unbewusst – in der Unfallnacht den Aufkleber auf der Heckklappe des dunklen Wagens bemerkt. Und fast ein Dreivierteljahr später – als die großen Ferien zu Ende waren und sie in Heidelberg in die neue Schule kam – hatte sie den dunkelblauen Wagen auf dem Lehrerparkplatz wieder gesehen.

Und ihre Schlüsse gezogen.

Und, wer weiß, vielleicht war sie später auf die aberwitzige Idee gekommen, ihren Mathematiklehrer ein wenig zu erpressen.

36

Auch Oberstudienräte haben an Weihnachten frei und lieben es, an verregneten Tagen auszuschlafen. Als Werner Plakowsky mir um halb zwölf die Tür zu seiner Wohnung im Norden Oftersheims öffnete, dachte er zunächst, ich sei wegen meiner Töchter gekommen. Um den Überraschungseffekt auf meiner Seite zu haben, hatte ich mein Kommen nicht angekündigt.

»Gerlach war der Name, nicht wahr?«, fragte er freundlich lächelnd und schüttelte kräftig meine Hand.

»Ihr Namensgedächtnis möchte ich haben.« Ich lächelte zurück. »Dürften wir einen Moment hereinkommen?«

Er warf einen unsicheren Seitenblick auf Klara Vangelis, die neben mir stand, und kam zu dem Schluss, dass die junge Frau wohl kaum als Mutter meiner Töchter infrage kam.

»Frau …?«

Sie nannte ihren Namen und drückte ebenfalls seine Hand.

»Eine Kollegin«, erklärte ich.

»Aha. Na dann. Immer herein in die gute Stube.«

Nun doch etwas verwundert, schloss Plakowsky die Tür hinter uns. Unter seinem babyblauen Frotteebademantel trug er einen altmodisch gestreiften Pyjama und graue Filzpantoffeln. Sein Kinn war kantig, auf dem Kopf kräuselte sich widerspenstiges, dunkelbraunes Haar. Seine Bewegungen verrieten Kraft und Spaß an Leibesertüchtigung.

»Wohnzimmer ist die letzte Tür rechts. Und entschuldigen Sie bitte das Durcheinander, ich …«

Die Einrichtung seiner Dreizimmerwohnung erinnerte eher an eine überdimensionierte Studentenbude als an die Behausung eines Beamten auf Lebenszeit. Plakowsky schien nicht nur bei Autos wenig Wert auf Äußerlichkeiten zu legen. Außerdem ignorierte er konsequent deutsche Weihnachtsbräuche. Nirgendwo ein Bäumchen, ein Zweig oder wenigstes ein paar bunte Lichter.

»Wie geht's Ihren Töchtern?«, fragte er, als wir uns setzten. »Ich hoffe, es gibt jetzt …«, wieder ein verwirrter Blick auf meine Kollegin, »… keine Probleme?«

Anstelle einer Antwort zückte ich meinen Dienstausweis und platzierte ihn vor ihm auf dem verstaubten Couchtisch, wo kreuz und quer Zeitschriften herumlagen, in denen es meist um Fitness, Fahrräder oder Bergsteigen ging.

»Ich bin nicht wegen Louise und Sarah hier, Herr Plakowsky. Denen geht's ansonsten gut, danke.«

Sein Lächeln verlor sich nur ganz allmählich. Ich konnte geradezu sehen, wie die Gedanken durch seinen Kopf rasten wie die Hühner, wenn ein Fuchs in den Stall eindringt.

»Ich …«, stammelte er. »Äh … Wie jetzt …?«

Ich hatte beschlossen, gleich schweres Geschütz aufzufahren, und hatte mir den nächsten Satz schon während der Fahrt zurechtgelegt.

»Sie stehen im dringenden Verdacht, am siebenundzwanzigsten Dezember des vergangenen Jahres einen Verkehrsunfall mit Todesfolge verursacht und anschließend Fahrerflucht begangen zu haben.«

Nur für Bruchteile von Sekunden wurde sein Blick panisch. Dann hatte er sich schon wieder gefangen.

»Unfug!«, stieß er hervor. »Wo soll das denn gewesen sein? Und wann genau?«

»Im Heidelberger Süden. Ecke Görresstraße und Rohrbacher. Am siebenundzwanzigsten Dezember, abends gegen halb acht.«

»Da bin ich nie im Leben gewesen. Den Straßennamen, diese Görresstraße, ich kenne die nicht mal.«

»Die Schule, an der Sie arbeiten, liegt nur ein paar Schritte entfernt. Außerdem sind Sie an besagtem Abend dort gesehen worden.«

»Das würde mich aber sehr wundern«, trumpfte er auf. »Wo ich nicht mal in der Nähe gewesen bin.«

»Wo waren Sie denn zu der Zeit?«

»Bei einem Freund. Till. In Bensheim. Till Böttcher. Sie können das gerne überprüfen. Wir haben einen Videoabend gemacht. Stehen beide auf diese alten Science-Fiction-Schinken. ›Star Wars‹, ›Raumschiff Enterprise‹ und so. Sie können es gerne überprüfen. Da drüben liegt das Telefon.«

»Und das wissen Sie noch so genau? Nach einem Jahr?«

Nun kam er ins Schlingern.

»Fragen Sie ihn einfach«, versetzte er nach kurzer Pause patzig. »Die Nummer ist eingespeichert.«

»Ihren schönen alten Renault Laguna haben Sie im Oktober verkauft.«

»Das ist ja wohl kein Verbrechen. Der war hinüber. Die Kupplung war völlig am Ende. In der Werkstatt haben sie gesagt, ich soll ihn gleich verschrotten. Aber ein Freund hat mir dann einen Kontakt zu einem Rumänen hergestellt. Der hat mir immerhin noch dreihundert gegeben für die alte Karre.«

»Welche Werkstatt war das?«

Sein Zögern war um eine Winzigkeit zu lang. »Weiß ich nicht mehr.«

»Sie haben aber bestimmt noch irgendwo die Rechnung?«

»Das ... das hat er so gemacht. Er hat nichts dafür genommen. War auch gar keine richtige Werkstatt, sondern ein Bekannter von Till, der was von Autos versteht und ...«

»Herr Plakowsky«, unterbrach ich ihn bestimmt. »So wird das doch nichts. Sie sind erpresst worden, nicht wahr?«

Volltreffer. Er wurde aschfahl, stotterte noch ein wenig herum, und dann begann er zu weinen.

»Waren Sie betrunken, oder weshalb sind Sie einfach weitergefahren?«

»Ich war bei meiner ... damaligen Freundin gewesen. Wir hatten einen schrecklichen Streit an dem Abend. Wieder mal. Sie ... wollte ... Schluss machen.« Plakowsky gestikulierte jetzt angespannt, sprach mit gepresster Stimme, war in ständiger Bewegung. »Und ich ... ich auch. Es ging nicht mehr. Es ging einfach nicht mehr. Und ... ich ... ich ... okay, ich habe nicht aufgepasst. War so aufgewühlt. Aber sie ist von der falschen Seite gekommen, die Radfahrerin. Aus Richtung Stadt. Auf der linken Seite. Sie war mit schuld.«

»Das ist richtig, aber noch lange kein Grund und keine Entschuldigung für Fahrerflucht.«

»Ich weiß. Das weiß ich doch, mein Gott! Aber wenn Sie erst mal drinstecken in so einer Geschichte. Sie kommen auf einmal nicht mehr raus. Sie können auf einmal nicht mehr zurück. Ich dachte, sie ist hingefallen. Das hatte ich ja gesehen. Ein paar Schrammen, klar. Eine Beule, okay. Selbst schuld. Und am nächsten Nachmittag höre ich, die Frau ist tot, und man fahndet nach dem Fahrer. Tot, Himmel noch mal! Sie machen sich keine Vorstellung, wie es mir gegangen ist, in den Wochen danach.«

»Sie hätten immer noch zur Polizei gehen können und die Verantwortung übernehmen für das, was Sie getan haben.«

»Was denn? Was habe ich denn getan? Welche Verantwortung denn? Ja, ich habe für eine Millisekunde nicht aufgepasst. Ja, ich habe nur nach links gesehen und nicht auch noch nach rechts. Aber sie ist auf der falschen Seite gefahren. Und wie sollte ich denn ahnen ...?« Er schlug die sehnigen Hände vors Gesicht und weinte wieder.

»Und im Herbst, als Sie längst dachten, Sie würden ungeschoren davonkommen, taucht plötzlich Lea bei Ihnen auf.«

Er nickte hinter seinen Händen. Nickte noch einmal. »Im September«, flüsterte er und nahm die Hände herunter. »Irgendwann Ende September klingelt es, und da steht sie und sagt, sie muss mit mir reden. Sie war neu in der Klasse, und ich dachte natürlich, sie hat vielleicht irgendein Anliegen, das sie unter vier Augen mit mir besprechen möchte. Aber dann kommt sie mit diesem Unfall und verlangt Geld.«

»Wie viel?«

»Fünfzig. Es war so lächerlich. Ich meine, fünfzig Euro, was soll das? Aber sie war … Diese Göre war so was von abgebrüht. Fast, als würde sie jeden Tag Leute erpressen.«

»Sie haben bezahlt?«

»Was sollte ich machen? Fünfzig Euro … Ich habe ihr gesagt, sie soll sich bloß nicht einbilden, sie könnte jetzt jede Woche kommen. Sie hat mich nur angesehen, den Schein in die Hosentasche gesteckt und ist gegangen. Ohne ein Wort zu sagen. Einfach gegangen ist sie.«

»Und anschließend haben Sie sicherheitshalber Ihr Auto aus dem Verkehr gezogen.«

»Hätte ich schon früher machen sollen. Dann säßen Sie jetzt nicht hier.«

»Ist sie wiedergekommen?«

»Natürlich. Vier Wochen später, Ende Oktober. Diesmal wollte sie schon zweihundert.«

»Und Sie haben wieder bezahlt.«

Plakowsky starrte mit glasigem Blick auf den Tisch.

»Wissen Sie, was das Luder gemacht hat? Sie hat mir angeboten, sie würde zum Trost mit mir schlafen. Damit ich auch was von dem Deal habe. Nehme an, das wäre dann die nächste Erpressung geworden.«

Womit er vielleicht nicht ganz danebenlag.

»Sind Sie darauf eingegangen?«

Jetzt explodierte er. »Was denken Sie eigentlich von mir!«, brüllte er mit hasserfülltem Blick. »Denken Sie, weil ich einmal in meinem Leben eine Millisekunde lang nicht aufgepasst habe, bin ich ein Kinderschänder? Poppe mit Schülerinnen rum? Denken Sie das wirklich von mir?«

»Beantworten Sie bitte meine Frage.«

Erschöpft wandte er den Blick ab. »Entschuldigen Sie. Nein. Ich bin nicht darauf eingegangen. Ich bin nicht einen Augenblick in Versuchung gekommen. In diesem Punkt hat sie sich überschätzt, die kleine Schlampe.«

»Ist sie im November wiedergekommen?«

»Nein.«

»Später?«

»Nein.«

»Das heißt also, im Oktober haben Sie zum letzten Mal bezahlt?«

»Ja.«

»Zweihundert Euro, und das war's?«

»Ich habe ihr gesagt, das Auto ist weg. Es gibt keine Spuren. Nur ihre Aussage. Und sie soll sich verpissen.«

»Das hat Eindruck auf sie gemacht?«

Er machte eine hilflose Handbewegung. Sah mir ins Gesicht. »Offenbar.«

Ich beugte mich vor und fixierte seine stahlgrauen Augen. »Haben Sie sie umgebracht? Haben Sie Lea getötet? Weil sie im Dezember auf einmal doch wieder Geld verlangt hat? Und diesmal mehr als zweihundert? Viel mehr?«

»Was?«, stammelte er. »Was sagen Sie da?«

»Lea hat Sie zwei Tage vor ihrem Verschwinden angerufen. Am dreißigsten November, nachmittags um neunzehn Minuten nach fünf.«

»Das stimmt überhaupt nicht.«

Ich nickte Vangelis zu, die dem Gespräch bisher mit unbewegter Miene gefolgt war und ein wenig Protokoll geführt hatte.

»Sie erinnern sich bestimmt noch, wir haben telefoniert«, sagte sie, als wäre es ihr peinlich. »Vor zwei Wochen ungefähr. Damals sagten Sie, es sei um eine Hausaufgabe gegangen.«

Plakowsky griff sich an den Kopf. »Stimmt. Ich erinnere mich. Ja.«

»Das Gespräch mit Lea hat etwa fünf Minuten gedauert.«

»Kann sein.«

»Um eine Differenzialgleichung sei es gegangen.«

»Ja, ja, ja.« Plakowsky wurde mit jeder Sekunde angespannter und unruhiger.

Nun ergriff ich wieder das Wort: »Sie wollte zum dritten Mal Geld, richtig?«

»Nein. Das stimmt überhaupt nicht. Um eine Hausaufgabe ist es gegangen. Ich erinnere mich im Moment nicht mehr genau, aber ...«

»Sie wollte mehr Geld. Viel mehr Geld, dieses Mal.«

»Unsinn!«, bellte er. »Unsinn! Kompletter Unsinn!«

»Herr Plakowsky, bitte …«

»Ich verlange einen Anwalt«, sagte er und verschränkte die muskulösen Arme vor der Brust.

Als er auch nach mehreren Anläufen und Provokationen immer noch schweigend vor sich hinstierte, erhob ich mich schließlich. »Ich nehme Sie fest wegen des dringenden Verdachts, Lea Lassalle getötet zu haben«, sagte ich und klärte ihn über seine Rechte auf.

37

Die erste Vernehmung Werner Plakowskys begann am Dienstag, dem siebenundzwanzigsten Dezember, um elf Uhr, auf den Tag genau ein Jahr nach seinem unseligen Unfall. Bereits am Vortag, dem zweiten Weihnachtsfeiertag, war der Verdächtige dem Haftrichter vorgeführt worden, der ohne Probleme U-Haft angeordnet hatte.

Ich selbst hatte den Tag so verbracht, wie ich es mir erträumt hatte: mit Lesen, Essen und Nichtstun und Lesen. Freundlicherweise hatte es den ganzen Tag über abwechselnd geregnet oder geschneit, sodass ich nicht einmal ein schlechtes Gewissen haben musste, weil ich die meiste Zeit faul herumlag. Selbst um die Mittagszeit hatte man noch elektrisches Licht zum Lesen gebraucht. Es war einfach himmlisch gewesen.

Theresas Buch hatte ich fast zur Hälfte geschafft. Nachdem ich beim ersten Anlauf nicht über die ersten Seiten hinausgekommen war, packten mich die Geschichten, die sie erzählte, dieses Mal von Beginn an. Im ersten Kapitel ging es um die Bauernaufstände des sechzehnten und siebzehnten Jahrhunderts. Die aufbegehrenden Bauern, die in kargen, kalten Hütten bei kalorienarmer Nahrung vor sich hin vegetierten, waren aus Sicht der damaligen Obrigkeit selbstverständlich Terroristen gewesen.

Obwohl sie selbst in gesichertem Wohlstand lebte, schaffte Theresa es verblüffend gut, die Bitterkeit wahrer Armut fühlbar werden zu lassen. Die aufgestaute Wut, die sich immer und immer das falsche Ventil suchte. Anstelle der Fürsten und deren Büttel wurden die Frauen geprügelt, Kinder sowieso. Und die, denen diese Prügel galten, saßen in ihren gut geheizten Palästen und ernährten sich üppig. Als ich zur Märzrevolution kam, in der Karlsruhe, meine alte Heimatstadt, eine wichtige Rolle spielte, stellte ich fest, dass es draußen inzwischen wieder dunkel geworden war und ich vom vielen Lesen nun doch ein wenig Kopfschmerzen hatte.

Von der Autorin selbst hörte man wenig, seit ihr Handy den Dienst quittiert hatte. Zweimal hatte sie von einem Festnetztelefon angerufen, um zu melden, dass es ihr gut gehe und sie mich vermisse. Weder sie noch ihr Mann trieb Wintersport oder liebte den Schnee. Man genoss stattdessen den Luxus eines Viersternehotels, schwamm in gut beheizten Pools, transpirierte in edlen Saunen, machte kleine Spaziergänge in der Sonne, speiste in feinen Restaurants.

Bei uns hatte es mittags Pfannkuchen mit Spinat gegeben, über eine Sauna verfügten wir nicht, und die Sonne schien nicht vorzuhaben, in absehbarer Zeit die Kurpfalz wieder zu bescheinen. Am ersten Feiertag hatte ich noch einmal meine Mutter angerufen. Wir hatten die üblichen Belanglosigkeiten ausgetauscht. Kurz hatte ich auch mit meinem Vater gesprochen, der wie üblich nicht wusste, was er erzählen sollte, und schließlich hatte ich mit dem angenehmen Gefühl aufgelegt, ein braver Sohn zu sein. Ein Weilchen hatte ich auch über eine Weltklasse-Hi-Fi-Anlage zum Schnäppchenpreis nachgedacht, mich aber schließlich schweren Herzens dagegen entschieden. Der Platz, das Geld, und wie oft kam ich wirklich dazu, mir in Ruhe eine Platte von Anfang bis zum Ende anzuhören?

Plakowskys Anwalt, der bei der Vernehmung anwesend war, hatte gleich am Morgen Widerspruch gegen die Untersuchungshaft eingelegt und verfolgte ansonsten eine leicht durchschaubare Strategie.

»Herr Plakowsky wird nichts zur Sache aussagen und nichts unterschreiben«, erklärte er pathetisch, während der blasse Lehrer ausdruckslos auf den Tisch glotzte. »Seine Aussage vorgestern hat mein Mandant unter enormem psychischem Stress gemacht. Er stand unter Schock, deshalb ist das alles vollkommen wertlos. Diese Geschichte wird übrigens noch ein Nachspiel haben. So kann man in diesem Lande nicht mit Menschen umgehen. So nicht, Herr Gerlach!«

»Immerhin hat Herr Plakoswky gestanden, einen Unfall mit Todesfolge verursacht und Fahrerflucht begangen zu haben«, erwiderte ich liebenswürdig.

»Falls er etwas Derartiges gesagt haben sollte, dann ist auch das seinem psychischen Ausnahmezustand geschuldet. Herr Plakowsky war – wie Ihnen ja bereits bekannt ist – zum fraglichen Zeitpunkt in Bensheim. Ich habe hier eine schriftliche Erklärung von Herrn Till Böttcher.« Er schob mir mit angesäuerter Miene ein Papier über den Tisch.

Neben mir saß auch heute wieder Klara Vangelis, für die Weihnachten ja immer noch in der Zukunft lag. Sven Balke und Evalina Krauss waren seit dem Morgen zusammen mit einigen Kolleginnen und Kollegen in Oftersheim und stellten die Wohnung des Lehrers auf den Kopf. Ich wandte mich an Plakowsky, der mit mahlendem Kiefer und abwesender Miene auf seinem Stuhl saß und gar nicht zuzuhören schien.

»Herr Plakowksy, was soll das? Vorgestern haben Sie Ihr Gewissen erleichtert. Hat Ihnen das nicht gutgetan? Bleiben wir doch bitte bei der Wahrheit. Der Unfall ist ja kein Kapitalverbrechen. Sie kommen wahrscheinlich mit Bewährung davon. Natürlich ist das nicht schön. Aber dafür können Sie sich morgens beim Rasieren wieder in die Augen sehen.«

»Mein Mandant wird nichts zur Sache aussagen«, wiederholte der Anwalt. »Verstehen Sie kein Deutsch?« Wegen seiner geringen Körpergröße saß er sehr aufrecht. Zudem war er noch jung und hatte vermutlich vor, ein berühmter Strafverteidiger zu werden. Sein schmales, ungesund blasses Gesicht umrahmte ein sauber ausrasiertes Kinnbärtchen. Der dunkle und für den Anlass viel zu feierliche Anzug schien frisch aus der Reinigung zu kommen.

»Herr Plakowsky …«

Der Verdächtige wich meinem Blick hartnäckig aus.

»Was ist mit Lea? Wo ist sie? Was haben Sie mit ihr gemacht?«

»Sie haben keinerlei Beweise«, fuhr mir der Anwalt erneut in die Parade. »Ihre sogenannten Zeugen sind keinen Pfifferling wert. Insbesondere vor dem Hintergrund, dass die angebliche Hauptbelastungszeugin ja nicht einmal greifbar ist. Und wer sind überhaupt die anderen beiden? Hat man die schon zur Sache vernommen?«

Dazu war ich bisher nicht gekommen. Und ich hatte es auch nicht für nötig gehalten. Plakowsky hatte den Unfall ja bereits gestanden, und Leas Begleiter hatten noch weniger gesehen als sie selbst.

»Über diesen Punkt sprechen wir später«, verkündete ich deshalb. »Kommen wir erst mal zu den Fakten: Meine Mitarbeiter haben im Keller Ihres Mandanten eine Sprühdose gefunden mit blauem Autolack. Der Inhalt wird zurzeit noch untersucht, aber ich wette mein Dezembergehalt darauf, dass die Farbe zu den Lackspuren passen wird, die man am Fahrrad der toten Frau gefunden hat.«

Plakowsky hielt für eine Sekunde den Atem an. An diese Farbdose hatte er offenbar nicht gedacht, als er seinen alten Renault eilig ins Ausland verkaufte. Vermutlich hatte er irgendwann eine Schramme im rechten Kotflügel gehabt und eigenhändig überlackiert.

Auch der ehrgeizige Anwalt kam kurz ins Schleudern.

»Außerdem hat Ihr Mandant schon bei der ersten Vernehmung zugegeben, zweimal Geld dafür bezahlt zu haben, dass die Zeugin schweigt. Hätte er das getan, wenn sie lügen würde?«

»Ich sagte schon und wiederhole es gerne noch einmal: Mein Mandant stand unter Schock. Seine mündlichen Aussagen sind ungültig, und schriftlich haben Sie ja leider nichts vorzuweisen. Er wurde durch Sie und Ihre Kollegin massivst unter Druck gesetzt. Sie wollen meinem Mandanten diese Geschichte anhängen, um kurz vor Jahresende Ihre Aufklärungsquote noch ein wenig aufzupolieren.«

Plakowsky atmete inzwischen wieder und presste die Lippen zusammen. Ich ließ einige Sekunden verstreichen, bevor ich meine Frage von vorgestern mit leiser und fast väterlicher Stimme wiederholte: »Haben Sie sie umgebracht? Haben Sie Lea getötet?«

»Was unterstehen Sie sich?« Der Anwalt richtete sich in seinem Stuhl noch weiter auf. »Das ist eine ganz unerhörte Unterstellung!«

Ich ignorierte ihn einfach. »Wo ist Lea?«, fragte ich den zusammengesunkenen Lehrer leise und eindringlich. »Sie ist tot, nicht wahr? Erleichtern Sie endlich Ihr Gewissen. Sie sind nicht der Mensch, der mit so einer Schuld leben kann. Sie werden keinen glücklichen Moment mehr haben, wenn Sie es nicht endlich zugeben.«

Plakowskys Kiefermuskeln spannten sich. Bei meinen letzten Worten hatte er zweimal gezwinkert. Aber er schwieg.

Ich klappte meine dünne Akte zu und erhob mich.

»Ihr Mandant bleibt bis auf Weiteres in Haft«, erklärte ich Plakowskys Rechtsbeistand, der mich von unten her kämpferisch anblickte. »Wir warten die Ergebnisse der kriminaltechnischen Untersuchungen ab. Dann sehen wir uns wieder.«

Die zweite Vernehmung begann um siebzehn Uhr desselben Tages. Inzwischen hatte der Widerspruch des Anwalts zu meinem Ärger Erfolg gehabt. Der Haftbefehl war außer Vollzug gesetzt, die U-Haft aufgehoben, da unser Tatverdächtiger einen festen Wohnsitz sowie eine blütenweiße Polizeiakte vorweisen konnte. Im Gegensatz zu mir und der Staatsanwaltschaft sah der Richter keine Verdunklungsgefahr. Die Spurensuche in Plakowskys Wohnung war abgeschlossen, aber noch lagen nicht alle Ergebnisse vor. Nach dieser zweiten Vernehmung würde ich den Lehrer wohl oder übel auf freien Fuß setzen müssen, wenn es mir nicht gelang, ihm in der nächsten Stunde ein Geständnis abzuringen oder neue belastende Fakten zu liefern.

Er kam mir noch blasser und schmaler vor als am Vormittag. Man hätte glauben können, er habe in den wenigen Stunden mehrere Kilo abgenommen und sei außerdem um zehn Jahre gealtert.

»Ich will Ihnen sagen, was geschehen ist«, begann ich, als alle Platz genommen hatten und am Tischmikrofon das rote Lämpchen glimmte. »Sie brauchen nur zu nicken.«

Schweigen.

»Lea hat Sie am dreißigsten November angerufen und Geld verlangt.« Um meinem Satz ein wenig Nachdruck zu verleihen, legte ich die Liste mit Leas Handygesprächen auf den Tisch.

Der Anwalt tippte etwas in den kleinen Laptop, der aufgeklappt vor ihm stand.

»Mein Mandant wird auch zu diesem Punkt keine Aussage machen«, tönte er. »Lea Lassalle hatte – wie Herr Plakowsky bereits zu einem früheren Zeitpunkt erklärt hat – eine Frage zum aktuellen Stoff. Großzügigerweise hat er seinen Schülern erlaubt, ihn jederzeit anzurufen, wenn sie Probleme haben. Und Lea Lassalle ist übrigens nicht die einzige Schülerin, die von diesem Angebot Gebrauch gemacht hat.«

Plakowsky nagte an seiner Unterlippe.

»Was Sie am Telefon besprochen haben, weiß ich natürlich nicht«, fuhr ich ungerührt fort, »aber ich bin überzeugt, dass sie wieder Geld verlangt hat. Viel mehr Geld als bei den ersten beiden Malen. Wie viel war es diesmal? Tausend? Zweitausend?«

Plakowsky schwieg.

»Sie wussten, das würde niemals aufhören. Niemals.« Ich stemmte die Hände auf die Tischplatte, beugte mich vor und sprach jetzt sehr leise und ruhig. Wie zu einem verstockten Kind, das sich heillos in Lügen verrannt hat und allein keinen Weg zurück zur Ehrlichkeit findet. »Haben Sie sie eingeladen, zu Ihnen zu kommen? Wollten Sie ihr ins Gewissen reden? Vielleicht auch ein bisschen drohen?«

Schweigen.

»Aus irgendeinem Grund ist die Situation eskaliert. Lea wurde frech, nehme ich an. Verletzend. Das konnte sie gut, ich weiß. Sie hat Ihnen ins Gesicht gelacht, nicht wahr? Sie beleidigt. Ausgelacht. War es so?«

Plakowskys Unterlippe würde demnächst bluten.

»Herr Gerlach, was soll das?«, fragte der Anwalt nun doch etwas verunsichert. Er schien zu spüren, dass ich noch ein Ass im Ärmel hatte.

»Sie haben die Kontrolle verloren. Sie haben unter einem unglaublichen Druck gestanden. Sie wussten, das hört nie auf. Nie, nie, nie. Wollten Sie ihr Angst einjagen? Und sie hat Sie ausgelacht? Vielleicht wieder obszöne Angebote gemacht …?«

Plakowsky schloss die Augen, in deren Winkeln es jetzt feucht glitzerte. Ich war auf der richtigen Fährte. Das Tippen des Anwalts wurde hektisch.

»Sie haben sie gepackt und geschüttelt. Angeschrien vielleicht auch. Sie haben sie geschüttelt und geschüttelt. War es so? Sie hat sich natürlich gewehrt. Ich weiß, sie war ein Biest. Aber Sie waren natürlich stärker. Viel stärker. Und so unglaublich wütend …«

»Aufhören!«, bellte der Anwalt hilflos. »Sofort aufhören!«

»Sie waren so unvorstellbar wütend auf dieses kleine Miststück, das dabei war, Ihr Leben zu ruinieren, nur um sich noch mehr hübsche Kleidchen kaufen zu können …«

»Schluss! Und zwar sofort!«

Ich wandte mich an den Anwalt, dessen Kopf inzwischen rot leuchtete.

»Was Sie noch nicht wissen können: Meine Mitarbeiter haben in der Wohnung Ihres Mandanten Blutspuren gefunden. Vor allem im Badezimmer, am Boden und an der Wand. Aber nicht nur dort, auch im Flur. Dieses Blut wird zurzeit noch untersucht. Aber für mich steht jetzt schon außer Frage, dass es Leas Blut ist.«

»Die meines Wissens am folgenden Tag wohlbehalten und kerngesund an einem Ausflug nach Straßburg teilgenommen hat«, versetzte der Anwalt schadenfroh.

Ich nickte und sah ihm weiterhin fest in die Augen. »Die allerdings am Abend vor diesem Ausflug stark blutend nach Hause gekommen ist.«

»So war's nicht«, flüsterte der Lehrer mit Tränen in den Augen.

Ich brauchte einen Moment, um zu begreifen, dass er gesprochen hatte.

»Wie war es dann?«, fragte ich ruhig.

Aber Plakowsky zog es schon wieder vor, zu schweigen.

Der Adamsapfel des Anwalts hüpfte aufgeregt. »Herr Plakowsky, Sie sagen jetzt bitte nichts. So, wie wir es abgesprochen haben. Kein Wort mehr, okay?«

»Sie haben gut getippt«, sagte der Lehrer zu mir und sah endlich auf. »Sie wollte zweitausend. Es sei aber wirklich das allerletzte Mal.«

»Herr Plakowsky, kein Wort mehr, ich bitte Sie!«

»Stimmt auch, dass ich sie angeschrien habe. Am Telefon schon. Sie ist ganz ruhig geblieben. Hat gesagt, wenn ich nicht zahle, dann geht sie zur Polizei. Ich wäre erledigt gewesen. Ich bin gerne Lehrer. Ich liebe meinen Beruf. Und nur weil ich einmal im Leben eine Millisekunde lang …«

»Sie haben sie zu sich bestellt?«

Plakowsky nickte, als wäre es das allerletzte Mal, und schloss wieder die Augen.

»Am nächsten Abend. Am Donnerstag. Am Telefon habe ich gesagt, okay, in Gottes Namen, aber ich muss das Geld erst besorgen. Sie wollte nicht in meine Wohnung. Hat den Braten natürlich gerochen, das Luder. Deshalb haben wir uns am Bahnhof verabredet. Ich habe sie dann auf dem Handy angerufen und ihr erzählt, ich hätte mir den Fuß verstaucht, und sie bräuchte ja nur bis zur Haustür zu kommen. Erst hat sie sich ziemlich geziert, aber am Ende hat die Geldgier gesiegt.«

Der Anwalt klappte sein Laptöpchen zu, lehnte sich zurück und verschränkte die Arme vor der krawattengeschmückten Brust.

»Sie ist also zu Ihnen gekommen …«, sagte ich.

Plakowsky schwieg, und ich fürchtete schon, er würde nicht weitersprechen. Aber dann öffnete er erneut den Mund, und jetzt klang seine Stimme schon kräftiger.

»Zwanzig Minuten später war sie da. Es war schon dunkel. Ich hatte keinen Plan, wirklich nicht. Auf der Straße ist niemand gewesen, im Treppenhaus auch nicht. Da habe ich sie einfach gepackt, ihr den Mund zugehalten, sie hat gestrampelt und gebissen, aber ich war natürlich stärker. Oben habe ich ihr meinen kleinen Schreckschussrevolver an den Kopf gehalten. Bloß ein Spielzeug, und nicht mal geladen, aber es hat enormen Eindruck auf sie gemacht. Da war sie auf einmal steif wie ein Brett. Ich habe ihr Klebeband gegeben und gesagt, sie soll sich den Mund zukleben. Hat sie auch brav gemacht. Ich habe noch nie einen Menschen gesehen, der so viel Angst hatte. Dann habe ich sie auf einen Stuhl gefesselt, auch mit dem Klebeband, und ihr wieder den Revolver an die Stirn gedrückt. Richtig fest und lange. Sie hat Angst um ihr Leben gehabt. Sollte sie ja auch. Sie sollte begreifen, was passieren kann, wenn man solche Spielchen macht. Dann habe ich sie mit dem Stuhl ins Bad gestellt, das Licht ausgeknipst und sie einfach im Dunkeln sitzen lassen.«

»Wie lange?«

»Weiß ich nicht. Ich habe mir eine Wodkaflasche gegriffen, die von irgendeiner Party übrig geblieben war, und mich aufs Sofa geschmissen und volllaufen lassen. Ich trinke sonst nicht viel. Aber an dem Abend … Manchmal habe ich gehört, wie es im Bad gewummert hat. Sie hat randaliert. War mir egal. Mir war alles egal. Die Nachbarn unter mir waren in Urlaub. In den Anden, vier Wochen. Das wusste ich, weil ich den Schlüssel hatte, zum Blumengießen. Irgendwann bin ich eingeschlafen. Einfach eingeschlafen, in so einer Situation … Wie ich wieder aufgewacht bin, da war's fast Mitternacht. Ich habe sie losgebunden und gehen lassen.«

»Mit Geld oder ohne?«

»Ohne. Sie wollte auch keines mehr. Ich hatte die Schnauze so was von voll. Habe sie einfach laufen lassen. Sollte sie doch machen, was sie wollte. Außerdem war ich sturzbetrunken. Mir war alles egal. Alles. Habe sogar allen Ernstes überlegt, sie umzubringen. Einen kurzen Moment. Aber ich hab's nicht getan. Ich hab's nicht getan.«

»Das weiß ich. Am nächsten Tag war sie ja in Straßburg.«

»Die ganze Nacht habe ich gedacht, gleich klingelt die Polizei. Am Freitagmorgen habe ich mich krankgemeldet. Eigentlich hätte ich ja dabei sein sollen, bei dieser Klassenfahrt. Aber ich konnte nicht. Beim besten Willen. Ich war völlig alle. Ständig habe ich gedacht, gleich klingelt es, und dann bist du dran. Erst am Montag habe ich erfahren, dass sie verschwunden ist. Es war die Hölle.«

»Bleibt die Frage: Woher stammt das Blut? Das Blut ist doch von Lea?«

Der Lehrer hob müde und eine Spur zu langsam die Achseln. »Ich weiß nichts von Blut.«

»Warum hat Lea geblutet, als sie nach Hause kam?«, fragte ich eindringlich.

Der Anwalt sah demonstrativ auf seine teuer aussehende Armbanduhr. »Herr Gerlach!«, sagte er mit Leidensmiene. »Es ist jetzt halb sechs. Ich habe zu Hause eine Frau und vier Kinder, die auf mich warten. Außerdem habe ich eigentlich Urlaub.«

»Auch ich habe Kinder und Urlaub«, fuhr ich ihn an. »Und auch Leas Vater hat ein Kind. Und er würde verdammt gerne wissen, was aus seiner Tochter geworden ist.«

Plakowsky kaute wieder auf der Unterlippe. »Ich weiß es

nicht«, sagte er nach Sekunden. »Ich weiß es wirklich nicht. Ich bin so was von besoffen gewesen … Ich weiß nicht, was später passiert ist. Kann sein, dass sie geblutet hat. Ja, kann sein, dass sie ein bisschen geblutet hat. Vielleicht ein Kratzer beim Losschneiden …«

»Sie haben ein Messer benutzt, um das Klebeband durchzuschneiden?«

»Kann mich nicht erinnern.« Plakowsky sah mich flehend an. »Ehrlich. Ich weiß nur noch, dass wir uns angeschrien haben. Dass sie getobt hat. Und dass sie die Tür zugeknallt hat.«

»Kommen wir zum nächsten Punkt: Kann jemand bestätigen, dass Sie am Freitagabend zu Hause waren?«

»Mein Vater. Mit dem habe ich telefoniert. Zweimal. Er lebt in Berlin in einem Altenheim und verblödet mit jedem Tag mehr. Aber das Telefongespräch, das müssten Sie doch leicht nachprüfen können. Und mit Chris habe ich auch telefoniert. Per Handy. Chris Baumer, wir joggen hin und wieder zusammen. Aber am Freitag – ich hatte auf nichts weniger Lust als auf Sport. Ich war krank. Richtig krank.«

»Die Telefonate haben wir überprüft«, sagte Vangelis neben mir. »Mit Ihrem Vater haben Sie abends um halb acht gesprochen, sieben Minuten lang. Und dann noch einmal gegen halb neun. Diesmal waren es nur zwei Minuten.«

»Er ist … man kann nichts mehr mit ihm reden. Er hat nicht mal meine Stimme erkannt. Er wusste nicht mal mehr, dass er einen Sohn hat.«

»Mit Ihrem Sportkameraden haben Sie um kurz nach sechs gesprochen.«

»Was war später?«, ergriff ich nun wieder die Initiative. »Wo waren Sie nach den Telefonaten?«

»Zu Hause. Ich wollte keinen Menschen sehen. Verstehen Sie doch, ich war wirklich am Ende! Ich habe meinen persönlichen Weltuntergang vor mir gesehen.«

»Sie haben Lea also kein Geld gegeben?«

»Bin ich denn wahnsinnig?«, stieß Plakowsky so heftig hervor, dass Speicheltropfen auf den Tisch sprühten. »Das hätte doch nie aufgehört! Ich wusste mir einfach nicht mehr anders zu helfen. Mir ist nichts anderes eingefallen, als ihr einen gehörigen Schrecken einzujagen. Konnte doch nicht ahnen, dass das so aus dem Ruder läuft. Ich wollte ihr nur eine Lektion erteilen. Angst machen. Weiter nichts.«

»Was ist denn aus dem Ruder gelaufen?«

»Na, dass ich … dass ich sie angebrüllt habe und alles.«

»Was haben Sie zu ihr gesagt, als Sie sie freigelassen haben?«

»Ich …« Der Lehrer senkte den Blick. Kaute wieder auf der Lippe. »Kann mich nicht mehr erinnern.«

»Was?«, drängte ich. »Sie können sich sehr gut erinnern!«

»Herr Gerlach«, mischte sich der Anwalt wieder ein. »Es ist jetzt zwanzig vor sechs. Finden Sie nicht auch, es wäre allmählich …«

»Nein, das finde ich nicht«, herrschte ich ihn an, ohne den Blick von seinem Mandanten zu wenden.

»Ich bring dich um«, murmelte der unglücklich. »Ich bring dich um, habe ich gesagt, wenn ich dich noch mal hier sehe. Und ich habe es wohl ziemlich überzeugend rübergebracht. Ich bin noch nie im Leben so wütend auf jemanden gewesen. Ich hätte ihr wirklich den Hals umdrehen können. Ich hätte sie grün und blau schlagen können. Aber ich habe es nicht getan. Mag sein, dass sie ein paar Blutergüsse hatte. Ich bin nicht besonders zimperlich mit ihr umgesprungen. Und später habe ich gedacht, jetzt rennt die schnurstracks zur Polizei, und in einer halben Stunde trägst du Handschellen. Ich habe gewartet. Und gewartet. Die ganze Nacht. Aber sie sind nicht gekommen. Niemand ist gekommen. Das Wochenende war … das längste und hässlichste meines Lebens. Und dann, am Montag, höre ich, Lea ist weg. Verschwunden.« Plakowsky sah kläglich auf. »Vielleicht hat sie auch … noch andere erpresst?«

»Ich gehe jetzt.« Der Anwalt erhob sich und klemmte sich den kleinen Laptop unter den Arm. »Es ist kurz vor sechs. Die Vernehmung ist beendet.«

»Schönen Abend«, wünschte ich, ohne ihm einen Blick zu gönnen.

»Ciao«, sagte Plakowsky mit hängendem Kopf. »Und danke.«

Die Tür fiel ins Schloss.

»Ein Wahnsinn«, sagte er zu sich selbst. »Ein Wahnsinn. Wegen einer Millisekunde …«

Plötzlich nur noch zu dritt, lauschten wir den empörten Schritten des Anwalts auf dem Flur, die allmählich leiser wurden. Der Lift gongte. Dann war es still.

»Und was geschieht nun?«, wollte Plakowsky erschöpft wissen.

»Ich nehme Sie hiermit erneut fest«, erklärte ich ruhig. »Es gibt neue Indizien, die Sie schwer belasten. Und bisher sehe ich leider keinen Beweis dafür, dass Sie in der Zeit, als Lea verschwand, wirklich zu Hause waren.«

»Wo soll ich denn sonst gewesen sein?«, fragte er kläglich.

»In Straßburg. Wo sonst? Sie hatten eine Heidenangst davor, dass Lea doch noch zur Polizei geht. Oder dass das mit der Erpressung weitergeht. Jetzt konnte sie ja auch noch gegen Sie verwenden, dass Sie sie gefesselt und mit der Waffe bedroht haben. Nicht gerade die Art, wie Lehrer mit Schülerinnen umspringen sollten.«

Plakowsky nickte, als wäre das ein Argument, über das nachzudenken sich lohnte.

38

Bevor ich mich auf den Heimweg machte, ging ich noch einmal in mein Büro. Ich musste ein Weilchen suchen, bis ich den Vorgang im Intranet fand. Runkel hatte zwar das Protokoll seines Gesprächs mit Lea verschludert, die Protokolle der beiden anderen Vernehmungen hatte er dagegen ordentlich abgelegt. Der eine Name – Kevin Müllerschön – sagte mir nichts. Der zweite dafür umso mehr: Henning Dellnitz.

Henning und Lea hatten sich also schon in den Weihnachtsferien kennengelernt. Über ein halbes Jahr bevor sie nach Heidelberg übersiedelte. Vermutlich hatte Lea ihm später von ihrer Entdeckung erzählt. Und wahrscheinlich hatte er auch erfahren, dass sie Plakowsky erpresste. Hatte – verliebt, wie er war – immer verzweifelter versucht, ihr den Unsinn auszureden. Am Ende vielleicht auf ihrem Laptop Dateien entdeckt, denen er entnehmen musste, dass seine Mahnungen und Bitten nicht gefruchtet hatten. Und noch Schlimmeres hatte er natürlich entdeckt: dass seine

Lea Sex mit Männern hatte, die er nicht einmal kannte. Mit mehreren Männern vielleicht sogar, während sie ihn ewig zum Narren hielt. Ihm immer neue Hoffnungen machte, ihn immer wieder lachend abblitzen ließ.

Mein Handy summte.

»Paps«, sagte Louise vorwurfsvoll. »Wo bleibst du denn? Wir dachten, du hast Urlaub?«

Am Mittwoch fuhren wir zu dritt nach Ludwigshafen, um Henning zu besuchen. Er lag in einem Einzelzimmer, inzwischen ohne Apparate. Er lag einfach nur da, mit geschlossenen Augen und ruhigem, zufriedenem Gesichtsausdruck. Als würde er einer schönen Musik lauschen oder einer nicht sonderlich spannenden Geschichte. Sein Atem ging regelmäßig.

Wir hatten ein kleines Sträußchen aus Tannenreisig mit bunten Glaskugeln mitgebracht, das wir auf der Fensterbank platzierten, da der Nachttisch bereits von einem anderen, größeren und schöneren Arrangement besetzt war.

Die Zwillinge hatten sich überlegt, ihrem Freund ein Fläschchen Duftöl zu schenken. Irgendwo hatten sie aufgeschnappt, Komapatienten könnten zwar nichts sehen, vielleicht aber hören und riechen. Eine Weile standen wir still da und betrachteten den viel zu jungen Patienten. Und wieder fand ich, dass er mir ähnlich sah.

Sollte Doro etwa …

Hatte sie geahnt, welche Gedanken ich mir machte, und mich belogen? Nun gut, ein wenig angeschwindelt?

Für Sekunden war es ganz still. Dann fuhr draußen ein Rettungswagen mit heulendem Motor an, Martinshörner gellten los. Sekunden später kam das Knattern eines Hubschraubers rasch näher. Die Feiertage waren vorbei. Und das Unglück kannte keinen Urlaub.

Doro …

Ich konnte den Blick nicht von Hennings Gesicht lösen.

Wollte ich die Wahrheit wirklich wissen?

»Du wachst wieder auf, okay?« Mit Tränen in den Augen ergriff Louise Hennings blasse Hand und streichelte sie ein wenig, als würde sie für immer Abschied nehmen.

Dann sagten wir alle drei leise »Tschüs« und fuhren nach Heidelberg zurück.

Eine Stunde später betrat ich wieder die Polizeidirektion. Im Treppenhaus lief mir Sven Balke über den Weg, der seinen Urlaub auch ständig auf den nächsten Tag verschob. Eigentlich sei Snowboarden in Österreich geplant gewesen, erzählte er mir aufgeräumt.

»Zusammen mit ein paar Freunden. Die anderen sind längst da. Aber es schneit die ganze Zeit. Alle Lifte stehen still.«

Er folgte mir in mein Büro. Setzte sich.

»Dieser Dr. Gröwer«, sagte er und rieb sich die Augen. »Die Sache lässt mir keine Ruhe.«

Ihn plagte sein schlechtes Gewissen wegen des toten Staatssekretärs. Er fühlte sich schuldig.

Von Sönnchen war am Morgen eine SMS gekommen, in der sie ausgelassen wie ein frisch verknallter Teenager klang. Auf Teneriffa schien die Sonne, und manche Hartgesottenen badeten sogar im Meer. Von Theresa hörte man nichts mehr.

Balke setzte sich aufrecht hin.

»Was ich Ihnen eigentlich sagen wollte: Die Blutspuren in Plakowskys Bad sind eindeutig von Lea. Nach den Spuren zu urteilen, muss es eine Menge Blut gewesen sein. Und er hat sehr gründlich geputzt.«

Den Laborbericht hatte er dabei, aber ich schenkte mir die Lektüre. Balkes Informationen passten zu den mit Blut vollgesogenen Kleidungsstücken, die meine Mitarbeiter aus Lassalles Mülltonne gezogen hatten.

Mein Mitarbeiter verabschiedete sich mit einem müden Winken.

»Gehen Sie nach Hause«, ermahnte ich ihn. »Und dann fahren Sie endlich nach Österreich, auch wenn es schneit. Den Rest schaffe ich ohne Sie.«

Er nickte brav, aber ich wusste, er würde nicht auf mich hören.

Im Haus war es so still wie vorhin in der Klinik in Ludwigshafen. Nur selten hörte ich Schritte im Flur, hin und wieder das Klappen einer Tür.

Ich rief Vangelis an und bat sie zu mir. Sie hatte inzwischen alle erreichbaren Nachbarn Plakowskys mit Fragen gelöchert.

»Keiner kann sagen, ob er an dem Abend zu Hause war. Ist auch nicht verwunderlich, nach vier Wochen.«

»Was ist mit seinem Wagen?«

»Der steht normalerweise auf dem Parkplatz vor dem Haus. Die Mieter haben feste Plätze. Es gibt sogar eine Videoüberwachung. Aber der Hausmeister sagt, die Anlage ist seit Ewigkeiten kaputt.«

»Was sagen die Nachbarn sonst über ihn?«

»Er ist beliebt. Niemand kann glauben, dass er etwas Böses getan haben soll.«

Auch Klara Vangelis wirkte allmählich, als könnte sie ein paar ruhige Tage gebrauchen.

Seit gestern Abend regnete es nicht mehr. Der Himmel war heute immer noch grau, aber hell. Manchmal konnte man sogar die Sonne ahnen hinter der dünnen Wolkendecke. Kalt war es geworden. Feiner Schneestaub wehte hin und wieder über die Fahrbahnen. Auf der Bundesstraße nach Oftersheim herrschte kaum Verkehr. Die klotzige Wohnanlage, in der sich Plakowskys Dreizimmerwohnung befand, lag gleich am nördlichen Ortsrand. Vor den Gebäuden erstreckten sich Parkplätze, die heute überwiegend leer waren. Ich stellte meinen Peugeot auf einen freien Platz in der Hoffnung, dass der rechtmäßige Inhaber in den nächsten Minuten keinen Anspruch erheben würde. Neben mir stand ein gut gepflegter goldfarbener Jaguar, gegenüber ein kleiner Ford mit abmontierten Nummernschildern.

Ich hätte nicht sagen können, weshalb ich noch einmal hier war. Da war wieder dieser Trieb in mir, an den Orten zu sein, wo es geschehen war. Möglichst vieles selbst zu sehen, zu riechen, zu lauschen, Atmosphäre zu schnuppern.

Der grauen Videokamera an der Hausecke war nicht anzusehen, dass sie ihre Funktion schon vor Jahren eingestellt hatte. Ich verschloss meinen Wagen, klappte den Mantelkragen hoch und machte mich auf den Weg zum Eingang des vielleicht zehnstöckigen Kastens. Ein eisiger Wind fauchte mir ins Gesicht.

In der vorletzten Reihe entdeckte ich Plakowskys silberfarbenen und lange nicht gewaschenen Mégane. An der Hauswand standen unter Kunststoffplanen versteckt zwei Motorräder. Daneben ein cremeweißer und arg verrosteter Lieferwagen, den jemand mit viel Liebe und wenig Geld zu einem Wohnmobil umfunktioniert hatte. Am Boden hie und da Ölflecken wie auf jedem Parkplatz dieser Welt. Eine graue Katze mit dickem Fell schlich vorbei und ignorierte hochmütig meine Existenz. Sonst gab es hier nichts zu sehen.

Die Tür quietschte. Heraus trat eine junge Frau mit einem großen Dobermann an einer starken Leine. Ich zeigte ihr meinen Dienstausweis und fragte, wo ich den Hausmeister fände.

»Der Hayek«, antworte sie knapp. »Erdgeschoss ganz links.« Dann packte sie fröstelnd ihren Hund am Lederhalsband, der mich im Gegensatz zu der Katze interessiert beschnupperte. »Komm, Harras, lass uns den Scheiß hinter uns bringen.«

»Die Kamera, ja, die ist kaputt«, erklärte mir Herr Hayek kurze Zeit später, ein korpulenter Mann in den Sechzigern mit ewigem Lächeln im Gesicht und üblem Mundgeruch. Er hatte nach dem ersten Klingeln geöffnet, machte jedoch keine Anstalten, mich in seine warme Wohnung zu bitten, aus der es nach Braten und Rotkohl duftete. »Die hat in den fünf Jahren, die sie da hängt, keine drei Tage funktioniert. Sie glauben nicht, wie oft ich der Hausverwaltung schon Meldung gemacht hab. Aber die sparen ja an allen Ecken und Enden. Die Haustür schließt nicht richtig, die Treppenhausbeleuchtung geht nach zehn Sekunden aus, der Lift bleibt alle drei Tage stehen. Und ich darf mir dann die ganzen Beschwerden anhören. Der Herr Plakowsky, der ist übrigens ein Netter, kann ich nur sagen. Der hat sich noch nie beschwert. Was soll er denn angestellt haben?«

»Gibt es noch andere Kameras?«

Der Hausmeister schüttelte den Kopf. »Nur die eine. Anfangs ist die auch gar nicht da gewesen. Aber dann hat's mal eine Weile Ärger gegeben. Alle paar Nächte ist ein Auto aufgebrochen worden, Navis, Autoradios, man kennt das ja – Beute hundert Euro, Sachschaden zweitausend. Seit die Kamera da hängt, ist Ruhe. Obwohl sie gar nicht funktioniert. Um was geht's denn, wenn man fragen darf?«

»Es geht darum, ob ein bestimmter Wagen in einer bestimmten Nacht Anfang Dezember auf dem Parkplatz gestanden hat.«

»Der alte Renault vom Plakowsky?«, fragte Herr Hayek mit Fahndungsfieber im Blick.

»Genau der.«

»Wann genau soll das gewesen sein?«

»In der Nacht vom zweiten auf den dritten Dezember.«

»Ui.« Mein Gesprächspartner kratzte sich ausgiebig die spiegelnde Glatze. »Das ist aber lange her.«

Ratlos und mitfühlend sah er mich an. Ich sah ratlos und enttäuscht zurück.

»Würden Sie mir oben aufschließen?«, fragte ich schließlich. »Ich möchte mich ein wenig in der Wohnung umsehen, wo ich schon mal hier bin.«

»Muss er lange im Knast bleiben?«

»Das hängt nicht von mir ab.«

»Und Sie wollen mir wirklich nicht sagen ...?«

»Nein.«

»Die Tür ist aber versiegelt.«

»Ich weiß.«

Unvermittelt lief er davon, um den Schlüssel zu holen. Zusammen stiegen wir die Treppen hoch zum zweiten Obergeschoss.

In Plakowskys Wohnung roch es muffig, als wäre sie schon seit Wochen verlassen. Die wenigen Grünpflanzen ließen die Blätter hängen. Ich bat den vor Neugierde beinahe platzenden Hausmeister, mich allein zu lassen, und schaltete das Licht im Bad ein. Natürlich gab es nichts zu sehen. Es roch nach irgendwelchen Chemikalien, die die Spurensicherung reichlich benutzt hatte. Ansonsten war es ein fensterloses Badezimmer wie Millionen andere. Plakowsky besaß eine hübsche Sammlung teurer Herrendüfte, die er selten zu gebrauchen schien, denn alle Flaschen waren fast voll. Er rasierte sich nass. In der Waschmaschine lagen feuchte Handtücher, die schon geschleudert waren und demnächst Schimmel ansetzen würden.

Ich ging ins Wohnzimmer hinüber. Betrachtete die Bücher, die der Lehrer im Kiefernholzregal stehen hatte. Viel Science-Fiction sah ich, viel Englischsprachiges. Ungefähr zehn Bände Stephen King in Originalsprache. Dan Brown. In den Ecken lagen dicke Staubflusen. Durchs Fenster sah man den grauen Parkplatz, auf der gegenüberliegenden Straßenseite niedliche Einfamilienhäuser mit roten Dächern. Dahinter abgeerntete Felder. Eine Hochspannungsleitung.

Es läutete dreimal kurz an der Tür. Der Hausmeister schon wieder.

»Mir ist gerade …«, begann er keuchend und musste erst einmal Luft schnappen. »Gerade ist mir eingefallen, im ersten Stock rechts, der Student, er heißt Hamann …«

Ich öffnete die Tür weiter und ließ ihn ein. Er sah sich neugierig um, keuchte noch immer.

»Es ist vielleicht ein bisschen …«, sagte er dann, als wäre seine Begeisterung plötzlich verflogen. »Ich weiß nicht …«

Er schnüffelte wie ein Hund in neuer Umgebung.

»Was wissen Sie nicht?«

»Ob es legal ist. Können Sie mir versprechen, dass der junge Mann keinen Ärger kriegt? Er ist nämlich auch einer von den Netten. Auch einer von denen, die sich nie beschweren.«

»Vielleicht sagen Sie mir erst mal, worum es geht?«

»Ach so, ja …« Der Hausmeister schluckte ein letztes Mal. »Er hat eine Webcam. Also, so eine kleine Computerkamera, wie man sie …«

»Ich weiß, was eine Webcam ist.«

Gar so weltfremd, wie dieser Zwerg Mundgeruch zu glauben schien, war ich nun auch wieder nicht.

»Im Wohnzimmer. Weil, seine Freundin, die ist doch seit Oktober in Korea …«

»Und was ist nun mit dieser Webcam?«

»Man kann im Internet sein Wohnzimmer sehen und ein Stück vom Parkplatz. Durchs Fenster.« Der Hausmeister war inzwischen wieder zu Atem gekommen, und seine Neugierde schien fürs Erste gestillt zu sein. »Er hat's mir vor ein paar Wochen mal gezeigt. Wegen seiner Freundin macht er das, weil sie doch in Korea ist. Ich glaube, sie ist schrecklich eifersüchtig und will sehen, dass er brav ist.«

»Und jetzt sagen Sie bloß, auf den Bildern ist Plakowskys Auto zu sehen.«

»Genau!« Er strahlte mich von unten her an. Sein Mundgeruch schien in den letzten Minuten noch schlimmer geworden zu sein. »Die Kamera macht jede Minute ein Bild. Rund um die Uhr.«

»Werden die Bilder gespeichert?«

»Weiß ich nicht. Wäre aber toll, was?«

»Dann wollen wir doch gleich mal mit dem jungen Mann reden.«

»Geht nicht. Ich hab unten geläutet. Er ist nicht da.«

»Wo steckt er?«

Der Hausmeister hob die runden Schultern unter seinem grauen Kittel und strahlte immer noch. Auf seiner Stirn glänzten Schweißperlen.

Als ich nach Hause kam, lagen die Zwillinge vor dem Fernseher und sahen mit runden Augen einen Film, in dem attraktive, junge Frauen mit mehr oder weniger Erfolg attraktiven, jungen Männern nachstellten. Ich nahm Theresas Buch vom Couchtisch, verzog mich in die Küche, machte mir eine große Kanne Tee gegen die kalten Zehen und las weiter. Bald darauf tauchten die Zwillinge auf und hatten Hunger.

Beim Essen sprachen wir über Henning. Meine Mädchen waren immer noch erschüttert von dem, was sie in der Klinik gesehen hatten. Wollten und konnten nicht akzeptieren, dass niemand sagen konnte, wie es mit ihrem Freund weiterging. Nicht einmal die allertollsten Ärzte. Dass es so etwas wie Schicksal gab. Dass Menschen manchmal bestraft wurden, obwohl sie sich nichts hatten zuschulden kommen lassen.

Später verzogen sie sich in ihre Zimmer, um sich im Internet mit Freunden zu treffen. Ich legte mich auf die Couch und genoss die nachweihnachtliche Ruhe und Theresas Buch.

Nachmittags um kurz nach fünf surrte mein Handy aufgeregt auf dem Tisch. Ich war ein wenig eingenickt und brauchte einige Sekunden, bis ich es richtig herum in der Hand hielt.

»Hayek hier. Hab Ihnen grad eine Mail geschickt. Sie werden staunen.«

Bevor ich mich bei dem eifrigen Hausmeister bedanken konnte, hatte er schon aufgelegt. Ich brachte mich ächzend in die Senkrechte, hob meine Lektüre vom Boden auf, die mir von der Brust gerutscht war, machte mir in der Küche einen Cappuccino zum

Wachwerden und betrat immer noch leicht benommen mein Schlaf- und Arbeitszimmer.

An der Mail des Hausmeisters hingen zehn Megabyte Fotos hundsmiserabler Qualität. Auf jedem der Bilder waren rechts unten Datum und Uhrzeit vermerkt.

Das erste stammte vom zweiten Dezember, siebzehn Uhr. Zu diesem Zeitpunkt waren meine Töchter zusammen mit ihren Schulfreunden und -freundinnen durch das weihnachtlich illuminierte Straßburg gestreunt, und Lea hatte vermutlich wieder einmal telefoniert. Ich sah eine überraschend ordentliche Studentenwohnung. Möbel von Oma, vom Sperrmüll oder von IKEA. Anstelle von Bildern ein rotes Rennrad an der Wand. Hanteln verschiedener Größen am Boden. Ein aufgeklappter Laptop auf einem knallroten Sofa. Der Bewohner selbst, in Jeans und Muskelshirt, war gerade dabei, etwas vom Boden aufzuheben. Noch war es vor dem Fenster nicht ganz dunkel. Plakowskys Renault stand dort, wo er auch heute gestanden hatte. Man sah nur die rechte hintere Ecke im Winkel des Fensters, aber es war sein Auto, unverkennbar.

Ich schaltete das Bildbetrachtungsprogramm in den Modus »Diashow«. Eine Sekunde für jede Aufnahme. Sechzig Sekunden für eine Stunde. Um sieben Uhr abends war das Licht im Wohnzimmer aus, der Student vermutlich unterwegs, und der silberfarbene Renault stand immer noch an seinem Platz. Auch um acht. Inzwischen war es draußen längst dunkel geworden, und der Wagen war nur deshalb noch zu erkennen, weil Licht von einer Straßenlaterne auf den Parkplatz fiel.

Auch um zwanzig Uhr siebenundfünfzig war der Student noch nicht wieder zu Hause, und Plakowskys Wagen stand noch an seinem Platz. Eine Minute später war auch er verschwunden. Die Serie, die der Hausmeister mir geschickt hatte, reichte bis vier Uhr neunundfünfzig. Zu diesem Zeitpunkt war Plakowskys Parkplatz immer noch leer, und der Student war auch noch nicht wiederaufgetaucht.

Plakowsky hatte gelogen. Vermutlich hatte er Lea angerufen, sie gebeten, in Straßburg zu bleiben, mit dem Angebot, ihr den geforderten Betrag dort … Unsinn. Wäre es so gewesen, dann wäre Leas Handynummer in der Liste seiner Telefon- und Handygespräche aufgetaucht. Vielleicht hatte umgekehrt sie ihn angerufen und ultimativ ihr Geld verlangt? Und Plakowsky hatte keinen anderen Ausweg mehr gesehen, als …?

Nur zu gern hätte ich mir den verstockten Lehrer sofort vorgeknöpft. Aber sein Anwalt saß jetzt vermutlich beim gemütlichen Abendessen im Kreis seiner Familie und würde mir lautstark etwas husten, sollte ich ihn bitten, in die Direktion zu kommen.

39

Werner Plakowsky sah frischer aus als bei unserem letzten Gespräch. Das änderte sich innerhalb von Sekunden, als ich eines der Fotos auf den Tisch legte und dazu sagte: »Zweiter Dezember, zwanzig Uhr siebenundfünfzig.« Dann legte ich das nächste Bild daneben. »Zwanzig Uhr achtundfünfzig.«

Obwohl die Szene für einen Nichteingeweihten schwer zu deuten war, hatte der Lehrer sofort begriffen, worum es ging.

»Woher stammen diese Aufnahmen?«, wollte der Anwalt in strengem Ton wissen.

»Von einem Nachbarn, zufällig gemacht.«

»Aha …?« Er begann, eifrig zu tippen. »Das ist ja interessant.«

»Wo waren Sie in der Nacht, als Lea verschwunden ist?«, fragte ich Plakowsky.

»Schnaps kaufen«, murmelte er unglücklich, nachdem er sich von seinem Schrecken erholt hatte. »Ich war schon fast besoffen, aber dann ist mir der Wodka ausgegangen. Hatte ich vergessen, sorry.«

»Das muss aber eine Menge Schnaps gewesen sein«, meinte Vangelis. »Sie sind um kurz vor neun weggefahren und waren um fünf Uhr morgens noch nicht zurück.«

»Stimmt nicht. Ich bin nur ein paar Minuten weg gewesen.«

Wortlos legte ich das dritte Foto auf den Tisch und deutete auf die Ecke, wo die Uhrzeit zu lesen war.

»Habe woanders geparkt«, behauptete Plakowsky daraufhin. »Hatte ich auch vergessen, sorry.«

»Wo genau?«

»Gleich hinter der Einfahrt. Da war jede Menge Platz, und ich ...« Er senkte den Blick. »Hatte ja schon einiges intus. Eigentlich hätte ich gar nicht mehr fahren dürfen. Aber das war mir egal. Mir war alles egal an dem Tag. Einfach alles.«

»Wo haben Sie denn Ihren Wodkanachschub gekauft?«, wollte Vangelis freundlich wissen. »Um acht machen die Supermärkte zu.«

»In der Kneipe.« Er nannte uns den Namen eines Lokals nur wenige Straßen weiter. »Der Wirt ist ein Kumpel von mir. Verkauft mir das Zeug zum Einkaufspreis.«

»Trinken Sie oft?«, fragte ich.

»Manchmal«, erwiderte er kleinlaut. »Normalerweise nicht. Aber an dem Tag, ich ... war am Ende.«

Der Anwalt zog es inzwischen vor, mit finsterer Miene zuzuhören und hin und wieder eine Notiz einzutippen. Vermutlich hatte er die Hoffnung aufgegeben, seinen Mandanten rasch freizubekommen, und bastelte bereits an seiner Verteidigungsstrategie.

Ich lehnte mich zurück. Plakowsky starrte auf den Tisch. Seine Hände waren unruhig. Er schwitzte.

»Finden Sie nicht, dass es allmählich an der Zeit wäre, reinen Tisch zu machen?«, sagte ich betont entspannt. »Sie machen es doch immer noch schlimmer, wenn Sie weiter leugnen.«

»Fragen Sie doch den Wirt!«, fuhr er mich an. »Rufen Sie ihn an! Er wird Ihnen bestätigen, dass ich da war!«

Vangelis ging mit dem Handy in der Hand hinaus. Als sie nach drei Minuten wieder hereinkam, schüttelte sie den Kopf.

»Ihr Freund kann sich erinnern, dass Sie vor einiger Zeit eine Flasche Wodka bei ihm gekauft haben«, sagte sie fast entschuldigend und setzte sich wieder. »Den genauen Tag weiß er aber nicht mehr. Und das Geld geht nicht durch die Kasse.«

Plakowsky fiel in sich zusammen.

»Möglich, dass Sie Schnaps kaufen waren«, setzte ich nach, um ihm keine Pause zum Nachdenken zu gönnen. Aber noch immer war der Ton des Gesprächs entspannt. »Ebenso gut möglich, dass Sie nach Straßburg gefahren sind. Sie haben gewusst, dass Lea dort war. Sie hatten eine rasende Wut auf sie. Und vor allem hatten Sie begründete Angst um Ihre Existenz. Sie haben gedacht, wenn Sie das Mädchen so weit weg von Heidelberg entfernt verschwinden lassen, dann wird man Sie nicht verdächtigen.«

»Unsinn«, behauptete Plakowsky kraftlos. »Wenn es so gewesen wäre, wenn ich hingefahren wäre, dann wäre ich doch erst angekommen, als die längst auf dem Heimweg waren.«

»Allerdings ohne Lea.«

Sein Blick war ausdruckslos, die Stimme matt, als er fragte: »Woher sollte ich das wohl wissen?«

Mein Handy vibrierte in der Hosentasche. Vermutlich wieder meine Töchter, die sich beschweren wollten, weil es kein Frühstück gab. Ich ließ es brummen. Ein paar Minuten noch, dann hatte ich ihn. Er war kurz davor aufzugeben. Zusammenzubrechen. Zu reden. Endlich zu reden. Nichts ist befreiender für einen Verdächtigen als der Augenblick, in dem er den Mund öffnet und das Lügen beendet.

»Vielleicht haben Sie es ja nicht gewusst. Vielleicht haben Sie gar nicht so weit gedacht, sondern sind einfach losgefahren.«

Plakowskys Blick wurde hasserfüllt. »Ich! Bin! Nicht! Da! Gewesen! Capito?«

Jetzt hatte er Angst. Und er geriet in Panik. Auch der Anwalt, der sich bisher demonstrativ entspannt gegeben hatte, wurde wieder unruhig.

Mein Handy begann erneut zu brummen.

»Kommen wir zurück zu Ihrem Auto. Wo genau haben Sie geparkt, nachdem Sie angeblich Schnaps kaufen waren?«

»Irgendwo gleich hinter der Einfahrt vom Parkplatz. Links, glaube ich. Da ist so viel Platz gewesen. Es hat ein bisschen geregnet. Und … Mein Gott, ich war total fertig … War mir doch scheißegal, wo …«

Er begann, bestimmte Worte zu wiederholen. Seine Sprache wurde einfacher. Jetzt nicht lockerlassen. Jetzt musste es Schlag auf Schlag gehen.

Ich schob meinen Block und einen Bleistift über den Tisch.

»Zeichnen Sie eine Skizze.«

»Ich hatte schon was getrunken«, jammerte der Lehrer. »Ich … verdammt, ich weiß doch heute nicht mehr, wo genau ich die Karre abgestellt habe. Irgendwo eben. Gleich hinter der Einfahrt. Es geht von der Straße eine Rampe hoch, und auf dem ersten freien Platz habe ich die Kiste stehen lassen. Ziemlich schief, vermutlich.«

Das Handy wollte sich gar nicht wieder beruhigen.

»Gehen wir noch mal einen Tag zurück. Wie war das genau mit Lea? Beschreiben Sie bitte noch mal, was in der Nacht passiert ist.«

»Ich habe ...« Plakowsky starrte jetzt auf seine Knie. »Ich wollte sie nicht verletzen. Ich wollte ihr nur Angst machen.«

»Und davon hat sie anschließend geblutet wie ein Schwein?«, stieß Klara Vangelis wütend hervor. Es kam selten vor, dass sie ihre Umwelt an ihren Gefühlen teilnehmen ließ. »Das ganze Bad war voller Blut!«

»Haben Sie ihr mit dem Messer gedroht?«, fiel ich ein, als Plakowsky nicht gleich antwortete. »Sind Sie ihr beim Drohen ein bisschen zu nah gekommen? Haben sie aus Versehen geschnitten?«

»Ja«, flüsterte Plakowsky endlich. »Es stimmt. Ich habe ihr mit dem Messer gedroht. Wollt ich erst gar nicht. Erst wollt ich sie nur losschneiden. Aber wie ich mit dem Messer reinkomme und das Licht anmache, da guckt die mich an ... Die hat echt gedacht, jetzt ist sie dran. Und da habe ich ein bisschen vor ihrer Nase rumgefuchtelt. Und sie angebrüllt und vielleicht auch noch mal ein bisschen geschüttelt. Aber dann habe ich sie losgemacht. Ehrlich. Mit dem Messer. Das Klebeband durchgeschnitten. Mehr wollte ich nicht. Wirklich. Nur das Klebeband. Ich hatte sie doch ... Ich wollte ... Es war ein Unfall. Ein Unfall ...«

Im Raum war es vollkommen still, als die Stimme des Lehrers versagte. Sein Atem ging stoßweise, als wäre er soeben eine weite Strecke gelaufen.

Mein Handy hatte endlich aufgegeben.

Der Anwalt blickte konzentriert auf den Monitor seines kleinen Computers, als würde er überlegen, was er noch notieren könnte. Inzwischen war ich überzeugt, dass er die erste Runde verloren gegeben hatte.

Es klopfte leise an der Tür.

Balke streckte den blassblonden Bürstenkopf herein und gab Vangelis einen Wink. Sie erhob sich lautlos und ging hinaus. Die Tür schloss sich.

»Was hätte das denn für einen Sinn gehabt?«, murmelte Plakowsky tonlos. »Sie verletzen und dann laufen lassen? Sie wäre doch … Sie hätte doch … Wenn, dann hätte ich sie wirklich umbringen müssen …«

»Vielleicht hatten Sie ja genau das vor? Aber irgendwie ist es schiefgegangen. Oder Sie haben es im letzten Moment doch nicht gekonnt. Das kommt vor. Und deshalb sind Sie dann am nächsten Tag …«

»So meine ich das doch nicht, Himmel noch mal!«, schrie er und schlug verzweifelt auf den Tisch. »Ich wollte sie nicht umbringen. Keine Sekunde. Nicht am Donnerstag und nicht am Freitag. Ich war in der Kneipe, und ich habe Wodka gekauft, und dann bin ich wieder nach Hause und habe mir die Kante gegeben.«

»Hätte ich an Ihrer Stelle auch getan, wenn ich am Tag davor um ein Haar meine Schülerin erstochen hätte.«

»Ich wollte sie nicht verletzen«, winselte er, jetzt wirklich am Ende. »Sie war schuld. Sie. Ich habe sie losgeschnitten, erst die Beine, da hat sie gleich wie verrückt nach mir getreten, und wie ihre Hände frei waren, da hat sie angefangen, um sich zu schlagen wie irre. Wie irre. Ich habe sie angeschrien, sie soll sich nicht so anstellen, es ist doch gar nichts passiert. Sie wollte mir das Messer wegreißen, und es ist ein Riesendurcheinander gewesen, und auf einmal hat sie am Hals geblutet. Sie hat es gemerkt, ich habe es auch gemerkt, für eine Sekunde waren wir beide … ganz erstarrt. Dann hat sie die Hand draufgedrückt und ist rückwärts. Und zwischen ihren Fingern ist das Blut geströmt. Geströmt. Es war schrecklich. Ich wollte ihr helfen, aber ich hatte immer noch das Messer in der Hand, und … ich weiß nicht … Wir haben uns angeschrien. Ich wollte ihr helfen, und sie dachte, ich will sie abstechen. Und auf einmal hat sie sich ein Handtuch gegriffen, hat es auf die Wunde gedrückt und ist fort. Wie der Teufel ist sie fort. Wie der Teufel.«

»Das kann so gewesen sein«, erwiderte ich leise. »Ihre Geschichte passt zu den Spuren, die meine Leute gefunden haben. Das bedeutet aber noch lange nicht, dass Sie nicht am nächsten Abend …«

Vangelis kam mit leerem Gesicht wieder herein, sank auf ihren

Stuhl und legte das Handy auf den Tisch, als wollte sie es nie wieder in die Hand nehmen.

»In der Nacht hab ich geputzt.« Plakowsky redete einfach weiter, als führte er Selbstgespräche. »Wie ein Wahnsinniger habe ich geputzt. Am Hals war sie verletzt. Das hätte so leicht ins Auge gehen können. Eine Schlagader, wie leicht hätte eine Schlagader verletzt werden können, und ... Es hätte alles noch so viel schlimmer ausgehen können. Drei Mal habe ich geputzt, drei Mal. Vielleicht auch öfter. Ich weiß nicht.«

Vangelis schrieb etwas auf einen Zettel, beobachtete ich aus den Augenwinkeln, schob ihn zu mir herüber.

»Kommen wir noch mal zu dem Abend, als Sie angeblich Schnaps kaufen waren ...«

Ich warf einen Blick auf den Zettel.

»Lea lebt«, las ich.

Plakowsky plapperte unterdessen weiter: »Im Flur, da war auch Blut. Und man weiß ja, dass Sie mit Ihren technischen Möglichkeiten heute auch die allerwinzigsten Blutspuren noch finden. Ich dachte, vielleicht stirbt sie. Vielleicht liegt sie irgendwo da draußen und verblutet. Und dann kommt natürlich die Polizei, und im Treppenhaus, da ist auch Blut gewesen. Nicht so viel, Gott sei Dank, nicht so viel. Das durfte nicht so bleiben, ich musste doch ...«

Sie lebte.

Lea lebte.

Ich war nicht in der Lage, Plakowskys Redefluss zu unterbrechen.

»Ich habe mich volllaufen lassen und später das Treppenhaus noch mal geputzt. Lange nach Mitternacht. Damit da auch wirklich nichts mehr war. Mir war klar, dass auch auf dem Gehweg Blut sein musste. Aber ich konnte doch nicht ... Irgendwann bin ich auf dem Sofa eingeschlafen. Am nächsten Morgen habe ich in der Schule angerufen und mich krankgemeldet. Habe später einen schweren Rüffel kassiert dafür.«

»Was haben Sie mit dem Messer gemacht?«, fragte Vangelis, da mit mir im Moment nicht zu rechnen war.

Lea lebte.

»Das habe ich am Morgen in eine Tüte gepackt und irgendwo

in einen kleinen Tümpel geschmissen. In der Nähe vom Motodrom war das, im Wald, bei Hockenheim. Ich bin laufen gewesen, am nächsten Morgen. Ich musste mich bewegen. Ich wäre tot umgefallen, wenn ich mich nicht ausgetobt hätte. Laufen bis zur völligen Erschöpfung. Wo genau das war, wo ich das Messer versenkt habe, weiß ich nicht mehr. Aber ich würde das Matschloch wiederfinden.«

»Sie haben zu ihr gesagt, Sie würden sie umbringen.« Endlich hatte ich meine Sprache wiedergefunden.

Plakowsky nickte eifrig. Er war jetzt in der Phase, in der ein Schuldiger gar nicht mehr aufhören kann zu reden. »Habe ich, ja. Mehr als einmal und ziemlich laut.«

»Sieht so aus, als hätte Lea Ihre Drohung ernst genommen.«

»Denken Sie, dass sie deshalb ... Ist sie deshalb verschwunden? Weil sie ... Angst vor mir hatte?«

Ich schob meinen Stuhl zurück und erhob mich. »Wir machen jetzt erst mal Schluss. Lea Lassalle ist am Leben, habe ich soeben erfahren. Wir ...« Ich musste husten. »Wir machen dann später weiter. Morgen. Man wird sehen.«

40

Am Montag, dem zweiten Januar, war ich zusammen mit Justus Lassalle auf dem Weg nach Straßburg, um Lea abzuholen. Die französische Polizei hatte sie bereits am Dienstag in Toulouse aufgegriffen. Einem Hausdetektiv in einem Carrefour-Supermarkt war sie aufgefallen. Dieses Mal hatte sie allerdings nicht hübsche Sachen zum Anziehen mitgehen lassen, sondern etwas zu essen. Auf der Polizeiwache hatte sie später einen falschen Ausweis präsentiert. Einen Personalausweis, der Monate zuvor in Paris einer deutschen Touristin abhandengekommen war, die ungefähr Leas Alter und Aussehen hatte.

»Ich nehme an, sie hat das Ding auf dem Schwarzmarkt gekauft«, erklärte ich Leas Vater, der mit trübem Blick neben mir saß und auf die Autobahn starrte, als könnte er meinen Peugeot dadurch schneller machen.

»War da was mit ... Männern? Ist sie auf den Strich gegangen?«

»Dann hätte sie es nicht nötig gehabt, ihr Essen zu klauen. Den Rest wird sie Ihnen früher oder später selbst erzählen. Jetzt ist erst mal wichtig, dass sie lebt. Und in einer knappen Stunde aus dem Zug steigen wird. Alles andere wird sich finden. Mit der Zeit.«

Mit dem neuen Jahr war der Frost über Mitteleuropa hereingebrochen. Die Temperatur lag jetzt, am Vormittag, trotz Sonne bei minus acht Grad. Der Ostwind blies glitzernden Staub über die trockenen Fahrbahnen. Der Heizung des Peugeot gelang es kaum, im Innenraum eine erträgliche Temperatur zu schaffen.

»Werden Sie sie verhaften?«, fragte Lassalle, als wir die Ausfahrt Appenweier hinter uns ließen.

»Natürlich.«

»Wird es ... schlimm werden?«

»Erpressung ist kein Kleindelikt. Aber sie kommt mit einer Jugendstrafe davon.«

Er nickte abwesend, starrte immer noch nach vorn. Voller Furcht vor dem, was mit einhundertdreißig Stundenkilometern auf ihn zukam.

»Haben Sie im Ernst geglaubt, ich hätte ihr was ... getan?«, fragte er irgendwann.

»Ich kriege mein Gehalt am Monatsende nicht dafür, irgendwas zu glauben, sondern dafür, Tatbestände zu beweisen.«

Die Europabrücke kam in Sicht. Mein Handy schlug Alarm.

»Ich habe ihn, Chef!», rief Balke. »Endlich! Gröwer war doch in Straßburg!«

»Wie haben Sie das denn herausgefunden?«

»Indem ich mir fast einen Wolf telefoniert habe. Gestern habe ich endlich eine Zugbegleiterin aufgetrieben, die ihn am zweiten Dezember im ICE gesehen hat. Sie ist seit zwei Wochen in Tunesien auf Urlaub, drum war's ein bisschen kompliziert.«

»Und Ihre Zeugin ist sich sicher?«

»Todsicher sogar. Sie kennt Gröwer gut, weil sie seine Visage aus der Glotze kennt und er die Strecke außerdem regelmäßig gefahren ist. Er fliegt nicht gerne, hat er ihr mal gestanden. Am Telefon hat sie durchblicken lassen, dass er sie auch kräftig angebaggert hat und dass ihr das ... na ja, nicht gerade lästig war.«

»Und sie ist sich auch sicher wegen des Datums?«

»Es war der Tag, an dem ihr Stiefvater ins Krankenhaus kam. Zweiter Dezember, hundertpro. Wenige Reihen nachdem sie Gröwer begrüßt hatte, hat ihr Handy geklingelt, und sie hat das mit ihrem Stiefvater erfahren. Gröwer hat sie sogar noch gefragt, warum sie auf einmal so blass ist.«

»Weiß sie auch, wo er ausgestiegen ist?«

»In Karlsruhe. Sie hat sich gewundert, weil er sonst immer in Mannheim umgestiegen ist. Er müsste weiter in den Süden, hat er ihr erklärt. Der Zug ging in Berlin nachmittags um kurz nach drei. Um Viertel vor zehn war er in Offenburg.«

»Ein Beweis sieht anders aus.«

»Das ist mir klar, Chef.« Aber er fühlte sich trotzdem besser.

»Und jetzt geht's endlich nach Österreich?«

»Evalina und ich sitzen schon im Auto. Wetter und Schnee sollen bombig sein. Und heute Abend holen wir die Silvesterparty nach.«

Der Zug war auf die Sekunde pünktlich. In dem Augenblick, als die Bahnhofsuhr auf dreizehn Uhr zweiundvierzig sprang, kam der TGV aus Paris Gare de l'Est zum Stehen. Lea und ihre Bewacherin waren in Toulouse um Viertel vor fünf am Morgen losgefahren, hatten in Paris Aufenthalt gehabt und waren entsprechend erschöpft.

Und dann stand sie vor mir. Lea Lassalle. Siebzehn Jahre und dreihundertdreiundsechzig Tage alt. Schmal und blass und übernächtigt und mit immer noch oder schon wieder aufmüpfigem Blick. Schräg hinter ihr stand breitbeinig eine schlecht gelaunte und sichtlich ebenfalls unausgeschlafene französische Kollegin. Sie schloss mit wütenden Bewegungen die Handschellen auf, mit denen sie ihren Schützling an sich gekettet hatte. Dann hielt sie mir einige Papiere hin, damit ich den Empfang der schon nach wenigen Sekunden vor Kälte bibbernden Ware quittierte.

Lassalle umarmte seine Tochter. Erst zögernd und sacht, dann fest. Stocksteif, die Arme eng am Körper und mit abgewandtem Blick ließ sie es geschehen. Sie trug das sonnengelbe Kleidchen, von dem Yvonne Ehling mir erzählt hatte und das zu ihrem dunklen Haar wirklich unglaublich gut aussah. An den Füßen dunkelblaue und zerschlissene Chucks, die aus irgendeiner Mülltonne zu stammen schienen. Keine Strümpfe. Kein Schmuck. Kein Gepäck. Kein Lächeln.

»Mensch, Mädchen«, hörte ich Lassalle stammeln. »Mensch, Lea.«

Er strich ihr übers glatte, schwarze Haar. Für eine halbe Sekunde wurden ihre Augen weit. Sie sah jedoch nicht ihn an, sondern mich.

Wer bist du denn?, fragte ihr glanzloser Blick. Wirst du mir jetzt auch noch Stress machen?

Oh ja, dachte ich. Ich werde dir sogar eine Menge Stress machen müssen. Aber das Schlimmste liegt jetzt hinter uns beiden.

Die Französin faltete befriedigt ihre Dokumente zusammen und stopfte sie in eine billige rehbraune Handtasche mit Messingbeschlägen. Wir verabschiedeten uns. Sie würde noch einen Kaffee trinken, erklärte sie in holprigem Englisch, während Lassalle seine abweisende und frierende Tochter immer noch drückte und streichelte. Ihr Zug zurück nach Paris gehe leider erst in zwei Stunden, sagte die Kollegin, und sie wolle auf jeden Fall noch heute wieder zu Hause sein. Die sibirische Kälte bei uns im Norden versetzte die Südfranzösin in fassungsloses Entsetzen.

Lea sah müde aus und schien die unbeholfenen Zärtlichkeiten ihres Vater kaum noch zu ertragen.

Unendlich müde sah sie aus.

Dann waren wir auf dem Rückweg. Lassalle saß wieder vorn, Lea lag auf dem Rücksitz, in eine Decke gehüllt, und war bereits eingeschlafen, als wir den Rhein überquerten. Durch blendend weiße Wolkenschlieren am stahlblauen Himmel blitzte eine kalte Sonne auf uns herab. Manchmal konnte ich schwach ein teures Parfüm riechen.

Als wir auf der Autobahn waren, meldete mein Handy eine neue SMS. Ich nahm es zur Hand in der Hoffnung, Theresa würde endlich wieder von sich hören lassen. Eigentlich hatte sie gestern schon zurück sein wollen aus den Alpen, aber ich traute ihr die Herzlosigkeit zu, ihren Urlaub spontan um ein paar Tage zu verlängern. Allmählich lernte ich das böse alte Gefühl der Eifersucht kennen.

Es war nicht Theresa.

»Er ist aufgewacht«, schrieb Doro. »Er kann sprechen. Und alles bewegen. Ich bin so froh. Außerdem müssten wir beide mal reden. Hast du nicht Urlaub?«